U0113770

民国趣读

老·城·记

老长沙

中国文史出版社

本书编辑组

主　　编：韩淑芳

本书执行主编：张春霞

本书编辑：牛梦岳　高　贝　李军政　孙　裕

目录

第一辑　星沙印记·古城巷陌道不尽沧桑过往

第二辑　前尘旧事·一座水火淬炼过的老城

第三辑　惟楚有才·文教事业的一方沃土

第四辑　市井声声·城里的买卖人和老字号

第五辑　新旧碰撞·老长沙焕发新气象

第六辑　星沙飘香・品味浓鲜火热的湘式美食

第七辑　偷闲找乐·倦怠的时候有这些选择

第八辑　风土大观 · 体验长沙人的习俗与生活

第九辑　星城印象 · 我们所留恋的长沙城

第一辑

星沙印记·古城巷陌道不尽沧桑过往

❖ **陈权清：**长沙城名的由来

长沙城名因何而来？历来说法纷纭，这里简要概述二三，供读者参阅。

▷ 远眺长沙城

一曰因长沙星得名。我国自商、周以来逐渐形成的据以观测天象的二十八宿（星座）中，有一宿叫轸宿，根据古天文学的星宿定位，轸宿位于荆州上空。轸宿旁边有个附属于它的小星，名叫长沙星。因此，历史上就有这样一种说法，长沙是因长沙星得名的。如唐朝人张谓《长沙风土碑记》云："天文长沙一星，在轸四星之侧。上为辰象，下为郡县。"所谓"下为郡县"，就是指的长沙城。《明史·天文志》也说："长沙小星，下应长沙。"《长沙县志·拾遗》亦云："长沙之名……以轸旁有长沙星，正在其域分野，故云。"因长沙星得名一说，记载较多，影响也大，所以在一些文人撰文赋诗时，往往把长沙与长沙星联系在一起，称长沙为"星沙"。唐代著名文学家韩愈在一首赞美长沙风光景色的诗中，就把长沙称为"星沙"，诗云：“绕郭青山一座佳，登高满袖贮烟霞。星沙景物堪凝眺，遍地桑麻遍囿花。”在长沙府，县志中，以“星沙”称长沙的多处可见。时至今日，长沙人仍然有称长沙为星沙的。

二曰长沙因橘子洲得名。位于湘江中流的橘子洲（又名水陆洲或牛头洲），是由河沙长期淤积而浮现的一块狭长沙洲，全长约五公里，有“长岛”之称。但橘子洲浮露江心的时间较晚，据《湖南省志地理志》转引《太平寰宇记》：“橘洲在长沙县西南四里江中，时有大水，诸洲皆没，此洲独浮，上多美橘，故以为名。”又据《湘中记》云：“晋惠帝永兴二年（305）生此洲。”如记载属实，则至西晋时期橘子洲方浮涌江面。而据《湖广通志》说：“旧谓长沙之名，起于周初。”《逸周书·王会篇》说，周成王时，全国各地向周天子所献的“方物”（土特产）中，有“长沙鳖”。“鳖”就是长沙人所说的脚鱼（团鱼）。孔晁注解说，长沙鳖“特大而美故贡也”。周初既有长沙之名，而橘子洲迟至一千四百年后的西晋才形成，那么，长沙因橘子洲得名的说法，就缺乏根据了。

三曰长沙因万里沙祠得名。此说原出于《十三州志》：“有万里沙祠而西自湘州，至东莱万里，故曰长沙也。”湘州，西晋末年在湖南设置的行政区，州域就在长沙，故湘州即指长沙。“万里沙祠”，据《长沙县志·拾遗》转引《资治通鉴》：汉武帝于元封二年（前109），至山东东莱，祷告万里沙。返回途中祭祀泰山。应劭注解说：“万里沙，神祠也。”山东东莱的万里沙祠与长沙地名有没有必然的联系呢？《大清一统志》持否定意见，认为“是祠在东莱，与长沙无与”。可见，长沙因万里沙祠得名的说法是不能成立的。

此外还有长沙因有长颗沙粒得名等说法。民间传说，在长沙北区新河口沙滩上，曾有长达一寸半至三寸的沙子，长沙因之而得名。但这一说法不见于文献记载，不足为信。

比较而言，诸说中，似乎第一说较为可信。因为，二十八宿中的星名，早已见于殷商甲骨文，至商周之际作为观测天象的二十八宿体制已趋于形成。而长沙地名始见于周初。长沙星名早于长沙地名，后者当可因前者而得名。加之，商、周统治集团把所谓“上天”视为至高无上的主宰者，一贯宣扬敬天畏天思想和天大于地、地从属于天的观念，这也会对长沙城的命名产生影响，造成长沙因长沙星而得名。

《长沙城名因何而来》

兰　烟：古城、城墙、老九门与便河

长沙，是一座历史悠久的文化名城。根据考古工作者的发掘，大概在公元前4000—前3000年，这里已经有原始人群的火坑和原始村落的遗址。从记述周朝事迹的《逸周书·王会篇》来看，献物中已有“长沙鳖”的名目，可见，当时长沙已是人烟汇聚、物产丰富的所在。春秋战国时期，江汉之南，建立了楚国。长沙隶属于楚国，它随着楚国的强大而兴盛。秦灭六国，于公元前221年统一中国，划天下为三十六郡。将长沙及其周围地区九个县设为长沙郡，治所定长沙县。汉朝建立，汉高祖刘邦以番阳令吴芮平秦有功，封为长沙王，将“湘县”（即后来的长沙县）改为临湘县，长沙成为一个诸侯王国的都城，吴芮修筑了长沙城。

当时，长沙城、池面积较小，城墙用砖土建筑，明朝初年，商业人口增多，才将砖土建筑的城墙，改筑石基。明朝末年，张献忠率领农民起义军攻入长沙，毁坏了部分城墙。到了清初，经略徐勇、洪承畴命人将明藩府城墙砖石拆去，将长沙城墙增高加厚，后来周召南又派人多次整修。

咸丰年间，洪秀全率领太平军进攻长沙时，西王萧朝贵驻兵南门外鳌山庙，在晏家塘和东南角魁星楼等处挖地道埋炸药，炸塌了部分城墙，太平军撤走后，清政府派人进行修葺，加固了长沙城墙。

明朝的长沙城，宽五里，长十里，有了九张城门。东边有二门：小吴门和浏阳门。南边有一门：黄道门，又名正南门。西边有四门：德润门，1912年，黄兴经此门返故里，改为黄兴门，后又复称小西门；驿步门，后叫大西门；潮宗门，即草潮门；通货门，后叫通泰门。北边有二门：一是湘春门，又叫北门；一是新开门，后叫兴汉门。辛亥革命后，又增开了东北的经武门和西南的学宫门。咸丰年间，清政府铸了两座大炮，一名红毛大将军，安放在南门城上，炮口对着靳江河，一名定角将军，安收在木码头城墙上，炮口对着三汊矶，成了掎角之势。

长沙的城门，以浏阳门年代最久远。《通鉴》云：浏阳门，潭州城东门，自五代至今，沿袭未改。《通鉴》记载，长沙有一醴陵门，也系长沙东门。由长沙至浏阳为浏阳门，由长沙去醴陵为醴陵门，地址在天心阁至浏阳门之间。长沙古老的城门，有史书记载，清泰门见于《通鉴》，长乐门、端阳门见于新五代史，南楚门见于宋史，湘东门见于元人诗集，清泰门在《通鉴》中记载说，马希萼陷长沙，据城自守，李彦温自驼口（即现在的浏阳河口骆驼咀）引兵攻清泰门。民初1917年间，拆毁城墙，开辟马路，在经武门附近掘出一门，名叫云阳门，系南宋景定元年（1260）湖南安抚使兼知潭州向士璧所书。

有城必有池，池就是便河，长沙西临湘江，东、南、北三面沿城都有便河。明朝末年，老百姓在南门西湖桥一带的便河上，修建了许多吊楼住房，张献忠部的农民起义军进逼长沙城下时，长沙兵备道高斗枢强令百姓将住房拆去，将便河上的石桥也改为木桥。后因木桥不利于商业的发展，康熙年间又拆去木桥，重建石桥。太平军进攻长沙时，石桥又被拆毁，到同治年间才重建。

辛亥革命后，城墙、便河不利于商业和交通，长沙的城墙除天心阁一段外，全部被拆除，便河也被填了。在东、南、北三方，修了一条极其简陋的环城马路，穷苦人民在沿江一带搭起了无数间棚屋栖身，这便是当时长沙有名的贫民窟——沿江棚户，而东、北向所谓环城马路，除左文襄祠，即现在的工人文化宫，铺了一条仅可驶一辆汽车的柏油路，供何键等军阀专用外，其余都是“天晴一把刀，落雨一窝糟”的泥泞路，沿城便河逐年被垃圾填塞，臭气刺鼻，成了蚊虫滋生、传播病菌的场所。

…………

▷ 拆除前的长沙大西门

▷ 清末民初长沙城墙天心阁段

长沙原分长沙、善化两县。小西门以上，南属善化，北属长沙。辛亥革命后，长沙、善化两县合并成长沙市。以前，城市破烂，民不聊生。中华人民共和国成立后，城市建设发生了巨大变化，高楼林立，马路纵横，商店星罗棋布，烟囱直插蓝天，历史名城呈现新貌。

《长沙古城墙的变迁》

邓泽致：消失的护城河与吊桥

围绕城墙之外有护城河，有称之曰便河，从西湖桥下引湘江水，绕城墙周围，过兴汉门直泄入湘江河。河岸一面为城墙，一面为陡坡，高而且峻，河面宽约数丈，深如之。靠陡坡面为低矮之民房，亦常被有势者侵占河道，以木柱从岸旁支起，建临河楼房，称吊楼。传言有船夫驾船触河中木柱倾倚，致吊楼坍塌，讼于官被狱。求某讼师解救，讼师曰：必认我为娘舅，船夫诺。讼之日，船夫目讼师曰：娘舅救我。讼师怒云：我与尔船，其行于街上，奈何驶于河中耶？官诘曰，船乃驶于河中者，何能行于街上？讼师曰，船既不能行于街上，河中又何能筑屋耶？讼乃胜。此亦笑话之一。

每城门口均有木质吊桥，每日黎明开城门，放下吊桥，菜贩商贾此时均麇集桥头，一遇吊桥放下即蜂拥挤过。傍晚收市，复收起吊桥，关闭城门，断绝交通。欲出城或进城者，亦必须在关城门收吊桥前进出城门，否则将在城外或城内夜宿矣。

清帝退位，民国改元。城墙之作用渺乎其小矣，乃谋拆除。以城墙土填便河。此时之便河已逐段淤塞，潺潺流水已成为臭水沟，且成为长沙城发展之大障碍。拆城开始，沿城墙自西向东铺轻便轨，用斗车运送自城墙上拆下之废砖泥土，填于便河中。当时日夜有斗车来往轰隆不停，并逐段向前延伸，城墙逐渐无有，便河亦渐平夷，成为现在环城马路。便河既平，吊桥也无存在的必要。可是在南门口出城处，仍然加装了一道碗口粗木柱的栅栏门。天明时开启，让商贾行人出入，傍晚收市时，又关门上锁，禁止出入。这样又坚持了几年，这道栅栏门才被废除。

《闲话古长沙》

李元英：水陆洲，历史悠久的风水宝地

水陆洲由南向北卧于湘江中央。它四面临水，碧波荡漾，绿树成荫，空气清新，风景秀丽。它以独特的地理位置、优美的自然风光和那十二华里多的洲长著名于世，是一块适宜居住和旅游的风水宝地。

▷ 湘江中的水陆洲

水陆洲历史悠久，自古以来就是潇湘名胜。元代时在洲尾建有当时与黄鹤楼齐名的拱极楼，又称江楼。楼高约七八十尺，站立楼中，西瞻岳麓山，山似在云端；俯瞰湘江，江水清澈如镜，光浮野远，风景极美。古有联云：“拱极楼中，五六月间无暑气；潇湘江上，二三更里有渔歌。”因此

历代名人都曾到水陆洲游览，并留下许多名句。拱极楼坐北朝南，据水陆洲完小同事戴韵玫老师介绍，那里的两棵参天银杏大树当时生长在楼南面过道两旁的天井里，它可见证拱极楼的确切位置。后此楼毁于清朝。

在紧挨拱极楼的南面就是著名的水陆寺，后来称江神庙。据明代《长沙府志》记载，此寺为六朝济应禅师创建，它沿岸砌石，两岸垂柳，环境十分优雅。据说宋代岳飞、文天祥、真德秀等还曾在这水陆寺研讨过国事。此寺后毁于清朝末年。原寺里的一位尼姑老人一直留在废旧的寺里，直到地方政府要用寺办学，尼姑老人才搬出，与附近居民同住，后来又归到了有名的开福寺。听说这位老人20世纪80年代后期才辞世。

清朝嘉庆十二年，水陆洲设立义渡时，公建了义渡亭，在水陆寺的南面。但又据民间相传，在嘉庆年间，有一寡妇路经此处，见沙滩难行，渡河不便，便捐献银款，利用麻石在水陆洲的沙碛上修建宽达两米的小桥100搭，伸入河中（百搭桥横街因此而得名），同时修建义渡亭供过往行人歇息。此渡是河东大西门到河西溁湾镇的必经之路。1951年长沙轮渡开通后，百搭桥完全拆除。我1956年来水陆洲完小工作时，那伸入河中的百搭桥和供行人停歇的义渡亭已不见踪影，后人只能凭街名去追寻了。

那个时候，水陆洲的百搭桥地段是最繁华、最热闹的地方。在这条宽不过四米、长不过两百米的百搭桥横街两边，供人们生活必需的商店一家挨着一家，主要经营粮食、油盐酱醋、肉食鱼虾、豆腐菜蔬、饮食南货、缝纫理发、香烛鞭炮等一应俱全，而香烛鞭炮又明显为多。因为水陆洲除了过渡的来往行人络绎不绝外，到寺里上香朝拜的人也从不间断，香火很旺。每年到了祭庆的日子，水陆洲还会举行隆重的庆典。据说那场面很是壮观，足见当时水陆洲的宗教文化是多么兴盛。

清朝曾国藩也曾在水陆洲安营扎寨，培训湘军水师。

1925年，32岁的毛泽东在畅游水陆洲后留下了千古传唱的不朽诗篇《沁园春·长沙》。1959年6月24日，66岁的毛泽东畅游湘江后，登上水陆洲，在洲头的菜地里休息，与那里的群众拉家常，走进洲头的小学里询问教学情况，并与部分师生合影留念。水陆洲又一次留下了伟人的身影和足迹。

世事沧桑，1840年鸦片战争失败后，中国沦为半殖民地半封建社会。1904年，长沙也成了对外的通商口岸。于是各国列强和中国的官僚、买办蜂拥而至，都来争夺水陆洲这块风水宝地。他们在洲上建别墅、公馆、教堂、海关，设领事府……如洲头就有德国商人韩利生建的别墅（后来成了橘洲纸厂的办公楼）。他在中国主要从事颜料生意，他的公司在河东太平门一带，上下班有专用艇接送过河。他还在水陆洲娶了一个老婆，叫曹远霞。曹与韩生了一个小孩。中华人民共和国成立后，政府通知他回国，1951年，他带着孩子离开了中国，曹未能同行。

洲头还有一个“万国球坪”，是专供在长的外国人打球、跳舞、休闲、娱乐的地方，约占地五六亩，四周用铁丝网围着，网上挂着“华人与犬勿入”的牌子。球坪内建了洋楼、舞厅、各种小球场。那时河床很低，湘江水位在洲岸以下的日子多。每当星期天或圣诞节的时候，在长外国人的游艇、小轮船都云集在“万国球坪”岸边。特别是美国、德国、英国的最多。他们在球坪内打球、跳舞、下棋、玩牌，饮酒划拳，吼声震天。有时球打出铁丝网，就抛铜板过来，要过路的中国人把球抛进去。有时借酒发疯的醉汉水兵出来追逐洲上种菜的中国妇女，当时在菜地里劳动的菜农联合起来，拿起竹竿、扁担一齐追打。这些水兵遭到几次痛打后，不敢再出来捣乱了。该坪在中华人民共和国成立前就被拆毁，现在连痕迹都无法找到了。

《风水宝地水陆洲》

❖ **邓泽致：**书院路，见证长沙的繁华

现在的书院路，是从西湖路直达火车南站的大马路，路面整洁宽阔，可是很少有人知道它七十年前的情况。

当年由天心阁下直达湘江西湖桥的便河，为长沙城墙外之护城河，河面宽约数丈。由便河边通碧湘街一小巷，称吉祥庵巷，宽数尺，可过行人

摊贩。两旁为两层楼之木板屋，实际上层仅只有下层一半高之空间，只能堆放杂物，不能住人。青毛瓦屋面，无瓦里板，对面住户可于房中相互呼应问好。屋与屋之间，还有若干菜土，满种时新蔬菜。路旁有一水井，日夜都有人用吊桶打水，在井旁洗衣洗菜，或用水桶挑回家中，储于水缸中备用。由于过往行人较少，当时居民住房仄，无浴室，男人们用竹片篾席作围，在井旁圈桌面大小地面，在围内洗澡。大家习以为常，不以为怪。

▷ 老长沙的街道

过碧湘街口南行，为一数亩地之荒丘，满为无主坟墓，称雨厂坪，为儿童放风筝和嬉戏场地。再南称麻园塘、向家湾，路两旁有少量菜地。过此称惜阴街，从街口西行为灵官渡，系从长沙过河去河西之必经渡口码头。用木船渡河，每次付铜圆数枚。遇大风雨即停止过河。惜阴街两旁均为商业铺面，铺面宽自丈余至两丈余不等。设木质曲尺形柜台，卖日用品、杂货、百货、布匹等，铺面广告大书“东西洋货，京广杂货”。用丈余长木板

10余块做临街一面，早开晚装，称为“上板子，下板子”，作为开市收市的标志。间有少量饮食店，出售馄饨、粉、面，或油条、油饼等，街面较宽且整洁，然亦不过丈余。

由惜阴街南行则“第一师范”在焉，经文夕大火后，荡然无存，今已恢复原状。教室围墙，一如其旧，风貌依然，弦诵不绝。书院坪再南称大椿桥，系山间小道。有多栋外地来长殁后寄存棺柩之所，称飨堂。

长沙于民初拆除城墙后，用拆城砖石填平便河，成为自西湖桥起的泥面大马路，亦为环城要道。因之自书院坪入城，吉祥庵巷亦成为较方便之通道。于是有拓宽之议。当时的政府无有拆迁重建等政策，而是不顾平民死活，以势压人，一味蛮干。我家住井旁，对面为一两层楼木结构旧屋，住两老年妇女，以承接手工缝纫和洗衣物为生活来源，竟被强令拆除，犹忆在拆除前夕，只听得二老妇人在房中终夜号啕痛哭，后他去，不知其下落。拓宽后之街道仍不过丈余，然较之小巷，已胜过多矣。

雨厂坪之荒丘逐渐被推平，建成房屋住宅。随着城市的繁华，吉祥庵巷亦再加宽至可容人力车来往，甚至可容小汽车进入，然而迄至解放前，其他街道无多变化。

1938年长沙文夕大火，由吉祥庵巷至书院坪这一片，都片瓦不存，所余仅荒烟蔓草，瓦砾颓垣。1949年后，建成书院路，坦荡通途，道平如砥。过去之荒丘破屋，都成陈迹。

《闲话古长沙》

小　玉：司门口，值得留恋的神秘之街

司门口，在长沙是一条神秘之街，其所以成为神秘原因，第一是因为它是最短而且最有名的街道，第二是它能象征中国社会体态的各阶段。

当我们从人多街窄的八角亭走了出来时，眼前忽然觉得开敞起来，一

座金黄色的建筑，威武而且稳健地盘踞在宽阔的街旁，这便是现在的司门口。司门口从前做过专管杀人的臬台衙门，据古老的传说，长沙所有的官衙，都是向南，独只臬署是向东方的，这是因为专司刑曹的象征。

光复以后，臬台大人没有了，衙门改了警察厅，警察是维持治安的，当然和臬司有所不同，不过在执行法律方面，职务却略有相同，于是在某一时期的司门口，曾经做过刑场，不管是土匪、政治犯，都捉在司门口的照壁下斩头。听说，尤其是汤芗铭督湘时，差不多每天都有革命党在司门口被杀，并且还把头颅挂在电杆上示众。

▷ 司门口附近街景

从前长沙人有句骂人的话，说是“你要到司门口去的”，其含义就是骂人家去砍头，后来刑场移到浏城外的识字岭和曾家冲，这句话才慢慢失去了效用，而“司门口”这名词，在一般人的记忆里，也无复有恐怖的存在。

司门口的本身，虽然是短短的一条街，但它四方为邻的，都是些热闹的街道，所以介于八角亭与红牌楼之间的一段地面，却也连带得十分繁华，只要你跑到司门口看看，纵使是那么宽的街市，也显得十分拥挤呢。

然而司门口的繁华，并不是在平时可以见到的，每当旧历过年的前后，司门口便格外地令人向往，尤其是小孩子们，到了司门口，便好似入了他们的天国，因为那里有的是各种玩具与灯彩。

在我们的回忆里，司门口确是一个值得留恋的地方。旧历元宵以前的半个月，这条街道，以及从前照壁里边的广场上，满布着玩具摊担，密密地，一层层地摆设着，连人都挤得走不通。这些玩具，有“刀枪耀目，剑戟森严”的各种木制武器，也有洋货的火药手枪、汽车的模型、气球、假面具、胡须，凡是适宜于小朋友们的玩意儿，都是应有尽有，无美不备。

还有灯彩，也是以司门口为集中的市场，这些灯都是本地装潢纸扎业的手工艺制品，在年前的一个月中，早已预备好了，只等到开年，便挑到司门口出卖。灯的形式有最精美的彩灯，用上等质料如绫绢之属制成的，多半是“独占鳌头”“麒麟送子”这一类的故事，这种灯普通人买的不多，大约都是供给新添了儿子的人家用的，这可以说是陈设用的灯彩。

适于小孩子玩的灯，大多是用纸料扎成，伟大的有丈多长的龙灯，精巧的有活动的走马灯，新颖的有虾蟆、飞机、坦克形的灯，最普通的是龙灯，有红纱的，小得很，也有纸的，上面写着“主席”“总司令”一类的官衔，这大概还遗留着一些封建时代官员出来都用衔灯的色彩。

在灯市中，有一种新鲜的玩意儿，是用萝卜雕刻的小型灯，这种灯是用大的萝卜，挖空内部，外面雕成鱼虫的形状，涂上颜色，再以小油缸放在里面，点燃了分外美观。不过这东西的雕刻很不容易，非精巧纯熟的手艺不成功的。灯市，从除夕到元宵，要整整地热闹半个月，因为过年，小孩子们都有几个压岁钱，大人们口袋也比平常充实，利用这些花花绿绿的灯，奇奇怪怪的玩具来吸引小顾客，于是许多双小眼睛，自然望着他们的玩具发呆，许多的小手，自然会伸进钱袋里去。

《司门口缩影》

刘治奇：九门之一南一门

南门口，是长沙古城南门城口的简称，又名黄道门，喻指吉祥如意。

明太祖朱元璋洪武初年（1368），指挥使邱广对长沙古城墙进行大规模改建后城高二丈四尺，八尺以下外层用花岗石砌成，城墙基厚三丈，顶厚一丈二尺，当时全城设九门，南门口为九门之一，故又称南一门。

清乾隆四十九年（1784），城墙大修。南一门增建城楼，颇为壮观。它虎踞城南，扼守长沙南大门户，是兵家争夺长沙要地之一。公元1852年9月，太平天国西王萧朝贵率兵攻打长沙，亲临城南门外前线指挥。9月12日，不幸在上木桥（今里仁坡）中炮牺牲。这是第一位血染长沙南大门的农民起义领袖。

1911年10月31日，谭延闿策动兵变，由此督湘。于1914年首倡拆除城墙，筹修环城马路，至1925年始告完工。仅留天心阁一段，作为古迹，供人游览。当时市政公所也曾一度择定德茂隆门前米菜市，文夕大火后分散在上木桥（公里仁坡）、中木桥（今南门口广场与新兴路接壤处）、下木桥（今正兴街一段）三条麻石街口两旁沿线，摆肉食、水产、家禽、鲜蛋、熟食以及近郊产小菜等摊担叫卖。当时这地区的无组织而似有组织的西湖党、南湖党、白沙党、关圣会、财神会、红帮、四大金刚、十三太保等的大爷、龙头、龙目、山主等首领，横行霸道，因为这些人大多为当时的镇保长，军统、中统特务，保安团，警察所操纵，有权在手，无所不为。他们公开设赌，勒索商贩，欺压人民。最严重危害民族存亡的是利用长沙烟土（鸦片）专卖局这块招牌，在锡庆里、祝威岗、贺家塘、马益顺巷一带开设烟馆十七家，出卖烟土（膏）十家，突出的是曹姓这家。

屠业公会理事王某在乌家巷建新房一栋（三间），娶一戏剧演员。结婚日戏剧演员同事，为他（她）喜庆，唱和声戏两夜（不化装），收会员及南门口所谓各党会送的礼金与聚赌抽头，共达2000多块光洋。

控制南门口猪、牛肉市场的西湖党龙头大爷军统特务张某与牛肉商李亮林为争购一头牛，发生争吵。张即挟私报复，污控李是汉奸，李被死于非命。

流动在南门口的探访队（侦缉队），吃东西不给钱，店主称为“码头税”，如不顺从，即会惹来灾祸。如1948年，城南路李某新开一饭馆，探访队的人和警察常去打腰餐（中饭），有次李某请求他们照顾，一句话即犯了这些尊神，当晚被指控为贼，施刑逼供。李某被迫赔光洋50块，只好闭门回乡谋生。

小蚂蚁巷何二嫂，丈夫去世，家有三个小孩。为求生活，借得一点本钱，购了大半篓蛋，在南门口叫卖。一警察在她面前一站，何因初做生意，不懂来意（送礼）。被警察一脚，篓底朝天，扬长而去。何急得顿足捶胸，呼天叫地。结果因以无钱还本，悬梁自尽！

1949年，人民苦难的日子，终于到头了。8月5日长沙和平解放，南门口从此进入一个新的历史时期。

《南门口的变迁》

卞鸿翔：长沙有个“北津城”

自古以来，长沙城与湘江以西广大腹地的水陆交通联系，因受西岸岳麓山脉的屏蔽阻隔，就只能利用这一山脉南北两端的靳江河谷地和溁湾港谷地。古代在长沙城南、北的湘江东岸，分别设立过江的南、北二津渡，就正与对岸这两个谷地相对，原是十分合理而必要的，在城北津渡口基础上建立起来的北津城，也应位于与古“誓水口”相对的通街西端江滨。

不仅对岸的“誓水口”，即今溁湾港谷地为西通益阳与湘西的孔道，而且在长沙城东北的浏阳河还有一段离城最近、向西最为突出的河湾与之相对，从而使长沙城所坐落的湘、浏河间高地在这里形成一最狭窄的咽喉，浏阳河湾顶的湖迹渡；为古代陆路越浏阳河而东的重要渡口和出入浏阳河水路的主要吞吐码头，由此至通泰街西端江滨当为临湘故城以北最便捷的东西向水陆转运线，因此，就古代临湘城北对外交通联系条件来说，处于这一东西向水陆转运线与南北向湘江水运线交叉点上的这一"北津城"位置，确实是占尽地利、得天独厚的了，我们从汉代长沙国曾设"故市"于其东南、西晋末又迁临湘县治于其近旁的情况，也能推想这城北古渡当时也曾有过一番熙攘繁荣的景象。

《水经注》中所记述的"北津城"为古代长沙城北的过江渡口和水陆交通枢纽所发展起来的城市，该城早已倾圮入江，遗址在今长沙市区西北通泰街西端的江滨滩碛中。

《长沙市"北津城"考析》

苏宗润、黄志立：坡子街与火宫殿

长沙市老城区中心，黄兴南路（原红牌楼）西侧有一条由东向西，通向小西门（德润门）的街道，叫坡子街。这条街大都是一些经营银行钱庄、金银首饰、名贵药材、铜锡制品的殷实户。街的腰中间，北边有一座火神庙，名曰火宫殿，又曰乾元宫。清乾隆十二年（1747）《长沙府志》卷十五第十页载："火宫殿在小西门坡子街。"清道光六年（1826）客绅蔡世望等倡省城绅商重建。正殿为火神，左为弥陀阁，右为普慈阁（财神殿），供有神像。

火宫殿的庙产富裕，在河西谷山冲、双眼塘、黑油沟等地共有田10余庄。田租达1600余担。房产成片，靠火宫殿一边，左起师古斋，右止三王街口都有铺面，三王巷南北是庙办丽泽小学（今火后街小学）的地盘，还有衣铺街、黎家坡七个门面，伍家岭一块地作房租收钱。20年代以前，火

▷ 火宫殿牌楼

▷ 20 世纪 20 年代的坡子街

宫殿长期由叶德辉把持，丽泽小学创办于1912年8月，也由叶德辉担任校长。1927年，叶德辉被镇压，由老八董（董事）掌管（这“八董”是余太华金号、李文玉金号、叶公和酱园及东协盛、西协盛、九芝堂、福芝堂、寿芝堂等药号），40年代由新八董主持（他们是詹恒大、詹彦文笔墨铺，杨正泰、杨振兴锡铺，老公和、王福鸣铜铺，阜昌参茸号、朱义新金银首饰号）。旧城西区区长程前鹓任董事长，叶德辉的儿子叶尚农任副董事长，设有秘书一人，由李仰贤担任，文书两人，跑庄的一人。下面还有打更的管伙食的勤杂泥木工等。庙产收入的开支用于小学、救火会、祭祀三部分。其比例为六成（小学）、三成（救火会）、一成（祭祀）。救火会下面设有救火队，救火队设有司号、司机各一人。

坡子街街面上的铺路麻石厚、宽一尺多，长有四尺余，比其他街巷的麻石要厚一倍。由于神庙与官府相通，因此这条街有“官街”之称。热天，从中和街口起至三王街口止，由庙董事会搭成竹木凉棚。行人走进凉棚下，脚踏平整无缝隙的麻石路面，头上有遮阴凉棚，顿感凉爽。

火宫殿南起坡子街，北抵火后街。西邻三王街，占地面积约6000平方米，是长沙市内较大的庙宇，建筑雄伟。庙的屋脊上安了七个（中间一个大的，两边各三个小的）用九火铜铸造的大葫芦，金光耀眼，古庙增辉。庙内装饰古朴，雕梁画栋，具民族风格。正殿有丈余高的泥塑神像一尊，两边挂有“肃静”“回避”的木质禁牌。神像前是砖砌成的神案，神案下方摆着一个长方形的铁铸香炉，香炉前用麻石凿成的石栏杆把正殿隔开，栏杆前又有一个扮桶大的圆香炉，两边站立四大金刚，墙壁上画有八仙过海的泥塑浮雕，并挂着黑漆金字“有求必应”“佛法无边”等许多的还愿牌。中间是佛殿，东边有一架撞钟。钟上面铸有“皇图巩固，计重八百斤”的字样，西边有一面大鼓。正殿两旁厢房，左为弥陀菩萨，右为财神菩萨。走廊檐上悬挂竖刻的“火宫殿”木质金字牌。檐前石阶下是庙坪，坪内栽有两棵桂花树，每年农历八月开花，香气袭人。宫坪内左右各有一个一丈多高的五层宝塔形化字炉。清道光六年（1826）神庙重建时，在前坪搭了一个戏台，面对火宫殿，有“乾元宫”牌坊。戏台两边的台柱上雕刻了一副楹联：

象以虚成，具几多世态人情，好向虚中求实；
味于苦出，看千古忠臣孝子，都从苦里回甘。

据说此联系清朝的大书法家何绍基撰写。戏台上方有“一曲熏风”横匾。台口有腰圆形匾，何绍基写“静观”二字，并盖有何的图章。

戏台背后矗立一座雕龙画凤和一些栩栩如生的人物塑像的大牌坊，面向坡子街，牌坊中门上面，为清代的书法家黄自元书的“乾元宫”三字。现在维修一新，但乾元宫三字已被火宫殿三字遮住。据住在神庙的戴福生老人说：“你若把火宫殿三字凿掉，‘乾元宫’三字就会全显出来。”

《火宫殿今昔》

广　剑：“平地一声雷”——雷井

▷ 老长沙的麻石路

“平地一声雷”，是东区范围内一条用麻石铺成的小街，全长百余米，路面由西向东，坡度逐渐增大。这个具有旧城区特点的街道，至今保存着一处千年古迹——雷井。“平地一声雷”的名称，就与这口古井有关。

从外表上看，雷井没有什么特殊的地方。可是站在井口往下看，古井四周宽敞，壁有蜂窝孔洞，古井深不见底，使人神秘莫测。据1934年出版的《长沙市指南》中记载：传说很久以前，这口井突然发出一声闷雷似的巨响，井壁震塌，泉水断流。当时，人们好奇地往井内一看，只见四周凸凹，怪石嶙峋，朝井里投下一块石头，即刻传出一阵嗡嗡的回音。从此以后，人们便称这口井为“雷井”，“平地一声雷”也因此得名。其实，雷井的出现，是一种常见的地质现象，是由地下水的机械潜蚀作用引起的。由于井下周围的地质结构，地下水经过长期不断的汲取和补给，逐渐把井壁周围腐蚀出许多微孔，日积月累，变成空洞。当受到外力作用，井壁承受不了，便突然崩塌。崩塌时，土石挤压井内的空气，再加上里面空旷，回音大，便发出雷一样的声响。

今天，政府在井旁增设了自来水供应站，给周围居民带来了很多方便。雷井作为一个古迹，仍吸引了一些好奇的人们前来寻古探幽。

《“平地一声雷”和雷井》

马勇奇：长沙的三处道教宫观

云麓宫位于岳麓山峰顶，是道教七十二福地之一，为第二十三洞真墟福地。据现有资料考，明朝永乐年间有一次较大的重修。其时，明成祖朱棣认为自己是真武大帝的化身，全国各地竞相建造真武祖师场所。明宪宗成化十四年（1478），云麓宫新扩建一栋较大的铁瓦、砖木结构的祖师殿（现为三清殿），供奉真武大帝，使云麓宫形成有灵官殿、清虚宫、吕祖殿、关圣殿、祖师殿、三湘殿、五岳殿、关妃殿等相当规模的道教活动场所，这是云麓宫最兴盛的时期。直到20世纪20年代后期，国民政府推行佛教兴国运动，颁文废止供奉太上老君、三宫、四御、五岳、城隍、土地、灶君、吕祖、天师、关帝、文昌、龙王、送子娘娘等道教神庙，尽管这一决定未能彻底实施，但大量的道教宫观庙院，或改成为佛教场所，或改作他用，道教信徒亦激锐减少，给道教造成的打击是非常严重的。这是从清朝慈禧太后排斥和打击道教之后，道教所遭受的又一次沉重打击。尽管云麓宫没有改变，但由于整个道教受到冲击，云麓宫亦受到影响，导致气势衰落。

▷ 云麓宫

长沙西郊的谷山，位于岳麓区西北部望岳乡境内，连绵数公里，海拔361米，比岳麓山高50余米，是岳麓区最高山峰。谷山往西连接望城县新城镇，往北隔湘江眺望道教著名的第二十二福地鹅羊山，往南遥视道教著名的第二十三洞真墟福地岳麓山。作为道教名胜之一，谷山原有龙王殿、灵官殿、谷王宫等道教场所，因历史的原因，都荡然无存。

谷王宫，据传说始建于殷商时期，是供奉五谷之神的场所，是人们对自然之神崇拜的表现。地方老百姓为祈祷风调雨顺，五谷丰登，六畜兴旺，每年都到谷王宫求拜，香火旺盛。历史上，谷王宫经屡毁屡建，建筑面积扩至20亩。至20世纪20代，谷王宫和全国相当多的宫观一样，没有逃脱国民政府的禁令，谷王宫被改为谷山寺。“文革”时，整个建筑彻底被毁，成为当地林场的一块花木园地。

浏阳城东门外孙隐山下的升冲古观，依山傍水，风景秀丽，是唐代药王祖师孙思邈隐居的重要场所。最早建于东晋，几经兴衰反复，现存房屋为明朝天启五年（1625）重修的。

孙思邈，生于581年，终年101岁，唐代道士，道教学者，医药学家。京兆华原（今陕西耀州区）人，喜好老庄，博通百家之学。曾四入峨眉山炼“太一神精丹”，后游于南方，隐于浏阳行医修炼，广收民间灵验秘方。唐太宗、高宗数次征召他到京城为官，均辞谢不就，志在山林。他离开浏阳后，长期归隐终南山，深居著述，为人行医治病，并总结唐代以前的医学理论和医疗实践，加以分类记载，形成有《千金要方》《千金翼方》《摄生论》《福寿论》《保铭论》《存神炼气铭》《摄养枕中方》等著作，宋徽宗追封为“妙应真人”。在医药学方面做出了重大贡献，后世尊称他为“药王”。

孙思邈真人在浏阳隐居期间的山林，被尊称为孙隐山。所居住的升冲观，曾保存有洗药桥、洗药井、晒药坪、炼丹台等遗迹。但在“文革”期间，均遭到严重破坏。升冲古观因被工厂占用，损坏亦相当严重，部分建筑已经坍塌，主体建筑已经成为危房。

《长沙的三处道教宫观》

佚　名：容园，桃红柳绿的游览胜地

春天，风一起，大地便酥软了，阴浓的树木，娇艳的花草卷覆着世界的缺陷。

市民们，蜷踞在都市的角落里，打打牌，扯扯谈，风从窗户间袭进来，吹入他们的心。他们的心是荡漾的，有点愁，似乎又有一点活跃。

市外总是寥廓的吧？于是他们都想出游。

包围在长沙附近的有一块美丽的土地，以使他们心旷神怡的，一块是岳麓山，一块是容园。

▷ 容园旧貌

容园，从前叫作桃园，是何主席的别墅，也可以说是何主席“思政”的地方，现在开放了以供市民游览，大约也是与民同乐之意。

容园建筑在小吴门外，离城约有两里之遥，那里，有奇艳的花，有丛茂的树，有精致的小舍，碧静的池沼，同时也有各种奇异的禽兽，那花木、那树林、那小舍、那池沼、那奇异的禽兽，布置很有丘壑，叫游人们“读”了，似乎都有一点“巧夺天工”之感。可是，实际上，据说都是出于广雅校长陈熹先生的手笔与心裁。

由小吴门外用七分钱乘公共汽车在十几分钟可以到达，马路两旁的“有心栽柳”已快要成荫了。

头门，随着时代进化富丽堂皇，古色古香的宫殿式的建筑。头门内空坪从前都是一些杂花，现在是一片如茵的绿草地。满园都可以开放，唯有正中那三间西式中国洋房没有开放，里面布置很精雅，据说那便是何主席自己游憩之所，游人打那儿经过，颇有点栏外行人之感。

左边，都是桃林，桃花已经萎谢，满园都是阴森森的，连小径都不方便看见日光，桃丛中有一口塘，水色碧惨的，仿佛一个哲学家的脑髓，看着桃林，看着池沼，你不会忘情“柳塘春水漫，花坞夕阳迟”那一联名句吧？何况池中还有一对灰色的鹤伸着颈项在供给你一点诗材！

桃林的对面，有一个小茶肆，名字叫什么碧茵室，陈设非常雅致，点心也颇丰富，足下“肚子”饿了，腿子倦了，顶好到那儿休息休息，喝点茶，吃点面食水果，价钱并不贵，只要你袋子里有一个“大拾”便够摆架子。

园右，比较花头多，有点“小桥流水人家”的景象，路径也宽阔一点，最令人流连的第一要算是那几丛竹林中的小径，第二要算是土堆上那几个亭子，第三是要算笼中那两只灵活的猴子，行在竹林的小径上，你会哼着：“我亦有亭深篁里，也思归去听春声。”站在亭子里望着园里的那悠静设备，望着园外那广旷的田野，你一定说，“有这样悠静的环境才可以养成一种廉明的人格，有这样广阔的平原才可以养成一种阔大的胸襟”。

《巧夺天工的容园》

黄时莫：汀龙桥畔有三座牌坊

清太桥旁边（现在长沙县开慧乡）有两座牌坊矗立着，再过去距此里许，又有一座。这三座牌坊，都是先后在清同治、光绪年间建立起来的。清太桥旁两座牌坊都是坐东朝西，有一座是光绪皇帝写的“七叶衍祥”四字；有一座是同治皇帝写的“彤管留芳”四字；第三座是光绪皇帝写的“旌表节孝”四字。三座牌坊上面，都有“圣旨”两字。封建社会官僚地主家庭，都想建一座牌坊来炫耀自己的门第。当时建立牌坊不能私自想建就建，必须派人到北京奏请皇帝圣旨赐写的，而且要几千两银子，其实皇帝知也不知道，皇宫有一个专门部门，专管全国请求写牌坊的。例如有人五代同堂，也可请求赐书“五代同堂”四字。如某女人丈夫死了不嫁人，也可请求赐书“旌表节孝”四字。假若有人中了状元，也可请求赐书“状元及第”四字。全国有多少牌坊，是皇宫收入的一个项目。当年黄家这三座牌坊，每座都花去几千两银子。我记得先父同我说过，为这三座牌坊，在本县大山冲螃蟹坡买一座麻石山，此山产的麻石比丁字湾出产的麻石还好。要建牌坊，先要派人到北京皇宫请“圣旨”，交好银子后，没有不许可的，但家里要陈设香案，全家跪着接“圣旨”，放在家中神龛上，再放大，请石工刻好，上面再刻“圣旨”二字。这三座牌坊，做得很精致。麒麟狮象口中的石珠，都可以滚动。都有石栏杆围着，高达十米多，这三座牌坊，其雕刻的精致、气势的雄伟，专家们说从长沙到北京，沿途牌坊有五百多座，没有能比得上这三座牌坊的。

《汀龙桥畔的三座牌坊》

王立山：白沙井，长沙第一泉

在长沙天心阁以南的回龙山山下，有用石栏杆围着一字排列的石砌小井，这就是遐迩闻名的“长沙第一泉”——白沙古井。泉水自井底石缝中涌出，日夜流之不尽，亦不外溢。贮入桶、缸中，侧视能见底层浮现水面，清澈如镜。

据《湖南通志》记载：“白沙井在善化县东南二里。仅尺许，最甘洌，汲云不竭。”清代长沙分置长沙、善化二县，白沙井早已载入志书中。

因白沙井水纯净甘洌，取之不竭，在长沙有自来水前，曾供应城市部分人口的饮用，一些有名的茶馆，如城南阁、望湘阁、达仁楼、天心阁等，均用“沙水名茶”招徕顾客，生意极为兴隆。长沙人爱饮白沙井水。许多市民除了自己去挑水外，还有一批200多人的专以贩水为生的劳动者。先父王顺生，原系乡间雇农，值荒年收成无着，携全家老幼来白沙井旁，佃户家大屋的一间房屋居住，即以贩水谋生，先父贩水十数年后，我在此出生，幼年所见所闻，而今回忆起来，仍历历在目：

1949年以前，白沙井的四口小井分为“官井”（即公井）、“私井”两类。东头的两口属私井，又称茶馆会上的井，在此取水要上会。会费是四块银圆，由总管经收，不上会者，不准在此两井取水。先父到白沙井半年后上了会，后来，长兄王炎、王昭也上了会。因为上会的人不多，排队舀水时，可以少费时间，西头的两口所谓官井，任何人都可取水。排队的水桶宛如一条长龙，经常在300担左右，实为壮观。若逢久旱不雨时，则一直排到距水井百米以外的铁道旁，住在附近的人家，趁夜间人少时，将水舀出，灌入自备的缸里，白天再挑上街贩卖。由于日日夜夜挑水的人川流不息，从白沙井至白沙街数百米的麻石路上，终年不干，当时流传这样一句民谚：“养女莫嫁白沙街，天晴落雨穿油鞋。”

▷ 白沙古井

我一家人皆以贩水为生，各有其职，父亲与大哥是专挑水卖，送到八角亭一带，每担可卖八分钱，大嫂和二哥在井旁排队舀，先挑回家注入缸里，称为囤缸，当时，白沙井居民住房不多，空坪隙地不少，均摆满了大小贮水缸，我家就有八个，如有不愿意排长队的，花两三分钱便在缸中买水一担，我母亲在家边搞家务边照顾卖水。我的任务是，提两个烂木桶到井上排队，快要挨到时，二哥就挑着一担大桶顶替我，这时我又撤到长龙尾上，重新排队，附近一些卖水人家的小孩们也都如此。我们混熟了，互相照顾。轮流由一人看管排队的水桶，其他人就结伴在四周玩耍。排队时还常常听人讲故事，住在井院子（现在的白沙井铁路边）的李六爹，他就爱在排队时讲故事，我曾听他说过："民国初年，洞井铺打了一口井，水质很好，与此同时，白沙井水量减少，白沙井茶管会的总管，首先向官府告状，然后率众到洞井铺和打井的人交涉，迫令他们将井填掉，对方慑于影响了白沙井的水只得照办。"我问李六爹，为什么这样做，他说："白沙井的龙脉，来自江西，途经洞井铺，填的那口井，正打在龙脉上，白沙井的风水全失，非如此，我们的谋生道路，就没有了。"

1949年7月间，一支国民党部队驻扎在白沙井附近的老百姓家里，队部设在距井约400米处的盛家铺子，伙夫和勤务兵经常到井上取水，不排队、不讲理，纠纷时起。贩水人粟炳炎等便约集四五十个精壮劳力，将他们扭送队部，要他们的长官约束士兵守规矩，不能滋事生非。那个"长官"见来了众多身强力壮的劳动者，只得乖乖地接受意见。不久，这支部队就开走了，我曾是群众队伍中的一名啦啦队员。

1949年8至9月间，长沙解放之初，白沙井附近的善救新村及天鹅塘游路，驻扎了中国人民解放军。每天有战士到井旁取水，他们待人和气，取水时自觉排队、付钱，群众关系很好。贩水中的地下党员粟炳炎、谭梓云、罗双奇等，这时也将身份公开，主动和解放军做联络工作，发动大家在各方面支援解放军，动员我们这些小朋友送水至军营，我们曾各挑两桶沙水，越过白沙岭登上游路，送水到解放军驻地，当时游路上有碉堡，战士们在碉堡里端枪打国民党的飞机。我们送水到营地时，国民党飞机正在上空盘旋，我们也不怕，把水送到后，战士们让我们在营地拾了些子弹壳，我们俩高兴地带回了家。

《昔日白沙井旁见闻杂记》

张仲昆：臬后街，百货批发一条街

1949年前，长沙西区境内有一条颇不显眼的麻石小街，这里，人烟稠密，店铺栉比，生意十分兴隆，它就是遐迩皆知的长沙百货批发一条街——臬后街。全街包括住家户不过百来个门牌，而其中经营百货批发的大小商店却曾达60余户，是全市的百货批发中心。

臬后街位于今长沙市东西两区交界的黄兴中路西侧，东起司门口，与东区解放路相接，西止朝阳巷口，与朝阳巷相连，全长251米，为城市建设规划中的解放路（西段）延长线，直抵湘江江边。其街名由来，据《长沙县志》记载：清康熙七年（1668），臬司赵日冕建臬台衙门（清时主管司法刑狱的官府）于司门口西侧（即今长沙市公安局所在地）。臬后街以位于臬台衙门后侧故名，虽民国建立，衙废，而街名仍沿袭未改。“文化大革命”期间，横扫“四旧”，曾一度更名朝阳街，但1986年通过全市街道地名整理，仍恢复原名至今。

长沙商业市场发轫于湘江沿岸，后逐步由西向东内伸，由小西门（旧称德润门）、大西门（旧称驿步门）而坡子街、臬后街、西牌楼至红牌楼、司门口、八角亭（皆今之黄兴中路），联成一块，成为旧长沙城区的商业中心。旧时长沙商业市场多为行业集中经营，以利相互竞争，如大西门的油盐花纱、八角亭的绸布、药王街的鞋子、西牌楼的夏布、化龙池的油靴、老照壁的雨伞、三朝宗街的粮食、南阳街的书铺、坡子街的金融、药材等等，臬后街则以经营百货为主。

百货业是随着手工、轻工业的发展和洋货不断输入而兴起的一大行业。最早一般日用百货，除麻线、纱带、罗布巾等少数本地手工业品外，其他花边、草席、扇子、缎带、京花、牙粉、牙刷、镜子、梳篦以及胭脂、水粉等妇女化妆用品及针、线、扣、夹等商品，均仰赖江苏、上海、北京、广州等地输入，由丝线铺、颜料店兼营。后苏广货品逐渐行销，继有专营苏广货物的店铺开业，名曰苏广杂货店，行业亦称苏广业。光绪三十年（1904），长沙被辟为通商口岸以后，海禁大开，洋货大量输入，苏广业扩营洋货，并占购销十之七八，尤以日货抢占市场最大，约占洋货输入的一半。时日商在长沙经营杂货生意的有盐川、大石、日丰等洋行，均设在西区沿江一带。主要经营品种有洋伞、洋碱、香水、玩具、镜子、帽子、洋袜、汗衫以及被面、绒巾、洋灯罩、玻璃器皿等。原苏广杂货店又多改称洋货店或苏广洋货号，至民国二年（1913），长沙苏广洋货号多达200余家。

民国八年（1919），五四运动后，提倡国货，抵制洋货的浪潮席卷全国，苏广业是查禁洋货的重点对象，是年7月7日，湖南省会各界在教育会举行焚烧日货大会，并严惩顽抗奸商，此举震惊全国，苏广洋货店不敢再进日货。与此同时，振兴国货，上海轻纺工业相继创建，产品畅销全国。民国十五年（1926），北伐军进入长沙，省会各界再度掀起抵制洋货运动，外商在湘势力日益削弱，国货逐渐进占市场，且经营品种广泛，可谓百货俱全，各苏广洋货店，又纷纷改名百货店，苏广业改称百货业。

随着国内轻纺工业的发展，长沙百货业也日益兴旺，殷实大户直接派人到产地进货，并多在上海设庄驻站，电传行情，沟通信息，商品运回长沙，转销各县城乡镇和本市门市零售，百货批发由此应运而生……

《昔日长沙百货批发一条街》

黄曾甫：老长沙的东茅古巷

东茅街为长沙市东区（今芙蓉区）一条古老的街道，大约形成在200多年以前，其毗邻古稻田、落星田、塘湾里、柑子园、青石桥、芋园、小瀛洲等僻静地带，屋少人稀，蓬蒿丛生，向有“东茅古里”之称。晚清咸同年间，湘军突起，许多将领成为暴富，还乡争置地产，广辟园林，城东一带荒地，得以渐次开发。东茅街当时兴建了许多公馆、别墅，改名东茅巷。又因为中段有一小巷直通青石桥，故更名为大东茅巷，支巷则名为小东茅巷。20世纪50年代，更名为东茅街沿用至今，小东茅巷仍保留原名未变。

笔者先人清末曾参与曾（国藩）、左（宗棠）戎幕，故亦曾在东茅巷占有宅第。辛亥鼎革之后，家道中落，徙居长沙县东乡，住宅易主。20年代初，负笈来城求学，侨寓东茅巷许永凝堂亲戚家中，先后垂三十年。1949年后，在中国人民救济总会长沙市分会工作，赁居东安会馆公产做宿舍，至今又三十余年。六十年来，栖息于此，目睹沧海桑田，迭经变换，铜驼荆棘，苍狗白云，不胜今昔之感。

东茅街是一条由东至西的通街，东起马王街与吉庆街、东门捷径接壤处。西抵登隆街，与育婴街口对峙。南有丰泉古井（今丰仁里），通小瀛洲菜园池塘，有一条小巷名观音井巷，为通向织机街的捷径。北有小东茅巷达青石桥（今解放路），在小东茅巷中又有东向小巷名多佛寺捷径（今改名解放巷），可通理问街（今蔡锷中路起点）与柑子园、青石桥相衔接。过去观音井巷与多佛寺捷径，均极窄狭，有“一人巷”之称，不仅车马不能通行，行人也须摩肩而过。自长沙文夕大火之后，丰仁里又与里仁巷接通，观音井巷亦开辟成为坦途，唯多佛寺捷径，仍保留旧貌，即北向出口麻石门框上有晚清书法家安化黄自元所书之“多佛寺捷径”五字石刻横额，至今犹保存完好。东茅街西段徽州会馆巷首名巷新安里，北向并无出路，长沙大火后，行人踩出一条小巷，直通解放路（当年名中正路），1949年后东区税务局曾设在巷口，后来就称为税务局巷，但亦甚窄，仅便利行人而已。

据父老们说，东茅街过去街道很窄，宽度仅只有三条直麻石，临街小户，可以互相撑着竹篙，横街晒衣。20年代初，我亲眼见到一次修街，两边住户的围墙往内缩进了许多，犹忆中段许凤鸣堂当街墙脚上，曾刊有“官街原宽六尺，让宽三尺，共宽九尺”的石碑。虽后迭经文夕大火、飞机轰炸，此墙碑石，岿然独存，只是近年来产权易主，改建层楼，碑才不复存了。当年修街之时，东茅街一带多为富商巨室，摊派捐输，为数不赀，故垫铺的麻石，较其他街道整齐平坦，不易崩塌。而且自仁术医院（今省人民医院）至丰年坊西段出口，每年夏季，都搭有横街篾簟凉棚，遮蔽烈日，为长沙市居民街道所仅有。1938年文夕大火，东茅街大部分房屋，未被殃及。一则东茅街多系公馆，四周封火墙既高且厚，加之门户严谨，不易放火，同时中央银行及仁术医院等处，均有专人守屋，只有东西两头矮小房屋稍有损坏，绝大部分保存完好。1944年长沙沦陷，日伪在东茅街开设赌场，盟军飞机临空侦察，见人声喧闹，疑为军营，投弹几枚，中段被炸毁十几栋房屋。

《东茅古巷话沧桑》

老　方：八角亭，最热闹

凡是到过长沙，稍为熟习长沙情形的人，你去问问他："长沙哪块地方最热闹？"他必不迟疑地道："八角亭！"这是谁也不能否认的：八角亭是长沙繁盛程度的代表地。

八角亭这条街，并不见得"既大且长"，而且他还是一条短而窄的道街；不过道路十分整齐，十分壮丽。我们站在端履街尾用镇静的头脑睁开眼睛看看吧；麻石路是如何平坦！商店如何热闹，车辆是如何的多！行人是如何的拥挤！大绸缎局有"日新昌""大盛""瑞礼丰""九福"，大百货店有"国货公司""新世界""太平洋""三友"，大钟表行有"寸阴金""华成"，大西药房有"南洋""五洲"，还有一个顶著名的南货号——九如斋。单就他们门面的装饰而言：高高的西式洋房，矗立云霄，又庄严，又精致，又雄壮，还用最时新最摩登的样品，陈列在玻璃窗里，多华贵！多惹眼！处处闪耀生光，绚烂夺目，表现得穷奢极欲，尽"诱惑"的能事。假使穷人们身历其境，真会不期然地觉得自己渺小、胆怯，同时感到莫名其妙的惭愧，使穷人们不敢逼视。就是你放胆量进去见见世面，店员"先生"们也不得许你在那里有“立锥之地”，因为看见你那个样，疑心不是“小偷”，便是“疫神”，动不动给你两个“山”字请出。倘使你穿得漂亮一点，尤其是坐着包车进去，店员“先生”们，不但“打拱作揖”，还得亲亲热热地叫声“你老人家”“老爷”“太太”“先生”“小姐”。就是你不买他的货，他也是恭恭敬敬的“迎进送出”的。在这个时代，只要有钱，饭桶可变为才子，无钱，才子可变为饭桶，富人的屁都是香的，穷人的话是臭的，只要有了钱，什么东西都尊贵起来了。这难怪一班“前辈人”常说“世道衰微，人心不古”了。

在那里，我们时常看见摩登青年男女，扭一扭地露出得意的神情，与穷人们缩作一团战抖不已的哀愁的神情，混合在一起，显出不调和的姿态来。摩登男女的“格格”的皮鞋声，与车夫的草鞋赤脚“达达”的响声，互相应和，形成不调和的节奏，使人惊心动魄！脑海里留着不可磨灭的阴影。

到了晚上，电炬齐明，真如同白昼，到处射出强烈的灯光，交相辉映着，霓虹灯有的是绿的，有的是红的，有的是花的，老远望去，真像五光十色的万花筒的集合体，身入其中宛如到了琉璃世界。还有几座收音机，不时放出抑扬顿挫的歌声，陶醉了每一个行人的心身。这些，真可以使见闻鄙陋的人们，骤见了，疑惑是在做梦咧！

总之长沙繁盛的代表物——八角亭，是长沙的精华，也就是湖南的精华。

《八角亭速写》

王　杰：天心阁，古城的守护者

天心阁是长沙的古迹，建于何时已难于查证。不少名人志士来到长沙时总要登阁浏览长沙景色，甚至吟诗作赋抒发情怀。市民们更喜欢在节假日登楼游览。由于天心阁位于市中心，是市区最高点，因此，登临其上可俯瞰全城。它不仅是人们游览的好地方，同时还是防御和防空难得的阵地。多少年来，它像一个坚强的卫士，饱经沧桑，岿然不动，护卫着古城长沙。

▷ 长沙天心阁

清咸丰二年（1852）太平军西王萧朝贵率先锋部队攻打长沙，曾与清军激战于天心阁下，萧朝贵不幸中炮弹阵亡。过去的军事家就因天心阁有利地势，而把它作为坚守长沙、克敌制胜的屏障之一，所以天心阁至今仍有古炮洞和古炮台。就是在近代的中日长沙四次会战中，天心阁也是中国军队扼守长沙城的重要阵地之一。

据民国十五年七月十五日（1926年8月22日）《大公报》第六版以《天心阁侧立飞机用之方向标记》为题报道说："广东国民政府派飞机六架来湘参战及大托铺修建飞机场等情，已志本报，现飞机已将出发，于应经历之宜章、衡州、长沙等县，宜设标记，以示方向，除宜章、衡州两县已于城南高地设立标记外，并由兵站部电长沙县限电到五小时内赶办，彭斠雉县长，已于昨晚饬工于天心阁侧，设造标记……"由于当时科学技术落后，飞机设备不精良，地面又无先进的仪器导航，因此只得利用天心阁这个高而开阔的地势，摆设白布十字架，作为长沙市的航空导航标志，指示飞机降落。

自长沙市有防空组织以后，天心阁自始至今，一直为防空观察哨所、防空警报台和反空袭作战的高炮阵地。1937年7月7日卢沟桥事变后，当时的湖南省政府在长沙市组织了第一次防空演习，演习结束，在省保安处内成立防空股（这是湖南最早的防空组织）并指定在天心阁城楼和国货陈列馆与警钟楼上设立防空瞭望台，兼管火警瞭望。这是长沙市，也是湖南省最早的三个防空瞭望台。随即长沙市政府成立了防空组织，1938年1月在全市设立五个防空观察哨点，天心阁是重要的一个（还有狮子山、五里牌、警钟楼、纺织厂），哨所人员全由地方军人担任，一般设哨长一人，士兵多人，那时没有仪器设备，全凭哨员的肉眼看、耳朵听来掌握敌机动态。向市民传递敌机情况是采取在木杆上悬挂灯笼，显示空袭警报或紧急警报，以指示市民向城外疏散或就地隐蔽等。后防空袭情报传递设备有所改善，同时使用铁钟和手摇警报器。1945年抗战胜利后，国民党政府先是下令全国撤销防空组织，随后又下令为防止共产党的飞机恢复防空组织。1947年10月9日国民党湖南省保安司令部分配长沙市十具手摇警报器，除其中四具失灵待修外，另外六具指定安装在警钟楼、伪省党部、天心阁、汤公庙、金家码头。1948年1月6日，省会防护团为解决天心阁防空警报通信，请省保安司令部安装了一部电话机。1949年8月长沙和平解放前后，天心阁这个防空哨所更显重要。

《古城卫士天心阁》

雷键敏：陆军冤院——冯家大屋

国营东方红农场境内，有冯家坝、冯家湾、冯家大屋。若干年前，这一片土地几乎成了冯家的天下。冯家大屋坐落在延农管区东部边缘，与望城县天顶乡永安村相接。它是一座古老的地主庄园，清光绪四年（1878）由清朝举人龚虎钦创建。房屋为两进两横的双四合院，建房不到20年，因兄弟三人中有二人做官死于异地，龚氏家破人亡，只好将田地房产全部出卖，幸存者虎钦举人只得另建一栋瓦房，退居杨溪草堂。

清光绪二十四年（1898），冯家有四兄弟：两人在长沙开当铺，两人在朝廷为官。因做官兼经商发了大财，一次购买了龚家的全部田地房产，仅水田就有693亩，山林面积达500多亩。

冯家受业后的三年中，将房屋改建，由原来的400多平方米，扩大到1200多平方米。共有五进四横厅：前进为一颗印式的方形八字朝门；二进为正门，左右有轿厅；三进东西建有木质千担谷仓；四进为正厅；最后五进为退堂。东苑建有月牙池，西苑建有百花园。全屋是花岗石砌台阶，路铺青石。此外，还建有厨房、茶舍、猪圈、马厩。屋外是高大的围墙，并有回廊炮眼，庄屋四周是古老的青松和高大的细叶枫树，看上去十分别致。屋前有一条由长沙通往黄金园的青石古大道。离屋百余米的尹家坳是一个小口岸，并设有陈广生屠坊、陈德和烟铺。李含和南食店和任和福杂货铺。屋旁还有两处佃户住宅。冯的全家拥有更夫、厨工、轿丁、马仆、男女佣人等20多人。

冯八老爷附庸风雅，愿他冯家官运财源“四通八达”，按《尔雅·释宫》中“五达谓之康，六达谓之庄”典故，将这大屋以“康庄”命名。过路的人远远就看到屋前黑黝黝的“康庄”两个大字。

“康庄谓道路之平坦”，冯家却事与愿违。宣统年间，冯九、冯十兄弟，在外地做官，不知何故，先后去世。权势已去，财利如水。冯六、冯八兄弟只得结束当铺，把所有财产转移到冯家大屋。

民国十年（1921）腊月一天深夜，冯家更夫高佗子和厨工伙同外地强人，里应外合，将冯家老少全部绳索捆绑，关押起来。冯八老爷唯恐性命难保，终于供出了地下仓库。金银珠宝都被拿走，高佗子等人也无影无踪了。冯家只得逐步出卖他的房产田地。以后，冯家大屋的部分房屋倒塌，瓦砾成堆，千担谷仓也就自然地无谷可装了。但冯家还要顾全体面，将稻草把仓填满，免得敲起来是空洞洞的响声。当地群众和过路的人都讽刺地把“康庄”叫成“装糠”，冯家从此一落千丈了。

1940年，国民党陆军第七十三军医院驻进了冯家大屋，这医院有院长、医官等数十人。全军的病员，都送往这里。不到半年时间，死去的病员达280多人，群众称之为陆军“冤”院。病兵入院后，不管病情轻重、内伤外残，一律每人每天两餐糙米粥，每人限量一餐两小碗，因而轻病拖重，重病拖死。一个家住新化的新兵，瘫痪在床，昼夜呻吟不绝。一天，恰遇住本屋的彭友道从病房门口经过，那病兵即招手央求：“小老板，帮个忙，买点藕粉来……”说罢就艰难地从内衣口袋里掏出仅有的几个钱。彭友道见他可怜，还凑些钱进去，跑到尹家坳杂货店买了半斤藕粉。将藕粉煮熟送去时，那个病兵刚吃了两调羹，嘴巴一闭，眼睛一翻，就长离人世了。

还能行走的病兵，饿起来就到冯家大屋附近去闹吃的。捉到蛇和泥鳅婆类的东西，急忙拿到老百姓家灶里煨一下，就往肚子里吞。可是，院长、医官却成天打麻将、搞赌博，把克扣的军粮偷偷地售给老百姓。有一次，一些病兵患了流行性的痢疾，他们纷纷要求院长、医官给药，医官治病下药，不论是伤是病，是轻是重，大多就是给的锅巴汤治之。病兵们对此稍有反抗情绪，便遭毒打。一天，一些病兵在一起凑了几句打油诗：“抓我当壮丁，实在好伤心。一天两餐糙米粥，还要过秤称。冷热一套衣，吃的萝卜根。一身虱起绺，闹疮痒死人。胀死贪官贼，饿死弟兄们。”一个姓金的院长听见了，大发雷霆。立即叫这几个病兵出来，命令他们跪在院子里，就是一顿毒打，连续打断五根竹扁担。这几个病兵被打得皮开肉绽，鲜血淋漓。有两个病兵遭受毒打后，不省人事，抬上床去，不到几天就被活活痛死了。这些打油诗后来在老百姓中传开了，至今还有一些人能念得出来。

当时，冯家大屋的左侧横厅堂被称为落气亭，断气了的和将要断气的病兵都往这里抬。再由30多人组成的掩埋队抬到野猫坡、苏家塘坡一带，一排排、一行行，像贴蔃子一样地掩埋着。多少年来，每当天干地坼的夜晚，一堆堆的磷火，时隐时现，状至凄凉。

长沙沦陷时，1944年4月23日，阴雨连绵，日军马队驻进了冯家大屋。住在附近排山的陈三两兄弟正碰上日军出来打闹，他们来不及跑开，只好躲在家里住房楼上的草堆里，后被日军察觉，打得遍体鳞伤。日军又用刺刀把他们的脸戳烂，烟熏盐卤。还剩下一口气，就往麻山塘里抛。兄弟俩拼命挣扎爬到岸边，又被日军拖上岸来丢进尹家坳的井里。几天后，尸体已无法收殓了。

有个三岁小孩，逃难到冯家大屋附近，住在谷炳南家里，一个日军看见这小孩了，就用刺刀戳死，还挑起当作木偶玩耍，狞笑着。真是凶残到了极点。望城坡染坊有个青年名叫杨和生，被日军掳夫也到了冯家大屋。他正准备逃走，却被日军发觉。日军把他捆在大树上，灌进汽油。几天后，一身肿得箩筐大，尸体放不进棺材，就用一口大水缸掩埋了。

外地一个妇女路过冯家大屋，日军强迫奸淫，她拼命挣扎，日军就将她乳房割掉，乱刀刺死，丢到吴四塘水里，尸体腐烂，发臭生蛆，无人收殓。

4月25日，天还未亮，日军大队人马外出打闹。当时群众误以为他们走远，一时放松警惕，多从屋前经过。当张明亮、蒋锡忠等农民路过这里时，正碰上日军大队返回，不幸全被抓住，日军用两根箩索把他们的手串吊起来。张明亮被吊在尾端，扭松逃出，躲进猪栏下的粪池里，用马桶罩在头上，幸未发觉，后寻机脱离了虎口。当日下午4时许，日军发现一人逃跑，就将蒋锡忠等11人用一根绳索系着，牵到冯家大屋左侧的山坡内，全部用机枪杀了。

日军马队在冯家大屋仅驻了三天，割青苗、杀牲畜、烧毁家具不计其数，粮食糟蹋得一干二净。群众愤恨地说："吃活猪，烧花床，满垄青苗都割光。粮食撒满地，棉被垫马栏。强奸妇女，杀害农民，小孩当作木偶玩。真是杀人不眨眼的恶魔王。"

《冯家大屋二三事》

❖ 兰　烟：金线巷内点石成金

西区小西门附近有一条繁华的街道，名叫“金线街”，以前名金线巷，又称吕仙石巷。据康熙志载，从前，金线巷内有一户人家供了一幅吕洞宾像，将其悬挂在壁，他的儿子年幼，在学馆读书，每次回家必向吕洞宾像作揖。一日，放学归家，他在路上遇着一位鹤发童颜的道士，他看这位道士像家中供奉的吕洞宾，即拉着道士的道袍说：“你是我家的吕洞宾也。”道士笑而不答，便在路旁一块大石上敲下一小块石头给小孩，小孩回到家里，将石头交给父亲，说他刚才在路上遇着一位画中的道士，父亲便随他来到路旁的大石处，果然见上缺着一块，朝石上一合，仍为一块整石，但合处留下一线，金光闪闪。后来人们就将这地方称为金线巷，又称吕仙石巷。民间流传着“点石成金金线巷”的谚语。

金线街，濒临湘江，停泊船只较多，因吕洞宾好饮酒，一些生意人就利用他的声望，开设了不少酒店，来此饮酒的船工很多，他们饮酒深夜不归，一些娼妓应运而生，集于此，嬉笑之声通宵达旦。清光绪甲辰年间，赵尔巽抚湘，在这里开设实业学堂，培养实业人才，来此学习的青少年很多。实业学堂监督恐学生沾染不良习气，报请警署严驱娼妓，如是，娼妓都栖身在金线巷不远处的小金线巷、流水沟一带。1949年后，人民政府对妓女做了大量的收容、教育、改造和安置工作，娼妓活动基本绝迹了。

《神话中点石成金的金线巷》

第二辑

前尘旧事·一座水火淬炼过的老城

余　韶：长沙光复，两颗空炮弹“轰开”的城门

1911年10月10日，武昌首义，一声炮响，湖南新军士兵震动了，人人兴奋，个个激昂。

武昌首义消息传来后，在营士兵不论白天晚上、操场讲堂，三五个人一碰头就议论纷纷。有的说，湖北反正了，湖南应赶快响应，又说，湖南接应慢了，只怕湖北站不住，有人说怕巡防营反对；也有人说巡防营不会反对，硬要反对也不怕。性子急的人还想跑到湖北去投效，参加打仗；多数主张要在湖南搞起来，反对个别地跑到湖北去。每逢代表出外回来，就忙着打听消息，询问如何行动。群情岌岌，有一触即发之势。新军的纪律素来严格，此时为形势所迫，官长们对各代表外出不敢过问，对在营士兵的叙谈也不管了，偶然碰到也装作不见不闻，悄悄地走开。他们既不敢参加，也不敢阻挠。

…………

10月22日本是星期日，照例放假。左队官长们有的头晚夜假未回，有的吃完早饭就出去了。只有士兵得到了要行动的消息，没有一个出外，都扎紧绑带，心领神会地静坐等候。前、右、后各队的情形也是一样，彼此对着窗口，以目示意。

大家跑到营集合场，习惯地按前、左、右、后次序站成连纵队、营横队。这时没有一官长，只有前队队官胡兆鹏默默地走来，大家也默不作声地看着他，相持了一会儿，胡以温和的口气问：“弟兄们，你们今天要做什么呀？”我见没人答话，就站出来说：“我们要排满兴汉，请队官指挥。”胡慨然说：“好！”便抽出指挥刀走在前面，队伍成四路纵队跟着出了大营门。这时，工兵营的队伍也赶来了。走到惜字炉，路边有人喊：“快去邀炮

队进城呀！”前面的队伍加快了步子向炮队走去。又有人喊：“后面的队伍快去邀辎重、马队走北门进城啦！”工程队就跑过去了。

炮队的士兵也做好了准备，坐在棚内等候。我们的先头才进侧门，他们就哗的一声涌下楼来，跑到炮房把大炮拖出来，按着步炮秩序向小吴门急进。

这时，城门关了，城墙上站满了巡防营的士兵，都是全副武装的。大家一怔，赶快把队伍沿城墙下摆开，一片声喊：“开城！”巡防营的人带笑地说：“城门锁了，钥匙抚台衙门拿去了。”城下的人喊：“不开城就打！”城上的人都俯身摆手：“不要打呀！已派人拿钥匙去了。”我喊：“这时还要什么钥匙，把锁砸烂！”正在这时，由新河开来一列火车，我们喊停车，打了几十枪，火车开过去了。又回来喊开城，有的要爬城上去，有的喊：“开炮轰城！”炮兵营就拖两门炮对城门口一摆，啪啦两声拉开炮闩将空炮弹装进炮膛，我们自己只好出来做好做歹地喊：“莫打，打不得啦！这一炮开了，小吴门正街的人都会死光。”当时怕有其他变化，炮兵营有一连开到校场坪占领阵地去了。

正在相持不下，忽然城门开了。原来新军中清早进城的采买，得到消息，都挤到城门边来了。工兵营的赖福春等将城门锁打开，跑出来眉飞色舞地喊：“城内晓得了，快进去！”步营就进城向抚台衙门走去，炮兵把炮拖上城，向城中放列。城内的人民都兴奋地站在路边看，还有些铺子当时就搞些白布旗子挂起来了，表示欢迎。

胡兆鹏带着打抚台衙门的队伍，走到辕门外，那里的卫兵是善意对待我们的，我们的士兵也喊：“弟兄们不要多心，我们都是汉人，我们只反满人。”当时衙门内的卫队营立刻表示和我们一致行动。进入大堂，余诚格正和他的卫队营的一部分人讲话，一见我们到了，装着很镇静地说：“弟兄们，我们都是汉人……湖南都是好百姓，你们不要杀人。”随即用白布亲书“大汉”二字，叫人挂在桅杆上，他就进内堂去了，大家见他表现还好，就没去管他。

炮队营头目吴连宾、李金山同前队一路进去的，想抓黄忠浩，但不认得，只是喊莫让黄忠浩跑了。其实黄忠浩就站在余诚格旁边。他后面的一个差官向前努嘴暗示，大家拥上去，把他抓出来往外拖，当时就有人打了他几个嘴巴，有的还用刺刀在他的背上戳，拖到小吴门，把他的头割下来，挂在城墙上示众。

焦达峰、陈作新随即进了抚台衙门，把抚台衙门改为都督府。余诚格当晚在又一村的围墙上打一个洞潜逃了。听说是有一个大士绅帮助他逃走的，余还在他家中歇了一夜。四十九标进入抚台衙门不久，五十标易棠龄带的队伍也由又一村侧门进入衙门。

《辛亥长沙光复的东鳞西爪》

马少侨：蔡锷与他的护国神兵

蔡锷（1882—1916），原名良寅，字松坡，1882年12月18日（清光绪八年十一月初九日），出生于邵阳县东乡亲睦乡（今邵阳市郊区蒋河桥乡蔡锷村）一个贫穷的手工业者家庭里。蔡锷6岁时随父母迁居武冈山门横板桥(今属洞口县)，7岁入私塾读书。后来回到邵阳，得邵阳名士民主主义激进人物樊锥先生的赏识，免费收为弟子，初步接受了民主思想的熏陶，奠定了后来毕生从事民主革命事业的基础。蔡锷12岁考中秀才。1898年（光绪二十四年）3月，得督学徐仁铸的推荐，入资产阶级改良派南学会人倡办的长沙时务学堂学习。这学堂当时由谭嗣同任学监，梁启超任总教习。所倡学说，倾向民主政治。蔡锷以特出的才华为梁启超所器重，受梁启超的思想影响甚深。湖南巡抚陈宝箴励精图治，变法维新，考选学生出洋留学，蔡锷以第一名入选。尚未成行，不料这年8月，西太后策动政变，杀害了维新变法的激进人士谭嗣同等六君子，康有为、梁启超等逃亡日本。这时长沙时务学堂亦已被逼解散，蔡锷走武昌，欲求学于两湖书院，以系时务学堂旧生，被拒不许入校。乃赴上海考入南洋公学学习。1899年（光绪二十五年）春，应他的老师梁启超之招东渡日本，考入大同高等学校。加入唐才常领导的自立会，经常在一起研究革命问题，进一步接受了西方资产阶级民主革命思想的熏陶。1900年（光绪二十六年），义和团运动在北方展开，唐才常等回国组织自立军，准备在湘、鄂、赣、皖等省分五路起义，蔡锷这时亦辍学回国，积极参加这次起义的准备工作。自立军起义失败后，唐才常等遇难；蔡锷以先期回湖南串联，未遭毒手。仍走日本，始改名蔡锷。入梁启超主编的新民丛报社工作，并积极为该报撰稿，唤醒国人。……

▷ 蔡锷（1882—1916）

1906年（光绪三十二年）秋，蔡锷奉命赴河南参观秋操演习，担任中央评判官。事毕往北京，考察军事。1907年春，广西创办陆军小学，蔡锷兼该校总办，并兼兵备处会办。1908年，任新练常备军第一标标统，自桂林移驻南宁。1909年，奉命赴龙州任讲武堂监督，不久即迁往南宁；1910年复迁桂林，并任干部学堂监督、广西混成协协统等职。蔡锷在广西以全力训练新军，实现他的军国民主义……

蔡锷从湖南来广西，是应广西巡抚李经羲的邀请而来的。李经羲移镇云贵总督，一再电邀蔡锷前往。蔡锷认为广西方面“虽不见十分沆瀣”，“亦未尝稍衰礼遇，若恝然舍而之他，尚不能无介介耳”。直到1911年春天，始摆脱广西工作，前往云南。从此叱咤风云，为中国的民主革命事业做出了巨大的贡献。云南起义开始了全国性的讨袁护国战争。云南起义军队改番号为护国军，共有三个军的编制。蔡锷将军为第一军总司令，李烈钧为第二军总司令，唐继尧以都督兼第三军总司令，镇守云南。蔡锷将军所率领的第一军下有三个梯团，梯团司令由刘云峰、赵复祥、赵钟岳分别担任。朱德同志当时就在第三梯团任支队长。这是护国军的主力，由蔡锷将军亲自统领于1月16日入川作战。

蔡锷将军率领入川作战的护国军第一军，一共只有3100多人，而袁世凯直接调到前线的北洋军，就有曹锟的第三师、张敬尧的第七师、李长寿的第八师，加上四川都督陈宧所率伍祥祯、冯玉祥、李炳文三个旅，总数不下三万人。在兵力悬殊的情况下，蔡锷将军身先士卒，在纳溪棉花坡一带，与曹锟、张敬尧的北洋军相遇，鏖战半月，屡创顽敌。就在这时，蔡锷将军的肝病已日趋沉重，喉咙亦嘶哑失声了。

3月22日，袁世凯已处于势孤力尽的绝境，才下令宣布取消帝制，仍自称大总统，企图保持住他所窃取的统治地位。但全国反袁形势却并不因为袁世凯取消帝制的花招而缓和，仍在继续高涨，袁党内部也日益崩分。接着，广东、浙江、陕西、四川、湖南等省，相继宣布独立。6月6日，袁世凯在众叛亲离的忧愤中一命呜呼，由副总统黎元洪就任大总统职。至此，护国战争已基本结束。

《蔡锷将军事略》

彭　昺：袁氏爪牙，头号刽子手

袁世凯称帝期间，湖南的反袁驱汤（芗铭）斗争，此起彼伏。当时省会戒备森严，枪兵昼夜巡逻。记得1916年春初某天，我刚自乡间进城，时已薄暮，行至辕门上附近，忽被逻卒厉声呵止，不许通过。听说辕门上挂着人头“示众”，为之毛骨悚然。后来知道，是杨王鹏、龚铁铮等经孙中山先生派来湖南做驱汤运动，进攻将军署失败，致被惨杀，并同党死者42人。我当时急于过河往岳麓山，随即绕道他处，又碰到巡逻者高声喊口号。我以老百姓身份，无词以答，只好立时拱立逻卒之前，直认我是老百姓，不晓得口号。并任凭全身搜检，稽留许久，始准放行。

附和帝制，伪造民意，是汤芗铭督湘的重要“政绩”之一。他以青年中举，留学海外，一度加入同盟会，终被开除会籍。后来醉心名利，摇身一变，甘为袁氏爪牙。汤在表面上赞成军民分治，推毂老朽刘心源（光绪癸未科翰林）为巡按使，实则大权在握，一切仰其鼻息。其余如王闿运、彭清黎、吴嘉瑞等老翰林，均加礼聘。彭由巡按使署任为第二师范学校校长，但办学实非所长，不过一时利用。吴虽头脑较清醒，但长湖南高等师范，实亦被其笼络。王闿运的劝进电，是由汤芗铭暗中布置的。当时王氏年高，闻系授意其儿子用老父名义拍电，并未征得本人同意。总之，汤芗铭这种作为，完全是迎合袁世凯的心理，希望得新朝宠遇。

1916年7月，汤芗铭狼狈出走，他的卫队跟随溃退。当时铁路未通，汤率残部取道桥头驿、三姊桥、归义等处奔窜。败兵沿途骚扰，居民逃走一空，房屋什器，多被捣毁，以今日长岳路一线为最甚。我家居湘阴县新市以南，系通长岳小道，也有一支败兵经过。当时家人闻风逃避，仅留80多岁的老父守屋，结果食品被搜尽，幸而身体未遭虎口，但附近居民则多遭劫掠枪杀，受尽灾难。

《忆湖南的反袁驱汤斗争》

李振翩：驱张运动，向反动军阀的一次冲击

第一次世界大战后，中国已经历了一个长久的混乱时期，五四运动以后，中国开始觉醒。一班爱国青年知识分子，都愿意献出生命，来挽救中国。那时，湖南督军张敬尧，是一个没有知识的万恶军阀。毛泽东从北京回到湖南的首府长沙，他已经不是一个学生，但仍发动了学生运动，来反对张敬尧。长沙有一个湖南学生联合会，是由中学以上学校的学生派代表组成的，首任会长是湘雅学生张维。毛泽东发动学生运动时，正是由商业专门学校学生彭璜任第二届学生会长。我是湘雅学校学生会所派代表之一。毛泽东指挥学生，发动罢课。

湖南学生会开会时，我们提议罢课、反张。各人代表他本校学生会发表意见，有的赞同，有的反对，辩论很厉害。经过几个月的秘密工作，各校的学生会，大多同意罢课，于是湖南学生联合会最后议决罢课，由各校派代表二名，赴北京请愿撤换张敬尧。联合会秘密通告各校代表，于晚间乘火车到汉口集中。

我们到了汉口，在指定的旅馆集中，毛泽东已在这里等候我们。代表到齐后，便开会，讨论一切，把名称定为驱张请愿团，公推毛泽东为团长。范围也扩大了，参加的不限于学生。几乎天天开会，讨论宣传内容、进行方针等等。最后决定，留二三个代表驻在汉口，派几个代表到上海等大城市去联络并筹款，而绝大多数代表，则跟着毛泽东到北京去请愿撤张。在北京的湖南同乡很多，均痛恶张敬尧，毛泽东和他们联系，他们很同情并支持这个驱张运动。最后到总统府去请愿。当时的总统是徐世昌，在当时

军阀派别中，他是直系领袖。实际负责的是段祺瑞，他是皖系领袖，也是当时的国务总理。事实上，张敬尧也属于皖系，段与张是一丘之貉，段绝不会听我们的话而撤张的。不过有些代表到了湘南，和驻在该处的直系军人吴佩孚联系，吴是张敬尧所最忌的政敌。后来吴由湘南自动撤退，湖南军人便和吴合作，把张赶走了。

▷ 1920年初，毛泽东（左四）与进步团体辅社成员在陶然亭合影

这次驱张运动，是五四运动后第一次有领导、有组织、有严密计划的革命性行动。

《驱张运动的回忆》

谭特立：爱哭的“谭婆婆”

做过三任湘督的谭延闿曾经说过：“我是做惯了‘婆婆’，做不了‘媳妇’的。”不过，这位“婆婆”却是个出名的“哭婆”。

1911年10月底，湖南军政府第一任正副都督遭兵变杀害，案发后，长沙省城一片混乱，士绅们趁机散言，非谭三爷出来收拾残局不可，一些混哥儿四出活动，推荐谭为都督，其实这一切都是谭安排的，谭为了避免杀人罪名和提防革命失败带来杀身之祸的危险，装腔作势地躲在戥子桥下私

▷ 谭延闿（1880—1930）

宅不出来。各方代表多方敦请，谭延闿推让再三，然后才答应说："众位爱护延闿，却将延闿放在火上烤，现在政局混乱，百姓遭殃，若不是奉母命，卑职断不会出面维持秩序。"他说话哽咽，引起大家同情。谭被八抬大轿抬到都督府，一下轿来，就拜倒在焦、陈两都督灵前，"哀哉焦督，痛哉陈公"地呜呜大哭起来，导演一出"诸葛亮吊孝"的悲剧，使在场人也跟着流下泪来，随即登上都督宝座。

湖南人民"驱张"后，谭延闿从上海回到长沙，在又一村讲武堂招待湖南各界人士的大会上，声泪俱下地说："诸位来欢迎我，欢迎二字我不敢当，我此行是为与士卒共甘苦而来，是为向湖南三千万父老兄弟诸姑姊妹赎罪而来，如果有功的话。"他向台下人士深深一鞠躬，然后说，"是赵（恒惕）总指挥躬冒矢石之功，诸将士奋勇杀敌之功！"原来的南北战争时，谭延闿避难上海，如今坐收渔人之利，不免内疚于心，一路风尘仆仆，面貌黝黑的他，以雄辩的口才和动人的姿态，又一次混得人们的谅解和同情。

由于谭抓住督军、省长、总司令三权不放，引起了湘军内部派系的不满。程（潜）派发动倒谭的"平江事变"不久，赵派控制了湖南军事大权，在赵、程更番轮演"逼宫"的情况下，谭无可奈何地召开军政人员和各界人士联席会议，希望有人出面"平乱"，或挽留他专任省长，由赵就任湘军总司令之职。可是赵恒惕在会上"不声不气"，其他人也一言不发。谭派军人鲁涤见无人说挽留的话，就出来打圆场说："畏公是全国伟人，不只是一省伟人，今天的会，我们一方面欢送旧总司令，一方面欢迎新总司令。"谭听了这几句话，心如刀割，知道大家都在逼他离湘，不禁失声大哭起来。赵恒惕见状，给谭留一点面子说："于应祥（平江事变策动者）以下犯上，谋杀长官，此风不可长！"之后，又是一阵沉寂。谭延闿感到一切无望，只好表示连省长也不愿干了。"谭婆婆"只混了五个月的第三次督湘，就在这悲凉的气氛中结束了。不过，有关他的"哭"，是真，是假？是悔，是恨？有待读者仔细品味了。

《八面玲珑谭延闿》

张国基：新民学会，掀起全城反帝爱国浪潮

1919年5月4日，北京学生首先发动的中国人民的伟大爱国运动——五四运动爆发了，革命的风暴立即席卷全国。以新民学会会员和非会员积极分子为骨干的湖南学生联合会，在湖南的五四运动中是个最活跃的组织，起着先锋、带头作用。毛泽东同志自己写了要求大家行动起来的传单，用几个学校学生会的名义散发出去。新民学会会员日益紧张地活动，动员各校学生准备罢课，就在6月3日湖南学生联合会成立的当天，即通电全国，要求收回青岛，罢免曹、陆、章三个卖国贼；同时发布罢课宣言，长沙市所有大中学校当天一律罢课，湖南全省所有各级学校都相继罢课了。

湖南学生联合会第一任会长是彭璜，他是新民学会会员，商业专门学校的学生，我也是学联会成员之一。毛泽东同志因早已毕业，名义上不算

▷ 1919年11月新民学会部分会员在长沙周南女校合影（后排左四为毛泽东）

学联成员，实际上他是参与统筹全局的。他原住在修业学校，学联成立之后，为了指挥方便，有时他就住在商业专门学校里。

湖南救国反帝的革命运动达到高潮之时，大力宣传马克思主义、列宁主义的普遍真理和十月革命的历史经验是十分必要的，这样才能更广泛地发动群众，进一步地启发群众的觉悟。因此，毛泽东同志建议学联出版一种有高度政治思想性的定期刊物，大家一致通过，创办《湘江评论》，并推举毛泽东同志担任主编。

除了主办《湘江评论》外，毛泽东同志还指导学联会积极参加由当时湖南省商会和省教育会主持的国货维持会，推动以抵制日货为中心的救国运动。国货维持会派出许多学生到各商店去，一方面宣传爱国反帝，另一方面检查日货，查出日货就封存起来。可是有些奸商阳奉阴违，暗中仍在贩卖日货。为了惩一儆百，国货维持会、学生联合会、绸布业分会联合举行游行示威，把全部查获的日货由游行队伍扛起，经过热闹市区，送到又一村教育会前面的广场，堆集一块，淋上煤油，放火烧了。

湖南地区的五四爱国运动兴起以后，湖南人民和革命学生的矛头就直指万恶军阀张敬尧。作恶多端的军阀张敬尧，原属北洋军阀中的皖系，是段祺瑞的忠实走狗。他是在1917年冬至1918年初，在北洋的直皖联军与南方的湘桂联军混战时闯进湖南的，爬上了湖南省督军兼省长的宝座。他横行霸道，作威作福，搜刮民脂民膏，摧残教育，钳制民主思想，湖南人民恨之入骨。五四运动一爆发，张始则严密控制，继则暴力镇压，禁止示威游行，停发教育经费，采用种种恶劣手段，进行反扑，这无疑火上加油，湖南全省工人、农民、学生和知识分子决定一致行动，与他进行针锋相对的决死斗争。

《回忆新民学会的反帝爱国活动》

邢环锡：七朵金花闹长沙

1925年秋，慈利县首届高等女子小学涌现一批年轻女生，我们可说都是大家闺秀，有七名同学毕业后，同时分别考上湖南省办的兑泽中学和明宪、汉光、周南女中。即蹇先任在兑泽，熊茂淑在明宪，张玉琴、刘文珍在汉光，王佩仙、黎君彩和我在周南，我们年龄最大才19岁，数我最小16岁，一般都在17至18岁。由于特殊原因，我和先任比她们迟去一期。当时我的祖父母还健在，他们视我为掌上明珠，不让我离开他们，说："女儿家能识几个字就行了。"要我安分守家，待在闺房中，我经不住同学们的新思想诱惑，高低不依，整天苦闷不堪，家里人见我没法，加上父亲虽属十大把持之一，但他比较开明，正如1949年后，袁任远同志评价的，他是开明绅士，支持了我的行动。我们七位同学虽不在一个学校，但常在星期六集会，如同亲姐妹一般，同学们也羡慕我们之间的姐妹之情，从此，七姐妹便传到了家乡。

当时慈利在长沙的共产党人不少，如袁任远、杜修经、张一民、朱莽、莫和初他们虽是北京大学生，也常在长沙活动，莫的家安在岳麓山下，入学不久，我们七个姐妹几乎同时加入共青团组织，带头剪了长辫子，一色成了齐耳短发。活动地方以周南女中为据点，当时我们的校长朱剑凡本身就是地下党员，他的儿女都是党的成员之一。杜修经在省学联工作，他非常活跃，也常来到我们姐妹中间给我们传播革命理论。到1927年3月，湖南的农民运动已蓬勃兴起，其势如暴风骤雨，迅猛异常，无论什么力量都压抑不住……一切帝国主义、军阀、贪官污吏、土豪劣绅，都将被他们葬入坟墓，学生运动随着农民运动的兴起，发扬"五四"革命传统，随波逐浪，冲锋陷阵。我们七姐妹如初生的牛犊，站在反帝反封建的斗争最前列。女同学跟男同学一样，个个身着灰色军装，脚打绑腿，腰系皮带，英姿飒爽，好不威风。写标语，自写自贴，大街小巷，都留下了我们的脚印，自编自演新戏，敢在几千人的集会上尽露风流，游行时，一马当先，处处显示了湘西女人的辣味儿。不料我们的行动被一些守旧派告诉了家中，家中父母写信劝我们，要我们放规矩点，我们哪听那一套，越来越精神。记得有次冲进省府，要面见省主席赵恒惕，警察阻拦我们不让进，我们高呼“打倒列强、打倒军阀、打倒赵恒惕！”的口号响彻云霄。赵恒惕一直不敢露面。在我们强大政治攻势下，只好颤巍巍地见一面后赶快如乌龟缩进壳中去了。我们不服，警察用上了刺刀的长枪对准我们，我们毫不畏缩。他们只好且拦且退，我们胜利了。黎君彩是个活跃分子，大声对同学们叫道：“别看我们年纪小，敌人见了往后跑。”我们接着又声援上海革命运动，搞得轰轰烈烈。

记得第二次闹得最凶的是冲击日本、英国的领事馆，他们将门紧闭，我们就用篙子戳开玻璃窗户，将里面的玻璃用具打得稀烂，他们连声也不敢吭，冲到湘江岸边，见日本的“戴生昌”轮船正停在江边，我们便用汽油将其烧了，火光冲天，大家拍手叫好。那些警察干瞪着眼，也不敢阻止我们。

我们的行动一次一次得到省学联领导及地下党组织负责人的肯定。不久，我和王佩仙、黎君彩三人被送进省党校学习。记得有毛泽东、邓演达等同志给我们讲过课。对我们的思想启发很大。记得毛泽东讲的是《湖南农民运动考察报告》等内容，使我们更加明白了革命前途，鼓舞了斗志，我们准备将其他几位姐妹都推荐进来时，不料蒋介石于4月中旬在南京叛变革命。不到一个月，长沙驻军许克祥于5月21日深夜发动了震惊全国的“马日事变”。这天夜里，许部倾巢出动，围攻了省总工会，当时正在这里学习的慈利青年蹇先为差点被捕，连鞋也跑掉了，我们党校是重点，因为我们都是武装了的，男同学都发了枪支弹药，敌人的目的是先缴我们的枪支，这天夜里，同学们还在酣睡中，许部气势汹汹地冲进校内，直冲男同学宿舍，同学们在慌乱中奋起抗击，因众寡悬殊，全部被缴械，两名同学光荣牺牲。继而许部向我们女生宿舍挺进，大声吼道：“出来，快出来！”其实我们早已撤到校园中隐藏起来了，他们四处搜索，未发现什么，就悻悻而去了。离校时，将大门全锁了，我们全体同学都被围困在学校里面，夜深沉，心如焚，没有泪水，只有愤恨，大家相对无言，直坐到天明。次晨，许部又冲进校里，恶狠狠地将我们全部赶走，不准带任何物品，就这样我们三人与大家一样，愤愤地，默默地，一无所有地在敌人寒光闪闪的刺刀逼迫下离开了党校……最后经两位姐姐张玉琴、刘文珍的提议，转到岳麓山莫和初家中去，主意已定，大家绕道来到莫家，莫和初热情接待了我们，并及时告诉了慈利地下党人。慈利地下党成员刘子京来长向我们说了慈利的情况，还说慈利反动势力抓我们，说我们是“暴徒”，叫我们暂不要回家。不久传来他被捕杀害的噩耗，使我们都沉浸在无限的悲痛之中，悲归悲，痛归痛，我们擦干泪水，化悲痛为力量，在极其恶劣的情况下，坚定“胜利是属于我们的”信念。在迷雾中、风雨里继续与敌人进行斗争，迎接平江、浏阳农民自卫军进攻长沙，冒着随时牺牲的危险，走街串巷，暗送传单，偷贴标语，满怀信心地为农民自卫军攻长沙取胜告捷，谁知事未成，更遭敌人镇压，满城大逮捕、大屠杀，在蒋介石“宁肯错杀三千，不可放走一个”的口号下，组织遭破坏，大批革命同志被捕入狱，杀头失踪……为了安全，保存力量，不做无谓的牺牲，姐妹只好挥泪告别长沙，各自寻求自己的立足之地。张玉琴随莫和初经武汉去了北京，我和王佩仙、黎君彩、蹇先任经湘江过洞庭到津市，乘坐渔船到石门，几经周折才回到慈利。姐妹们虽各自已隐蔽在地下，但仍保留着过去那份亲热，那份锐劲，那份朝气。没多久，蹇先任与弟弟先为一道参加了贺龙领导的工农红军。光阴韶华如逝水，当年的年轻人，如今多已作古，存者也是白发苍苍的老者了。但那段富有历史意义的并肩战友之情却永远留在历史最光彩的一页中。

《七女闹长沙》

❖ **陈伯勋：**北伐军进城

（1926年）7月上旬北伐军已由衡阳向长沙推进，7月9日，叶开鑫自长沙逃走，省工团联合会组织工人保安队分守省城八门，维持秩序。吴、叶残部退守岳阳、临湘一带，第四军叶挺独立团配合第八军在攸县、浏阳、平江等处扫荡残敌，当地农民群众替北伐军带路筑工事、架桥梁、侦察敌情，军民结合，如鱼得水，打得敌军抱头鼠窜。

▷ 行进中的北伐军

当北伐大军接近长沙的前夕，我奉派负责布置市教育会前门和东、西辕门三丈高的牌楼，一律用生花和松柏结扎，上面双凤朝阳，正中四个大字："普天同庆"，两边对联："兆民允殖""万众胪欢"。各繁华街道，如南正街、坡子街、八角亭、走马楼、老照壁、小吴门正街等则由市商会责成同业公会负责扎好牌楼，上写金字："万民景仰""万众欢腾"。我们督促限日竣工验收，花圃业工人王星阶、王正培等不分昼夜，按时完成任务。炎天暑热，筹委会请市商会以及郊区农民，自新军路至新开铺一带，沿途设置茶水站，经费由商会负责，我和朱省三、彭国兰一道前往沿途检查督促。

7月12日凌晨，各团体学校，按先日布置欢迎队伍，由小吴门、浏阳门出城，指定地点集合，鹄立公路两边。手持欢迎旗帜，准备鞭炮燃放。约在上午11时，先头部队国民革命军总政治部宣传队进入长沙，他们发传单，贴标语。布告："我军讨伐民贼，不是略地攻城，志在完成革命，决心救国救民"等语，后面署名主任邓演达，副主任周恩来、郭沫若。进驻长沙的大队人马是第四军、第七军一个师和第八军，他们成四路纵队，军容整齐，一色的绿制服、横皮带、三八式步枪、水壶被包。军官斜皮带马靴、白手套，中间是总政治部主任邓演达、副主任郭沫若、俄国顾问鲍罗廷、加伦将军、第六军党代表林祖涵、第二军党代表李富春、第八军党代表刘文岛。总指挥唐生智骑高头大马，后面是总司令蒋中正，乘坐四人轿，穿白西装、光头，竹帽拿在手中，与欢迎人员频频点头。其时，鞭炮声齐鸣，宣传队四处张贴"打倒帝国主义""打倒军阀""减租减息""实行联俄、联共、扶助农工三大政策""实现二五息、耕者有其田""实行八小时工作制""男女平等，同工同酬""保护童工"等标语。

7月15日，省会各界在市教育会坪举行欢迎大会，由筹备主任郭亮主持。会场正中悬挂孙中山先生像，两边是马克思、列宁像，主席台上就座的有唐生智、邓演达、郭沫若、林祖涵、李富春、谢觉哉等。主席郭亮致欢迎词，热烈欢迎国民革命军北伐胜利、打倒军阀、统一全中国，救民水火，解民倒悬。继由总指挥唐生智、邓演达、郭沫若、林祖涵、李富春等相继演说，大意都是说北伐军出师讨贼、吊民伐罪，为实现总理遗教共进大同，希望后方人民群众努力生产支援北伐，最后对参加大会的各界民众，每人发给"铁血救国"三角形证章一枚，以作纪念，约5000枚。

当时北伐军首长分别驻在藩后街藩台衙门旧址湖南省长公署及湖南省议会，队伍驻扎在协操坪四十九标、五十标，稍事休息后，即北上岳阳，攻进鄂境，不日也攻克汉阳、占领汉口。长沙市传闻捷报，即举行祝捷大会、夜间提灯会，通宵达旦，载歌载舞，鞭炮声响彻云霄，盛况空前。市商民协会发动各界捐献慰劳品如香烟、牙刷、牙膏、毛巾等，集中在鱼塘街商协戏台楼下，派李光烈、陈伯勋看管，挂两个车厢由易静谨等二人解送武昌劳军。

国民政府昭告中外各界人士的文告，我还记得其中有：“慨五州之流血未干，痛沙基之惨案又至，志士仁人心忧祖国，登高一呼全国响应。省港罢工使香港几成荒岛，义师所至，人民皆箪食壶浆，拔长江之天险，渡汉上之名城。吴佩孚闻风丧胆，孙传芳草木皆兵，统一中原，指日可待，凡我军民敌忾同仇！”

《回忆北伐军进长沙》

张季任：蒋司令阅兵与唐生智反蒋

1926年，我在长郡中学读书。暑假回到宁乡家中后几天，北伐军就于7月11日攻克了长沙。我闻讯后，异常兴奋，急欲离家返校，一睹革命军队进驻长沙后的新气象，并做点力所能及的工作，还想打听一下有无革命学校或训练班招生的消息，以便争先报考。因此，于8月初就提前回校，这时先后到校的同学已有数十人。

8月14日清晨，一个姓钟的同学对我说：“今天蒋总司令在协操坪阅兵，必是大场面，你去看不？”我说：“那还不去？！”随即邀同四五个同学，连早饭都顾不上吃，急忙赶往现场。我们由三府坪出发，经水风井出小吴门直奔协操坪。

进场通道，警卫森严，不能进去。好在四周没有围墙，我们站在坪侧，也能看得清楚。这时场内全副武装的官兵，是首战告捷的胜利之师，排着整齐的队列，精神抖擞，容光焕发，等待接受检阅。他们是国民革命军第

七、八两军在长沙的部队，从右至左，按序排列。看上去第七军约有万把人，第八军大约还多一倍。少顷，从城里出来十多匹高大的骏马，向协操坪走来。骑在马上的头一位是蒋总司令；第二位个子不高，体魄健旺，是第七军军长李宗仁；第三位蓄八字须的是第八军军长唐生智。后面是这两个军的师、旅长，其中我只认得第八军第一师师长何键一人。

▷ 蒋介石阅兵

他们一行进入协操坪后，七、八两军的“值日官”向蒋总司令报告受检人数，随后蒋介石开始检阅部队。各军、师、旅长紧跟在后，从第七军右端开始，按辔向左徐行。士兵依口令举枪敬礼，蒋介石频频举手答礼。第七军由广西出发，转战千里，服装都已褪色，也无乐队。第八军是湖南本地部队，唐生智又好讲排场，士兵一律着草绿色新军装，排头除有庞大的军乐队外，接着还有一支军号队。军乐、军号都是新买的，在阳光照耀下，熠熠生辉。当蒋介石等坐骑接近八军队首时，军乐齐鸣，悠扬悦耳，紧接着军号一齐吹奏，声音极为洪亮，岂知蒋介石的坐骑顿时受惊，前蹄高举，把蒋掀翻落地，一只脚还嵌在马镫里。马向坪中狂奔，蒋介石被倒拖几丈远，才抽出脚来，我这时也是惊心动魄，为他的安全担心。各将领急忙下马，前去将他扶起，拭去身上尘土。这时蒋已狼狈不堪，但仍勉强振作精神，和各将一起弃马步行。检阅完部队，登上检阅台，再行检阅分列式。最后，蒋介石还向全体官兵训了话，这一庄严盛大的阅兵典礼，勉强草草收场。随后七、八两军的受检部队相继北上，继续北伐。

北伐军进入长沙后，在政治部门散发的各种宣传材料中，有一种用硬纸印的四寸相片，都是国民革命军重要将领的半身相，背面印有简单的文字，称之为“名言”，如“蒋总司令名言”“李军长名言”等，都通俗易懂。唯有唐生智的相片，背面所印的“唐总指挥名言”，我当时很难理解。开头几句是：“强暴的淫威，在业报的水平线上，遇着强有力的抵抗，这就叫革命。”后来有一个姓刘的同学，其父亲在唐生智部下当官，他对我说：“唐生智在部队提倡官兵信奉佛教。他相片背面的‘名言’是佛教用语。”还说：“唐生智的营幕中有一个姓顾的和尚，据说能知过去，预卜未来，神通广大。唐尊他为师，对其言听计从。那次蒋介石阅兵坠马，顾就大肆渲染，对唐生智说：‘这是一个大吉大利的好兆头，说明蒋介石是过不了第八军这一关。日后蒋介石倒台，全国的军政大权，必将落入你唐孟潇将军之手，你应好自为之。’这话不独唐生智很感兴趣，在八军官兵中也流传着‘蒋介石过不了八军关’这一议论。”

1927年，北伐军在河南攻克郑州等重镇后，部队撤回武汉。唐生智的第八军原已扩充为八、三十五、三十六三个军，唐也已由前敌总指挥当上第四集团军总司令。这时，蒋介石嫡系部队和桂系军队在龙潭与孙传芳主力苦战之后，兵力损伤很大。9月间，唐生智趁机反蒋，发动东征，分江右军和江左军直下芜湖、安庆。他本以为可以一举攻下南京，讵料南京方面也组织包括李宗仁、白崇禧、程潜、叶开鑫等许多部队在内的西征军，向唐生智部进攻。唐部败退，唐本人于11月11日晚乘轮船东渡日本。

唐生智下野后，由桂系李宗仁任第四集团军总司令，白崇禧任第四集团军前敌总指挥，并于1928年率部“第二次北伐”，击溃了张宗昌部后，进驻北平。

1929年春，唐生智由日本回到上海。时值蒋介石正企图解决桂系，根据形势需要，委唐生智任第五路军总指挥。唐重掌兵权后甚是得手，赶走了白崇禧，又在河南打败积极反蒋的冯玉祥的部队。这时蒋介石非常高兴，亲自来到郑州，对唐特别亲热，表示唐要什么，就给什么，要想干什么，他都支持。另外，还向郑州地区的军队下了一道命令，大意说：“孟潇（唐的别号）将军有军事天才，我不及他，你们都要听他的指挥。听他的指挥，等于听我的指挥一样……”但是，这年12月，唐又通电反蒋。不久，在唐的通电上署名的二十几个将领中，多数被蒋拉拢收买，有的否认署名，有的徘徊观望，更有出兵打唐的。另一方面，蒋介石又派重兵进攻。唐生智彻底失败，被迫化装离开了部队。

《蒋介石长沙阅兵与唐生智反蒋》

黄沅庆：腥风血雨遍长沙

1927年蒋介石在上海发动“四一二”政变后，又指示湖南反动军官策动反革命政变。同年5月21日，国民党第三十五军军长何键在长沙发动了“马日事变”反革命大屠杀。

当时，我家住在中山东路船山学社旁边，目睹了事变当晚的情状。这天晚上打过二更后，三十五军独立三十三团团长许克祥的军队，开到了小吴门正街，埋伏在船山学社附近烈士祠的墙下。因为社内驻扎着农民自卫军和工人纠察队，同时社内还关押着十多个土豪劣绅。当时，学社社址的地形是：东边系烈士祠，祠的南面是一块大坪。自从坪中焦达峰、陈作新、杨任三位辛亥首领烈士的铜像于1924年迁到北门湘春路烈士祠后，这里恢复了原名——曾文正公祠，大家习惯叫曾公祠。大坪的南面临街，有东西两张辕门，门两边是麻石墙，墙的上面是铁花栏杆。许克祥的军队以麻石墙做掩体，一字散开在墙下，在东侧两张辕门口堆放沙袋，竖架两挺机枪，对准船山学社大门。住在大坪西面的老百姓连小孩一个也不准出去，但外面回家的可以进来。此时，在学社内的农民自卫军与工人纠察队已得到消息，并已将人员埋伏在大门口横贯东西的一条无水长沟内，以为掩体。双方剑拔弩张地对峙着。刚刚打过三更，反动军开始射击，一时枪声大作，步枪、机枪直向船山学社大门射击。农民自卫军与工人纠察队即时还击，双方激战，枪声密集，弹如雨点。不多时，农民自卫军这边吹起了冲锋号，高喊着杀声向南面冲击。终因反动军队枪弹过密，无法正面突击，只好退入学社，由后面艺芳女校（现在的第十四中学）走局关祠退却。一部分人从屋上向西面水风井、胡家花园退却。反动军队不知虚实，见农民自卫军与工人纠察队没有还击，亦不敢前进，机枪也停止射击，只有步枪随时断续地响几枪，似拟待天明后再行前进。

鸡鸣报晓，东方微明，天正下着小雨。坪的西边竹篱管巷内北头，住着个姓王的单身汉。他过去在军队里当过班长，人们习惯叫他王班长。是时，他急于大便，而厕所在坪的东边恰茂成南货店的墙脚下，他见没有打枪了，便横过坪去方便。当他回来时，一粒子弹却穿进了他的大腿。另一被打伤者是王象恒的儿子，叫兆子，才三岁，双方交战激烈之时，一粒子弹从他的右边乳房打进去，弹头漂皮而过，后在医院里从右肩头取出弹头。

有两位工人纠察队队员从船山学社西边墙根躲入我家后面猪圈的楼上。他们是小吴门正街吟章币局的工人，直到反动军队进入船山学社、街上解除警戒后，他们才由我家走出去了。

反动军队进了船山学社，释放了被农民自卫军关押的十几个土豪劣绅。我到竹篱笆边向坪中看，见坪中打死六人，地面上一摊摊的血迹，巷子内井边也打死一人，真是惨不忍睹。后来，我到船山学社及曾公祠后门去看，见沟边麻石上还有许多血迹。

反动军队接着就是疯狂地捕杀共产党人。住在小吴门正街湖南商药局隔壁的黎二公是个老中医，他的三儿子在读高中，平日文静少言，大家叫他“黎三姑娘”，一晚，被国民党反动派抓去，杀在十字岭。东站路浏阳门口杀了一人，系老照壁徐松泉茶馆的少老板、商民协会的要员徐亮采。听人说，徐死后他家里曾拿出六块光洋请人整容，将人头缝接在颈上。

教育会坪中某日上午，一次杀了六个人，内有三个是不到20岁的女学生，相隔约四米杀一个，看的人围了六个圈圈。另浏阳门外十字岭一次杀了四个人。总之在那“宁可错杀三千，不可放走一个”的反动口号下，隔一二天清晨，就可听见吹号杀人声，同时也能听到喊共产党万岁的声音。黑云密布，当时的整个长沙城都笼罩在反革命白色恐怖之中。

《马日事变的片断回忆》

万天石：怪人陈五耐

湖南省长沙市出现过一位非常有趣的人，称之为怪人，也不为过。此人姓陈，学名五耐，又名家耐。别人开玩笑喊他做陈无赖。他也笑着答应，毫不在乎。

这位怪人陈五耐，住在长沙市营盘街，是清朝光绪十年（1884）出生的。由于家道中落，只读过一本三字经，就再也无力上学了。小时候，他替地主看过牛，当过读书人家的书童。辛亥革命那年，他混进四十九标当过新兵。民国初年当过湖南都督衙门的卫兵。后来到了广州，1924年黄埔军校开办时，他分配在黄埔军校头门口站岗放哨，自称是卫兵司令。

他为什么取名叫陈五耐呢？原因是他有五耐的本领：第一，冬天虽然寒风刺骨，他却不穿棉袭，耐寒。第二，夏天赤日炎炎，汗流浃背，他却仍穿一件破夹衣，耐热。第三，经常家无宿粮，有时几天不见炊烟，耐饥。第四，不怕别人的冷嘲热讽，耐辱。第五，做事不怕艰难苦楚，耐苦。由于有了上述五大特点，故自命为五耐先生。他还另有一个特大的优点，即从来不近女色，故一直终生不讨老婆，甘当光杆儿司令。

1931年，何键在湖南当省主席的时候，陈五耐曾一度改名为陈嘉佐。原因是：当时有个军长叫陈嘉佑，他改名陈嘉佐的意思是告诉别人，他系陈嘉佑的弟弟，以此来炫耀炫耀，让男人尊敬他。

陈五耐也学达官贵人的样，印了一盒名片。名片上印的官衔是：清朝大学士跟前侍读；前湖南都督府卫兵长；前陆军总部门卫官；前广州临时大总统府卫兵长；前广州黄埔军校门口卫兵司令等等。后来又加印了一条官衔：前北伐军总司令客卿。他所指的客卿是在那儿做过客。

1932年的秋天，陈五耐向别人借了一件半新哔叽长袍，带着印好的名片，去到小吴门正街（即现在的湘江宾馆）何公馆，站在门口等候何键出来，足足等了十多天，一直没有见到何键，他并不就此灰心，仍然天天前去守候。幸好，一天下午，何键步行送客出门，刚要转去的时候，陈五耐怎肯放过这一特好的机会，他三步并着两步，立即跑上前去，一把握住何键的手，说："主席，我等候您已很多日子了，今天总算有幸会见了您。您一定要替我帮帮忙呵！"

何键起初吃了一惊，立即目视门口的卫兵，意思是要卫兵将陈赶走。卫兵果然上前干预，准备将陈轰开。可是陈五耐死死握住何键的手腕不放，死皮赖脸地不肯离开。何键被他缠得没有办法，只得开口问道："你找我有什么话要说？你就快些说吧！"陈五耐哀求道："我没有别的事找您，只求您给我一个差事。我什么事都愿意做！"

何键怕他纠缠久了，耽误别的事儿，低低地问他道："你身上带了名片来吗？"陈五耐兴高采烈地从身上取出名片，双手呈上道："这是我的名片！"何键将名片仔细看了一阵，忍不住笑了起来。随即，从口袋里摸出一支钢笔，在名片背后写道："请盐务处陈处长酌情安置！"

那时的盐务处长陈如金，浙江人，是最服从何键命令的人，他见陈五耐名片后面确系何键亲笔所书，不敢违抗。可是处里编制名额已满，又不能随便加人，怎么办呢！陈如金为了此事考虑了很久，最后才想出一条妙计，即给陈五耐一个额外顾问的名义，每月送30块光洋给他。陈五耐当了额外顾问，雀跃不已，马上又在名片上添了一条官衔。

陈五耐仅兄弟二人，都未结婚，兄弟住在一室，既是同胞，又是主仆。陈五耐当了额外顾问之后，他拿出十块光洋买了一部别人不要的破面包车，轮胎早就没有了，只剩下一层胶布裹在轮盘上面，拖起来就像是铁甲车，隆隆作响。他要弟弟当车夫，自己则坐在破旧的铁轮包车上出门会客，还扬扬自得。别人喊他为“铁甲车司令”，他欣然受之，而且点头招手，怡然而过闹市。

陈五耐这个怪人，消息却非常灵通，凡属长沙市中等以上人家办红白喜事，他都事先知道。不管他认识与否，他总是坐着那部“铁甲车”前去帮忙。去时，买了红白纸张，请人写上几个字带去，聊表秀才人情。他兄弟二人去到别家帮忙当招待，别人不便拒绝，一吃就是一个整天。所以他们家里经常不见炊烟。

有一次，一位当厅长的父亲死了，办丧的那天热闹非常。陈五耐同样坐着“铁甲车”前去帮忙，这一回，由于没有向写字的人说明死者是男是女。纸上写的意思是“驾返瑶池”四字。送去后，引起丧堂的一片哄笑。陈五耐始终不知发笑的原因何在。(因为“驾返瑶池”只能送给已死的女人，不能送给男人)

1937年，戏剧家梅兰芳先生到长沙来演出，曾在青年会西餐部招待长沙市新闻记者。陈五耐并未接到梅先生的请帖，竟也贸然坐着“铁甲车”前去赴宴。梅先生莫名其妙，问他是哪家报社的?陈五耐认真地说：“我既是盐务处的额外顾问，也是长沙各报的额外记者。今天是莫名而来。”他将慕名而来，说成是莫名而来，引起大家哗笑。

另一次，湘春园戏院演湘戏“小将军打猎”。陈五耐坐着“铁甲车”从戏院门口经过，一见大字海报，立从车上跳了下来，大声念道：“今天演小将军打腊呵！”周围观众见状捧腹大笑。陈五耐颇不以为然地对大家说：“你们不要笑，小将军打腊，比大将军打腊更为出奇呢！”

1944年，抗日战争进入紧张阶段，陈五耐来不及离开长沙，长沙已被日寇攻陷了。那个时候，日本人在长沙街上横冲直撞，寻欢作乐，其猖狂态势，令人发指。有一次，一位日本高级军官在伪维持会的客厅里大开筵席，大宴宾客。陈五耐仍然坐着那部隆隆作响的铁甲车前去赴宴。他请别人写了几个字在红纸上面，带去送给日本军官，作为见面礼物。日本军官初时还非常高兴，及至打开红纸，发现上面写着“还我河山！”四字，脸色陡变，大发雷霆，立将陈五耐投入了监狱。之后，长沙街头，再也见不到陈五耐和他那部铁甲车的踪影了。

《北区怪人陈五耐》

唐之准：警报叫，阎王发来追魂票

1938年4月间，我在湖大住读。两天前，汪精卫到湖大对学生做了一番激励人心、劝说大学生投笔从戎的演说，学生们激动得难以平静。星期六晚上，住校的学生很晚才入睡，第二天9点钟我们还未起来，可这时湖大所在地岳麓山上已布满逃警报的人了。因为当时长沙市内没有完善的防空洞、地下室，都把岳麓山当作天然的防空场所，天不亮就赶着过江到山上。这天星期天，人更多，几乎遍山都是人。

突然，警报响了，预备和紧急警报几乎是连在一起来的，而更快的是敌机，警报声未完，飞机已到山顶上空。这次空袭一反常例，没有侦察一圈，没有俯冲，也没有领队机做目标试投，而是七架一横列进行高空投弹，一批过去，一批又来。我们刚仓皇地披起衣服逃出宿舍，宿舍旁的图书馆楼就被炸倒了一角。我滚到山水冲刷出的一条小沟里躺着，只见敌机一批又一批的一会儿从南到北，一会儿由东到西，有时成十字，有时交叉，狂轰滥炸，弹如雨下，究竟有多少敌机也无法数清，但估计最少有四五十架。随后，又改为低空机枪扫射，直炸得满山树叶、树干横飞。我躺在水沟里，也不时有子弹“飕”“飕”地从头顶飞过。这样轰炸、扫射了几十分钟后，敌机走了，人刚刚立起身来，忽然又一批敌机悄悄地飞来，又是轰炸扫射了一阵，才真正飞走了。我站起身，发现衣服下面一片红色，我以为自己

▷ 1937 年 11 月长沙被日机轰炸后小吴门附近的弹坑

受伤了，仔细一看，原来是躺在水沟外面的一个人被炸死了，血水顺山淌在我身上。山上到处都是哭声、叫喊声、呻吟呼救声。究竟死伤多少人？始终未公布，只是运死人、伤人的汽车，不知开了多少车，还有更多的死尸由别人就地找个洞或山沟埋掉了。

《日机在长沙的又一次大轰炸》

易列卿：司令官儿严厉禁赌

第一次长沙会战，中国军队大捷后，双方停止战斗，对峙于新墙河及汨罗江一线。数月来，战争未见恶化，仅有敌机飞来长沙扰乱。敌机去后，人心安定，市面繁荣，来往人员频繁。

当时，湖南省政府已迁至邵阳设立行署，各厅处机关、学校都已疏散沅陵、芷江、衡阳、邵阳、耒阳、湘乡等地，重要机关早已搬迁疏散。长沙是日军攻侵之要地，但仍处于一种繁荣的状况。市上繁荣，茶楼酒馆高朋满座，娱乐场所有电影、京剧、湘剧、花鼓戏……疏散的机关又陆续迁回，杨湘纶袜厂、五福鞋厂等公私工厂仍然在生产，八角亭的绸缎商店，李文玉、佘太华的大金号，药王街的湛广兴颜料号，徐长兴、德园已恢复营业。

当时市面上军民不分，政府的公务员一律着草绿色军装，失业的小商小贩也着绿色军装，似乎全民皆兵。但与战争气氛不相符的是，作为全省指挥中心的省会长沙却一片歌舞升平，牌赌风行。公务员上班打牌，迟到早退，军人不守纪律参与赌博者比比皆是。银行、钱庄人员，通宵参与打牌赌博，市民聚众赌博抽头。打牌赌博成了正当职业，输赢惊人。有的倾家荡产，有的输光不能生活，悬梁自缢、投江自尽者时有发生。时任九战区司令长官兼湖南省主席的薛岳知其情况，严禁赌博。长沙市区内外及湘省所属各县区均已张贴布告：今后发现军人公务员打牌赌博者，一经抓获，经军法判决死刑，决不容情，市民罚劳役5至10年，自公布之日实施。

薛岳治政严厉，说到做到。当时，我在宪兵一团，随部驻长沙，即曾听到薛岳严厉禁赌的两件事。自禁赌令公布后，省会赌风有所收敛，但仍有一二胆大者抱有侥幸心理。一次，湖南粮食管理局第二科科员谢铁成下班后，偷偷摸摸来到邻居家中打麻将，至12时后被巡逻警察抓获，押至文艺路第九战区长官部军法处收审。第二天，长官部大礼堂即召开宣判大会，到会者1000多人。法官一心想救谢铁成。大会开始，军法官问谢铁成，你什么时候脱离粮食管理局的，是请长假？谢铁成答：我昨天还在上班。军法官又问，谢铁成，你们打麻将是做游戏吧？谢铁成答，是打钱的。军法官心一沉，没办法，我救不了你。该死！

结果大会宣判：谢铁成身为公务员，违犯长官严禁公务员赌博打牌命令，判处死刑，立即执行。谢铁成是湖南省粮食管理局谢铮局长的侄儿，谢局长得知其情，悲痛成疾。

▷ 薛岳（1896—1998）

一命将了，二命又来。第二天，南区警察分局在西湖桥破获一赌坊，赌头闻讯逃跑，只抓获两名赌犯。分局办好报告，派两名警察押解赌犯至文艺路长官部军法处。两名警察押解两名赌犯经天心路时，赌犯将两个金戒指贿赂两个警察，还给每人10元银圆。

两个警察收受贿赂，将赌犯放了，怎么交差呢？二人到了浏城桥街头，看见两个叫花子坐在屋檐下，便将这两个叫花子拿下，讹诈说他们两人坐在那里赌钱。不问青红皂白，将这两个“赌犯”押运到长官部军法处。当天上午10点钟，军法官升堂，两个警察将叫花子押到大厅堂，两名叫花倒地就拜，连声高喊冤枉。军法官问，你们叫什么名字，哪里人氏，为什么赌博，从实说来。第一个叫花子说：我叫任旭和，是沈阳人。第二个叫花子说：我叫王根生，是黑龙江人，1931年，“九一八”事变，日本鬼子将我全家杀光，我一人逃到湖南找工做，但没工做，只好沿途求吃。我没饭吃怎么赌钱呢？讲得痛哭流泪，旁听者莫不心痛。第一个叫花子又说：我家被日本鬼子烧光杀光，仅我与妹妹跑掉，我妹妹16岁，同我逃到汉口失散了，我在湖南没找到工做，每日沿街讨吃，身无分文，哪有钱赌博呢，真冤枉哪！军法官听了，说道，好，你们站在一旁。

军法官又传问南区分局两名警察，你叫什么姓名。甲警察答我叫胡连生，乙警察答我叫周树生。军法官乃严肃说道，你们报的赌犯与现在的赌犯姓名不符，从实讲来，免受皮肉之苦。原来军法官已打电话给南区警察分局长骆振汉，叫他马上来文艺路长官部军法处。骆局长接电话后，即刻来到了大礼堂。两个警察见局长到来，两人双膝跪下，连呼请局长救命。骆局长问甲乙两警察，为什么要放跑两名赌犯。甲乙警察答，赌犯已给了我们每人一个金戒指，又送了10元钱，我们两人不知刑律，故犯这一严重的错误，请上级体念我们无知，从轻处理。军法官厉声道，害人害己，私放赌犯，罪加一等，胡连生、周树生判处死刑，即刻执行。

《薛岳在长沙禁赌见闻》

袁　涤：大火之殇，千年古城化作废墟

1938年冬，由于前方战事失利，长沙笼罩着一片紧张气氛。敌机不断袭来轰炸，人心惶惶……接着又传说前方战事危急，长沙准备焦土抗战，消息传来，市民不能不作逃亡打算。尤其在大火前的两三天中，商店大部分关门，砌墙堵塞。街上板车、独轮车载运着各种物资来回奔忙。

当时我家在犁头前街开设两家骨器雀牌店，营业情况尚好。大火那天早晨，市区显得更为慌乱。我看到那种紧张慌乱局面，已感到不容许再待下去了。于是赶忙吃过早饭，整理行李，带领全家老小六人径直往大西门走去，准备往河西乡下逃。到了江边，眼见人头攒动，擦肩摩踵，挤得水泄不通。不少人因失了亲伴而高声喊叫。江边的被包、箱笼堆积成山。人们都在眼巴巴地望着从对河驶过来的船只。往往是船尚未靠岸，人们就拼命往上跳，不少人因此而落水，有的被淹死，有的吃了几口水，钻出水面后，又死命地往船上攀……我安排家人抢渡后，便和学徒文国斌将没有搬

上船的行李送回城里家中。选了些必要的衣物打成两包，将铺板用铁栅钉好，把门牢牢地堵塞后离了家。但我年近70的父亲，舍不得自己辛勤营造的家业和财物，要我赶快过河照顾老小下乡，不要牵挂他，人到七十，死也瞑目，坚决要保护两家铺店财产。最后，他说："你放心走，如果无法保护下去，在紧急时我会随别人下乡的，你们快走，放心罢！"说着声泪俱下。我只好告别了父亲，赶到河边。过了河，到水陆洲找到家人时，天已快黑了。眼见过小河的人群都在涉水，尽管河水淹至大腿，也只好拼命过。于是再将行李包扎一番，再次扔掉一些带不动的东西，随着人群涉水上岸，到了溁湾市。此时，心情才稍许安定下来。大家都感到腹中饥饿，尤其孩子们饿得直叫起来。这时溁湾市卖吃的地方挤得不可开交，我挤了老半天也买不到吃的，只好作罢。这时恰巧遇见已避难乡下的亲戚来接我们，我们便随他们到了黄花港子杨紫剑家。然而正当我们在吃饭时，突然听到城里轰隆响了几声，跑到屋外一看，长沙上空接连出现几团浓烟，这正是11月12日即农历九月二十一日深夜。不一会儿爆炸声更密，火越来越大，照红了半边天。老母和爱人号啕痛哭起来，家里财产都被烧了，一家老小将来怎么生活？随着，我也哭起来。那天晚上，满屋的人除小孩外，整夜不能成眠。

▷ 1938年长沙"文夕大火"

农历二十二日破晓，遥望城中的烟火有数十处之多，但已听不到枪声和爆炸声，大家都在猜测谈论，估计敌人可能没有进城，一定是那“国军”实行它那所谓“焦土抗战”。大家都想悄悄地冒险到城边看看，但精壮后生都怕抓夫，妇女也怕碰到敌人逃避不及……

二十三日，我的岳父刘绍昆同严、刘等三人再次到城里做了一次“巡视”。他们回来后说，两日来，余火未灭，但已有老百姓了。几天以后，到城里的人逐日增多，有的在火场的瓦砾中翻寻亲人的尸体，有的在收拾破铜烂铁及残存的物品。12日那天晚上，父亲可以说是最后离开市区的一个。在未放火前，他看到全市老百姓都走光了，心里并未预料到一定会放火，只是抱着如果敌人到来，拼着老命也要和它拼，誓死保卫自己的家园的想法。天快黑时，全城电灯还亮着，突然一窝蜂地，国民党兵布满全城，手里提着一桶桶的汽油到处乱泼，并把守屋的老百姓一个个赶出来，强制离开，便放起火来。在那危急的时刻，我父亲仍不愿离开，朝着士兵磕头作揖地央求，当他看到邻近房屋都已着火，只好绕过火场，到浏阳门城外，去找外孙魏少华一道下乡去了。这些情况是我们父子在邵阳团聚后他亲口告诉我们的。

《关于长沙大火的回忆》

❖ 杨业华：长沙沦陷，罄竹难书的日军暴行

1944年夏天，日军先后纠集四个师团的兵力，大举南下，第四次进犯湘省，当时，长沙四周驻扎着国民党陆军第四军，军长是张德能，广东人。该军第一〇二师布防于长沙至湘阴一带，第九十师驻守在河西的岳麓山，并配有炮兵蹲守制高点；第五十九师是第四军直属部队，设防于长沙城内。凭着第四军的兵力和火力配备，足以与日军抗衡，当侵略者的铁蹄践踏湘省，直逼长沙时，军长张德能得到国民党第九战区司令长官薛岳口谕：“长沙能守则

守，不能守则放弃，死守衡阳。”顿时军心涣散，战斗力锐减，加上驻守在宁乡的韩浚部（七十三军）和驻守在益阳的夏楚中部（七十九军），为保全自己实力，不服调遣，使日军分兵四路乘虚而入猛攻长沙。日军首先围歼了驻守在岳麓山的九十师炮兵团和各步兵团；然后用大炮向城内猛轰，致使九十师全师覆没，守城的五十九师许多将士葬身于日军炮火之中。当时，我在军部任联络参谋，带两个士兵从南湖港抢登一艘汽船过河时，看到了被日军枪杀、炮击而死的人不计其数，湘江河中浮着许多尸体。

▷ 1941 年 9 月 23 日，侵华日军进入长沙长乐街

日军进入长沙城后，到处杀人放火，奸淫掳掠，无恶不作。仅举我亲眼看到的两例。南区吴家坪的冯家湾，有公馆二栋，日本人把铁索系在木结构的屋梁上，然后将铁索一头套在汽车上，用汽车把房屋拖垮。星仁坡124号、126号两栋房屋，也是日本人用此方法拖垮的。仰天湖牛皮坊张老板的妻子不过20多岁，她被七个日本兵轮奸践踏后，又惨死在日本兵的刺刀下。

日本侵略者在长沙犯下的罪行罄竹难书。日寇第四次犯湘，从1944年7月到第二年的6、7月，在长沙有年余之久，长沙人民生命财产遭受了惨重的损失。

《日寇第四次犯湘长沙沦陷目睹记》

黄　天：长沙受降，废墟、生机与侵略者

1945年8月15日，日本帝国主义宣布无条件投降，从而结束了这场亘古未有惨绝人寰为时八年的日寇侵华战争。

芷江受降之后，我在国民党七十三军先遣团任连长，随团进入长沙城，执行受降后的接收任务。在这以前，我们已于8月下旬进驻在市郊南门外黑石铺雨花亭一带执行警戒。

▷ 1945年8月21日，芷江受降仪式上的日方代表今井武夫（右一）

9月7日我与团长李恺寅等率兵一排进入市区视察执勤，由县正街、便河边至伍家岭、潘家坪、文昌阁、北二马路、北正街、中山路、车站路、小吴门沿经武路到火车北站，过王家垅、砚瓦池返回团部。当时，少数原留居城里的“顺民”仍在经营各自的行业，外逃市民百姓也已陆续回城，

那些早一点回城的人，有的已找到自己原住房屋打扫修缮。或找到原住屋地基在搭棚建屋；有的则正在做着各种生意，谋求生计。大多数无家可归的则四处寻找残椽废瓦，挑砖运木，在瓦砾堆中翻检各种废物建材。他们沿着江边、马路、街道角落处，在余坪隙地、火烧坪里，或较大建筑物的高墙脚下，建店房、搭棚屋、砌住房以求栖身之所和谋生之路。有不少妇叟儿童，流落街头巷尾，向人乞讨。北二马路东岳行宫设有一个施粥所，这里人群拥挤，吵吵嚷嚷，尽是衣衫褴褛的老弱妇幼。北正街、中山路一带商店较多，开业者不少，略呈繁荣。火车东站，小吴门一带的棚店与地摊特多，其中以饮食店、茶座、饭铺和破旧、什物店占绝大多数，其次是诊所、药房、书摊、小百货、寄卖店、测字算命摊及贩菜摊等。人力车与木板车往来不断，人来熙往。虽然劫后焦土，断井颓垣，却也热闹喧嚷，颇具生机。

在伍家岭焦公庙，原驻有日伪兵一个哨所，我们在9月8日将其查封。四明公所附近一带驻有伪兵一个治安队，我们派排长郭勉带兵收缴了枪械。将人员集中送到编遣处编造。同时命排长胡正元率兵驻北站，收编散兵游勇，并维护治安。9月9日上午，我们奉命去潘家坪枫林学校，把该地还留驻的几十名日本兵员集中。进入营房，所有日军官兵均自动肃立，毕恭毕敬，行举手礼。李团长命令全体集合，受册点名，共计50多名。又分别检查了营房宿舍，收缴了部分剩余军械弹药及军用品等，命其解散回营房待命，然后派兵监守。离开枫林学校到潘家坪曾家大屋（日寇投降后，所有城北、会春等地区的军械兵器和部分军需品均集中在此），只见大门上封条重叠交错……我们推开进去，里面空空如也，但每个房门上仍残留着各部队的查封条签，残缺不全。前栋厢房内各种武器军械倒不少，但都是破烂的。院内臭气冲天。堆着一些稻草与破烂麻袋藤篓竹筐等，苍蝇遍布，马粪、兽骨、污水满地。后院围墙多处倒塌，屋内到处漏雨，瓦椽残断。我们无法久留，只得带着所缴兵械返回团部。

9月10日上午，我们到百善台（也可能是在文昌阁）一个大公馆。这里还留下了一名日军佐级军官和几名尉级军官以及十多名士兵。这些日军见到我们，外表十分肃敬，列队恭立，举手敬礼，站立得呆若木鸡。我们检查了住房环境，没有发现可疑事物。团部副官王超与营长谭泽湘将他们所有床铺、衣物、革囊、被包等均搜查殆尽，也没有任何武器财物，仅佐级军官手腕上有一块手表，一尉级军官有一块怀表，其他军官佩有几支钢笔，窗台上摆有一口闹钟，事务室仅贮有刚发下不久约供三日用的米菜油盐等物……

9月11日上午，300多名第二批去武汉集中的日军，按时由我军官兵带领在长沙北站集结等待。我在8时半到达。到11时左右，九战区政治处才来了两辆吉普车，由一位上校李主任带来七八名校尉级工作人员。把这些日军列队点名后分成四队，装上四个货车厢，每人发给三个馒头。我在北站要等开车后才能率队回团。火车直到晚上8点40分才开车。这些日军官兵已经是饿得叽叽呱呱肚子叫了。开车前我做了一件好事，叫士兵给他们每个车皮送去了两桶便河里的冷水，以备解渴。可是他们还得坐一个通宵的车，估计第二天上午是不会吃到饭的。不是已经饿一天了吗？我当时想，这种做法对于投降者似有亏人道，但对这些穷凶极恶的侵略强盗给予这点小小的惩治可真是优待他们了。

《长沙受降回忆片断》

郑竞成：鱼米之乡的抢米风潮

1948年湖南遭受了严重水灾，滨湖粮区，多被淹没，秋粮失收。长沙市出现了抢购大米风潮，首先国民党政府勒令长沙各米厂售米三万大包做军粮，市内存米被购去一半。继之，官僚资本在尚德街开设的“民众实业公司”又大批高价收进大米，使米价急剧上涨，米商乘机囤积居奇。9月上旬，开始限量购米，但每人尚可购米二斗。迄至中旬，表面规定每人可购米二斗，实际上市民终日买不到一粒米，故抢购风波愈演愈烈，加之伪币日益贬值，真害苦了生活贫困的小市民。

9月6日晚10时许，有市民发现中正路（今解放路）丰大机米厂囤积特机米十吨，覆以稻草，藏之暗室，立即报告经济警察队，办案人员要把米厂老板囤积的机米押运到警局，这时，丰大米厂门前被500多市民包围，人头攒动，交通堵塞，丰大米厂门窗被挤破，有的市民被挤伤，市民们强烈要求把囤积的大米售给他们，省会警察局只好派来保警小队维持秩序，并责成当地保长顾厚昌、甲长任麓松出面负责处理，确定每人购米五升，不出一个小时，十吨机米便抢粜一空，被挤在后面的市民，购不到一粒米，只好失望离去。

《发生在鱼米之乡的一次抢米风潮》

丁湘庭：解放了！沸腾的长沙城

1949年，蒋介石破坏了国共和谈。4月21日，中国人民解放军百万雄师胜利进行渡江战役，4月23日攻占南京，并胜利向南进军。湖南面临着战争与和平选择的严重局面。党中央正确英明地分析了程潜、陈明仁将军与蒋介石、白崇禧之间的尖锐矛盾，派人和地下党一道进行了长期耐心细致的工作。程、陈二将军在党的政策感召下，审时度势，明智决策，愿意接受中共和平谈判八项条件，决心脱离反动阵营。这样，形成了湖南和平解放的局面。

7月下旬，长沙和平解放的局势已经明朗，中国人民解放军四十七军第一三八师进驻春华山，长沙市成立了学生迎接解放联合会，简称“学迎联”，区学联和各校自治会也成立了“迎解委员会”。地下党将迎解的标语、口号、歌曲、宣传提要和迎解组织工作应注意的事项，通过各地下支部、小组有计划有步骤地逐项往下布置……当时最困难的问题是欢迎队伍的最前面还缺一幅巨型毛主席画像，这可是个难题，不要说画像，就是一张照片也找不到。我们地下小组长戴超伦同志主动承担了这个艰巨任务，他想方设法从画报资料上找到了重庆谈判时毛主席与蒋介石的一张合照，利用它作为放大的参照画像。他又邀请美术老师梁新民先生帮忙。虽然肖像画不是梁的擅长，但他还是花几天时间画出了一幅放大为三米高大的炭画半身像。全体留校师生都投入到紧张的迎解准备工作之中，日夜奋战，一想到“天快亮了”，便都忘记了疲劳。

▷ 程潜（左）、陈明仁于 1949 年 8 月通电湖南和平起义后在长沙合影

8月4日，长沙绥署主任程潜将军发表了《告湖南民众书》，宣布湖南和平解放，脱离广州政府，驱逐白崇禧，号召各革命阶级一致联合起来，建立真正的民主政府。8月5日晚9时，中国人民解放军四十七军一三八师正式举行了入城式。部队由小吴门进城，经蔡锷路、中山路、黄兴路、南门口、天心阁，沿途群众夹道欢迎。“长沙解放了！”“天亮了！”“人民的世纪到来了！”整个长沙城沸腾起来了，20万人民涌向街头。“解放区的天是明朗的天……”欢乐的歌声四处飘扬，腰鼓队敲得震天价响，秧歌队像发狂似地跳着，锣鼓喧天，鞭炮震耳，长沙城进入了狂欢之夜。

我们长郡中学全体留校师生排着队伍等候在司门口，第一师范的同学站在我们对面街边。路边一些店铺也设立了茶水站，有的用竹篙挂起了万字响鞭炮，等待着解放军的到来。欢迎解放军入城的人越来越多，男女老少，人山人海，司门口四个街道挤得水泄不通……我们盼呀、等呀，直到晚上11点多钟才盼来了亲人解放军，忽然一个人在马路中间奔跑着，大声地喊着：“来了，来了，解放军来了！”一会儿掌声雷动，锣鼓声鞭炮声响成一片。解放军入城队伍庄严整齐，前面是“八一”军旗仪仗队开道，军乐队、腰鼓队、秧歌队作为前导，紧接着是满脸笑容服装整齐身挎钢枪的子弟兵队伍，精神抖擞，步伐矫健，随后是拖着大炮的车队，威武雄壮隆隆而过。这时口号声、歌声此起彼伏，不少同学流下了激动的眼泪，有的同学奋力挤到前面看解放军，想看个够，看个清楚。有的同学把鞋子都挤掉了，仍然高兴地光着脚丫，扭着秧歌回到了学校。

《迎接长沙和平解放》

第三辑

惟楚有才·文教事业的一方沃土

高烽煜：岳麓山下的千年学府

风景秀丽的岳麓山下有一个峡谷，因周围长满苍老的枫树与挺拔的翠竹，人们称它为青枫峡。一进峡谷，首先映入眼帘的是爱晚亭，亭因唐代诗人杜牧“停车坐爱枫林晚”诗句而得名。亭下是一泓清澈见底的池水。站在池边，透过翡翠般的竹林向下望去，那飞檐青瓦灰墙的建筑群，便是闻名遐迩的千年学府岳麓书院。

岳麓书院正式成立是在北宋开宝年间，即公元976年。最早在这里办学的却是两个和尚，其中一个叫智璇。因唐末战乱，文教不兴，而湖南地处偏远，更为落后。两位和尚推崇儒家重视教育的传统，在此斜地建屋、购书办学，使周围子弟有了一个求学的场所，初步具备了一个学校的雏形。北宋开宝六年（973），尚书朱洞出任潭州（即今长沙）太守。在众人的要求下，官方拿出一些银两，将僧人办的学校改建为书院，这就是最初的岳麓书院。初创的岳麓书院，共有讲堂五间，斋舍52间。学生在讲堂听课，在斋舍自习。以后书院规模虽不断扩大，但这种中开讲堂，东西序列斋舍的格局一直保持到底。

咸平二年（999），潭州太守李允则在任期间，在旧有书院的基础上加以扩建，使岳麓书院成为一所设施完备的正规书院。首先他争取到国子监的赐书。这是岳麓书院首次得到朝廷的赐书，为了放置这些图书，修建了藏书楼。当时一般学校都有拜孔子祭祀先哲的传统与场所，为此设置了“礼殿”，当时又叫“孔子堂”。从此，由讲学、藏书、供祀三个部分组成的书院规制正式形成。李允则还首开水田，作为岳麓书院的学田，为书院以后长期稳固发展奠定了基础。由李允则所奠定的这个格局在全国是比较早的，所以其他书院纷纷效仿，此后数百年，相沿因袭……清政府对岳麓书

▷ 岳麓书院鸟瞰

▷ 湖南大学 1935 级土木系毕业生合影

院不仅非常重视，康熙皇帝曾为书院赐“学达性天”匾，乾隆皇帝赐“道南正脉”匾。至今，此二匾仍高悬于书院讲堂正中。

由于统治阶级的重视，岳麓书院在清代得到了空前的发展，无论是教学、藏书、刻书等方面均得到进一步的完善。先后主教岳麓书院的山长有近40位，培养了17000余名学生。这批人才，活跃于当时的政治、军事、经济、外交、文化教育、学术思想各个领域中，有的成为中国近300年历史上的显赫人物。这批著名人物有陶澍、魏源、曾国藩、左宗棠、郭嵩焘、李元度、曾国荃、唐才常等。这一人才群体不仅为岳麓书院历史增加了光辉，而且为推进湖湘文化做出了卓越的贡献。

岳麓书院于公元976年创办，到1903年，新任湖南巡抚赵尔巽改岳麓书院为湖南高等学堂。1912年，湖南优级师范学堂迁入，再改湖南高等师范学校。杨昌济、徐特立曾在此任教。蔡和森、邓中夏、李资特、舒新城等曾在此就读。1926年2月1日，正式定名省立湖南大学。此后，湖南大学继承岳麓书院，一直相延办学至今，从而成为我国唯一的一所千年学府。

《弦歌不绝的千年学府岳麓书院》

周学舜：“通古今，教英才”的袁吉六

袁吉六先生是前清宝庆的一位进士，在长沙第一师范任教国文多年，同时在省立一中兼教国文。当时毛泽东在一师求学，周谷城在一中就读，他俩虽不同校，却同时受到国文老师袁先生的教诲，而且都是各自班里古文写得最好的学生。袁吉六先生曾对人夸奖：我在长沙一师教书时，古文好的是毛泽东；在一中教书时，古文好的是周谷城。

袁先生写得一手好字，做得一手好文章，讲课也很神气，对学生要求严格，治学严谨。毛泽东曾甚为赞赏地说过：我能写古文，颇得力于袁吉六先生。袁吉六先生逝世后毛泽东还为他题写了墓碑。

袁吉六先生对学生的作文评分很严，能评上60分的作文便是佳作，给过20、30分不为鲜见，甚至给5分的也有，因此学生有反感。有时严而不当，不免使师生之间发生不愉快。有一次，周谷城在作文里引用一句古文：“日月其除”，并在“除”字右角上加了一个小圈，表示这个字要读去声。袁先生对此很有意见，在作文本上用行书足足批了两页。又在课堂上当众解释了几十分钟。

袁吉六先生和毛泽东之间也发生过冲突。毛泽东作文时，习惯于在文章结尾处注明日期，以便日后检阅，袁先生却反对这样做。

有一次，袁先生连续用命令的口气要毛泽东将写日期的作文撕掉重抄，毛泽东未加理会。于是，袁先生便怒发冲冠，亲手将毛泽东的作文撕了。

尽管袁吉六先生执教方法有些欠妥，脾气也较古怪，又曾和毛泽东闹过如此一场不愉快，但毛泽东对袁先生仍有上述的好评，足见毛泽东能看到老师之长而尊敬之，令人钦敬。

《毛泽东和他的老师袁吉六》

林天宏：叩头校长昂首拒官

如果没有胡元倓，也许黄兴早成了清廷刀下之鬼，不会再是后来的民国首任陆军总长。

1904年，长沙私立明德中学体育教员黄兴，在学校的实验室里制造炸弹，不慎事泄。清廷大肆搜捕之时，校长胡元倓寻到负责人，说：“黄兴做的事我都知道。如果你想升官，抓我就好，我的血可以染红你的顶子。”这位负责人倒也豪爽：“此狗官谁愿意做？此刻看该如何掩护他们。”黄兴终在胡的掩护下逃往日本，筹建同盟会，遂有七年之后的辛亥广州起义和武昌起义。

胡元倓曾对黄兴说：“公倡革命，乃流血之举，险而易；我办学校，乃

▷ 教育家胡元倓（1872—1940）

磨血之举，稳而难。君取其易，我就其难。”

于是，中国近代教育史便多了这一章浓墨重彩：小小一所明德中学，自胡元倓1903年创办至今，已培养出十多位中国科学院院士，英才辈出，灿若星河，任弼时、周小舟、周谷城、章士钊、陈果夫、欧阳予倩、吴祖光、苏曼殊等，皆先后在明德工作、学习或以明德为据点从事革命活动。

而胡元倓也确实磨尽一生心血。办私立学校，最困难便是经费筹措。据明德校史载，办学前26年，胡元倓在家过年只两次，在外过年竟然有24次，其中“南京三年，上海两年，苏州一年，杭州一年，旅途两年，一在江轮之上，一在火车之上”。

胡元倓筹款募捐办法极多，极有韧性。有吝啬富商一见其上门，就设法从后门溜走。因其排行第九，不忿者又称其“胡九叫花”，时人还编排了顺口溜“人生大不幸，遇见胡子靖”嘲笑之。

有一次，这个“叫花子”到北京求见国务总理熊希龄“乞款”。连去三次，熊希龄均避而不见。胡元倓便把被褥铺盖搬到熊希龄官邸的传达室里睡下，声言绝食。这才“乞”得熊希龄自掏腰包赠金环一对，他拿去换了数百块大洋。

明德中学要办“全国最大之理化实验室”，资金缺口达万余元。胡元倓找到时任上海道台的湖南同乡袁树勋。袁一口回绝，胡元倓情急之下，不顾厅内有客在，腰杆一挺，双膝下跪，磕起响头来。碍于客面，袁树勋口头答应捐款一万元，不料胡元倓“拔地而起”，凑上前说：“我要现款。”袁大骇，立刻兑现。

胡元倓任校长38年，周旋于官绅豪富之间，为明德中学筹款数十万元，修建校舍20余座，其中便有当时“全国中等学校之冠”的四层教学大楼“乐诚堂”。而胡的住所却只是校门口传达室旁的三间矮房。家中无佣人，一切炊灶洗扫，都由夫人动手。平日吃素，有客来时，便添荷包蛋一碟。

明德开办之时，胡元倓聘刘佐揖、陆鸿逵等国学大师担任主讲，又请来黄兴、张继、陈天华、周震麟等革命人士，为学生宣讲民主自由思想。其时，外语教师奇缺，为挽留一名日语教师，胡元倓竟当众跪在这个比自己小13岁的年轻教师面前，苦苦哀求。

胡元倓曾自言以表心迹：“吾为校长，以筹措经费、伺候学生、敦请教员为要务。虽九死吾犹未悔矣！”而民国初年，黄兴曾推荐胡元倓任教育总长，胡却敬谢不就；此后，军阀谭延闿“督湘”，又邀其任教育司长，胡也“掩耳即走”。

当时，无论师生家长，无不以入明德中学为荣。明德诸生也成为长沙街头一景，“俱着一身青色制服，衣领上用白线绣‘明德’二字，扣上风纪扣，青色鸭舌帽上有书卷交叉的帽徽，挺胸行走，极有精神，时人誉为‘明德公子’”。1934年，民国南京教育部评出十佳中学，明德排名第一。消息传来，胡元倓喜不自禁，嘱咐妻子：“今晚就餐，加一个荷包蛋。”

1940年，在前往重庆筹款途中，胡元倓中风脑溢血，同年逝世。七年后，灵柩由重庆运回，厚葬于岳麓山。沿途所到之处，学校师生均自发停课，夹道目送。有顽皮学生伸头探望，该校老师斥道：“还不毕恭毕敬地站在那里！这灵柩里是你老师的老师，校长的校长！”

8月初，长沙一场暴雨，将岳麓山洗刷一新，绿色草木之中，汉白玉雕成的胡元倓墓依旧显眼。由墓回望，山脚下隐约可见明德中学乐诚堂一角。1938年长沙“文夕大火”，将这座建筑的内部木结构烧得干干净净，重建之后，只有外表还是旧时模样。

《过去的校长胡元倓》

张　兴：田汉在长沙师范

1911年2月，湖南军政府成立，招募学生军一营人，准备训练好去湖北增援起义军。14岁的田汉，因在选升小学堂求学时，曾聆听了黄晓东等具有新思想的老师的宣讲，以及彭梦南、曹典琦、黄芝冈、黄喜琨等进步同学的影响，激起了革命热情，坚决报名当兵；又因他个子高大，得以选中。不久，南北议和，清宣统帝退位，时局在暂时妥协的空气中平静下来，这支以知识青年为骨干的学生军成立不久便被解散了。田汉只当了两个月的学生军，于本年底回到了长沙乡下毛坪老家。

▷ 田汉（1898—1968）

1912年春，田汉改入长沙县立师范学校，编在第一班学习，在该校度过了五个春秋，于1916年夏毕业。

在长沙师范学习期间，校长徐特立、姜济寰及进步教师黄醒等人经常给学生谈形势、讲时事，揭露军阀罪恶，鞭挞帝国主义罪行，田汉心更明，智更开，真正走上了求学、做人的大道。

徐校长为了培养学生的自学能力，丰富学生的知识，在校内辟有一间整洁明亮的图书室，里面备有各种图书、报纸、杂志。一些爱好文学的同学在课后都争着到这儿来阅读。有一天，田汉与同学黄芝冈、曹伯韩、张怀等人写了一些“特立狂涛骇浪中，宝刀血溅首元龙”“黄竹林中鸡犬喧”之类的打油诗句，贴在图书室的玻璃窗上，同学们戏称之为“窗户报”，且为此所吸引。原来诗中的“首元龙”“黄竹林”系学校两位老先生的姓名。两位老先生知道这件事后，十分恼怒，认为这是“侮辱师长”的不轨行为，要求校长严词训斥。徐校长一面对田汉等人进行尊师教育，一面鼓励他们把聪明才智、写作爱好用到正道上去，写出有意义的诗文来。田汉等人很听徐校长的话，从此以后，田汉除负责编辑学校《青年报》月刊外，还取“吾枕戈待旦，志枭逆虏，常恐祖生先吾着鞭”的意思，创办了名叫“祖鞭报”的窗户报。在田汉等人的带动下，长师的窗户报《晨钟报》《晓钟报》《醒狮报》等，如雨后春笋，竞相吐艳。不少窗户报所发表的诗文，多系忧国忧民的作品，而且笔调痛快淋漓。其中有偏于守旧的《闿潭报》，田汉等人便联合各窗户报与他们争辩，一时气氛十分活跃。徐校长对窗户报很感兴趣，时常挤在人群中观看，发现好的文章便转载到他所主编的《教育周报》上。

田汉对戏曲有着浓厚的兴趣，徐校长总是热情地鼓励他。当徐校长的老友欧阳予倩邀请“春柳社”话剧团的部分成员来长沙文庙组织文社，排演文明戏时，徐校长便带着田汉等人去观看，并多方勖勉他创作和排演话剧。

在长沙师范，田汉还写作过京剧《汉阳血》《李克用》及讽刺时政的《新桃花扇》。《新桃花扇》剧本在将要结束的地方有这样一段唱词：“愿国民，勾践卧薪坚以忍。仇雪尽，看茫茫禹域岂无人！”写得多么正气凛然，壮怀激烈。

强烈的正义感和爱国热情，酣畅流利的诗的语言，初步显露了田汉的政治观点与艺术才华，徐校长发现他很有文学才能，就很注意培养他。

田汉酷爱文学，喜欢读书，但家境贫困买不起书，每逢假日，他就到长沙图书馆去看书。进馆时交一个铜板作为门票钱，没有钱在外面吃午饭，就买一个烧饼带进馆去充饥，一看书就是一整天。徐校长知道了，便把自己买书用的一个存折交给田汉，要他到书店选购自己喜爱的书后，在购书折上记账。年底结账时，由徐校长亲自到书店去付款。

夏天，长沙蚊子多，田汉连蚊帐也没有。晚上，蚊子叮得实在熬不住，他只得用被子蒙着头睡觉。这样做，顾得头来顾不了腿，田汉气起来把床板打得咚咚响，一个同乡的工友听见了，爬起来叫他："这么多蚊子，没有蚊帐怎么能睡呢？我房里还有一个空铺，快到我那里去睡吧！"他困极了，呼呼地直睡到天亮。对这位工友的关心，田汉甚为感动，一直记在心里。以后，他对工人很尊重，常说："世上只有穷人才懂得穷人的苦楚。"徐校长知道，又立即送给田汉一床蚊帐，并对他说："你有困难，就对我说吧！晚上睡不好，白天怎么能好好读书呢！"

在长沙师范上学的第二年秋天，田汉的祖父去世，本已日渐衰落的田家，不得不分家。为了节省学费，又能照顾儿子读书，田汉的母亲拿出一床印花被单和一件毛蓝布衫当了三块钱，又向杜十公借到十块钱，买了点家具、纸烟、糖果，在北郊枫树坪商街租了一间小房子，在路旁摆了一个茶摊。那时，粤汉铁路局正修新河大桥，行人不少，生意还好，每天可以收入几角钱，以维持家庭生活。田汉遂由寄宿改为走读。

可是不幸的事又发生了。在长师最后一个学期里，田汉的大腿上靠左膝盖处生了一个疖子。起初，他还能一颠一跛地每天进城走读，无奈没有钱诊治，终于发展到一步也不能走动，只得请假在家。田汉为此悲观得很，终日愁眉苦脸，害怕这条腿会废掉。学校师生都很关心他，为他惋惜。后经母亲到处求人，找到了一个偏方，治后有所好转，但走路还是不方便，校长姜济寰便慷慨地替他出了这个学期的伙食费，使他可以住校读书，不必来回奔跑了。

由于徐、姜校长及其他师友对田汉无微不至的关怀，田汉深受感动，学习刻苦、成绩出色，一直到长沙师范毕业。

《田汉在长沙师范》

以　之：彭式高腔，名振三湘

1930年的春天，彭俐侬出生在长沙市一个清寒的湘剧艺人的家里。他的父亲彭菊生是湘剧的名琴师，凭着一把胡琴，拉扯着七口之家，过着艰辛的生活。

每当唱戏进入淡季，彭俐侬家里就要经常断炊。一天，硬是揭不开锅了，妈妈带着俐侬和她的弟弟，躲进帐子里，一则睡觉“经饿”一些；二则表示家里没人，以免被外人发现这桩“丑事”。可幼小的彭俐侬怎么理解妈妈此时的苦心呢！她只觉得大白天躲在帐子里，太可笑了，可又害怕妈妈打人，只得强忍着。凑巧，这时一位客人上门找她爸爸来了，彭俐侬正想回答，妈妈急忙伸手捂住了她的嘴。当她看到妈妈那着急的神态，感到有些滑稽，就忍不住格格地笑出声来，这下惹怒了妈妈，顺手一下敲在俐侬的头上，没想到竟打出血来了。妈妈被吓坏了，一把抱住女儿，后悔地哭道：“妈妈再不打你了，妈妈再不打你了！”母女俩相抱痛哭……

1942年秋天，12岁的彭俐侬在桂林参加了田汉领导的中兴湘剧团，投入了抗日救亡的洪流。她是怎样参加这个进步的戏剧团体的呢？其中还有一个曲折的过程。

中兴湘剧团是在极其艰苦情况下组建的，总共只有18名艺人，田汉同志只得挑选演员最少的传统戏《会缘桥》进行改编、排练，但还是差一名颇为重要的丫鬟春香无人扮演，怎么办呢？田汉早就注意到彭俐侬了，曾有意将她送往孩子剧团。于是田汉便向俐侬的父亲提议："让俐侬正式学戏吧！"然而父亲有父亲的想法。他从自己从艺二十年的辛酸中，深深感到唱戏这门职业是被人瞧不起的，所谓"臭戏子，下九流"，又何况是女孩呢，学什么也比唱戏强啊！因此，一开始他没有答应。

田汉理解彭菊生的心情，便开导他道："菊生，唱戏有什么不好呢？宣传抗敌救亡，唤起民众……我这个写戏的不也是有人瞧不起吗？让他们瞧不起吧，可我们自己不能看不起自己啊！"一席话终于打动了这位名琴师的心："是啊，不要自己看不起自己。"他同意女儿正式学戏了。彭俐侬真是兴奋已极，她梦寐以求的愿望实现了。田汉也非常高兴，特意为这个春香的饰演者写了一段诗一般的唱词，还交代他的夫人安娥，帮助俐侬学习文化知识。从此，彭俐侬走上了戏曲艺术的道路，有幸的是，她一从艺，就受到戏剧大师田汉的教导、熏陶，所排演的都是田汉、欧阳予倩创作的具有爱国主义精神的优秀剧目，如《江汉渔歌》《双忠记》《梁红玉》等，这对她后来的艺术道路和艺术成就有着十分深刻的影响。

…………

彭俐侬擅长青衣，兼工花旦，22岁就已名振三湘，具有全国影响了。她勤于艺事，出色地塑造了赵五娘、王瑞兰、白素贞、柳迎春、百花公主、黄秀兰、岳乡英以及潘亚雄、江姐、石奶奶等不同时代、不同年龄、不同性格的中国妇女形象，莫不栩栩如生，为广大观众所喜爱。她主演的《拜月记》拍成了戏曲艺术片，使湘剧第一次登上银幕。特别可贵的是，彭俐侬一直坚持湘剧艺术的推陈出新，用她得意学生左大玢、陈爱珠的话说："彭老师是个革新派！"是的，凡她演过的戏，无论唱腔上、表演上都凝着她革新的心血。她改革了旦角高腔的传统唱法。用真假嗓相糅合，克服一味只求高尖声喊，以致字不清、腔不美的唱法，追求字正腔圆，声情并茂。因此，她的高腔，唱来如行云流水，又似"大珠小珠落玉盘"，形成了自己独特的流派，同行与观众有"彭俐侬的高腔"之誉。

彭俐侬排演任何一个新戏，都是坚持从人物性格出发，自己先设计唱腔，然后请音乐工作者帮助提高。她在《断桥》剧中，为了表现白素贞会见许仙时又怨又爱又恨的复杂感情，在父亲的帮助和继承传统的基础上，创造了湘剧单腔新板式“正南路三眼”。后来，在湘剧团体中广泛流传，并得到戏曲音乐界的承认和赏识。

主角如是，配角亦如是。彭俐侬本着“一台无二戏”的精神，对《白兔记·回书》中的配角秀英，虽只六句唱腔几句台词，却把她当作人物来进行创造。她通过眼、水袖、下场时的台步，以及台词、唱腔的感情处理，把岳氏对丈夫既怨艾却又无可如何；把即将失去抚养16年的儿子的沉重失落感，表现得淋漓尽致。行家赞扬她扮演的这一配角“背上都有戏”！

对于她的艺术成就，戏剧大师田汉是这样赞美她的：

唱断铜琶传上路，舞来白兔喜回书。
人情深入功夫到，挥洒歌坛意自如。

《忆湘剧名演员彭俐侬》

黄曾甫：许推，长沙建筑工程师第一人

许推先生（1880—1959），字月川，晚号憖斋，亦号鞠霜楼主，世居长沙市东区东茅街。因受戊戌维新思潮影响，1903年春，入明德中学肄业，常与进步老师黄兴、周震麟等接近，为监督刘佐揖所忌，以课卷有宣传革命之嫌，排挤之。许愤而退学。癸卯秋，在周震麟的支指下，联合俞蕃同、王馥循、辜兰生、黄石陔等十二人，在南区高码头，输私产，创办私立修业学堂。1905年考取官费，东渡日本，入名古屋工科大学，为当时中国留日学生中学习土木建筑工程的第一人。在日五年，刻苦攻读，1910年学成归国，被日本建筑协会授予工程师职称。循例到清廷殿试，成绩优异，授工科举人。辛亥鼎革后，立志从事职业教育，与徐特立、彭国钧、狄昂人诸人，锐意办好修业，迁校址于马王街，许任常务校董，继续输资，增办

修业中学、修业农校，遇事亲躬，尝自任数理教师，民初复协助其姊母许黄萱祐，扩建长沙东乡最早开办的私立隐储女校，改女子师范为女子职业学校，亦任校董，捐资策划，不遗余力。

1922年赵恒惕督湘，东安唐承绪（唐生智之父）任实业司司长，因许推有建树，力挽其出任科长、技正之职，在长沙白马巷筹建劝业工坊；在北门口湘春路筹建烈士祠；在对河银盘岭第一纺纱厂扩建织布厂等处三大工程，许推担负了设计、测绘、兴建、指导施工等项工作。今日长沙纺织厂后面的大烟筒，历经风雨，至今仍岿然无损，令后人钦佩。20年代，常德电灯厂烟筒屡起屡垮，便特邀许前往设计监修，修成后投入使用，状况良好，直到抗战中被敌机炸毁。

先生频年为湖南各处城市建设，奔走规划，煞费辛劳，由于战云时起，政局多变，建设经费时续时停，艰于应付，乃坚辞所职。当时土木建筑人才奇缺，而泥木两行，又拘于陈规，不思革新。先生深感培训人才，实为适应城市建设改革之急需，乃与留日同学周邦柱等人，筹划在宝南街鲁班庙泥木工会，创办公输土木建筑学校，采取短期培训方法，普及绘图、设计、计料、施工等基础知识，由初级至高级，逐步发展成为长沙当时唯一的建筑专业技工职校。通过公输培育的学生，后来成为建筑师及营造厂骨干者，颇不乏人，如著名建筑工程师童琼章，即出许之门下。后来周凤九、王正已等专家，亦以前辈视之。

《最早的建筑工程师许推先生事略》

黄曾甫：长沙女子上学堂

清末长沙县有唐黄琼、许黄萱祐姊妹，联合亲族黄锳（辛亥首义同盟会员）、黄为焯（太学生）、黄亨理（贡生）、陈保彝（举人）、余黄国芝等，捐集私财，于1903年即清光绪二十九年癸卯二月二十八日，在影珠山下西冲樟树脚下黄锳私宅，开办影珠女学。学生仅10余人，皆黄姓戚族女子，如黄国厚（后来衡粹女校校长）、黄国巽等人。不久，湖南第一女学堂在省城开办，许黄萱祐受聘为女生监督，影珠校务，全由唐黄琼主持。1904年，第一女学因御史杜本崇参劾，奉旨停办，影珠亦受牵连，一度被迫更名黄氏家塾。1905年，端方任湖南巡抚，奏准考录第一批官费留日女生，计20人，以许黄萱祐任管理员，其中女生大多为第一女学和影珠女学的学生，此乃湖南女子出国留学之首创。1907年，清政府规定民间可以开设女学，影珠得以正名为影珠学堂，因唐黄琼病逝，互推陈保彝任监督，黄亨理副之，校址迁到长沙东乡梁家街坳上屋黄为焯私宅，设男子中学一班于屋东，女子师范一班于屋西，中隔一墙，不通往来……1910年，由许黄萱祐、余黄国芝姊妹合资，购置东乡竹杉铺符嘉屋场缪姓房屋一边，将校址迁此，停办男子中学，专办女子师范，易名为隐储女子师范学校。门首悬挂陈作新篆刻木联“隐壮山河气，储成巾帼才”。仍附属两级小学。1912年，杨开慧烈士即在隐储附小读书，杨母向太夫人一度在隐储当过管理员，即后之训育员。1912年后，成立校董会，因陈保彝为当时湖南都督谭延闿之业师，乃推谭为名誉董事长，陈为董事长，许黄莺褚为校长。及后，汤芗铭、张敬尧督湘期间，摧残教育，师资缺乏，经费拮据，只得于1921年将师范停办，改为隐储女子职业学校，先后设有刺绣、缝纫、印染等科。后由校董章克恭捐赠安沙夏湾私产房屋，又增设分校于此。1944年至1945年，日寇陷长沙，学校停办，抗日胜利后，才又恢复本校。

《湖南乡村的最早女学堂》

杨　澍：周南女校，湖南第一所女子中学

在古老的长沙城西北角泰安里，有一所占地80多亩的园林。这在20世纪初，要算全城首屈一指的苏州式园林了。相传唐代有一个名叫刘蜕的进

士在这里住过，所以又名“蜕园”。园的南部临通泰街为一大住宅，园的北部引水为池，叠石成山，有一拱形石桥飞架池上，后取名为“思源桥”。绕池的四周，建起80多间房屋，空坪隙地，栽种了四季名花，加上古树凌空，鸟声清脆，环境十分清幽。这所名园属于宁乡朱氏。朱家少爷朱剑凡，是个思想进步的新式人物，他不甘于过优游闲适的无聊生活，有心干一番有益于人民的事业。他卖掉了宁乡的田产，又献出这所园林。1905年，在这里创办了“周氏家塾”，1912年以后改称周南女校。湖南第一所女子中学在这里诞生。

1904年，朱剑凡先生在日本学完师范归国后，立志要办女学。他认为“女子沉沦黑暗，非教育无以拔高明，要自立于社会，有学识技能，才能拔于黑暗”。但在那清王朝龙旗将要倒下的年代，虽然科举废除了，洋学堂办

▷ 周南女子中学校门

起来了，然而对开办女学还是禁止的。有人在1903年办过民立第一女校和淑慎女校，但一开办就被清政府勒令停办了。朱剑凡先生利用封建制度下开办私塾是合法的传统，于1905年，在长沙泰安里园林私宅办起周氏家塾。最初只收本族亲属，以后招收外姓女学生。这时原在民立和淑慎两校的女学生，都进了周氏家塾，家塾共有学生30多人。虽然命名“家塾”，清政府还是不放心，经常派人来“视察”，因此师生不得不随时提防和应付。每个学生除课本外，还得准备一套“四书”，若官府来人“视察”，学生得马上把新课本收起，把“四书”摆在桌上，教员也就改授“诗云”“子曰”了。初办时，男性教员居多，男教员上课，得垂下帘子，把师生隔开来，讲课时只闻其声，不见其人，做到“男女有别”。这样做固然是受了封建旧礼教的影响，但也是为了不让官府抓到把柄。封建顽固势力是决不让步的，他们看不惯女孩子上学校，说什么“抛头露面”“男女混杂，大逆不道”，还对办学的朱剑凡进行人身攻击。说什么年仅20多岁的少爷办女学心怀叵测，“周家花园是红楼梦里的大观园”。“周家纯（即朱剑凡）是大观园里的贾宝玉，不然他为什么要办女学呢？”其实朱剑凡是看到办男学校的大有人才，而办女学校却无人过问，所以甘冒天下之大不韪，想方设法办女学校的。他要用科学文明，唤起妇女的解放意识。他虽然年轻，对学生关怀备至。他言行庄重，作风正派，是教育界的楷模，是反封建的前驱。那些流言蜚语和恶毒攻击，丝毫无损于他，反而更坚定了他办好女学的决心。

1907年，清政府严禁女学的命令稍微放松，朱剑凡取《诗经·国风·周南》之义，于1910年将家塾正式定名为周南女子师范学堂，朱剑凡自任校长，徐特立任小学部主事兼师范部主任，伟大的民主革命家黄兴，捐银千两，帮助扩建校舍。当时学校除办师范部并附属小学和幼稚园外，还设置了缝纫、音乐、体育等专修科，几年间发展达400多名学生。辛亥革命后，由当时政府批准更名为私立周南女子学校。1916年停办师范部，改办普通中学，学校正式定名为湖南私立周南女子中学，这就是湖南第一所正规的女子中学。一时名师荟萃，除著名的教育家徐特立前来协助办学外，革命家张唯一、周以栗、陈章甫，全国著名诗人吴芳吉、国学家李肖聃、唐梅村等，都来周南任教。这些前辈们在教育界树起了一面反封建的旗帜，把宣扬“女子无才便是德”的封建余孽打得落花流水。

五四运动以后，朱剑凡对周南女校施行教育改革，强调科学和新文化教育，主张学生自治，主张学生言论、信仰自由，鼓励学生参加进步的社会活动。学生思想转为活跃，创办了以反帝反封建及解放妇女为内容的刊物《女界钟》，向警予、蔡畅、陶毅、劳启荣等13名同学参加了毛泽东同志创建的新民学会，积极向邪恶势力进攻，这些引起了当局的仇视。马日事变后，周南女校被封闭，朱剑凡遭到搜捕，被迫远走日本。

1928年，周南女中恢复办学，由朱剑凡的留日同学李士元出任校长。在白色恐怖下，虽然锐气有减，但弦歌未辍。抗日战争时期，学校几经搬迁，长沙大火又使大部分校舍化为灰烬。从1928年至1946年，这20年艰辛的岁月中，周南女校饱经风雨，师生们经受了严酷的考验。但朱剑凡校长的创业精神和教学方针深入人心，鼓舞了后来者，许多校友在大学深造后又返回母校任教，周南的事业在艰难中有所发展。

《朱剑凡与周南女校》

凌敏猷：湘雅医学院的由来

湘雅医学院是湖南医学院的前身，创办于1914年，12月8日为它的院庆日。这个学校是由湖南育群学会和美国雅礼会合作开办的。雅礼会是美国耶鲁大学的毕业同学组织的一个民间团体。它的代表胡美等人于1906年就到了长沙。他们在西牌楼租了一处房子，开了一个小型医院，叫作雅礼医院。这个医院开张以后，治疗了一些病人。据龙伯坚告诉我，当时发生了一个有趣的故事：湖南督军谭延闿的母亲李太夫人，患了大叶性肺炎。谭母发病时，体温逐日升高，找了很多医生治疗，病情还是继续恶化，谭家的人慌了手脚，不知如何是好。最后有人说，西牌楼有家外国人办的医院，何不请那里的医生来看看呢？因此，就把雅礼医院的胡美医师请去了。胡美问了病史和检查病人后，诊断为大叶性肺炎，病已到了烧退阶段，就开了一些西药（毫无特殊作用的）叫病人吞服，第二天谭母的病就好了。谭家的人都很惊讶，谭延闿感受尤深，认为外国人既有这样好的医术，我们为什么不学呢？故发起在长沙开办医学校，以湖南省政府的名义与雅礼会签订了一个草约，共同开办湘雅医学专门学校。当这个草约呈送到北京时，北京政府认为地方政府和外国民间团体合办事业，史无前例，不予批准。在这种情况下，谭延闿把长沙教育界名流如胡元倓、陈润霖、曹典球等人组织起来，成立湖南育群学会，以此名义和雅礼会合办医学校，并派颜福庆和胡美携带中美双方的协议草约去北京，邀请一些在京做官的湘籍名人从中周旋，这个合作协议最后得到北京政府教育部的批准。1914年12月8日湘雅医学专门学校正式开办，由育群、雅礼两会合组校董会，推举颜福庆为医学校的第一任校长。胡美医师为促成其事做了很大的努力。

当时，校董会制定了一个远大的目标，要在湖南兴办一所第一流的医学院校。学制、教学计划、教学内容、教学方法以及前期、后期的设备都与美国同类院校差不多。美国雅礼会同意选送十多名教授来学校教学，中国方面负担学校的一切开支，经费由湖南省政府拨给。湖南省政府还拨给潮宗街一所民房做校址，但远远不够用。长沙当时是一个比较陈旧的城市，市内房屋非常拥挤，不适宜于医学事业大规模的发展，因此必须在城外找地方兴建校舍。湘雅负责人在长沙周围进行过调查，最初他们想把学校办在南门外，也想到过河西或水陆洲，但是这些地方或容易遭水淹，或交通不方便，都被放弃。最后决定在城北的麻园岭一带寻找校址。那时的麻园岭一片荒凉，有许多分散的菜地，还有许多坟墓和臭水沟，离长沙城有三里多路。但湘雅的创办人颜福庆、胡美等人的眼光比较远大，考虑到若干年后学校发展的需要，目前虽离城稍远，将来交通发达了，问题不难解决；且修整后的土地很适宜于开辟校园，雅礼会曾在此开办过中学。因此决定在该处建校。同时湖南省政府亦拨了大块地皮作为建校之用。校舍很快就

▷ 湘雅医学专门学校校门

建起来了。

学校开办之初，颜福庆校长就号召学生努力钻研业务，学好本领为广大群众服务，千万不能走私人开业、只顾个人利益的道路。他还经常勉励学生努力争取成为第一流的医学人才。后来医学院毕业的学生绝大多数都为我国的医疗事业做出了贡献。当时学校对于学生的要求是很严格的，注重培养学生的光荣感和自尊心（英文叫Honor System）。每次考试，无人监考，教师出了试题就离开了，让最后一位交卷的考生，将全部试卷收集送交老师。一般是无人舞弊的。万一发现了有人舞弊，处罚是严厉的（直至开除学籍）。通过这种教育，学生养成了自治、自尊、以诚实为无上光荣的观念，以及实事求是的科学精神。学校对实习医员要求也很严格。某实习医员给学生开了阿托品，因记忆不准，将剂量多开了一千倍，幸得药房把关，未照处方配药，才免除了一次医疗事故。颜院长得知此事后，即召开教务会议，决定延长该员实习期六个月，并通报全院，引以为戒。我当时是本科一年级学生，此事对我教育很深，至今难忘。

《从湘雅到湖南医学院》

田　汉：郭沫若在长沙

洞庭落木余霜叶，楚有湘累汉逐臣。

苟与吕伊同际遇，何因憔悴做诗人？

——和寿昌原韵　沫若

▷　郭沫若（1892—1978）

若干年前，沫若到东京访我，在我们户山原的寓所住了两三天，我们得他的教益很多。比方我虽是生长田间，却并不曾多识鸟兽草木之名。我们一块儿在田野里散步的时候，彼此指着许多花草相问。在一个有过深厚理科素养的人面前，我简直显得“不辨菽麦”。这以后我才努力想补充一些人生应有的常识。颇拟写一篇“和沫若的三日间”，记当时的游踪，却没有写成。直到十数年后的今天，沫若到了长沙，在这一关系民族存亡的伟大历史时期和我们相处了四五天，我才觉得应该鞭策我自己写下一些生活的印象，告诉广大关心沫若的青年。

…………

沫若的长沙生活却是非常有趣的。他刚到的那天，我邀他上南门城上天心阁，指点太平军过长沙的战迹。胡萍小姐来了，同赴银宫旁一酒楼，醉中索笔狂草。茶房在一旁，赞叹不止。他问胡小姐："这位是谁？写诗不假思索，挥洒自如，就像我们扫地似的。"胡小姐把茶房的批评转告沫若，沫若大笑成一绝，有"作书如扫地，把酒欲问天"句。

前日午前天又晴朗，邀游玉泉山。寻所欲古书，仓促中无所得。漫步至民众俱乐部，参观何云樵所筑箭场。沫若谈北伐战争时过长沙事。谓十年岁月若不浪费，何至让日寇猖狂至此？晚题短纸赠某氏，因有"何来后羿箭，射日破愁天"句。

沫若欢喜吃长沙的凉薯（四川叫"地瓜"），曾于赴宴归途买四毛钱的，分量似不如平时的多。沫若云少，请"客气点"。卖凉薯的回答得妙：

"不是我不肯加，你怎么拿得了呢？"

沫若因大赞长沙人的幽默。自来此间"人吃人"殆无虚日，沫若盛赞李合盛的牛百叶，对长沙酒家及远东中菜部亦有好感。为了解长沙市井生活，曾偕登此门外某茶馆。他颇感叹于谭组庵派书法在长沙的普遍，说连"登楼大发"的字条都有"谭味"。在吃包子春卷的时候，他谈到少时在他的故乡成都做"辫神"（不良少年）时候的故事，说在戏场里看戏丢手巾把子的艺术三昧，不下于今日技巧派的作家。最后有一位"瘪三"一类的人上楼来，老要我们"抽彩头"，说"蛮灵验的"，不过又补足一句说"句子是好歹都有，不可见气"。熊岳兰女士去抽一条是"去年好，今年差"。她点首称是，说："可不是吗？去年在上海《立报》做女记者，今年在长沙做难民，自然差得多了。"沫若抽一条可吉利得很，有四句偈语似的话："孔明借箭，只有三天。一桩好事，就在眼前。"

我们都替他道贺，说不仅时局有好转之象，说不定还有什么意想不到的好事等着他。他说："至少'只有三天'的话是验了。我三天之内必离开长沙的。"末了，轮着我们三爷却抽了一条这样的东西说："有鬼有鬼，内中有鬼。

拉的拉脚，扯的扯腿。”这把我们都笑歪了。亏着沫若安慰他说：“你别怕鬼，我们得打鬼，比如我们要想创造一个独立自由幸福的国家，日本鬼子却拉的拉脚，扯的扯腿，所以我们非打倒日本鬼子就别想过太平日子。”

我想沫若的话是对的，我们大家努力吧。

《沫若在长沙》

万天石：《体育周刊》，湖南最早的体育报刊

湖南最早的体育报刊为《体育周刊》。它是1918年12月在长沙市诞生的，创办人为黄醒、盛野人，大力赞助人为李惠迪，袁绍先曾任该刊编辑。该刊每周发行一期，一共出版发行了60期。对推动湖南体育事业的发展，起到了一定的作用。

陈独秀曾在《体育周刊》发表过一篇文章，标题为《湖南人的精神》，他赞扬了《体育周刊》为传播新思想做出的贡献。蔡元培也曾为《体育周刊》撰写过文章。这样一来，《体育周刊》更加声誉雀起。

《体育周刊》创办人兼主笔黄醒，别号胜白，长沙县人，出生于1898年，毕业于长沙师范，历任长沙市楚怡小学及其他中学音乐兼体育教员。对体育的提倡，不遗余力。他还创办了一所童子军教员练习所，培养了不少童子军教员。1917年11月，他和李惠迪发起组织体育研究会，后又成立了长沙市体育会。毛泽东在长沙成立新民学会时，曾吸收黄醒为会员，但后来未加入中国共产党。不过，他办的健康书社曾推销过《新青年》和《共产党宣言》等书。黄醒当时住在长沙市北区学宫街。

1925年黄醒兼任长沙《大公报》编辑时，曾在副刊上新编《体育特刊》，利用该报进行普及民众体育运动的宣传，介绍体育运动知识，并报道全省的体育动态，甚受读者欢迎。

《最早的湖南体育周刊》

陈光剑：体育界的“喇叭司令”

20世纪20年代，长沙有个出名的体育家李惠迪。他个子不高，身体结实，说话的声音特别洪亮。每次长沙市举办体育运动会或开群众大会时，总是请他担任大会司仪。因为他喜欢拿着用厚磅纸做成的喇叭喊口令，人们便戏称他为“喇叭司令”。

李惠迪，生于1893年11月12日善化县嵩山镇跳马涧（今长沙县跳马区石门乡）。其父李子端，是清朝的武秀才，武功过人。少年时候，李惠迪就随父习武，秉性刚直。以后，考入了中路师范（即湖南第一师范前身）。他生活俭朴，团结同学，热心为大家办事，受到徐特立老师的赏识和同学们的爱戴。毕业后留校任附小体育教员。1913年至1924年，李惠迪除在修业小学任体育教师，还在一些私立中学兼教体育课。李惠迪是湖南省体育会的主要发起人之一，也是华中运动会、华中体育联合会以及全省运动会的积极组织者。1917年11月，他与楚怡小学体育教员黄醒发起组织了体育研究会，创办了湖南最早的体育刊物之一《体育周报》，共向全国发行《体育周报》60期，为早期湖南体育教育事业和群众体育活动的开展起了很好的作用。

1918年，李惠迪积极倡导体育锻炼，倡导举办了以“兵操”表演为主的湖南省第一、二届运动会。李惠迪还利用业余时间，编写了《游戏教材》，在社会上广为流传。1923年，他又编写了《体育教材》，被省教育司认可为中、小学校使用的体育教材，受到省内外体育界同人的欢迎，解决了当时各校体育教材缺乏的困难，一连再版三次，仍供不应求。

中国共产党诞生前后，毛泽东同志在修业小学任教与李惠迪同事，两人交往频繁，关系密切。当时，湖南群众运动在毛泽东、郭亮、李维汉等人领导下，蓬勃发展。李惠迪以长沙教职员联合会执行主席、湖南教职员联合会主席和湖南省体育会主任的身份，积极参加了长沙各团体联合组织的焚毁日货、反日示威、外交后援会、雪耻会、反英讨吴驱赵、响应全国总罢工、发动各校罢课、支援北伐、推行平民教育等各种活动。

李惠迪精于拳技，可力敌数人。1923年秋，修业小学在校内操坪举办运动会时，有四个流氓无赖挤入场内捣乱。担任纠察的学生请他们退出会场，谁知那四个流氓竟动手打人。李惠迪上前规劝，流氓蛮不讲理，对他拳脚交加。李惠迪见他们不可理喻，遂施展绝技，用鸳鸯连环腿将四个流氓打翻在地，赶出校门。

李惠迪发表过不少著作，主要有《湖南体育史略》《十年之湖南体育》等，都是珍贵的体育史料。

1927年5月，马日事变发生后，国民党大肆屠杀共产党员和革命群众。李惠迪也遭到国民党政府的通缉。郭亮获悉后，催促他立即离开。于是，李惠迪化名李宗由，只身潜往江西赣州，避开了这场突发的劫难。

李惠迪到赣州后，起先在育英小学任体育教师。不久，该校更名为三一小学，由李惠迪任校长。1940年，李惠迪在赣州又倡办了江西赣县体育场，并兼任场长。1942年6月12日深夜，李惠迪被江两省赣县特务情报室以“共产党领袖”“汉奸头目”等罪名逮捕入狱，受尽了种种酷刑和惨无人道的迫害，含冤死去。

《“喇叭司令”李惠迪》

黄曾甫：任凯南校长，办教育不是为了做官

湖南大学前任校长任凯南先生，字拱辰，号戆忱，原籍湘阴县人，1884年8月出生于今汨罗县弼时乡唐家桥村冷水井。少时勤奋好学，弱冠考取秀才，补廪生。清末废科举，兴学校，考入湖南高等学堂，思想倾向维

新，立志教育救国。毕业后，考取官费，留学日本，与同学皮宗石、杨端六、周鲠生、王世杰友善，并结识黄兴，加入同盟会。1913年，先生由日返国，奉派与皮、杨、周等人，在汉口法租界创办国民党机关报《民国日报》，声讨窃国大盗袁世凯，秘密策划武汉暴动。事泄，被法国领事查封，当法租界巡捕闯入报社时，适先生正在撰写讨袁檄文，时当盛夏，先生赤膊短裤，足趿破鞋，伏案疾书，闻警，即毁稿吞食腹内，手摇蒲扇，缓步出门，巡捕疑为工友，不加阻拦，遂得脱险。得日本记者久喜信周之助，被捕人员，均获释放，移居日租界，相偕乘日轮赴上海。黄兴见之，惊喜万分，乃筹款资送先生等东渡日本，转往英国留学深造，先生在英国伦敦大学，习经济学六年之久。

1921年先生学成归国，得湘省政府聘任，创办湖南商业专门学校于长沙落星田，任第一任校长。又与雷铸寰及高等学堂校友黄衍钧等人，于1922年创办私立大麓中学于北门晴佳巷。

1926年，湖南“商专”“工专”“法专”合并为省立湖南大学，先生出任经济系教授。

1927年，马日事变，湖大停课，次年复课，先生被聘为校长。1929年秋，我在大麓中学旧制中学毕业后，考入湖大预科二年级，得聆先生教诲，至今未敢曷忘。

旋后国立武汉大学成立，教部延聘先生为筹委兼经济学教授。1932年，先生任武大经济系主任，1935年兼任武大法科研究所经济学部主任。

1937年7月，皮宗石受聘回湘任国立湖南大学校长，坚邀先生回湖大任教务长。

1938年夏初，日本飞机27架轰炸湖南大学，图书馆全毁，幸赖先生事先将馆藏珍本善本书籍装箱移置爱晚亭青枫峡一带山谷中，幸免劫灰。先生平生爱书如命，薪俸所入，绝大部分用于购书。在大麓中学科学馆顶层，有先生一间藏书室，收藏颇丰，每星期日，先生常邀其高等学堂窗友，湖大诸子学教授益阳戴韵珂先生，渡江到此阅书研讨，自旦至夕，足不下楼，几废餐寝，此皆余在大麓读书时所见之事。

▷ 1938 年遭日机轰炸的湖南大学图书馆

1938年秋，湖大迁校辰溪，先生躬亲主持，不辞辛劳，最后一批离开岳麓山。辰溪偏处湘西，时虞匪警，先生安置师生生活，筹建简易教舍，事必躬亲，与师生同甘共苦，感人至深。

1940年，大麓中学迁在安化兰田，发生学潮，电请先生接任校长，先生星夜奔驰，得以安定。抗战胜利后，大麓迁回长沙，致力修复校舍，得以迅速复课，皆先生之大力也。

抗战期间，国民党伪装“民主”，设立湖南省临时参议会，礼聘先生为省参议员，并寄旅费，促先生去耒阳开会。先生退回聘书旅费，并谓高等学堂同学老友湘阴骆迈南先生曰：“参而不议，议而不决，决而不行，要这个参议会干什么，我既不愿尸位素餐，也不愿当香炉花瓶……”先生忠于教育事业，矢志不移。一度陈立夫欲挽其出任湖南省教育厅长，先生坚辞不就，并与人曰：“办教育不是为了做官，有官瘾的人办不好教育。”由此可见先生之高尚品德。

1949年秋初，长沙临近解放，白崇禧的军队驻扎在大麓中学，先生深虑校舍图书被损，留住顶楼，照料一切。不料频年积劳，旧病复发，不幸于1949年6月21日，患脑溢血病逝于晴佳巷大麓中学，终年65岁。

先生历任大学校长、教授，身后除四壁图书而外，家无长物，身后萧条，几乎无以为殓，赖当时湘省主席程潜批赠治丧费500元，始克由其亲友门人，奉遗体安葬于岳麓山道乡祠左侧山冈，立有墓碑。时移世易，陵谷沧桑，不知今日尚存有遗迹否？

《一代宗师　高山仰止——原湖南大学校长任凯南传略》

曹陶仙：雅礼中学——传教士办的学校

1916年我16岁时，进了美国传教士从美国雅礼教会来长沙举办的雅礼中学。

当时校址在西牌楼。校长是盖保耐和解维廉。还有些美籍教员如雷文思、赫尔辉、亨考司、司密斯等。校内有学生100多名。学校收费很高，每期需银洋百元左右，并规定学生定要冬季穿呢制服，热季穿好白制服与好皮鞋。那些美国教士都是美国纽约雅礼教会由许多大资本家如煤油大王洛克菲勒等出资送来长沙工作的。他们又请了一位负总务责任的王海玕。所有学校的事务都归他掌管。学生的学膳费归他收取，即存放在他的保险箱里，由他使用。连雅礼聘请职工教员，开除学生，记过等他都有权过问。他是一个虔诚的基督教徒。当时我对王海玕畏之如虎，家里有要事须请假都不敢和他接近，唯先父当时在长沙有点名望，我一拿父亲的名义，随便什么时候要请假回家不成问题，他也绝不盘问。雅礼中学还聘了一位教员名潘伯士，系上海某教会学校毕业的。他是英文、数学、理化、地理无一不教。他教课总带些英语，要使学生听惯了好和美国教士接近，受基督教的熏陶。此外雅礼所聘之语文教员，也都是一些秀才进士，如黄金台、汪根甲、周铁山等。他们所传授的都是古文。学生用白话交作文卷是要在分数上大打折扣的。只有少数学生才能及格，因为雅礼教课，根本就没有什么辅导，读书定要死背。不准用白话文，听说是盖保耐等的意思。

雅礼中学学生晚饭后不久都要在教室内自习一二小时。一位教员坐在讲台上监督，不许学生谈话。学生提问太多，那监督教员总是不耐烦回答的。自习之后，学生回到寝室，也有教员监督就寝。每天早晨，学生定要集合在一个礼堂做礼拜，唱圣诗，读圣经。这都是强制执行的，比日常功课还重要，如果点名不到，轻则记过降班，重则开除学籍。我的一个同班同学柳直荀，就是因为时常缺席，结果降了班，几乎被开除。

雅礼中学约在1914年由西牌楼迁到北门外新的校址。雅礼教会在这里建造了新校舍、大礼拜堂、有地板的洋楼寝室、大操坪。食堂在寝室下层，学生有钱，可以添菜吃好点的伙食。只有图书和理化实验设备则极为简陋，其中以英文书籍为多。美国教士本身，则各有纯粹美国式的小洋房一栋，雇请厨工和男女佣人，工资只有几块钱一月。这是他们在美国完全办不到的事情。雅礼中学由西牌楼迁到北外之后，随着将一个附属雅礼医院也由西牌楼迁到了北门外，新建了湘雅医院（即后来的湖南医学院）。先父那时在湖南和谭延闿都是湘雅医院董事。

▷ 雅礼中学的宿舍楼与网球场

雅礼教会的传教士对于培养基督教教徒也是不遗余力的。青年学生如果能驯服忠实，可以被送到美国去升大学，如劳启祥、王海玕之弟王子玕和应开识等都是被送到美国留学，回国后就在湘雅当医生与教员的。还有一些中国青年学生在雅礼中学读书，可以由美籍教员带到美国去留学，如何廉、赖琏、邱昌渭、康辛元、刘宏等都是自备路费由雅礼介绍，随同美国回籍教员送到美国各大学读书。我本人也是其中之一，那时仅19岁。雅礼教会还在校外利用一些毕业学生向外扩展，援助他们在长沙建立了广雅中学、雅各中学、协均学校。

《我所知道的雅礼学校》

肖栋梁：赢得国际荣誉的长沙“野猫”

王人美，小名细细，学名庶熙，又名叙西，祖籍湖南浏阳，1914年11月8日生于长沙南门外第一师范一位教师家庭。人美从小有着活泼好动的性格，喜欢跑步、跳高、走浪桥、唱歌、跳舞。1920年进入湖南省立女子师范学校附属小学，次年母亲和父亲先后病逝，靠哥哥姐姐支持才得以继续学习。1922年在学校举办的一次恳亲会上，同学张式愚翩翩起舞轻盈活泼的舞姿，使她对音乐舞蹈产生了特别的兴趣。以后她开始学唱《湘累》《苏武牧羊》《满江红》《木兰从军》歌曲；经常阅读当时畅销全国的儿童歌舞剧《小朋友》杂志，为她以后从事儿童歌舞和电影艺术打下了一定基础。1925年考入湖南第一女子师范学校，在校长徐特立影响下，进步很快。1927年冬随二兄同到上海，进入美美女校学习歌舞，她在排练《月明之夜》《三蝴蝶》《葡萄仙子》《麻雀与小孩》《小小画家》等儿童歌舞剧中，成绩优异。校长黎锦晖认为“庶熙”较古雅，即为她改了一个既与兄长一样排辈，而又通俗的名字——人美，并亲自教她唱歌。1928年初，黎锦晖为了重建中华歌舞专门学校筹措经费，也为了向南洋华侨宣传国语并锻炼学员演技，因而组建了中华歌舞团赴南洋演出。人美随团到了新加坡、吉隆坡、槟榔屿、曼谷、马六甲等地，当时她饰《三蝴蝶》中的花朵、《葡萄仙子》中的甲虫、《最后的胜利》中的囚徒，还演唱《小小画家》的幕前曲等，同年10月还到雅加达演出，后来还相继到苏门答腊、菲律宾演出。1929年2月中华歌舞团解散，人美因时年仅14岁，随大部分团员乘轮返沪。同年冬，应黎锦晖之邀，加入其组织的明月歌剧社。1930年春，随明月歌剧社北上后在天津、东北一带演出，饰主角红蝴蝶，获得很大成功。她以舞姿优美、歌声悦耳而与黎莉莉、薛玲仙、胡笳四人被誉为歌舞界“四大天王”。

▷ 王人美（1914—1987）

1931年5月人美和她的小伙伴随明月歌舞社成员集体加入联华影业制片有限公司，年底，被著名编导孙瑜作为模特写成宣传爱国思想的电影剧本《野玫瑰》，并被选担任片中的女主角小凤，正式被推上了银幕，开始了电影演员的生涯。由于人美与片中女主角小凤的性格、气质相近，很容易理解小凤的感情，因而出色地表现了渔家女健康活泼、青春焕发的朝气，因而演得自然真实，故于次年在上海连映18日，一举成名，并得到了“野玫瑰”的外号。

1933年春节前夕，明月歌舞社解散，王人美即与联华影片公司二厂签订一年合同，拟定一年内拍摄四部电影，经历一年半后才拍完，她在其中《渔光曲》这部片子中饰女主角小猫，一举而成为红极一时的电影明星，合作演出者有罗朋、袁丛美、韩兰根等。片子从1933年初开拍，经历了不少艰难，才拍完此片，于1934年3月14日在上海金城戏院上映，轰动全城，连映84天，打破《姊妹花》连映60天的纪录，创当时中国影片的最高卖座纪录，十多万张主题歌《渔光曲》唱片被抢购一空。此片到1935年2月参加了苏联电影工作者俱乐部在莫斯科举办的有31个国家的代表和影片参加的首次国际电影节，获荣誉奖金牌，为我国电影首次赢得了国际荣誉，也使王人美增加了一个新外号“野猫”。

这时，她虽是誉满影坛的电影明星，但和当时一些女演员抹口红、穿旗袍、蹬高跟鞋、一摆一摆的活动，甚至上燕子窝（抽鸦片）的习气不同，她照样穿学生服，留短发，间或穿西装，还照常蹦蹦跳跳。她还参加了上海青年电影演员组成的充满青春活力的未名篮球队，任女队队长，并被邀请去南京等地参加比赛。这些充分说明人美的生活是多么丰富多彩。

《第一个为中国电影赢得国际荣誉的人》

张季元：重视体育的楚怡小学

楚怡小学是老教育家陈润霖先生于1906年创办的。该校历来重视体育，民国初年，学校就兴建了体育馆。馆内有肋木、吊竿、单双杠、平衡木、篮球、排球与救护用具。外操场设有浪桥、秋千、篮、排、网球场。进入20年代，学校除露天操场外，还兴建了风雨操场。1921年5月15日，为楚怡小学15周年举行校庆。上午是学艺会，下午是游艺会。项目很多，唱运动会歌、课间操表演、六十码比赛、排球、乒乓球、足球、越山过海、人山（叠罗汉）、垫上运动等19个项目。后来体育馆遭到两次破坏，特别是

1938年“文夕大火”，房屋设备都化为灰烬。此后逐步恢复，到解放前夕学校有一个长50米、宽45米可容纳两个篮球场的操场，一幢两层建筑的新型体育馆。馆内设篮球场、体操房，还有一个滑冰场。这在当时还是一流的。

楚怡小学重视体育教学，请有良好品德修养、有较强业务能力的体育教师。解放前在校任教的有黄醒、陈奎生、张白黄、黄凤岐等，都是一时体育界名流。黄醒对体育教育很有研究，曾在《体育周报》上提出了改革体育教学的意见，如学校是否废止兵操，小学应否设体操专职教员，学校废止兵操后体育课安排什么内容，劳动能否代替体操，武术在体育上的价值等。

《体育周报》上曾公开探讨过这些问题。陈奎生在1923年至1925年间任楚怡小学体育部主任时，把体育教学改革向前推动了一步。即在过去注重走步、徒手操、队形变换、器械操等方面的基础上，大力开展球类和田径运动。1924年第二届华中运动会在长沙市协操坪举行，陈奎生率领楚怡小学的团体操运动员参加表演，并担任全市国民学校2818名学生组成的团体操指挥员。1947年，杨国勋老师来校教体育。他对小学体育教学摸索了一套较完整的方法。低年级按照儿童各阶段身体发展需要安排教学内容，特别注意不良姿势的矫正及卫生习惯的养成，训练初步运动技能。高年级主要分组轮流进行各种球类、田径运动，务使其对各项运动具有基本的认识及正确的姿势。那时学校还规定，各年级学生每月课余参加运动40分钟。

《楚怡小学的体育》

何　链：与“菌”周旋的博士——汤飞凡

汤飞凡，又名汤瑞昭，1897年7月23日出生在醴陵县（今醴陵市）西乡的汤家坪一个知识分子家庭。父亲汤麓泉，曾任醴陵县财产保管处处长；叔叔汤汉斌，当过先父何键手下的军需处长；母亲黄氏，是一位家庭妇女，在他上中学时病故，后有继母。飞凡有四兄弟和四姐妹，他排行第三，他的弟弟汤秋凡毕业于武汉文华大学，曾在湖南当过好几个县的县长。

▷ 汤飞凡（1897—1958）

汤飞凡12岁离开父母来到省城长沙读中学，后考进岳麓山下的甲种工业学校。但是，他不喜欢数学，两年后就弃工学医了。当时，正值湖南育群学会和美国雅礼会在长沙联合创办湘雅医学专门学校，他就去报名应试，被录取为首届学生。第一年汤飞凡就翻破了一本英文字典，以致成了近视眼，暑假回到家里错将哥哥叫成了爸爸，闹出了笑话。虽然，汤家乡下有田产，却不算富裕。读中学时起，汤飞凡就坚持勤工俭学，一边读书，一边为别人教英文或到药房帮工，赚点钱维持自己的生活。七年以后，即1921年6月，他和张孝骞、应元岳等十位同学毕业了，获得由美国康州政府批准授予的医学博士学位。

…………

正当汤飞凡在科学征途上大踏步前进的时候，日本军国主义者悍然发动了侵华战争。对此，汤飞凡激愤不已。淞沪战争爆发后，他再也不能安于学究式的生活了。当时我和汤飞凡身居租界，工作生活尚且“安定”，可是他并不以此为满足，他想得更多的是祖国的荣辱、人民的安危。他多次对我说：“天下兴亡，匹夫有责啊！我是学医的，应该到后方去为抗日出力。”于是他毅然离开了实验室，投身于红十字会救护队的行列。未几，我们离开了上海，前往内地参加抗日战争。

不久，汤飞凡受卫生署署长颜福庆派遣，前往昆明重建被日军占领的北平中央防疫处。当时的条件极端艰苦，几乎一无所有，全要从头做起，为此，他四处奔忙，终于在西山角下的昆明湖畔的荒滩上草草成立了“中央防疫处”。当时没有自来水，汤飞凡设法使一台需要天天检修的锅炉继续工作，解决了所有器皿的消毒以及蒸馏水的供应。他还建立了马厩等实验动物基地，不久就拥有了一个细菌培养、分装、检定系统；创办了自己的玻璃工厂，制造各种实验所需的中性玻璃器皿；一只破木船放在湖中用作透析——这就是重新利用废琼脂的设备。没有商品蛋白胨供应，他们就自己制造；胃酶用完了，就从猪胃中提取。汤飞凡和他的同事们在十分简陋的条件下，终于制出了大批符合国际标准的疫苗与血清，不但满足了大西南防疫工作的需要，支援了在远东作战的英美盟军，而且冲破了国民党的重重封锁，支援了陕北解放区。

设备简陋的防疫处，成了汤飞凡教授的科研所。他带领大家结合生产开展了多项科学研究。如回收废琼脂，用乙醚处理牛痘苗杂菌，改良马丁氏白喉毒素培养基等等。经他改进的微生物学方法一直沿用到60年代。

自1928年英国细菌学家复莱明发明了青霉素以后，很快在临床上显示出神奇疗效。1943年，汤飞凡开始研制青霉素。当时既没有现成经验，又缺少资料可供借鉴，许多人对此表示怀疑。可汤飞凡毫不退缩，他带领朱既明、樊广生等人反复搜索，终于在当年就用自己分离的中国菌种，研制出了我国第一批五万单位一瓶的青霉素制剂，第二年就投入了临床使用，为我国的抗菌事业的发展做出了贡献。

《回忆沙眼病原体发现者汤飞凡教授》

第四辑

市井声声·城里的买卖人和老字号

❖ 曹铁安、梁小进：长沙开埠与反帝斗争

19世纪末至20世纪初，随着帝国主义列强对华侵略的加剧，我国社会的半殖民地化急剧加深，各内地省份的重要城镇也不断地被迫开放为帝国主义的通商口岸。号称“铁门之城”的湖南，即在这一时期被帝国主义打开了大门。1899年11月，北部门户岳州正式开埠。不到五年，在帝国主义列强胁迫之下，省会重地长沙也被打开。

▷ 驶进长沙的蒸汽机车

长沙的开埠，标志着帝国主义在湖南建立起一个最有利的侵略基地。从此，列强各国纷至沓来，在长沙修码头、行轮船、设教堂、开洋行……大肆倾销商品、掠夺原料、布道传教，及至干预政治、刺探情报。帝国主义的侵略给长沙人民带来了深重的灾难，也激起了广大人民的强烈反抗。开埠以后的几十年里，长沙人民的反帝斗争，高潮迭起、波澜壮阔，在长沙近代历史上写下了光辉的一页。

长沙开埠以后至五四运动之前，长沙人民的反侵略斗争进入以反对帝

国主义经济侵略为主要内容的阶段。

至1900年，美国勾结清政府先后签订《粤汉铁路借款合同》和“续约”，攫取了修筑自汉口纵贯湖南至广州的铁路的利权，激起了鄂、湘、粤三省人民的愤慨。1904年5月，湖南绅商率先向清政府提出呈文，强烈要求“废除美约”，收回粤汉铁路利权自办，揭开了三省人民收回粤汉铁路利权运动的序幕。此后，广大学生、商人、士绅迅速行动起来，集会蜂起、函电纷驰，掀起了以长沙为中心的湖南人民收回粤汉铁路路权运动的高潮。1905年5至7月，并在长沙设立了粤汉铁路局和铁路总公司，积极筹备自办。在人民的强大压力下，8月29日，美国被迫与清政府签订“赎路合同”，交出了修筑粤汉铁路的所有利权。

正当收回粤汉铁路权运动方兴未艾之时，长沙人民又掀起了轰轰烈烈的抵制美货运动。1905年5月，上海商会为反对美国限禁和虐待华工，通电全国，发起了抵制美货运动。消息传来长沙后，著名爱国志士禹之谟即策动和领导青年学生展开了宣传活动。广大学生纷纷举行集会、发表演说……从此，抵制美货活动进一步在长沙展开，形成群众性的反美爱国运动。

1910年的长沙“抢米风潮”更是一场大规模的反帝反封建风暴。1909年夏至1910年春，湖南发生严重粮荒，而外国洋行和一些奸商却勾结官府大量运米出境，激起了长沙人民的极大仇恨。4月中旬，成千上万的饥民在焚烧巡抚衙门之后，又将斗争矛头直指帝国主义。愤怒的群众由南往北，见教堂就砸，见洋行就烧。一天一晚，焚烧和捣毁官衙、洋行、教堂40多处，其中包括教堂10处，各国的商行、公司、堆栈、趸船、医院20多处，以及日本领事馆和邮便局，狠狠打击了帝国主义侵略势力。

特别是在大革命高潮的1927年春季，长沙人民的反帝斗争已开始进入废除帝国主义特权，以恢复我国的独立和主权的阶段。该年2月9日，为反击帝国主义对中国革命的干涉和破坏，湖南省总工会组织了对英罢工委员会，号召一切在外国的公司、行栈、医院、学校、领事馆和在长沙海关、邮局工作的中国工人举行大罢工。两天后，湖南省民会议外交专门委员会又进一步提出了包括撤退领事、撤销外国船只的内港航行权和贸易权、废除《长沙租地章程》所规定的土地承租权和承买权等内容的“六项要案”。3月20日，长沙邮务工人经过几个月的斗争，赶走了原湖南邮务管理局局长、帝国主义分子饶略，收回了邮务管理权。随后，长沙人民又在罢工委员会领导下，收回了由帝国主义控制的湘雅医院和长沙基督教青年会。4月6日，罢工委员会组织的收回海关委员会会同长沙总工会，领导海员工人和长沙市民一举将长沙海关收回。至此，自清末以来帝国主义在长沙窃掠的特权初步取消，几十年来长沙人民的反帝斗争取得了重大的胜利。

《列强胁迫下的长沙开埠》

黄曾甫：商界传奇“棠坡朱”

▷ 1901年朱氏家族四世同堂合影

自清末以来，长沙人无不知道有棠坡“朱云谷堂”者。工商界则无不知有“朱乾升”者。朱乾升为朱云谷堂发迹之商号，原设在长沙城西太平街。主人名朱昌琳，字雨田，原籍安徽。明末清初，乃祖迁徙来湘，落籍长沙，转至雨田。自幼习儒，应县试，两拨佾生，以未获青衿为终身恨事，年二十七，在省城藩府坪唐荫云家任西席。唐家先世曾任云南布政使（藩台），年奉朱先生制钱三十二串。唐家广有田产，是年新谷生芽，佃户多以芽谷纳租。价廉只卖五百文制钱一石，尚求售无主。其时朱父在草潮门开一家小碓房，有人劝朱囤之，朱商诸乃父，父以无余资未允。转告居停，唐曰："只要先生愿受，明年卖出后，再兑价可也。"朱见东家慷慨，邀囤数千石。讵料次年大荒，芽谷价涨，卖至二千七百文一石，朱因获厚利，倍价偿唐，唐不肯收，只照原议五百文一石收款，朱甚感之。唐见朱善理财，遂委兼会计职。又数年，朱辞馆独自经商，出资请领官票二百余张，做黑茶生意。先由安化采办茶叶，运至陕西泾阳县，设茶庄，再取泾阳之水，做成茶砖。运往新疆、西藏、蒙古一带销售，大为蒙、回、藏族人民所欢迎。当时有非朱乾升之茶不销者，获利不可以数计，于是在长沙太平街设朱乾升总栈，汉口、汉阳、陕西、甘肃、新疆、塔城等处设分栈。安化设总茶庄，汉口、泾阳、羊楼洞、西安、兰州等处设分庄，雇用职工不下数千……

朱雨田经营黑茶之外，又创设"乾泰顺盐号"，自有盐票三四十张，租得他人盐票四五十张，大做淮盐生意。据云其极盛时期，做过引盐近百票之巨。湘西、南县、乌咀一带，皆朱家乾泰顺所垄断之专埠，他人不得在该码头销运，盐票经营获利富冠湘城。

朱家在湖南境内有田租一万八千余石，在安徽南陵县内还有田租一万余石，在长沙城内的房地产，计有太平街乾升总栈一带地皮，又有金线巷、高井街、孚嘉巷、伍家井等街道房室店铺不下百栋。长沙东乡安沙棠坡，还有阡陌相连、隔山相接之广大田畴屋宇。长沙市北门外丝茅冲之巨大花园，人称朱家花园，亦名萱园，周围占地逾十余里，为长沙昔年私家别墅园林之冠。清朝末叶到民国初年，朱云谷堂及朱乾升栈之本票，流行市面，信誉卓著，较之"官钱局""湖南银行"等官票尤为人信赖，故朱雨田当时有"百万富翁"之称。

《长沙人说"棠坡朱"》

❖ **邓泽致：**湘江水，挑着卖

由于长沙濒临湘江，长沙城内和郊区，确有不少水井。可是长沙的长条麻石街下的下水道，是不防渗漏的，在当时确也没有防渗漏的方法，而井圈井壁同样也不能防渗漏。所以下水道的污水、雨水等，都渗漏到所有井水中。长沙的水井多，但是水井的水都不能饮用，只能用作洗濯和浇灌。

每个水井都有井圈，有的修有井亭，装置有木质辘轳，用粗麻绳每端拴一吊桶，绕过辘轳，一上一下打水，无辘轳则用手拉吊桶打水。故每家厨房中均备有能盛数石水之大水缸，以及吊桶、水桶、扁担诸物。由男人们，或雇人用吊桶打水挑回储于缸中备用。井旁住户，则在井旁洗衣洗菜作业，完毕后，带一小桶水回家作他用。故井旁亦一热闹场所。

▷ 1900 年长沙潮宗门挑水卖的人

一般家庭煮饭做菜饮用，多用湘江河水。每日江畔码头附近，人们就河水中挑水，或用板车载木桶装河水，沿街叫卖。每担水只铜圆数枚，早晚可时闻卖河水的吆喝声，多为壮年男子，亦可谓长沙特有的卖水行业。由于长沙市各下水道的污水，未经处理，直入湘江，而沿岸的住户和船民的垃圾粪便，亦随在倾入江水，故河水多浑浊，购回后必须用明矾澄清后才能饮用。如在大雷雨后，或涨水季节，河水更加浑浊，且带苦涩味，虽用明矾澄清数日后饮用，仍感效果不佳。

靠城南住户，多依靠白沙井水，然价昂，需10余铜圆购一担水，亦同样有挑水卖者，和用板车载木桶盛水卖者。靠城北区另有水井，供城北居民用，其质量与味道与白沙井相近，据云名彭家井，亦久已填没。

自长沙市建自来水厂后，居民饮用全靠自来水供应，时代变换，岁月迁移，久不闻卖水者吆喝声，又不见挑水者和推水车的情况。然在当时，长沙市人民的饮水，实有赖于挑水推水者的辛勤供应，其功绩究不可忘记。

《闲话古长沙》

流　沙：南货业的行、号、铺、店

南货业是个比较大的行业。早在唐、宋时期，即有果品土产商贩，故行业形成较早。清代时期，长沙的南货就已分有酒酱斋馆、土产杂货、南货行号、糕点作坊、糖果食品等小行业。尤其到了晚清、民初，店铺遍及全城，共有百余家之多。其中，比较有名气的是：三吉斋、怡隆祥、宏泰兴、协中孚、三茂祥、九如斋、湘天益、福益祥、绍丰敛、广福昌、朱稻香村、德裕祥、正怡协、同太和、杏花村、德盛祥、乾宏泰、福盛仁、元吉贞筹家。这些店家普遍雇工较多，前店后坊，批零兼营，各具特色。并根据其经营范围和经营方式，逐步有行、号、铺、店等之分。

行，也叫牙行。专门从事说合买卖，从中抽收佣金为业。长沙南货业之行，大体上有三种：一种是土果行，另一种是杂货行，再一种是玉兰片行。土果行多半在小西门河街一带，靠近湘江，便于水运装卸。清光绪元年（1875），保太和（原名咸利贞）、惠然（后名中和）两个土果行开业。次年，又添公和、镇昌、恒泰三个土果行。土果行全赖经纪人，他们熟客路，通官府，仗权势，欺行霸市，一锤定音。如有不服者，轻则断买卖，重则遭围攻。杂货行因土果行把持紧，故名杂货。民国初期，有同康、恒大、宜成、其昌祥、中孚、同和、志福、福记、复兴等杂货行共10余家，主营食糖、木耳、笋干、莲子等土产。客货来长时，听任投行，收购面议，或代销抽佣金，比土果行好。玉兰片因是湖南特产，固专设玉兰片行。除主营玉兰片外，兼营毛茶、苎麻、土纸等。清宣统元年（1909），福生祥行开张。民国十一年（1922），源昌祥、春和祥行相继开张。三行营业时间较长，直至1956年公私合营。玉兰片多半由行方与产地预订，次年春末交货，收货款者，笋货不得他销。

号，专营批发，类似当今的批发部门。多半上午成交，下午送货。长沙南货号多半从民国初期兴起，抗战胜利后为鼎盛时期，多达40余家。其中业务较大的有鼎申、惠来兴、源记福、大福兴、恒大、恒正兴、玉茂兴、老正大、利源丰、新昌盛等。这些南货号除在上海、武汉、广州、桂林等地设庄采购以外，还经常派人到江西、福建、浙江、江苏、四川等地采办土特海产。

铺，主要专营零售，类似当今的零售门店。铺多半始建于民国初期。长沙文夕大火之前，共有20余家，多半在大西门、碧湘街、小西门河街一带，主要经营苎麻、五倍子、草帽、葵扇、松香、牛胶、洋蜡、干椒、大蒜、老姜、明矾、草纸、瓜子、红枣、柿饼、花生、生仁等。一般铺面不大，三五个人，随行就市，本小利微。

店，是行业零售门市的总称，主营零售，兼有批发，规模比铺大。清道光年间，因土果杂货零售商贩日增，遂有杂货店、南货店相继出现，民国以后逐步发展，遍及全城。至民国二十七年（1938），共有138家，前店后坊36家。其中，著名的有：清道光六年（1826），浙江绍兴人徐氏创办的徐元吉斋，后因三次起火，改名三吉斋；民国元年（1912），由杨兆先发起，得到出口茶商周示梅支持的杏花村南食店；民国四年（1915），由长沙人饶菊生创办的九如斋食品店；同年，由浙江镇海人朱友良开办的朱稻香村食品店。此外，还有由浙江宁波人王良英开设的东村阳南货店；由长沙人易伯超开办的广东商店；由长沙人李松林开办的大丰南货海味店；上海人曹琦开办的沙利文食品店等。

▷ 老长沙街道两侧店铺林立

行、号、铺、店既多，难免多有摩擦，因此便有行会应运而生。清咸丰年间，长沙南货业设万商群生会，公推总管，下分四区，每区推举值年6人。行会奉城隍、定湘王、关圣帝各神位，逢年必办迎神赛会。清光绪初年（1875），五果行组织成立五福威临公会，以限他人开行，图谋霸市。随后，南货业帮伙组织成立增福延龄会，凡同业争执纠纷，均由会议处。清光绪十六年（1890），江西、湖南帮联合组建西南财神会，设庐陵会馆，专议比期，凡到期欠款不解者，各行号均停其交易，违者罚款银圆50。作坊帮伙（工人）也创立资源公会，又名雷公祖永庆会，专司带徒上会。各会均由万商群生会派生，分隶该管辖。民国以后，组建长沙南货土果同业公会，隶属于市商会领导。

1949年冬，长沙市人民政府成立后，宣传贯彻发展经济、保障供给和公私兼顾、劳资两利的方针，号召私商消除疑虑、积极经营；同时发动职工组织起来，于同年底成立南食业筹备工会。

《南货业演变小史》

朱运鸿：到陈家铺子买床簟子

青石桥有家坐南朝北的印字门面，叫陈春发棉絮庄，人们习惯地称为陈家铺子。招牌上只标棉絮名，长沙人都知道它是个季节性的店铺，冬季卖棉絮、棉被、棉花，热季经营簟子、草席和蚊帐。陈家兄弟三人，老大叫金华，老二是个白毛，人叫洋人，老三喊三毛，家庭和睦，经营有术，堪称行业中的首富。其经营的簟子，尤有特色。该店在益阳茅竹湖，包销几家手工簟子作坊，规定了质量标准，达不到拒收，以致很多顾客都纷纷到陈家铺子买簟子。益阳出竹子，尤其茅竹湖产水竹，又名细竹子，生长水边或潮湿地方，水竹表皮密致平滑，纤维柔软坚韧，节稀而平，非常适合编织簟子。可编人字纹路、万字格、凤尾图、梅花式，还可织花、鸟、虫、鱼、山水、人物、福禄寿喜等图案，不仅是床上用物，还是一种家庭艺术欣赏品，并且具有光平溜滑、篾纹纤细、图案清雅、舒展凉爽、消汗散热、经久耐用的优点。其制作技术：先度长短裁料，后破篾，再把一束纤纤细篾经过特殊工艺处理，用沸水煮二至三小时，冷却后放入清水内浸泡一天一夜，使竹质内含的糖分吐出，防虫防霉，使竹丝更加柔软。然后粗刮、细刮，此时应注意篾丝里面平整，表面呈弧形，俗称团鱼背，不要有荷偏（边），把毛刺刮尽，再编制簟子，限只排列14—16皮篾，周围要用麻绳子沿边，内型篾丝要拧（又叫挽），外型要包，使沿边和麻绳子在一起不走样，编好后，用调羹舀满茶油，兑入一菜碗水中，再喷在簟子上，用抹布擦抹，越擦越显平亮。据老人说：在陈家铺子买床簟子，可用上二三十年，甚至更长，簟子越睡得久，越平整清凉。

《工商“十子”一条街》

朱运鸿：董同兴，刀剪老字号

长沙董同兴刀剪店，驰名中外，与北京王麻子、杭州张小泉剪刀店齐名，是一家有200多年历史的老店。

该店创始人董绍聃，原是个铁匠，凭着两条凿凳、一座红炉，打剃刀度日。清乾隆五年（1740），他看到长沙没有剪刀专店，只有半工半农的流动负贩，而剪刀又是百家货，有利可图，便与捞刀河一些手艺较好的炉主

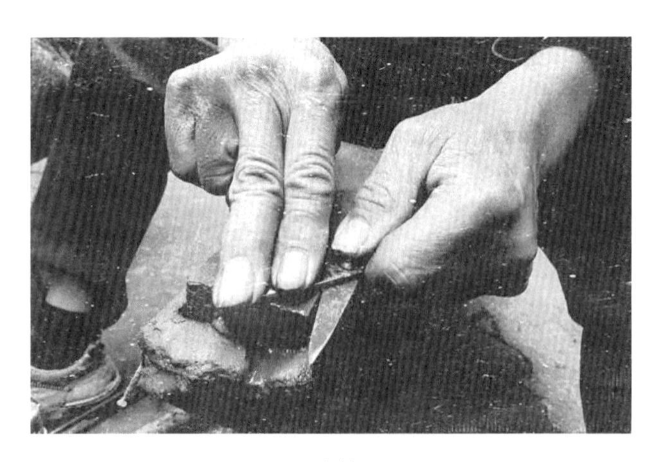

▷ 磨剪刀

签约，订购剪刀毛坯，拿回来自己加工出售，并在黄道门正街的学院街口自住的棚屋门口，挂上一块招牌——董同兴刀剪店。这就是董同兴刀剪店的开始。

由于经营得法、生意兴隆，到乾隆二十年（1755）仅15年的时间，董同兴由破旧的棚屋变成了一所门面宽敞、店堂一新的剪刀店了。该店很快家业鼎盛，在临湘镇、大贤都、焦塘坡等处置有田园屋宇，每年可收租谷120石。董绍聃由一个打剃刀的铁匠一跃而为殷实老板，名噪商场。

董氏子孙繁衍，到咸丰年间已有六代，分为十二房。家大业大，儿孙各怀己见，矛盾丛生，遂将原店分为董同兴、董同华、董同新三个店铺。在这以前，董同兴一直是一家班，不带徒弟，技术不外传。分家经营后，互相竞争，各自扩充营业，人手不够，便开始雇工带徒，技术也因之外传。到光绪年间，不少的徒弟也打着董同兴的招牌，另起炉灶，经营剪刀业务。一时董同兴、真董同兴、真正董同兴、老董同兴、老老董同兴等招牌的剪刀店多达几十家，真伪难辨。原董同兴多次上诉，经县署判定，布告全城，同名的去“董”字，或者加上某记等字样，方可营业。

民国时期，董同兴由董为桂三兄弟经营，业务大为扩展，各种刀、剪、铜器，均有出售。到1937年，南门正街拆让马路，董同兴首当其冲，董为桂兄弟因频年买田置地，生计丰腴，贪图田园享乐，就此实行收束，将董同兴招牌用红绸子包扎，西乐鞭炮送回老家焦塘坡，安放在堂屋梁上，以示不辜负祖宗创业之荣。

董同兴结束后，董氏子孙还有两房刀剪店，一是董同新，开设在樊西巷口原醴陵试馆前面。光绪二十九年（1903），该店经理为董豫章，又名鹏飞，38岁时捐有候选同知顶戴功名，光绪三十二年（1906）癸丑九月曾任长沙商务总会会董，其店于抗日战争后一年结束。另一为董同升，自咸丰年间与董同兴分道扬镳以来，坚持董氏事业的信誉，积极经营。

董同兴刀剪店的详细历史资料，据说曾锁在董同升店所供奉祖师太上老君的神柜里，1938年长沙文夕大火时付之一炬，无从查考。据董氏后裔董煜涛、董海瑞以及董同升老店员鲍迪森等谈，董同兴刀剪店之所以生意兴隆、历久不衰，主要是产品质量过得硬、经营作风正派。该店创始人董绍聃，自幼学打铁，专工刀剪，手艺规矩，对于剪刀加工，从调整、开油、扎藤、打磨、上油到小剪齐头子等各道工序，都是亲自动手，认真处理。经过他制作的剪刀，无不刃口合缝精密、裁剪锋利。产品稍有不合规格，决不上柜出售，已出售的刀剪实行“三包”（包用、包斢、包退）。如顾客要求退货的刀剪确有烂钢、夹炭、卷口、断柄等毛病时，不但负担斢退，而且当面将原货锤毁。因此顾客互相称道，都夸董同兴是信得过的商店。

其次，董同兴的店铺码头好，也占了一些地利。董同兴的铺面开在学院街口。街内有个二府坪。是长沙府属的科举试场。各地生员来应试的，大多沿袭欧阳公举贡故事，先一天斋戒沐浴，用新剃刀整容，虔诚翘企朱衣点头，因此都就近在董同兴买剃刀。由于他的剃刀锋利好用，这些生员很自然地都成了他的义务宣传员，因而远近闻名，生意销路越来越广。

《董同兴刀剪店》

黄祖同：老三泰，酒香不怕巷子深

清末宁乡县城南门桥东头，有个叫陈品端的人，开了一个“天圆”酱园。天圆者，即隐有“天方地圆”之意。酱园需要好酒配料，于是陈品端自己酿酒，酿好酒又必需好的酒曲，陈品端又特地从宁乡麻山地方请来了两个师傅，一个叫肖菊生，另一个叫吴子成。二人是做酒曲的高手。他们的酒曲酿成的酒，隔门数丈远，也能嗅到酒香。后来，陈、肖、吴三人合开一个店，专卖酒曲，取名三泰酒曲店，后人叫它“老三泰”。店址仍设在南门桥东头，因为“老三泰”的酒曲质量是好的，先是县城东南西北四门的酒家都来“老三泰”买曲，逐渐的乡下人也来买，三泰名声大振。数年后，三泰酒曲远销湘潭、湘乡、益阳、攸县、茶陵等地。先前，三泰每天用米七八十斤配料。后来每天用米三石配料，也供不应求。因为生意好，三人忙不过来，于是陈品端又叫自己的儿子明钦，弟弟保生、伏生学做酒曲。后来酒曲店迁入县城日新巷42号。

“老三泰”的酒曲酿酒，出酒率高，一石谷能出白酒五十斤，浓度达五十度，初出的酒必须冲淡才能开口喝。酒很便宜，一百二十文钱能买一斤。

《祝天芝和老三泰》

李芸菁：叶顺发，百年古玩老字号

长沙市古玩业始自1880年，迄今已有百年历史，其间古玩店能从始至终者，仅一老牌字号“叶顺发”而已。就叶家而言，已历祖孙三世，全家有九口人终生从事古玩业。解放前，饱经变革，几历沧桑。解放后，他们为祖国文物事业，各干出了出色成绩。

叶绍箕为叶顺发古玩店老店主叶恒奎之第三子，生于1915年，小时曾读过私塾。在父亲及长兄迎川、次兄仲昌之陶冶下，及其伯叔恒芝、恒湘、恒亮，堂兄伯彝等的影响下，从小就对古玩业深有兴趣。

叶绍箕在青年时代就努力于文物古玩知识的学习。其兄仲昌为学古玩鉴别，曾拜上海古玩专家沙复初为师，往来频繁。当沙复初在长授其二兄技艺时，叶绍箕必想方设法参与旁听，同样发问决疑。仲昌去沪受教归来，叶绍箕亦纠缠左右，必问出所学课程，穷根穷底而后已。其二兄亦曾拜老画家雷恪为师，学习怎样鉴别字画。叶绍箕从旁观看听讲，对画种、画家、题款、印章、装裱等奥妙之处，都默记在心，并实践于日常业务中。他发觉其堂兄叶方海看验珍珠，到手就能知其重量与成色，他就追问原因，不仅要求当时懂得，而且要求把它学过来，掌握运用。如他到汉口陈钰记珠宝店，见该店主陈玉阶看金镶钻石时，用红纸在钻下晃来晃去很不理解，便必求其解答。陈经其苦求，只好毫不保留地说明了此中原理。

抗日战争爆发，日寇节节南侵。他时常看报，关心战局。长沙沦陷前，他们全家拥有两个古玩店的财物，一声紧张，全家将迁避河西。叶绍箕首重其家收藏之珍贵文物。他说："日寇来时，我们家可毁，人可死，财可散，而所存藏之祖国文物一纸一物，决不能让日寇夺去。"在舟车运输极端艰苦之下，他与家人挽救了部分文物，至河西观音港乡间，日寇陷湘时，所未能搬走者，均遭毁灭。日寇又常至近郊"打闹"（即入乡抢劫之谓）。叶绍箕求其二兄将所转出文物搬运湘西，免再波及。其兄弟二人乃请人将之挑至沅陵，千里迢迢，历尽千辛万苦，终于到达。叶绍箕初到沅陵，见灯火辉煌，人烟稠密，恍如隔世，如入桃花源中。而所有难民，皆似避秦之客，咸来问讯，知叶氏兄弟为抢救祖国文物，千里步行来沅陵，轰动了沅陵满城……

叶绍箕在解放前从事古玩业的过程中，有好与不好两个方面情事，总的说来是瑕不掩瑜。他与其二兄仲昌，虽是同胞兄弟，而两人性情截然不同。如其二兄素爱与大官僚、大商人交往，趋奉陪至，于叶绍箕看来只不过是"裙带周身"与"铜臭一堆"而已。他和这些人只有业务上的交道语言，常有开罪之处，每次皆是其二兄周旋，才告无事。而一般顾客，尤其是搞专业考证的收藏者，则热情接待。并将商品详加介绍，以示分别真伪之法。对当时掠购文物的洋人，尤其是以救济物资面粉罐头交换文物的洋人，很不乐意接待。某洋人召其二兄前去，误找了叶绍箕，被拒绝而去。其二兄知道后，予以斥责，兄弟因之反目匝月。他为什么这样不近情理？就是为了不甘心祖国文物外流。那时他在家未能掌权，只好暗中作梗。但叶绍箕的这些风格，在旧社会里是吃不开的，所以他60年的古玩生涯，自己性格固执，且不随流，也未从中发过大财，最后仍是两袖清风。

《长沙古玩字号叶顺发》

刘铁庚：雷同茂的瓦货——牌子多

“雷同茂”位于长沙市南门口，它历史悠久，经营有术，历代相沿，是我市瓦货（陶器）行业的名牌老店。店创建于清道光十七年（1837），距今已有150余年历史。创建人雷文榜，长沙东乡鹿芝岭人。当年因生活所迫，来到长沙南门口，见行人熙熙攘攘，以微薄本钱在南门口西侧摆瓦货摊谋生。当时，此处是巡防营牧马草坪，不收地税，可以搭建棚屋。瓦货又名陶器，是广大人民日常生活必需品。他经十余年的苦心经营，业务逐渐发展，颇有盈余，把棚屋改为一栋木架结构铺面，取名“雷同茂瓦货铺”，由于经营得体，信用昭著，子孙相传。至第五代雷韵伯更有发展。他精明能干，善察市情，见当时长沙各大商店，注重门面装饰，认为雷同茂也要有个像样的门面，于1933年，建一栋三层砖墙铺屋，盖的青釉筒瓦。古香古色，引人注目，招徕生意，年胜一年。至民国二十五六年，全店有职工30人，常年派专人至醴陵、湘阴、铜官等产地进货；并先后在西路中段、湘江河边、大雨厂坪，购置地皮三处；以2.6万元，起造仓库，解决存放货物问题。抗日战争初期，资金达20万银圆。雷同茂五代相承久而不衰，其经营特点是根据市场发展需要不断创新，并结合雷家祖传的“五不”经营方针：一不买进劣次商品；二不销售破损货；三不开虚价；四不失信用；五不与顾客争吵。自清末长沙辟为商埠后，洋货充斥商场。金融外溢，如各工厂所需的耐火砖，都要从外国进口。为挽回利权，雷同茂负责人，找来一块样品，通过铜官福兴、保兴、寿兴等窑工人，研制成功，产品质量完全可以代替洋砖，却便宜十之七八，受到用户欢迎，抵制了洋货垄断。以后，又不断仿制日本花钵、日本火缸，改良旧式涵管，创制装骸骨的瓦坛等产品，供应市场。

"雷同茂"备货齐全。商品经常有四五百个品种。供应市场需要，因而，有雷同茂的瓦货——"牌子多"之称，但1938年长沙文夕大火，损失惨重，日本投降后又新复业。由于牌子老，货真价实，顾客信得过，经营又得到发展。

《百年老店雷同茂瓦货铺》

张仲昆：劳九芝堂药铺，真材实料享誉不凡

劳九芝堂药铺是中华人民共和国成立前长沙西区境内一家最负盛名的老药店。创于清顺治七年（1650），经清朝、民国直到中华人民共和国成立转入公私合营，历时300余年，均由劳氏家族经营，世代相传，凡十二辈。创始人劳澂，字在慈，原籍江苏吴县（今苏州）人，善工诗画，又谙医术，在当地小有名气。清初，慕湖南山川秀丽，携子劳楫（字名亭）来到长沙，租住岳麓山下，后迁入城中西区坡子街关圣殿对面，与江西人杨姓店主所开青芝堂药铺相邻。劳澂将子劳楫拜师杨氏为徒学制药，后杨氏避兵患举家迁返原籍，劳氏父子遂将其药铺顶下，自行开业经营，时经年兵荒马乱，寒疫流行，药店生意兴隆，业务日有发展。至清乾隆四十年（1775），传至四世劳辑之孙劳禄久时，药店已初具规模，禄久为进一步开拓业务，扩大经营，乃将附近民房收购，扩建店址，装饰一新，而一跃成为长沙药业之大户，并以曾祖劳澂晚年所绘"天香书屋图"中"植双桂、桂生九芝"之意，将药店牌名改为"苏州劳九芝堂"。又以"灵芝"为商标，以示其药品之名贵。该商标一直延续至今，仍为部分传统药品所袭用。

九芝堂在业务经营上，有其自身的特色，它从药店的实际情况出发，把开拓成药经营作为业务发展的指导原则。早期以经营咀片配方和制销各种具有治疗性的膏、丹、丸、散等成药并举，有专治小儿惊风的紫金锭，专治跌打损伤的附桂紫金膏，专治眼疾的八宝光明眼药等，均以疗效显著

▷ 九芝堂

而驰名于世。中期改以制销成药为主，扩大品种，增制各种滋补营养的高档药品，有益气养血的参桂鹿茸丸，滋肾养肝的杞菊地黄丸、健脾安神的归脾养心丸等，亦名噪一时，饮誉省内外。长沙大火以后，因部分人员离散，经销咀片配方，切削技术不及他人，乃放弃咀片，集中全力制销成药，除继续生产以上各种传统名优药品外，还有万应神曲、午时茶、狗皮膏药、健脾药糕以及虎骨药酒等，均在广大顾客中享有极高的声誉。其销售对象，初以本城为主，后城乡和外地并重，并采取定期特价供应，广作宣传，每逢农历初一、十五日，半价销售，以招徕顾客，外地商贩亦争相来长排队购买，营业十倍于往日，因此更扩大了九芝堂的社会影响。

九芝堂的药品驰名，主要是选料认真，制作精细，讲求信誉，不惜成本。如制作参桂鹿茸丸和附桂紫金膏所用肉桂，选用较一般肉桂价高数倍的越南上桂，鹿茸多用西茸或锯茸；制作丸、散所用麝香，则必选四川、云南优品。其制作加工技艺，亦特别讲究，要求严格，如八宝光明眼药中的炉干石必须锻透，反复细碾；珍珠粉要用豆腐拌煮，使其易于碾碎；荸荠粉（有退翳障效能）须用水飞，使患者眼膜不受刺激，且有清凉舒适感。对配制蜜丸和熬制膏药所用白蜜、葱油、黄丹等配料，白蜜必须采用上等纯蜜，大葱要选用长一尺以上，黄丹则须按季节下料，熬制时严格掌握火候，白蜜要熬成黄色液汁，葱油要熬成膏状油质，均预先熬好，以备配用，黄丹则待油熬成滴水成珠状始拌入，收膏时要趁热洒水，使油烟随水蒸气带走，故其所制膏药具有明如镜，黑如漆，香味浓，天热不流汁，天冻不硬脱的特点。制作成药还力求药物原料新鲜，按各种药品的一定季节的销售量，采取分期分批生产，销量大的药品，如附桂紫金膏每日熬一锅（约100斤），当日熬制，当日销售，使其色鲜味浓，不受潮霉，确保疗效。由于制作认真，质量可靠，故其产品不但遍销全省各县、市、农村，而且还远销云南、四川、贵州、新疆等西南、西北地区和南至广州、汕头、海南岛以及海外南洋群岛各地，均广受顾客欢迎。

九芝堂所制成药处方，不仅积极挖掘和整理各类传统古方，制作药品达300多种，而且还善于根据病人治疗的反馈信息，深入钻研，大胆改进，按照古方做适当增减调配，使其药品疗效更佳。如儿科主药“灵宝如意丸”，就加重了麝香剂量，并将天麻用姜汁煮透；紫金锭是以古方“紫金锭”和“玉枢丹”两者合而为一制成；所制狗皮膏药，除增加麝香剂量外，还加配活血通经的海马、三七等伤科要药，均为其他同行产品所不及，而成为九芝堂的独特处方，外人亦难于仿制。为防止伪造，其药品仿单或说明书上之字体、图案，均由本店手工刻板雕塑，自行土法印制，仿单两侧还各印有一行五个大字：“修合无人见”和“存心有天知”，意为药品真材实料，无愧世人，以供顾客识别真伪。

此外，九芝堂的用人制度亦有其独到之处。劳氏家族世袭为四大房份，大房书名“古香”；二房书名“天香”；三房曰“双桂”；四房曰“松阳”，九芝堂即为四大房所共有。药店设“管事”一人，总揽全店大权，由四大房选举产生，另设“值年”和“监察”各四人，则由四房各自推选二人分别担任。“值年”主要协助“管事”开展业务；监察负责店务监督和纪检，均在店支取俸禄。店内制作工人、技师及店员，大都雇请江西人担任，一以江西盛产药材，当地人一般对药材业务比较熟悉，长沙药材行又多为江西人开设，药店采购原料药材，可利用其乡谊关系得到方便；一以外地职工独身在店，无家室牵累，能一心为店，以店为家，亦便于保守业务秘密。直到20世纪30年代末，始在劳氏家族中招收学徒，从师学艺，故九芝堂业务能持续发展，享誉不凡，是与其善于用人和职工的辛勤劳动分不开的。

《劳九芝堂药铺》

柳汉屏、倪祯祥：师古斋纸庄的名牌产品

长沙师古斋纸庄是民国时期省内经营纸张、印刷、字画、糊裱业的名店。初期以木版印刷为主，继有石、铅印刷，并经营裁刀、裱壳、开捶、折凳等业务。前店后坊，产销结合。纸庄开业四十余年，三易其主，各有所长，经营管理颇有特点。

1912年易见龙以银圆一万元独资创办师古斋纸店，修建了独具一格的铺屋店堂：石库门面，陈设精雅，楼台窗格，雕花饰金，桌案柜台，油漆光亮。书法家王运长隶书招牌，赤金装点，光彩夺目。青龙牌由书法家周介祹手书："制传蚕尔，品重龙须。"清末举人粟谷青拟就嵌字对联："师竹友梅多异趣，古书名画发奇香"，尤具特色。店堂客厅中，罗致名贵雀鸟，奇花异卉，加上金鱼池、假石山，入店如进书斋画廊、如登大雅之堂。师古斋以重金聘请高级技师，对产品制作，精益求精，注重质量，名牌产品有：

（一）寿屏、对联。（1）用料考究。采用大红贡缎，真血牙冷金、冲泥金、杏黄绢心，苏州朱尖、各种苏州朱尖描金（这两种朱尖水洗不退）。（2）花色多。各种片、冷金有大红、玫瑰、珊瑚、血牙、鹅黄、淡青、古色、雪白等。（3）规格齐全。分整纸二尺二寸对开、一尺四、一尺六等。

（4）装潢美观。裱边用黄白大花锦、仿宋锦。各色万字花锦，还有各色花绫裱边。选用顶好的织锦，上等夹宣纸做珊瑚点、珊瑚片、泥金朱红做芯子，上等内山杭连纸裱四层做底，再用石头磨光。

（二）账簿。原料纸采用头二牌福建花坯纸“大生乾记”和“大生祥记”两种，由专人负责监制、裁切、装订、磨光、颜料、印刷、壳筒、包角、用线，精工制作。并用品朱、品黄兑入藤黄等调色印刷，再用深蓝缎子包角，壳面用浅蓝色夏布或竹布糊裱，洁白的丝线（双线）装订每本百页，外加目录。

（三）煮捶宣纸。宣纸分生宣和熟宣（煮捶宣），还有单宣和夹宣、薛涛五色宣、五色虎皮宣、珊瑚点、珊瑚片及朱红宣等。煮捶宣是该纸庄独特产品，系采用上等夹宣纸，加上适量明矾水，再以光洁的石头打磨而成。

（四）仿古信笺和信封（又名博古笺）。信笺选料用上等花坯纸和福建陈坊杭连裱两层，绘以花卉、虫、鱼、禽、鸟，印以影花（即暗花），经木刻套印影条八行，颜料采用上等花青、赭石、大青、大绿、藤黄、西洋红等，信封原料以较次的陈坊杭连纸，精裱二三层，绘制木刻影花图案。此亦该纸庄特产。

（五）八宝印泥。系用苏州的上等艾绒，陈年印油及优质朱标和土烛、洋红，盛于磁擂钵内，擂槌搅拌成泥状即成。有的还要加入珊瑚粉、珍珠粉、赤金叶，可保永不褪色。

同时，经常邀请当时的文士名流和书画家来店做客，热情款待，请其作对联、吟诗、写字、绘画。也可订立笔单（即书法、绘画的价格），代售取佣。或将文士名流平日所作书画加以精裱，订价出售，纸庄抽三成。这不但为书画家增加了收入，也为本店做了宣传，提高了纸庄的声誉，扩大了业务。

易见龙经营十年，创出名牌，业务发达，年营业额银圆十余万，最高年份达20万元，获利颇多，日渐富有。

《师古斋纸庄》

张朝祥：长沙的旅馆

民国初年，长沙旅馆业进入鼎盛时期，全市共有大大小小旅馆440余家。后因连年天旱，谷米歉收，旅馆生意不景气，多数旅馆转做他业，至民国十年（1921），仅存78家。长沙开埠后，先后有日、德、意、葡等国家的商人在长开设旅馆。葡萄牙人巴拉甘所开长沙大旅馆，开张时在《大公报》刊登广告："在小西门起造三层洋房，最新器具，亭台花卉，陈设精致。附设欧美番菜，随时华餐，卫生盆烫，藤轿包车，洗衣理发。轮船车

▷ 民国时期长沙的旅馆

站，专人迎送，以及京广杂货，无不应有尽有。定价低廉，招待周到。如蒙惠顾，无任欢迎。”翌年6月，改名为长沙大饭店，雇“红头洋人”（印度人）守门，一楼接旅客，二楼接妓女，三楼卖鸦片。名曰旅馆，实则以淫、毒为引诱，从中牟取暴利，祸害不浅。

至民国二十三年（1934），全市旅馆增到599家，其中，饭店46家，旅社、公寓429家，商号104家，寄宿舍20家。尤以九洲、湘汉、大吉祥、天乐居、长沙、亚洲、美西施等16家大户，以其设备齐全，附设餐厅、浴室等服务设施，招徕客众。商号住客多半属乡谊关系，外埠庄客等，一般均不接待临时住客。房租以年计收。店主熟悉商情，可为住客报道行情涨跌，介绍生意，并装有电话，便利联系。

1937年抗日战争开始时，北边大量人口南迁，长沙旅馆增至800多家，生意兴旺。由于同业竞争激烈，各家旅馆普遍待客殷勤有礼，带看房间，勤送茶水，通宵值班，呼唤便捷，锁门照应，严防盗窃，招喊旅客乘车、上船，不误时辰。有的旅馆还新添设施，藤棚床铺，兼营餐厅、沐浴、理发等，方便旅客。1938年长沙文夕大火时，全市旅业无一幸存，火后有300余家相继复业，以求生计。

《日新月异的旅馆业》

杨晓美：兴盛一时的长沙沐浴业

长沙沐浴业多半与旅馆紧密相关，依托旅馆应运而生。清光绪二十四年（1898），湖北人范锦堂在西区吉祥巷开设大吉祥旅馆时，为方便旅客生活，便附设简陋澡堂，备有围锅、木盆、木桶等器具，供旅客提水洗澡，每人每次收制钱20枚，首开长沙沐浴业之先例。清光绪三十四年（1908）集雅楼、天然台等家旅馆步大吉祥旅馆之后尘，附设澡堂相继开张营业。民国以后，澡堂陆续有所增加，至民国九年（1920），全市澡堂增至19家。但因澡堂多为酒楼、旅馆所附设，其设备简陋，不讲卫生，故沐浴者少，生意清淡。

长沙专业澡堂是从民国九年（1920）才开始出现的。那时，一位姓鲁的湖北人集资在青石街兴建宜新园盆堂，仿效武汉、上海澡堂的经营方式，楼地两层，分设官、优、客三等座位。官座乃搪瓷盆，每次收费600文；优、客座均为水泥盆，每次分别收费320和200文。后来又相继有又新园盆堂（接贵街）、登瀛台澡堂（南门正街），以及英国商人开设的亚洲饭店澡堂（半湘街），葡萄牙商人开设的长沙饭店澡堂（半湘街）相继开张营业。到了民国十五年（1926）全市共有澡堂16家，其中，长沙盆堂和三新池盆堂均增设池塘，其池虽小，水也混浊，但热水发汗，颇受欢迎。到了民国十九年（1930）长沙营业浴室虽多，并无行会，未成帮口。次年始成立同业公会，议订行规10条。这一年，全市共有澡堂27家，从业人员500余人，是长沙沐浴业的兴盛时期。1938年长沙文夕大火一炬，全市沐浴均停，火后有星沙池、三新池、天乐居、浴华池、长沙中西、洁身、强身等八家澡堂搭棚复业。因皆有盈利，几年后各澡堂纷纷修建房屋，增添设备，长沙沐浴业一时复兴。

《沐浴业兴衰录》

梁　虹：香麻糕，怡丰斋的最香脆

民国十九年（1930）长沙人宁浩然在本市羊风拐角开了一家南食店，开办初期，宁浩然义子和徒弟八人经营全店业务，日销售额为60—70元。并附设作坊，自产自销，由于讲究信誉、热情服务、薄利多销，既引来本市大量顾客，还吸引了平江、浏阳等临近县区的许多客户，生意日益兴旺。

怡丰斋作坊加工的产品，注重质量，从买进原料到产品制作工艺，都十分讲究。如制作香麻糕所需原辅料，必须是当年的新货，制作则将糯米洗净粉碎蒸熟，再将芝麻、桃仁、杏仁等粉碎后，掺入适量白糖与蒸熟的糯米粉揉匀，切成厚薄均匀的薄片放入烤盘，烘烤适度即成，烤出来的香麻糕色泽鲜艳，脆而不碎，香甜可口，并有止咳润肺作用。那时人们买到香麻糕吃，自然就会想到怡丰斋。

《从怡丰斋到怡丰商场》

陈松林：南货明珠九如斋

九如斋是长沙南货行业中的一家大店，也是南货行业中的一颗明珠。民国四年（1915）冬季由绸缎庄的股东饶菊生创建，至今已走过了77年的历程。

九如斋南食店开创于民国四年冬，当时的店址在药王街口，门面不大，计有人员20人左右，没有作坊。创建人为饶菊生，是八角亭日新昌绸布店股东之一。开办的动机，据说是在1915年某天，饶与戚友数人，闲话聊天，谈及长沙绸缎业很发达，但在吃食方面，却没有几家像样的南货店（当时长沙有名气的南货店只有青石桥的三吉斋一家以及另外的三多斋、三元斋两家），糕点的精巧、各地的名牌特产、风味的独特、异邦的罐头、洋酒等，与京、津、沪、汉、穗等地相比是望尘莫及，真是有钱难买称心货。我们何不开办一些罐头、洋酒等时髦商品，生意一定红火，冠盖长沙。饶菊生听后甚觉有理，他从谈话中意识到南货业在长沙与金、银、绸、纸四大行相比，实为落后，而南货食品又是人们日常生活中必不可少的一部分，特别是在年节到来之际，市民们的购买力更是成倍增长。于是，饶抓住长沙市场的这一特点着手筹备南货店的开业工作。在给店子命名时，饶费心思索总是不尽如人意。某日恰饶生日，在席间谈起要办南货店，想拟定一个牌名，既要响亮吉利，又要雅俗共赏易为人记。席上，饶的一个堂弟尺珊说："今日正值兄长寿诞之期，我突然记起《诗·小雅·天保》中的诗句，'如山如阜，如冈如陵，如川之方至，以莫不增……如月之恒，如日之升，如南山之寿，不骞不崩；如松柏之茂，无不尔或承。’诗名《天保》，篇中又连用了九个‘如’字，以‘天保九如’为祝寿之辞。我看你要取店名，不如就用‘九如’为名吧，既有祝贺福寿绵延不绝之意，又含敌克三元斋、三吉斋、三多斋之势。”于是“九如斋”店名就这样定下来了。

饶尺珊是学法律的，曾在上海法院任推事，卸职后回长沙定居，他对古典文学有一定造诣，同时工于书法，于是当时就请其为该店书写招牌。这样，九如斋南食店既是由饶尺珊命名，又是由其书写。

1915年10月15日，九如斋南货店在八角亭正式开业，作坊设在三尊里（现中山商业大厦所在地）。开业时的资金仅仅只有500元光洋，分为五股，每股100元。当时的5个股东是饶菊生、张达聪、易雪明、黄乐山与李希庭。雇店员14人。

在药王街口开业后不到两年，大约是在民国六年（1917）时，因不慎失火，该店几乎烧毁。被焚时抢救出了部分物资，以低价拍卖，吸引了很多消费者纷纷争购。这一做法，利虽没有，但取得了扬名长沙之效果，这是股东们始料所不及的。

火灾后，由绸缎业股东将八角亭福源巷口锦霞阜绸庄让出，九如斋又重新开张。饶菊生便邀请社坛街湘达阜的股东聂秉诚参股共同经营。聂原为一个作坊的“绳墨”师傅（即技师），对制作糕点有一定的经验和技术。饶之所以邀他入股，其目的也就是要充分利用和发挥他这一技之长，为尔后设立作坊奠下技术基础。

九如斋迁移至福源巷口营业后，为扩大经营，占领市场而再度增资。由于经营得法，业务越做越活，品种不断扩大，花色源源增多，规格逐步齐全，利润越来越多。八角亭的店堂不大，而顾客却日渐增多，显得十分拥挤，经常出现“打涌堂”（行业术语，即在一短暂时间中顾客过多，以致店员接应不暇），而流失很多生意。为了不走失每一笔赚钱的机会，以达到多多益善之目的，于是在1934至1935年间在药王街设立分店，又于1935年承顶三尊里王万裕酱园并承购其地基，作为加工场所及堆栈。加工厂分为本嫩作坊、广嫩西点、酱菜、酱油、鸡面、腊味、制罐、蜜饯等八个生产部门。由于生意越做越旺，历年均有盈余，且没有分过红利，积累颇多，股东们颇有微词。于是在1931年成立九如斋股份有限公司，集资10万元，计200股，每股500元，发行股折，认股不认人。是时，饶野心勃勃，梦想成为长沙市南货零售业的“托拉斯”。因此，便将药王街分店改为一分公司，又先后在国货陈列馆内成立二分公司（1934），在中山路购买地基兴建房屋成立三分公司（1936），同时还在日新昌绸庄内设立分售点，总公司设八角亭。当时每天的营业收入达4000多光洋，春节年关之时，日营业额高达一万多元，这时的员工已达300多人，逢年过节还要加雇临时工200余人。于是九如斋就发展成了一家驰名中外的南食商店，成为南货行业中熠熠生辉的一颗明珠。

《南货业中的一颗明珠九如斋》

张菊秋、陈松林：三吉斋，比九如斋还要老

一提起百年老店，年青一代的心目中就认为是九如斋食品店。实际上，长沙南货业中真正称得上百年老店的只有三吉斋食品店，它比九如斋建店还早88年。

三吉斋开创于清道光六年（1826），位于长沙市青石桥。起始为浙江绍兴人徐姓（可能叫徐元吉）开设，最初建店时，店名并非三吉斋，而称为“浙绍徐元吉斋”。该店以制作和经营点心、酱菜为主，销售各种南货为辅，在长沙市享有一定声誉。

徐元吉斋自道光开业到光绪初年，生意一直兴旺火红，曾获红利不少。徐姓老板从所获红利中在自己家乡购置了大量的田园房屋，成为当地大富翁。光绪五年（1879）时，徐老板感于人力单薄，倦于经营，遂将该店招人承顶，于是长沙人李康臣招股集资接手营业，将招牌中的“徐”字去掉，更名为“浙绍元吉斋”。后因连续发生三次火灾，老板在封建迷信观念的支

配下，针对要压服火灾毒头，取吉利之义，故将招牌再次更名为“浙绍三吉斋”，其中“三吉斋”三字是请曾任湖南巡抚的王文韶所题。为压霉取吉，老板李康臣还在该店后面建了一座灵官庙以资压灾祈福，并备有火伤疗药及防暑降温药品，随时免费奉送给消费者和雇员以为善举。

李康臣接替经营约10年之久，改由何申甫继任老板，何之后，又改由李晋卿继任。当时李晋卿本人并未在店任职，而是聘请靳文卿与周绍卿两人为代理人，全权管理该店的一切事务。文夕大火，将处于青石桥的三吉斋毁于一旦。不久，长沙县霞凝乡人李文蔚在柏林路（即现在的解放路）购置新地皮，建起新的三吉斋。该店分前后两栋，占地面积124坪（旧时计量，1坪为10平方米）。前栋为两层老式木结构，后栋为简易平房，产权为自己所有。入股资金达36000光洋，店员74人，为当时长沙南货业中屈指可数的大户之一。

三吉斋经营项目较多，计有南货、海味、酱园、作坊、炒坊和磨坊。酱园部分自行晒制酱油和制作风味各异之酱菜，光用于制作的坯缸就有200多口，占地颇广。磨坊主要是为糕点作坊，制作点心加工各种原辅料。当时，三吉斋养有黄牛数头，专门用来牵动石磨生产“土灰面”，供应作坊制作糕点和轧制挂面及酱园制作酱坯以应市销，直到后来上海、汉口以及长沙面粉公司制作的机制面粉进入市场后，磨坊才被淘汰。

酱园的经济效益较好，利润高、销售广，其销售额占了整个三吉斋的三分之二。1929至1930年是三吉斋的全盛时期。当时，酱园部分每日营业额就达200多元光洋。单榨菜（系由四川购进）一项，每天销量就达20坛左右，当时为了省事快捷满足市民需求，店员干脆将坛打破供应，生意之好，可见一斑，该店老板的生意经也是相当精明的。酱园除了生产酱油和酱菜以外，还生产腐乳、雪里蕻、梅干菜、什景菜、小磨麻油，以及风味独特的菌油、辣椒油、芝麻酱、紫苏梅子等罐头，除在本市销售外，还远销江浙、上海一带，深受广大消费者喜爱，取得良好的信誉和效益。

作坊主要生产江浙一带所经销的点心，主要产品有绍饼、绍酒、绍糕、大面薄脆和元宵等。其中最负盛名的是元宵，其选料精细，制作考究（俗称汤圆子）。该店每年用于制作元宵的糯米粉达5200公斤左右。该店所制元宵煮后口感糍润、细腻、个体膨大，博得广大市民的青睐，被誉为“桥上十子”之一。每逢元宵节来临之际，凡需购买元宵者，必须于三天之前交钱订货，否则即有到期向隅之虞。正月十五这天，店铺内外热闹非凡。当曙光初现之时，市民蜂拥而至，纷纷争购元宵。早餐过后，该店的元宵就被争购一空而无货应市了。

《南货业中最早的老店三吉斋》

吴先兆、舒元定：吴大茂针店，百年长沙见证者

吴大茂针店创于清代中叶，至今已有130多年历史。主营钢针，兼营线扣，清末时还经营过百货业，是长沙最早创办的百货店之一。吴大茂的钢针，货销省内外，信誉遍城乡，素有“老牌钢针，货真价实”之誉。这个店从创业到1956年公私合营，家传五代经理人，大体经历了五个不同的经营时期。

第一代（1844—1877）磨针创业。清嘉庆年间，江西人刘大茂来长沙，在溜子街（现红牌楼）开了一个针作坊。刘氏无子，带徒弟吴为祥。清道光二十四年（1844）刘死，作坊即由徒弟吴为祥经营，改牌吴大茂针店。开始作坊做土针，主要品种有行针（做棉衣用）、绷针（无孔针）、渡针（做油鞋木屐用）、钉针（做帽子用）、扎针（农村扎鱼用）等各类，以后才做衣针。前店后厂，产销结合，坚持质量第一，货真价实的经营方针，号称“老一言堂”。

这个店对产品质量要求很严格。首先是用料讲究，主要原材料如铁丝要进口的或国内优质的，钻杆要用毫竹，钻花要从九江买来，连见火的耐火缸都是湘潭产的。做针有五道工序，即敲罗、搓直、磨尖、打眼、钻火，达到光滑、竖直、锋利、笔直、均匀五条质量标准。第一是掌握火色：红

色过火易折，蓝色软火欠成，黄色钢火恰到，黑色枯火报废。第二是工多出细艺，一般磨一贯针（五千口）要花一个多小时，而吴大茂却要三小时，真是“用得功夫深，铁杵磨成针”。

第二代（1872—1902）注重购销。同治十年（1871）第二代店主吴子发（吴为祥之子）接手经营时，继承了吴为祥创店的传统，坚持产品质量第一，严格把好进销环节的商品质量关。对门市出售的商品，实行质量检验制度，作坊上货，不合格的不收。自己不熟悉生产技术，乃从作坊调师傅到门市工作，负责检验。同时，为了扩大业务，在搞好作坊生产的基础上，加强了商品购销，增辟外地货源，扩大花色品种。对外地进货，经择优选定上海锦章行经营的“礼和”牌手针和协昌号经营的机针，质量最佳。由于吴大茂的销量大，关系老，在价格上得到“九五”回扣优待；在货源上，充分满足进货计划；在品种上，分配适量的“提号”（即在整包十二个联号中，挑给一部分俏销品种），并仍按联号作价；在交通不便时，即设法交航空，使吴大茂针店的货源在数量、质量、时间、价格诸方面，都得到保证，从而取得竞争能力。

对门市零售，吴子发采取了若干创名牌、扩大推销的措施：一是不卖杂牌针。除本厂出品外，对外地进货，专售上海进口的礼和手针和胜家机针，实行定点进货与定名销售，在顾客中形成吴大茂老牌钢针的印象。二是不卖残损货。发现稍有生锈的钢针，即行剔出，也不削价处理，以维信誉。三是不讲价钱，明码实价，一言堂。四是不限营业时间，整天营业。早晚买针的不少，白天更是顾客盈门，柜房经常是几层人。有人把钱（穿眼钱）挂在伞柄递上买针。从此打下了名牌基础，商店信誉经久不衰。当时机械不发达，城乡缝纫刺绣等活儿，普遍手工操作，商业流通渠道也不畅通，零售网点不普及，四乡都集中来吴大茂购买。因而，生意虽小销场广，金额不大利润高。民国前期（1911—1930），该店日销各色钢针约4000口，每月为12万口左右，每口针售价铜圆二枚（40文），每万针银圆100元。当时上海进价为每万针48元（银圆），仅针一项（当时经营品种共有一百余种）每月毛利即达银圆600元左右。吴大茂的针驰名全省已有100多年历史，至今人们对吴大茂针店仍然保存着过去的好印象。

第三代（1903—1918）兼营百货。鸦片战争以后，海禁大开，洋货进口，手工针市场逐渐缩小。光绪二十九年（1903），第三代店主吴宝珊接手经营，为了适应市场发展趋势，根据资金能力，在针店对门租一铺面，增设吴大茂小百货店，专业经营各种小商品，尤以各种灯器品种齐全。该店经销的各种玻璃灯罩都有吴大茂百货店的牌名商标，以广招徕。与对门吴大茂针店遥相照应，业务开展尚称顺利。

第四代（1919—1937），由盛到衰。民国八年（1919），吴宝珊去世，针店由其妻主持，百货店由其子吴应南（第四代店主）负责经营。吴大茂针店由于多年来经营得法，业务日益兴旺，积累不断增加，乡下置田产，城里买房屋，湘潭设分店，南门外修起吴家花园，小西门衣铺街有半边街都是吴家产业。吴应南少年好胜，习诗文，爱字画，捐官买爵，结交官绅，性好铺张。他接手经营后，购置毗邻的几家铺屋，修建三层楼房，扩大装饰门面，使吴大茂百货店成为当时长沙市规模最大的百货店。但由于场面拉得太宽，开支浩繁，经营不善，加之当时美日舶来品充斥市场，国货削价求售，该店存货遭受了严重的削价损失。省外来货又遇到了翻船事故，损失不小。百货店开张不到两年，于民国十三年（1924）被迫关闭。两年以后，民国十五年（1926），吴应南不甘心失败，又将隔壁原来租出的铺屋收回半边门面，重新恢复百货店。并把百货店与针店分开核算，以经营针线扣夹及其他小百货。但又因政局不稳，市场萧条，存货过多，周转失灵，背不起银行、钱庄的折息，终因负债于民国二十一年（1932）百货店两次破产停业，将存货交与同行天赐福百货号折价抵还债务，经理人吴应南同时出走他乡。

第五代（1938—1956），艰难维持。民国二十七年（1938）长沙大火，吴大茂针店房屋被毁，全店人员和幸存商品均疏散长沙西乡。次年即筹集资金、人力，搭棚复业。吴应南亦于1940年回长，接管吴大茂针店经营业务，并继续保持原来的经营特色与经营作风。

1944年，日军侵占长沙，全店一度迁往湘潭，后又折转河西，利用部分存货挑货郎担，还是靠吴大茂老牌钢针的生意，赖以维持。次年长沙光复，吴大茂针店同时复业，吴应南的侄子吴先兆（第五代店主）在店协助业务管理，继续经营针钱扣夹业务，直到1949年中华人民共和国成立。1956年公私合营，吴大茂针店成为国营商业的零售店，到1969年，吴大茂针店改名为国营鞋料针扣专店。

《吴大茂针店》

杜锦文：沙利文——香飘四水，味溢三湘

▷ 公司合营后的沙利文食品店

沙利文（现星沙）食品店创建于民国三十六年（1947）8月，格局为前店后坊，总面积约3方丈（合30个平方），其前身是“美丽冰厂”。建店初址就是现曲园酒家（原“万春园”）。由曹钟奇、张钦沛、曾广桂三人合股开办。开店之初，股本资金为2000元，当时名为三人合股，实为曹钟奇一

人出资，三人共推曹为首任老板，店员均为聘请原美丽冰厂的旧人，又为作坊招聘伙房师傅数名。

为了取店名，曹钟奇费了一番斟酌：取富有中国特色或传统吉利的店名，当时长沙已有好几家，如清道光年间开设的“三吉斋”，民国初年的“九如斋”，还有“怡丰斋”等，显然这些店名既具有典型的中国传统特色又具有近代意义，能为市民所接受。曹钟奇本人在上海出生，他想起上海有一家“沙利文”食品店，这家生产和销售高级糖果的食品店在上海颇有一点名气，当时长沙商界有不少上海人，其中多有曹氏的朋友，于是在征求朋友意见后，决定把自己开办的店取名为“沙利文糖果店”，花去大洋300元，在上海聘请一书法家题写店名，并在上海定做黑底烫金招牌一块。

曹钟奇考虑想要以不多的资金在长沙站稳脚跟，打开局面，拓展销路，赶上其他势大财粗的名牌老店，就必须出奇招，以新取胜，于是开业之初即确定了“沙利文”两大特色。

“进货高档，货真价实，以信取人，以诚为本”为第一大特色。曹钟奇为上海人，亲朋戚友在商界颇多，且曹为人较老实，人情练达，处处干练。“上海益民糖果厂”“沙利文”食品店都为曹氏熟人，所有高级糖果、巧克力等均来自上述几家名牌厂家，进货方式是“以赊代购”，卖完后才付款给厂家，这样一来，不仅减少了开店占用资金，减少了进货环节，而且来货及时。

“拾遗补缺，瞄准空当，专制西点，选料考究，制作精良”为本店的第二大特色。开办之初，长沙中式糕点充斥市场，曹钟奇瞄准长沙名牌老店还没有一家生产西点、西餐的空当，聘请西点名师陈文铎、纪扶汉、陈汶章、张东坡、孙国湘等来店制作西点、西餐。上述几位名师均为湖北武汉人。过去能够生产制作西点的只有上海、湖北武汉、广东等几个地方，湖南还没有生产西点的师傅，这几个生产西点的地方又各自成一体系，互相封锁，互为保密，生产技术极为保守。在生产西点的过程中，外人是不准瞧的，配方是绝对保密的，更谈不上带徒传艺了。

曹钟奇为创出自己的风格和名气的确是下了很大的功夫，采取了几条措施：严把原料选料关，所有原材料均从上海进口。如制作面包的人造奶油、灰面等，选料过程极为讲究，制作过程也相当严谨。以制作月饼的原料豆沙为例，在炒豆沙时，必须先后用火三次，然后才可用大缸装好，拌平整，严格按照30斤豆沙、40斤糖、16斤油的配方，再加上桂花、梅桂花等辅料，再密封，一定要等到第二年时才用，即产即销不过夜。做西点时，每天早晨4点钟就开始作业，根据头一天西点销路情况做到柜上缺什么就补什么，做出的西点相当新色，每天晚上12点钟就把餐厅没有卖完的西点全部收进来，第二天不卖陈货。

品种精、多、齐，生产的西点品种繁多，有果子堆、虾堆、麦酥、麒麟筒、标花蛋糕、面包等几十个品种。由于选料精细、精工细作、味道可口，开店不久便名声大噪，声誉渐广，每天生产的西点供不应求。

《香飘四水　味溢三湘——沙利文简史》

朱运鸿：马恒记，大型鞋店的第一块招牌

青石街西头，有一家马恒记鞋店，产品质量上乘，远近驰名，是长沙大型鞋店的第一家。该店兴办于民国十二年（1923），老板马恒源，湖北人，回族，做跑水（即行商）生意，专营皮革，每年来长沙贩卖，寓居鱼塘湖北会馆，与天然台酒席馆戴季枚交往甚厚，戴又是长沙商务总会负责人之一，戴见那时长沙做鞋子，都是家庭小手工作坊，没有像样的鞋铺，他要马恒源来长沙开个大的。不久，马恒源筹集资金三万银圆，租赁会馆在青石街一幢馆面。按照西洋装饰，门前一对八字红毛光大宝笼、西漆货架、玻璃柜台、设穿衣镜，店堂中心屋顶全部是明瓦，阳光充沛，并高悬“货真价实”匾额，还装上霓虹灯，五彩缤纷，夏天扯上瞒天帐，冬季装有螺丝转门，是个地店楼坊的鞋铺。次年，又兼营京广杂货（又称洋货），开业时同乡曾赠有一楹联曰：“才人可壮青云步，台辅能安紫阁登。”据说此

联为董必武年轻时所书，是否属实，已难考证，不过对此联，长沙老人留下了深刻印象。华丽新颖的门面，固然给业务带来了便利，更重要的是马恒源有套严谨经营方法。一、仅鞋类，马恒记就分皮鞋、便鞋、童鞋、女式鞋。全店有120余人，店堂设营业长一人，作坊设掌作一人。生产上，无论是品种、数量、进度等，均由掌作师傅安排，成品上柜，由营业长验收，发现问题，随即返工。二、马恒源是湖北人，又多年做皮鞋买卖，对武汉皮革厂家熟悉，有些资金短缺而有信用的厂子，他能预付款，到时提货，在武汉进的材料，往往质优价廉，俗云：捡来的金子随市价。所以同样的生意，比别人赚得多。三、“货不新难卖钱”，这是马恒源在生意场中摸索出的一条经验。为迎合顾客心理，他注意产品式样不断创新。如清戊戌年间，梁启超、谭嗣同、唐才常等人在湘省发起妇女不缠足会，民国初孙中山又提倡妇女放脚，风气固然已开，有讲究的人，就是买不到新式放脚鞋。马恒源就试制一种云头方式放脚鞋，式样新颖，很受当时人欢迎。四、重视宣传。民国十五年元旦《大公报》刊登：马恒记鞋店，冬季大放盘一星期，就是一例。城乡通衢，广贴广告，请音乐队上街吹打，发传单，鞋盒上印招牌赠送美术图画等，都是该店业务宣传的做法，收效颇佳。

《工商“十子”一条街》

❖ 李泉林：大德昌百货——拿起生意做，硬要赚些钱

大德昌百货批发号是民国时期省内百货批发名店，由林氏兄弟创办于朝阳巷，专营百货批发，全店员工20余人，经20年悉心营运，积累近30万元（房屋十余幢不计），于1951年参入公私合营湖南企业公司、长沙企业公司及上海金门手帕厂。

林氏兄弟共七人，父为农村塾师，因食齿浩繁，家境不裕，乃请人介绍长子绍元进城至百货号当学徒。绍元出师后帮贸，嗣由绍元陆续携带诸

弟进城习百货，学成后均曾帮贸，绍均并任信记百货批发号驻申庄客。

林氏兄弟勤俭持家，齐心协力，历年工资及分红积累颇丰，乃共商自行开店。但虑声望与财力不够，缺乏后台，于是邀请行业中有声望、富资财前辈陈、莫二人参股，各投资2000元，共集资1.2万元，取名大德昌，设店于朝阳巷，专营百货批发。长兄绍元主全盘；绍安、绍钧、竹安、绍奇、绍文、仲达诸弟分司业务、银钱、申庄、交际等职，其他人员则各就所长，量才任用。如刘作霖、罗大勋、屈延甫等则专司跑街、联系本市及客帮（平、浏、醴、滨湖一带），兜揽生意，林绍文、曾维新及学徒谢克俭、卢普俊等应付门市业务及清货、成包、装载等工作，林竹安负责下河，兼写庄信，张云鹏管外账、开发票、收款，陈海珊管总账和阅复往来信件，联系业务，林绍钧、绍奇往申庄进货。外股从不过问店务，等如林氏独家经营。兄弟间和衷共济，长幼有序，一切听命乃兄。由于他们的示范，员工学徒也都专心致志，按章办事，围绕一个目标“拿起生意做，硬要赚些钱”，思想行动一致，业务蒸蒸日上。

林绍钧驻申多年，信誉卓著，对当地市场动态，行情起落，消息灵通，业务因而蓬勃发展。当时交通以水路为主，大德昌临近河沿，得地利之便，各埠由水路来长采购客帮，人地生疏，一经进入庄号，无不满意成交，并相互传告，生意十分兴旺，周转更加快速。大德昌于是遐迩争传，声誉鹊起，向银行、钱庄贷款，每如所愿，上海厂商成倍发货，甚至委托代销，先货后款。

1930年，红军进驻长沙，胶鞋销量猛增，尤以平、浏两县为最。虽值时局动荡，仍获利不少，仅损失怡和堆栈学生牌线袜数件约值3000元，对店影响不大。1936年，盈利颇丰，股金增值十多倍，购置房产铺屋多处，修建两个门面，并有铺屋出租永安堂药房。批发增至30人，另20余人设大丰昌百货店于司门口，以高档商品为主，有鞋、袜、毛巾、被单、搪瓷、化妆品，英、俄两国毛毯，国产驼绒毛毯，法国香水、香粉等，无不具备；并包销上海百代公司唱机唱片，取得地区推销权；还出租结婚礼服、礼券、证书，每日门庭若市。销售额仅大德昌一店，月均九万银圆，年销在百万元以上。1937年，仅申庄庄余就达五万元，由此可见一斑。

是年抗日军兴，战火迫近内地，难民接踵而来，相继长江交通中断，云、贵、川、陕客帮纷纷在长进货，销场更形活跃，物价飞腾。在来源日竭、时局动荡情况下，大德昌虑安危、策万全，自购卡车二辆，拟作往来湘、穗间运输及疏散货物之用。岂知事与愿违，日军迫近新墙河，省垣风声鹤唳，乃急将存货疏散一部分，来不及运出的，封存防空洞内，1938年文夕一炬，化为乌有。林氏兄弟火后回长，相对茫然；所幸在途之货源源而至，只得因陋就简，临时搭盖棚屋，洗货还债。另于臬后街原址瓦砾场上重建铺屋，结算盈亏，拆出陈、莫外股，至此告一结束。

1939年，林氏兄弟将历年盈余及原有资本10万元恢复大德昌于臬后街，召集旧有员工32人复出，成为林氏兄弟一家班。

1940年，战事在湖北形成拉锯，日机频繁空袭长沙。大德昌以文夕惨痛教训为前车之鉴，莫若迁地为良，长沙只留部分人员维持，大部货物转衡阳，仍以大德昌原牌，赁铺屋于南正街继续营业。申、汉相继沦陷后，航路中断，上海物资只能通过敌占区抢运，由广州、宁波转入内地。林氏乃以原购二辆卡车转运，并派人去金华、海宁、温州各地搜罗货源。卢普俊于此得力居多，是年他一人就分得红利1100元。

1944年，我湘北防线崩溃，林氏乃将在长人货疏散衡阳；长沙、湘潭、衡山相继沦陷后，衡阳危如累卵，又将货物随人沿湘桂线运抵重庆。当时交通困难，物资缺销，物价日夕上涨，运出货物虽获厚利，人员物资却损失不少。

1945年，日军投降，河山光复，全国欢腾。德昌留重庆人员欣然返梓恢复旧业。当时物价在胜利声中一度下降，上海厂商、大户均欲脱货求财，纷纷向信用卓著的大德昌申庄兜揽生意，以远期（1—3个月以至半年）或销后付款等方式推销，庄号乃大批量购进，从而货源充足，经济活跃，有力地促进了业务发展。

《长沙大德昌百货店史》

杨忠全等：湘绣，蜚声中外的绣品

湘绣是祖国重要的文化遗产，是我省主要出口产品之一，长沙县又是湘绣的重要产区，久有“湘绣之乡”的美称。湘绣早已驰名中外。据历史记载，湘绣产品在国内曾参加过在南京举行的“南洋劝业会”“西湖博览会”，在国外，先后参加过在日本举行的“大众博览会”、法国“里昂赛会”、“巴拿马万国博览会”、美国“芝加哥博览会”和费城博览会，都赢得很高的荣誉。1933年，长沙锦华丽绣庄由名画师杨世焯的高足弟子杨佩珍一手绣成的，24英寸大的美国总统罗斯福半身肖像，在芝加哥博览会上获得很高的评价，并荣获6000美元的奖金。湘绣艺人所绣美国前总统林肯和威尔逊肖像，也曾轰动美国朝野……

湘绣产品其所以屡获全誉，湘绣之名其所以蜚声中外，也非一蹴而就，溯其渊源，爰有史话。

▷ 刺绣的女子

湖南民间很早就能刺绣。根据清嘉庆庚午（1810）《长沙县志》及光绪丁丑（1877）《善化县志》的记载，在19世纪中叶，刺绣工艺在长善两地区已很普遍。除了一部分官僚地主家庭的所谓“大家闺秀”以刺绣来消磨时光和炫耀豪华外，一般农村妇女也大都利用农闲季节或劳动余暇，运用着聪慧的构思和灵巧的手指，在鞋面、茶褡、腰带、裙缘、枕头、手帕、帐帘和小孩兜肚、帽子上，绣上一点美观的花样。这些作品，内容朴素，有着浓厚的生活气息，她们大多是自描自绣。在色彩上，也不能讲究绣物的真实感，所谓“花无正格，红绿当先”，就是那时通行的配色方法。真正使绣品成为一种具有独特风格的体系，因而有湘绣之名，大约还是近百年的事。

老的刺绣方法是自描自绣。到画师杨世焯才改为以国画为稿，其方法是将设计图样花稿描绘到绣料上再去绣作，接着，画师朱树芝又在水墨画上运用西洋颜色，并染线上绣，以丰富绣品色彩。此外，朱还创造了梨木版套印上稿的方法。他们把中国绘画艺术巧妙地移植到绣品上来，使绣品的景物更加逼真，物像更加生动。后来用梨木版套印的方法又有很大改进。因为有些画稿的幅面过大，用相应的木料制版所费不赀，而且日积月累，画版增多，存放起来要占用很大的空间，取用时也不方便。于是就用描图纸铺在画稿下，用一种小型灵活的机具装上细针，照画迹扎出小孔，再依绣料色别用黑或白粉汁在纸版上涂刷，画迹便透过小孔清晰地落在绣料上。有的画师还亲自培养了许多优秀的绣工，并和绣工们一道创造了许多种针法，特别是突出主题性格以及易为人所忽略的各种生物的姿态动作上，都有其特殊的针法，不但能如实地使绘画在绣料上再现，而且还具有绘画所难以表现的艺术特色。

湘绣的独特风格，主要表现在下述几个方面：

一、以国画为蓝图，设计大方，布局严谨，主题突出，宾主协调，色彩调和，绣艺精湛，兼采其他画稿，具有“画真写实，阴阳混合”的特色。同时注意设色素净，符合物象的本色，使人欣赏时，如身历其境，亲睹其颜……

二、用料独特是湘绣在工艺上比其他名绣立异之处。苏绣、粤绣均系采用大花线（即绒线），绣法上一般产品边缘轮廓的处理均留“水路”，显得粗糙。湘绣则采用两股丝线与绒线相结合。在绣欣赏品时，将绒线劈开使用，有粗有细，不留“水路”，能增强人、物、景的真实感。绣日用品时，则用丝线，使绣品美观耐用。

三、工艺创新是湘绣比其他名绣在操技上高超之处。湘绣在上述这些名师巧工的不断钻研、反复实践下，新创了掺针，点染阴阳浓淡，使物象近情合理。在使用掺针工艺上，还分接掺针、游针、盘游针等，根据画面内容而定，甚至绣在一幅绣品上，这几种针法要轮回使用，甚至多达20多种针法刺。

湘绣未成为独立体系之前，长沙市尚无专门绣庄。尽管它在质量上超过苏绣，但绣工们还得将产品委托经营绸布的商人，以苏绣名义发售。1898年胡连芝之子吴勋臣在长沙红牌楼开设吴彩霞湘绣馆，接着袁魏氏之子袁瑾荪在八角亭开设锦云湘绣馆，湘绣之名便蜚声中外了。辛亥革命前后，长沙有“锦华丽”“中美一”“万源”“广华”“李裕章”等二三十家湘绣社。

从长沙出现第一家绣社的1898年至1926年，即北伐战争期间，长沙由几家绣庄发展到29家，绣工由百人发展至一万多人，产品由一千多件套，增至二万多件套，年产值高达80万银圆。销售对象是供宫廷贵族、达官显贵和封建地主以及祠堂庙宇所需。

《湘绣之乡——长沙》

第五辑

新旧碰撞·老长沙焕发新气象

王　杰：长沙有了飞机场

1926年（民国十五年）7月，北伐军进入长沙，国民革命军决定派飞机来湖南助战，为此，前敌总指挥部特派副官冯维汉来长沙，会同长沙县筹办飞机场。31日下午5时，总指挥唐生智同桂军胡指挥、总执法处长周鳌山、长沙县长彭斟雉，乘火车来到易家湾勘察场址。在大托铺铁路与军路之中的荷叶塘畔，看中了一块耕地，纵横800余米，一边临粤汉铁路，一边至长潭公路，一边到小港，一边靠山，交通方便，地势平坦，土方工程不大，工程投资不多，当即决定由长沙县政府向农民租用耕地，由冯维汉督修，并限一星期内完成。是晚8时，总指挥等一行即乘车回长，并电令醴陵县署，解送北兵俘虏120多人到长沙，交由冯维汉等率往大托机场工地进行挑运砂土施工，还派交通参谋俞业裕，担任机场建筑设计，翌日，长沙县政府即派出人员赶紧办理一切有关事宜，首先与当地团局签订契约，租期一年，租谷2800担，同时，向当地人民发布告，要求遵照执行……

机场工程于8月9日竣工。施工中，由于军事厅余明秋副官长等体谅土地今后仍要耕种，因此，对机场地面未铺砂石，所以工程极其简陋，场地仅是由泥土填平而成。同时，为偿还租地时不误界址，还绘制了一式三份的田地界址图，分别由当地团局、县署及总指挥部各保存一份。机场竣工后，总指挥部即派飞机师张宏周及俄国顾问、驾驶员、工兵等数十人来长考察验收机场。为做好他们的安全防范工作，唐军长特转令各军长官，加强保卫警戒。当时湖南省境内建的机场仅两个，一个是衡阳，一个是长沙。经考察，认为长沙机场比衡阳机场工程为优。

为确保飞机安全，做好飞机导航准备，在广东国民政府即将派六架飞机来湖南参战之前，总指挥部要求宜章、衡州（阳）、长沙等县设立导航标记，为飞机导航，兵站部转电长沙县，限电到5小时内赶办，彭斟雉县长接到指示后，于8月21日晚，组织工人在长沙天心阁侧设立了标记。标记是以白布架成十字，高三丈，宽五丈，各端燃灯两盏，大托铺机场也同时设立了相似标记，不同之点，是各端悬挂灯为一盏。

第一组飞机三架在来长沙途中，因故误落宝庆（今邵阳），总指挥部航空处即派科员李静源到宝庆进行修理，首架修好后，于9月1日上午9时飞来长沙，停留在大托铺机场，当时有警察数人在场维持秩序，用土车子推了几桶油送入机场，飞机加油后立即起飞了。

▷ 北伐时期的双翼飞机

9月3日上午10时许，长沙市空忽然出现了一个类似蜻蜓的东西在盘旋，并发出隆隆的响声，开始市民个个感到新奇，人人引颈观望，尔后，欢呼："北伐军飞机来了！"据4日《大公报》报道："这是长沙市民遂又见有二次飞机之出现。"（汤芗铭时代已有一次）飞机在市空环绕飞行15分钟，散发了"祝北伐胜利"等印刷宣传品，并试放了机关枪子弹约数十发，后仍返大托铺机场休息。《大公报》还报道，这个飞机重约3000斤，响声较大，因飞机上烧机油，飞行中只见后面放出的浓烟与蒸汽机烧煤放出的烟雾无异，飞机飞行时，天上的鸟大为震惊，有的吓得乱飞，有的惊聚一团，以避其锋芒，机上坐有俄国人两名，中国人两名，并装有机枪，同时还装有大、小两种炸弹，大炸弹爆炸深度可达100米，圆径300米以内是危险区域，小炸弹爆炸深度可达20米，圆径100米内是危险区域，飞机时速500华里，大托铺至市内仅用了三分钟，飞机价值洋10余万元。飞机到长沙当天的清晨，余范传副长官及交通处俞处长等即赶到大托铺机场总司令部航空处林伟成处长表示欢迎。余副官长首先说明湖南民众对他们俩来表示欢迎及省政府极力协助的情形之后，林伟成处长表示极为欣喜，并说，大托铺机场的建筑，为南方各省之冠，今后北伐飞机即以大托铺机场为中心点，其余各处为飞机休息场，并说余副官长建筑此场煞费苦心，表示殊为感谢。

《长沙市最早的飞机场》

杨方田：长沙有了电影院

1905年长沙青石桥宜新浴室，有人在浴室内放电影，是营业性的，所放影片均是一些片段，诸如火车跑、狗吠鸡叫、跳舞、蹦蹦跳跳，都是无声电影，观客不多，不久就停了。但这次放电影还引起外交纠纷，当散场时，人较拥挤，恰某国领事乘车由此经过，车夫不肯避让，结果人群将车灯挤坏，领事当时向政府提出照会，要求赔灯惩人，结果将肇事者撤职，平息了这次事件，在1905年前后，长沙县对门的鸿飞印刷局里也有过电影放映活动，但均为临时性的。

到1915年，外国神职人员到长沙的神甫牧师多起来了，这些人带了放映设备和影片，是年11月9号至12号，有旅湘法人祁拔司、乃甫、俄罗汗三人在东茅街影戏园放了三天电影，名曰为慈善机关补充经费，对外售票银圆三元一张，往观者均为商业界和神职人员，高髻长裙，紫髯黄发，颇极一时，所放映之影，五花八门，应接不暇。这时外国影片拍摄已进入纪实性阶段，如放映的《法奥皇帝之御客》《法太子肖像》等，由于票价昂贵，一般市民不敢问津。这年，还有汉门百昌电影分公司，在育婴街新剧园放电影，所放影片已有了生活情节，计有《旅客被窃》《亲夫拐奸》《画像骗衣》《私情未了》《美女被害》《游戏跳舞》等。这时长沙市民智稍开，对电影这门艺术不感陌生。当时伪省府也开始用电影向人民群众进行启蒙教育。1924年省平民教育促进会在第一师范向南门外最苦平民700多人进行放电影，教以读书有益，不乱吐痰，以及驯化动物节目，放映时在幕前面，有人边放边讲解影片内容，观众踊跃，且秩序井然，此外，长沙市西门的黄氏宗祠、水府庙内都有过电影放映活动，但都是临时性的，不固定的，时停时有。1924年长沙基督教青年会有了一个固定的放映场所，该会利用教会礼拜堂放电影，可容400人，但只对会友开放，对外不售票，且每周仅放一两次，大都放映宣传教义的影片，也放过长片，如《三角恋爱》《贼中贼》《瘤手党》等。

1925年春，长沙市有了第一家正规的电影院——百合电影院（西牌楼，洞庭春茶馆侧），该院是在原青年会旧址的露天场建造起来的，这时青年会已迁新址。

▷ 民国时期百合电影院在报纸上刊载的广告

百合电影院是由原青年会总干事祖应祺、魏乔年集股开的，建筑结构简单。开幕时，只有西片放映，如《铁路大盗》《情魔》《猫狸党》等，票价银圆二至三角。到1927年，国产影片问世，才开始放映国产片，如《孟姜女》《白蛇传》《盘丝洞》《方世玉打擂》等，不论是中西片，均是无声、幕前有个说戏人弹着风琴伴奏，边映边说戏。该院放映了一部最有影响的影片《奉安大典》，是记叙孙中山先生安葬南京中山陵的过程，当时轰动了长沙城，万人空巷，百合电影院挤得水泄不通，该院的生意大大兴旺。从此，百合电影院的名声大噪，电影院门前经常高挂“客满”牌，连当时省主席何键的女儿也闻名而来，还闹了一场风波。她在电影场内看电影，有人调戏了她！散场后，她大发雷霆，怪电影院轻薄了她，于是，警备司令部派兵封了百合电影院的门，并将经理用绳索捆绑到警备司令部关了起来，后经请人说情，找到了师长李觉（何的女婿），赔罪送礼，才放了人，百合才启封营业。百合电影院的生意兴旺，享誉长沙城，尤其是商界，对经营电影颇感兴趣，谋此业者日益增多。

《长沙市的电影业和北区电影事业的发展》

朱振三：照相馆，从镜蓉室到镜中天

长沙最初的一家照相馆是镜蓉室，创于1904年，设于当时市中心区的药王街。创始人瞿瑞卿，长沙西乡回龙洲人。瞿家境宽裕，曾饱读诗书，人称“瞿二相公”“瞿秀才”，因久学不第，常往各地游览。到上海时，值摄影术传入不久，初开的几家照相馆轰动全城。瞿亦被吸引，常去相馆观看攀谈，逐渐与相馆中人建立起一定的友谊，进而了解到一些照相知识。回到长沙后，即着手筹设照相馆，后又多次去上海参观学习，并请来二位姓胡的师傅，购回照相器材。于药王街开设小型照相馆。瞿本人参与照相冲洗等操作。开办之初，很受群众欢迎。许多好奇者来店照相或围观，小

小的店堂内外几乎整天挤满了人。因为当时国内各中小城市，仅有画像店，即用水彩或墨炭画成人像，或在磁板上描画，经火熘成磁像。但神态往往失真，且又收费昂贵。今见镜蓉室相馆用银版摄影，洗出来的相片逼真，价格亦较画像便宜，所以拍照者日多，熙来攘往。但该店受技术设备条件限制，只能在天气晴和正午前后的短时内，拍摄为数不多的几张照片。约一年以后，瞿又续从上海请来两位技师，并着其青年子侄多人参与学习照相冲洗等工艺，人力得到充实，业务范围随之扩大，从此生意兴隆，获利不少。三五年后，由小小的照相室扩建成一家颇具规模的店面。1915年镜蓉室改名为镜中天照相馆，由其子瞿和生及姨侄肖春生主持店务。

《长沙照相业史话》

黄曾甫：呼号XGOH——长沙最早的广播电台

20世纪30年代初，长沙市还没有无线电广播，一般市民对广播也感到很陌生。1933年，余籍传任湖南省建设厅长，倡议设立湖南广播无线电台，成立工程筹备处，聘请南京中央广播电台工程师王劲来到长沙，参与设计工作。台址原拟设在南门外妙高峰，因其地势较高，后来，又改测定四十九标附近杜家山做台址，都没有动工。何键当时是湖南省政府主席，认为广播事业重要，必须亲自来抓，乃由省府会议最后决定，改由省办，直属省政府领导。拨款10万元，决定把广播电台设在省教育会坪中山堂附近，并指定，一切器材由湖南省电器制造公司承制。是年12月，电台、铁塔、发电机器，逐步完成。1934年元月，委派张道源为台长，余育德为工程师。3月开始试播，5月5日正式开幕。播音机的发射功率为1000瓦特，电波频率为590千周，呼号为XGOH，播音时间每天下午4时起，到晚10时止，播音节目，逐日刊登在长沙市各日报上面，内容不外是国际、国内、本省要闻，着重是宣传当时何键所谓建设新湖南的“德政”，有时还请一些

“名流”做专题演说。特别令人厌烦的，是连续播放何键的学术著作《大同与小康》那篇文章，真是听得令人头痛。有时也播送一些文娱节目，主要是流行歌曲和京剧唱片，至于地方戏如湘剧、祁剧，都没有播送过，花鼓戏更不要说了。

电台只有两个男播音员，一个是杨叔槐，一个是林澄伯，都是京戏爱好者，有时也找一些京戏票友客串。除了那个高耸的铁塔和一栋办公楼房、木器、零件，是中国自己制造以外，所有的机器，都是在上海转手购自德国西门子洋行的舶来品。

《长沙最早的广播电台》

朱运鸿：自由恋爱与文明婚礼

民国初年，城市民气已开，男女有自由恋爱，双方经父母同意，不须三媒六证了，只觅要好朋发作介绍人，订立婚约，交换戒指，或其他物件作证。举行新式婚礼，改乘生花轿子，仪节革除旧式，大为简单。有的多在酒楼、旅社或公共场所举行，门前悬旗结彩，厅堂设礼案，由司仪人喊程序，放鞭炮，奏乐，主婚人、介绍人、证婚人、新郎、新妇、男女傧相以及来宾，均有一定席次。首由主婚人宣读证婚颂词，然后，新人交换饰物，在婚书上盖章，新夫妇互行鞠躬礼，及谢主婚、证婚、介绍人和男女宾客，并致答词，谒见长辈亲友，摄影赴宴。新式结婚30年代初也办过集体结婚，参加者很少。当时只局限于城市，乡村多未实行通，仍要坐花轿，行庙见礼等旧习。到抗战后才逐步消失，可见嫁娶仪式是由陈腐逐步趋向进步的！

《长沙民间婚丧习俗琐闻》

田　俐：剪辫子和放足运动

男人蓄辫子是清代制度之一，也是汉人降满的标志。辛亥革命时，湖南成立军政府，人心望治，迫切希望废除清代弊政。士兵拿起剪刀，在街上见人就剪辫子，甚至胡乱地把女人的辫子也剪掉。这样一来，人心惶惶，女人不敢出门，乡下人不敢进城。湖南都督府采取紧急措施，贴出告示：

凡军民人等，所有辫发，限三日内一律剪去，否则由警察干涉之。

告示贴在有高脚的木牌子上，便于群众观看。夜间派人到四门鸣锣宣传，人心逐渐安定下来，男人辫子一下就剪光了。

女子缠足，已有一千多年历史。1898年湖南维新活动时，成立不缠足会，由谭嗣同、黄遵宪、徐仁铸、熊希龄任董事，制定了“湖南不缠足会章程”。黄遵宪以按察使身份，贴出告示，严禁女子缠足。同时指出缠足有七害：废天理，伤人伦，削人权，害家事，损生命，败风俗，戕种族，由于积习太久，强迫女子缠足的事时有发生。辛亥革命后，省城长沙不待政府命令，自行放足。但在边远县份，女子仍然缠足，认为大脚女子难以找对象。常德、澧县一带到1921年时仍然如此。临澧县知事邓鉴三亲自挨户劝导，首先劝说女子的父母，说明放足的好处和缠足的害处，一直等到女子放了脚布才离开。

《剪辫子和放足运动》

周敦祥：《女界钟》，敲响妇女解放的钟声

钟声，是清脆、激越的，它令人振奋，催人向前。记得在60年前，我的母校——周南女校，每当曙光初露时，那一声声嘹亮的钟声，便震破了沉寂的星空，迎来满天朝霞。

五四运动的浪潮传到长沙以后，在毛泽东同志倡议下，很快就成立了湖南省学生联合会。钟声，召唤我们冲破几千年封建主义的思想牢笼，走上街头，走上斗争的道路。我们学校开始了罢课，起先，罢课只限于中学部，随后，小学部最高班也主动参加了。20多个同学扛着校旗，分成两队，到城北、城南，慷慨激昂地向群众讲演，小同学们挎着放满了袜子、毛巾、牙粉、香皂、花露水等国货的竹篮，走进小巷，宣传抵制日货的道理，挨家挨户劝销国货。许多人看到小同学们这样爱国，很受感动。有的妇女说："我们本来不一定买，你们这样热心，我们不买也要买了。"

当时，湖南省学联、商会、教育会为了抵制日货，还联合组织了国货维持会。我们用国货维持会的名义，分途进入各百货店，检查和销毁日货。有一天，在教育会坪焚烧日货时，反动军阀张敬尧下令逮捕了省学联的负责人。这一来，群情激愤，革命浪潮日益扩大。有些同学来到湘江码头上，劝告人们不要乘坐日本船；对那些顽固不听劝阻的人，就在他的衣服上盖上"亡国奴"的印记。

一时间，反帝爱国的气氛洋溢全城，毛泽东同志把斗争的钟声敲得更响了！他和新民学会会员们商量，决定因势利导，开展驱逐反动军阀张敬尧的运动。省学联选派代表分赴各地，揭露张敬尧的暴行。女学生代表李思安，在福湘女校化装成农妇，上了北京。听说，毛泽东同志在北京的湖南会馆，召集湖南旅京学生开会时，李思安在会上发表了激动人心的演说，

使大家很受感动。她还和代表们一起去向北洋政府内阁总理请愿，当警卫把大家拒于门外时，她以大无畏的精神冲了进去，控诉了张敬尧的罪行。

这年10月，周南女校学生主办了周刊《女界钟》，担负起向妇女传播新思想、新文化的任务，唤起更多的妇女冲破孔孟之道“三纲五常”“三从四德”的藩篱，走上为自由、解放而斗争的道路。我担任了这个周刊的总编辑，起初，很是胆怯，担心办不好这个刊物。毛泽东同志知道了，连忙来到我家里，鼓励我说：“你怕什么？好好搞吧！我们支持你呢！”毛泽东同志不仅勉励我树立信心，而且给这个周刊写文章，支持把它办好。记得他给《女界钟》写的第一篇文章的中心思想，是论述妇女要实现经济独立；第二篇文章是为赵五贞自杀事件而出特刊时写的。

赵五贞是位年轻姑娘，在五四运动提倡的新思想、新文化的熏陶下，她不满于封建包办婚姻，在被迫出嫁时，坐在花轿里自杀了。平时我们从调查中知道，她在出嫁前曾经对嫂子说过：“女子在家从父，出嫁从夫，夫死从子，做女子的真是背时呵！”过门那天，她请求花轿要从住在远一点的姐姐家门口过。终于，她怀着对婚姻自由的憧憬、对包办婚姻的反抗，在花轿里用剃刀自刎而死，用鲜血控诉了孔孟之道的罪恶。

这件悲愤的事情发生以后，毛泽东同志建议《女界钟》出一期特刊，附于第四期。陈启民帮助我编辑，陶毅、周世钊等写了文章，主张改革父母包办的封建婚姻制度，代之以婚姻自主，自由恋爱。《大公报》也开展了讨论。在先后发表的20多篇文章中，有的不仅提出了要改革婚姻制度，而且涉及改革社会制度这一根本问题。因此，在长沙市引起了很大的震动。

《女界钟》敲响了捣毁“孔家店”，砸碎“三纲五常”“三从四德”的枷锁的斗争钟声。它提倡科学和民主，反对男尊女卑，要求男女平权，教育平等，婚姻自主，社交公开，主张妇女经济独立；同时，反对蓄婢、缠足，向社会上开展宣传教育。记得我们还对一些财主家的婢女做过宣传，后来有一个婢女逃出了火坑，同她心爱的人结了婚。

妇女解放斗争的钟声使敌人胆战心惊，《女界钟》大概出了五期，就被反动军阀下令封闭了。但是，斗争的钟声却是他们封锁不住的，妇女们越来越多地走上了解放斗争的道路。有的女同学被学校当局默退以后，就冲破男女分校的规范，到男校去读书；一些女同学还参加了毛泽东同志组织的新民学会……经过漫长的斗争，在党领导的社会主义新中国，妇女终于得到了解放。

《女界钟——五四漫忆》

欧阳佩华：菲菲伞，伞中的“西施”

菲菲伞创始人潘岱青，湘乡人，原在北京清华大学化工系学习……1923年，他将祖遗的30亩田卖掉10亩，获得银洋700余元，作为资本，并去杭州买回几把纸伞，作为样品，参考长沙纸伞的做法，另行设计，改革创新。他还找同乡画师王彪炳协助，在中国纸伞创新上反复实践，精益求精。“功夫不负有心人”，不多久，他制作的新式纸伞成功了，而且质量胜过了杭州伞，于是定名为“菲菲伞”。这是长沙菲菲制伞社创业的开端。盛极一时，远销国外。

1924年菲菲伞正式投产了，工场设在长沙市长康路。一经问市，销路便很好，特别是青年妇女，争相购买，门庭若市。为了适应市场的需要，潘岱青先后在长沙南阳街、司门口、中山路国货陈列馆等地设立门市部。最初只有几个人的小工场，很快发展成为一个初具规模的工厂，职工有七八十人。全盛时期，每天生产菲菲伞四百几十把，日营业额达银洋400来元。由于需要扩展门市部和增加工人，开支越来越大，现金周转不及，潘氏于1926年将祖遗的另一部分田租20亩全部卖掉，得价款1400余元，对伞厂做了进一步的投资。在此基础上，发展了营业，增加了花色品种，仅女式花伞就有大号、小号和特订的伞号，共200多种。伞上花型中西结合，得美术教师李昌鄂协助设计，绘有人物、山水、花卉、飞禽、走兽等国画图案，还印制《潇湘八景》《黛玉葬花》《天女散花》《嫦娥奔月》等新花样，栩栩如生。此外，在装饰上也别具一格，如伞柄加上油漆，并系以红绿等各种颜色的丝条，古香古色，既美观，又大方，深得顾客喜爱。菲菲伞的包装除有特别印制的牛皮纸袋外，并精制彩印纸盒以供作馈赠礼品之用和做出口商品的装饰……

1928年，潘的弟弟在美国芝加哥城佃了一个小门面，专门经销菲菲伞，一度轰动全城。1937年，潘岱青携带菲菲伞参加了当时在广州召开的四省国货交流会，港澳侨商大为欣赏。在广州交流会上，有一外国公主曾以80元银洋的高价定制一把特制的菲菲伞，要求伞顶用镶金属制成，伞柄用黄杨木雕以松鼠吃葡萄的空花形，伞面请名师绘以“百鸟朝凤”的精彩国画，潘氏都如其所愿。菲菲伞精巧玲珑，晴雨咸宜，美观耐用。旅居青岛、上海等地的外国友人，在海滨浴场、公园、名胜等地游览时，常手撑菲菲伞来遮太阳（该伞遮太阳时可以反射日光，不传热）；照相时，尤其喜欢手执一柄菲菲伞以为衬托。到30年代初期，该厂又增加新品种，做出了新式男纸伞和儿童伞，并以“菲菲”两字作商标，另行设计做出了柔软不粘连的防雨油布、雨衣和提包等产品，广为销售。

《一度闻名中外的菲菲伞》

风来仔：新兴的冷饮业

长沙制冰厂始见于民国初期。据史料记载，民国五年，日商天华洋行开设丰盛冰厂制作白冰，主要供应洋行、兵舰和教堂，同时制冰市销，首开长沙冷饮市场之先例。民国七年，英国商人约克洋行又开设了一家湖南冰厂，制冰市销。到了民国十八年（1929），董楚所开永丰冰厂首家制纸包冰。制冰营业，获利虽丰，但旺销季节短，全年费用负担大，专营制冰，很不合算。经营两年，即因亏损而停业。

民国三十六年，新沙池浴室老板陈禹卿因夏季沐浴业清淡，遂开辟新

▷ 民国时期的冷饮广告

路渡淡，附设冰厂，把沐浴和制冰合在一起，淡旺搭配，相得益彰，可谓精明。由于终年经营，获利颇丰，随筹办新沙冰厂，继续坚持春冬以浴养冰，夏秋以冰养浴。新沙冰厂所制纸包冰，质好价廉，销路日旺，随后又附设冰室，常有冰淇淋、果露、刨冰等五六个品种出售，尤以冰淇淋著称。其所制冰淇淋，选用新鲜鸡蛋黄（不用蛋白）和进口炼乳、白砂糖、洋菜、香草粉等原料，以手工摇制而成，色香味均佳。每份100克左右，并附饼干一片，冰水一杯，售价3角，经常供不应求。

《新兴的冷饮业》

邓泽致：消失的木头雨鞋

旧时长沙的街道，一直是长条麻石街，即在街心掘一沟渠，两旁砌砖石，上盖长条麻石。雨水从麻石缝下漏，进入下水道，顺序汇总，而流入湘江河。每遇雨雪天，满街流水，故长沙人均着木屐上街。木屐适宜行于浅水和泥泞地，不虞打滑，所以每家都有几双木屐，不如此则无法上街行走。

木屐始于何时，按西汉史游撰急就章、唐颜师古注云：“屐者以木为之而施两齿，所以践泥。”而长沙的木屐则进步多了。木屐是木板作底，前后有二齿，作一字形，锤入四铁钉作屐齿与地面接触，以牛皮作屐面，屐前又装一蝶形铁钉，以保护屐头承受地面之碰撞。脚穿布鞋或其他面料之鞋，很容易套上木屐，上街行走购货或买卖交易，不致湿鞋或弄脏。在雨中或雨后，可听到行人脚着木屐在街上行走。满街的木屐铁钉与麻石撞击的声音，确是非凡的交响音乐，夜晚可使你不眠，清晨也催你早起。落雨时或雨后，家中来客，阶前或门下，也满是木屐和雨伞，且带来泥水满街满堂。当时在长沙的中学和小学，为解决学生们的木屐和雨伞的放置问题，防止错拿误认，在进校后的教室走廊两侧，都设有雨具柜。每年级一列，每人一柜，柜高四尺，宽约八寸，并贴有姓名，挨排而立，亦当时特有的必要设施。

当时长沙城内以大古道巷的木屐行业最兴旺，可能是长沙有木屐以来逐步形成的专业。入巷口两旁数家，铺面上陈列和牵挂的均为大小规格的产品，柜内雇工佣作日夜不停。还有一种叫油鞋的，以牛皮作底和面，做成鞋状，以桐油浸渍，底面满钉圆头专用铁钉，亦适用于天雨时泥泞地行走，盛行于农村，为农户每家必备之雨具，城市住户少用。

其后长沙市的街道逐步改善，道路较平整，新修中山路、环城路，部分路面铺上柏油，于是有橡胶套鞋取代部分木屐，当时如双钱牌、箭鼓牌较行销。现在长沙的长条麻石街已全部改造完毕，有完善的下水道设施，柏油马路四通八达，街面整洁无积水，已久不见木屐矣，商店也只销售套鞋。而木屐则成为谈古闲话之一。大古道巷之木屐行业也不悉何时停业转户了。

《闲话古长沙》

❖ **杨晓美：**新式澡堂与女澡堂

长沙澡堂业中，要算陈禹卿等集资所开星沙池颇具规模。陈等集资1.6万银圆，新建楼房三层，开设星沙池澡堂。一、二楼分设雅、正、优、客四等座次，共有座位200余个，雇佣100余人，为长沙沐浴业大户。雅座设白搪瓷盆，附软垫沙发；正座设旧搪瓷盆，雅座设水泥盆，正、雅座均附布垫双联木坑；客座为大池。门厅附设南货水果柜，二楼附设理发室，三楼露天平台，经营甜品、冷饮、西点、清茶、面食、酒味等，兼有雅室三间，卫生清雅，待客如宾。两年后（1931），星沙池老板陈禹卿在中山东路星沙池相邻东头独资开设玉洁坤盆堂，雇女工28人，分设特、优两等座次，附设女擦背、修脚、理发等，专接女性沐浴，为长沙女澡堂之始。玉洁坤澡堂环境卫生优雅，招待热情，主动接客入座，接过衣帽、围巾、手杖等物，送上香茶、面巾，刷去鞋尘。保持供水流畅，入浴时，替客围好浴巾，代客整理换洗衣服，扎叠成卷，便于携带；客人浴毕入座，递上头把（擦面毛巾），并用背把为客擦去背部水渍；浴客休息时为之盖好浴巾，以防感冒；客将离座时再递手巾，并报澡、背各费；客去鞠躬道别，拉门相送。随即检点客间，收拾茶具、梳镜、面巾等物，抹去椅几灰尘，清扫地面，铺好垫巾等，一过即净，便接二轮。同时，还代客洗衣，代购香烟、水果、酒味和点心等，柜上垫款，一并收费，故店名远扬，生意兴隆。

《沐浴业兴衰录》

姚增谊：年代最久、规模最大的基督教堂

永恒堂位于北区外湘春街的长沙基督教堂，是现今基督教新教在长沙市区唯一开放的教堂，又称“永恒堂”。它始建于1906年，占地面积为14.163亩，这是美、英、德、挪、瑞等国七个不同宗派的差会在长沙设立的14处教堂中，建筑年代最久、规模最大的一处。

▷ 20世纪初长沙基督教天主堂

80年前，英国伦敦会牧师杨格师（Griffith John）来长沙，在北门外（即现外湘春街）首建礼拜堂，就是永恒堂的前身。1912年，伦敦会退出湖南，将教产转卖给北美长老会差会。同年4月，长老会在长沙成立长沙教区，到1917年，在原地重建了现在这座礼拜堂。其建筑经费，三分之一来自外国教徒募捐，三分之二由中国信徒捐献。

永恒堂建筑风格也以中国古典风格为主，红墙、画栋，重檐式的屋顶，圆筒玻璃瓦，基库用磨石子抹面，大块勾线，仿佛是一块花岗石垒成，疑是古代殿堂。只有装在正门圆窗上大大的麻石十字架与高踞屋顶上的木制

十字架，才标示出是一座基督教堂。礼拜堂内，对称的花格门窗，穹隆屋顶，十字架的平面造型，又无不富有西方色彩。这里，每逢祝拜，钢琴低奏、庄严的曲调伴着唱诗班的赞美诗，使人身入其境，自感一种神圣浓郁之宗教气氛。在礼拜堂周围筑有的一道大围墙中，还有宗教图书馆一栋，传教人住宅一栋。均为二层楼的建筑，各自被小巧的花圃围护着。

1922年，在中国的欧美所属十九个差会联合组成“中华基督教会”，长老会是其中之一。1927年，长沙区会加入“中华基督教会”的两湖大会，并正式将外湘春街教堂定名为“永恒堂”。1930年，永恒堂楹柱被白蚁破坏，只好重修。

1947年，“中华基督教会两湖大会”分别成立湖北、湖南两个大会，湖南大会在长沙成立了永恒堂。

《长沙基督教永恒堂及其他几所教堂简况》

朱运鸿：帽子和胖子

早年长沙帽子行业，曾出现一次改革创新浪潮。一个叫王爵禄的，人称王胖子，他制作的帽子，工艺技术新颖，后来普及全行业，流传至今，是我市帽子的第一个革新者。王胖子开店，是用自己名字取的招牌叫“爵禄斋帽子店”，于清光绪元年开创，迄今已百余年历史，地址在青石桥，门面坐北朝南（即今三吉斋隔一二家）。当时长沙城里帽子店，于技术方面，只晓得制作旧式的男式瓜皮帽、女式昭君带，材料要么是青缎子、海湖绒，要么只有青洋布，从不变别的花样。王胖子就准备对其改革，一年他到北京，注意到当地一些帽子店，尤其是盛锡福等著名的帽子店，有不少时新品种，就买了一些样品带回长沙，又因地制宜，加以改进，经试制拿上柜，一抢而光。王胖子尝到甜头，马上组织人力，又试做一种新式官帽，那时任湖南省藩台的庄赓良，最爱北京装扮，特别喜欢戴北京官帽，听说爵禄斋已有此帽出售，亲自乘官轿来看，果然中意，买了之后，在官场大大炫耀一番，说此帽款式新颖，做工精湛。一时上行下效，省内官绅士子，以及各界人物，纷纷购买，一些官府衙门竟大量定购。这一来王胖子获利不少，生意兴隆。同行见了爵禄斋发财眼红，群而仿效创新，把长沙市制帽行业，推向了一个发展时期。

《工商十子一条街》

黄萃炎：湖南最早的体育竞赛场地

位于我市东区小吴门外的校场坪，是1905年湖南省举行第一届体育运动会的场地。它是湖南最早的体育竞赛场地。

▷ 体操训练

清末，当时全国废科举，兴学堂。湖南的熊希龄、谭嗣同于1897年便创办了湖南时务学堂，提出以保国、御侮、维新为宗旨，时务学堂、南字会、湘报社三者相结合，以学堂为主体，推动湖南的变法维新，得到巡抚陈宝箴的支持，这是湖南最早的一所学堂。1902年清政府颁布“钦定学堂章程”，未及实行。次年又颁布“奏定学堂章程”。这时湖南抚院为了执行学堂章程，于1902年成立了学务处。此后，“所有省城大学堂以及各府，厅、州、县之中、小、养蒙学堂，统归该处督率稽核”，抚院又拟定出兴学要义和学堂办法各三端。当时由于开办新学缺乏经验，先由抚院派知县胡珍前往日本考察教育。又因“全省大小学堂，须用教习为数实繁”，乃决定，派举贡生员充师范生，赴东洋学校肄业。凡年未满三十而志虑忠纯，识量通达者，无论举贡生员俱可保送，经过遴选，俞浩庆、龙纪官、俞蕃同等十二人往日留学，期限为六个月。这批人学成归国，使湖南的新学教育开始全面推开，学堂纷纷建立。长沙为湖南的省会，是湖南政治、经济、文化的中心，新办学堂之多为省内其他各府厅州县所不及。以中学为例，据统计，1902年至1911年间，长沙先后新办各类中学约26所，而长沙新办有名望的学堂，其创办人几乎全部留学日本，如明德中学创办人胡元倓、周南女中创办人朱剑凡、岳云中学创办人何炳麟。他们的办学思想不会不受到日本的影响，作为日本教育的一部分的日本体操也必然随着日本整个教育制度的传入而同时传入，所以，长沙新学堂一建立，日本体操就自然地成为长沙新学堂体育的主要内容。1905年前后，清政府废书院办学校，课程中即开设有体操课。每周2—3节，教材多系由日本传来的，有各种体操、唱歌、游戏、兵式操及我国固有的拳术，如湖南武备学堂1903年5月在长沙小吴门的校场坪正式开学，根据藩、臬二司及各局道所拟武备学堂章程，所学功课，分内场与外场两种：内场有汉文、东文（日本文）、算术、伦理学、军制学、战术学、城垒学、地形学等22门；外场有体操、马术、剑术、步操、炮操、工程六门课程。当时长沙不少学校的体操课大都是聘请日本留学回来的人教兵式体操。如明德中学聘请了辛亥革命元勋黄兴教体操；湖南中路师范聘请了留日回国的陆吉霈教体操；长沙府中学堂聘请了留日回国的蒋宝山任兵式体操教习；湖南高等实业学堂聘请了留日回国的柳午亭教兵式体操；周南女中聘请了日本女士佐藤超子和春山雪子教韵律活动、柔软体操、轻器械体操等。当时体育之风初开，在校场坪举行的湖南省第一届运动会是由湖南省教育会发起并组织长沙当时为数不多的学校参加竞赛。

《湖南最早的体育竞赛场地》

任大猛：从轿子到自行车和汽车

进入民国后，轿子多用于红白喜事。在晚清时期，三人抬的“三丁拐轿”在长沙城内还相当流行；妇女外出，因礼教的束缚，多乘镜轿，虽咫尺之间，也不肯步行，否则有损妇容。

进入民国后，风气大开，坐着咿咿呀呀发出嚣张响声的“三丁拐轿”被认为是土豪劣绅；而对于妇女，民国肇始，风气大开，妇女追求解放，加以人力车盛行，价廉而便利，前朝所用的镜轿，渐渐被淘汰，少如凤毛麟角。仅人力车不到的偏僻地方，抬轿者才有生意可做。

1930年长沙终于有了一条环城马路，此时汽车早已在1921年10月1日即已试行在长潭军路上跑长途，风驰电掣，围观者欢声雷动。到长沙城内修成环城马路和中山路，长沙城内的马路上已经有了私家汽车。

夕阳西下，环城马路脚踏车车流如织。20世纪二三十年代，自行车（当时又称脚踏车、线车、单车）在长沙城内十分流行。截至1936年4月，长沙城内即有营业出租自行车的车行28家之多。每当夕阳西下之时，一般青年子弟，常骑脚踏车，于环城马路风驰电掣，往来如织。据统计，1928年，长沙、岳州海关每年输入自行车仅为81辆，到1931年则猛增至每年437辆。因骑自行车者多为年轻人，难免不有横冲直撞鲁莽肇事者。当时人们称汽车为“市虎”，称自行车为“市豹”，指的是这些交通工具都很“凶猛”。

与自行车的流行相伴而行的是，摩托车在长沙已经出现，但为数不多。公交车常常超载，28座的车厢挤进了六七十人。汽车最初出现在长沙，先

▷ 人力车

▷ 民国时期的木炭汽车

用于跑长途的，因为长沙到湘潭的公路先修好，而环城马路和中山路直到1930年才修筑完成。直到1934年5月15日，长沙才开始有了公共汽车。当天，新成立的长沙开明汽车公司向长沙城区投放了两台各28座的公交车。

此外，开明公司还有六辆供出租的轿车，长沙结婚已流行租用花车。长沙公交车和出租轿车“定价之廉，租用之便”，“沪、汉一带，亦无逾于此”。

《长沙交通近代化之路》

❖ 事　志：水龙公所，民国时期的消防队

▷ 民国时期的消防队

1910年，长沙设有巡警道消防所，所址在东长街，有巡勇60名，主要任务是消防兼司缉捕。民国初年巡勇改为消防人员，扩充到108名，设有队长、队副、教练、司书、连队长等。由于官办的消防力量有限，陆续出现了街团组建的消防组织，当时称为“水龙公所”。东区境内的八角亭、端履街、福源巷、新街口联合办了“端角福新”水龙公所，所址设新街口，它就是街团

组建的义勇消防队。当时街团组建的方法是由富绅大贾首倡，街团组合、由点到面，逐步发展，转向联合而形成建制的。义勇消防队的经费由富绅和地方捐募。后来东区境内有三个义勇消防队，民国六年（1917）在鱼塘街设有天生义勇消防队，民国九年（1920），在解放路口设有多佛寺义勇消防队，民国十年（1921），在伍家井设有判官庙义勇消防队，均由街团热心慈善事业的商界人士组织而成。三个队共有消防人员215名，配有火板机、火钩、皮带，水桶、吊桶、钢帽、高照灯等设备。民国十六年（1927）因“马日事变”，经费发生困难，由省会警察局局长周安汉联合地方商团成立长沙市救火联合会，会址设在火宫殿观音阁，各义勇消防队更名为救火分会，直属市联合会领导。民办消防历史悠久，组织较严密，骨干队伍稳定；一直得到商界的支持，市民的拥爱，因而在消防史上起过较好的作用。

《东区民办消防组织的始末》

戴哲明：国货陈列馆，湖南三大建设之首

▷ 湖南国货陈列馆旧貌

湖南省国货陈列馆于1931年开始创建，到1981年长沙市中山路百货大楼就原址改建，前后50年，经历抗日战争、解放战争。经过改造重建，面貌一新。回顾50年前国货陈列馆建成，被称为全国同类陈列馆之冠。当时报纸称为湖南三大建设（国货陈列馆、中山马路、木炭汽车）之首，为宣传提倡国货，产生了影响。在当时新军阀内战频仍，国民党政府财政空虚的情况下，能够筹措出光洋几十万元的巨款，完成轰动一时的这一建设，没有相当魄力，是不能完成这一事业的。该馆负责筹建者刘廷芳先生，现为美籍华人。已届86岁高龄，近年多次由美回国，热心为祖国统一大业和四化宏图积极贡献力量。他高兴地看到在国货陈列馆原有基础上，重新扩建为全部五层大楼、建筑面积达10420平方米的巨大百货大楼，不到一年即还清了建设费拨款320万元，赞叹经济效益是惊人的。过去陈列馆的展品虽都是精选当时国货，但由于旧社会工业落后，产品难与先进国家抗衡。今日由于全国科学技术飞跃进步，百货大楼的出售商品，除极少数尖端产品外，绝大部分家用电器和其他产品，即中华人民共和国成立前一直靠国外进口的，今日为国货所取代。真正实现了提倡国货的目的。

《湖南省国货陈列馆》

黄新华：交通银行来长沙

交通银行是1949年前我国四大银行之一。长沙支行于民国元年初在坡子街建立，是湖南境内成立最早的银行之一，经办粤汉铁路公款。在衡阳、岳阳、常德、益阳、宝庆、湘潭等地设有支行或办事处，可直接发行纸币，被誉称“湖南分行”。民国五年（1916）因部提款过巨而宣告清理，至民国十年（1921）在长沙坡子街恢复汇兑处，民国十六年（1927）因现金支付过分集中，资金周转不灵而被迫歇业。次年12月交通银行在长沙（坡子街）复设汇兑处，翌年5月改为办事处，划归汉口交行管辖。民国十九年

（1930）7至9月因战事而歇业，机构撤迁汉口，至次年底复业，仍称长沙办事处。民国二十二年（1933）7月升格为支行，总行拨款118万多元。同年9月，长沙支行根据总行的经营方针，以恢复湖南农村经济为目的，在开办存、放、汇款及兼营储蓄、信托和买卖金银、有价证券等普通银行业务外，还开办了抵押放款业务，利用湖南盛产大米、锑等物资，办理出口交易。为此，交通银行长沙支行在长沙市城区范围内的道门口、南门口、大西门、火车站附近新建了办公楼和仓库，满足扩充营业的需要，并分工南门仓库专栈锑，西门仓库专栈谷米，火车站仓库则为货物转运。据《湖南实业杂志》记载，民国二十二年底，营业总额为160多万元，其中存款45万多元，占28%；放款100多万元，占62%；汇款16万多元，占10%。这是当时交通银行长沙支行的鼎盛时期。

《记交通银行长沙支行的变迁》

彭晋康：湖南第一张白话报纸

《湖南通俗日报》是湖南历史上第一张白话报纸，当时与湖南《大公报》并驾齐驱，成为办报历史最长的报纸，前后达30年（实际出版20多年）。也是发行份数最多的报纸，据1929年长沙六家报纸情况统计数看，通俗报发行达8000份，名列第一。

《湖南通俗日报》从1912年办报起，前后经过四个阶段，也改了四次名。即：1912—1913年为《演说报》。1914—1920年为《通俗教育报》。1920—1921年为《湖南通俗报》。1921—1942年为《湖南通俗日报》。其中经过一些曲折的过程，中途还停刊几次。但是它在湖南特别在长沙的影响是大的。

1911年武昌起义，10月22日湖南光复，长沙教育界人士何劲（雨农）、徐特立、杜庆湘等即配合形势，邀请一些赞成辛亥革命的人士在省教育会举行通俗讲演，宣传辛亥革命的意义，受到当时军政府的赞许，于是都督府设立演说部，专司其事，“以开拓民智，发扬民气”。1912年改为演说总科，属学务司，由何劲、杜庆湘担任科长、次长。最初，演说词印成单张，再合印单行本，如《民国新论》《中华光复记》等。1912年正式出版《演说报》，由何劲主持，聘盛范五为总编辑，每日用洋杭连纸（即现在的有光纸）印一面，发行一小张，后改用蓬莱纸印两面。

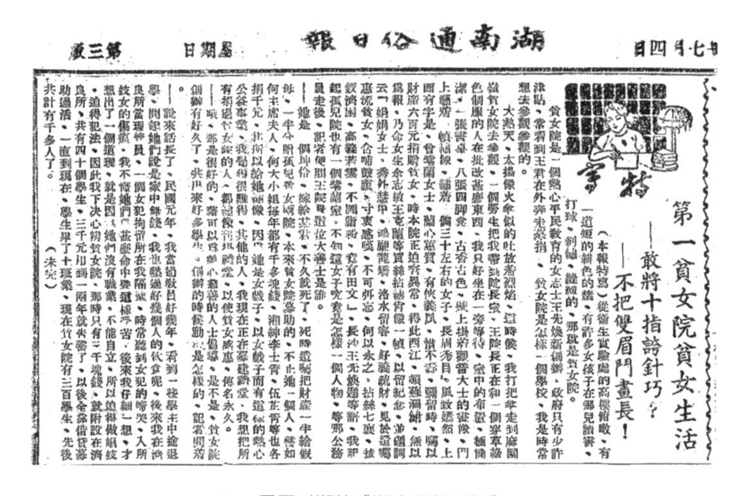

湖南通俗日報

星期日　第三版

第一貧女院貧女生活

——敢將十指誇針巧？

——不把雙眉鬥畫長！

特寫

（本報特寫）從衛生實驗處的高樓俯瞰，有一道短的緋色的牆，有許多女孩子在那兒讀書、打球、刺繡、縫紉的，那就是貧女院。

▷　民国时期的《湖南通俗日报》

《演说报》的特点是通俗，自首至尾，即使是公文缄电也都由文言译成语体，登载的演说词全是用白话文写成。在五四运动推行白话之前，就用白话办报，这在湖南是首次，所以称为历史上湖南第一张白话报纸。

《湖南历史上第一张白话报纸》

黄曾甫：去戏院看“文明新戏”

长沙市的话剧，可分为业余活动和专业演出，据熟悉长沙戏剧历史人士说，最早的话剧，还是业余活动在先。远在民国元年秋冬之间，有春柳社的陆镜若、吴我尊、欧阳予倩等人，由上海应约来长，在长沙北门学宫街县学宫搭台演出。由于当时长沙的戏园都是茶园，舞台装置不合话剧需要，因此，必须搭建临时戏台，另辟演出途径。演出节目有《茶花女》《黑奴吁天录》等。据1929年12月长沙大公报《谈荟》副刊所载刘岚荪的《适园杂忆》，这次演出地点，是在长沙府城隍庙旁李公真人庙……传说长沙县城隍庙旁有李公真人庙，因前面的广坪，可以做临时剧场，而县学宫与县城隍庙都同在学宫街，讹传附会，是有来历的。又据1934年邹欠白著《长沙市指南》所载："话剧俗称文明新戏。"长沙之有话剧，始于民国元年，浏阳欧阳文公之孙、南方青衣名旦欧阳予倩及陈大悲等，发起春柳话剧社，并组织新剧团于北门外湘春街之左文襄祠（即今工人文化宫）。其时逐日所演戏剧。均有剧本（俗称脚本），非为现在流行演说式之话剧也。其时券价极昂，每座八角至一元，而观客率多智识阶级。场内秩序极为严肃，开院时若不先定座，几无插足之地，旋以某种关系，迁于大东茅巷，改称文化新剧团。……

至于专业话剧团体在长沙公开售票演出。最早是在民国十年，桃花井第一台京剧停演之后，由李闲鸥、周滨鹃、王笑笑等人组织文明新戏班，名为通俗话剧社，在此演出。剧目是《枪毙严瑞生》《张汶祥刺马》等。30年代，又在育婴街新舞台演出，更名扶风话剧社，有杨剑依等人参加，演出的剧目，除了一些才子佳人戏如《三笑姻缘》之外，还有《怪手党》一类的惊奇侦探剧目……中华人民共和国成立后，民众戏院即为花鼓戏所占领了。

在此还要附带提一下杂技、魔术的演出。过去，长沙人称杂技、魔术，名曰"玩把戏"。一般是零散艺人，没有固定场地，在河边、车站、广场、空坪露天演出，既无舞台，也不售门票。一边演出，一边收钱。有时亦称为"江湖卖艺"。据友人回忆，在1936年夏天，有一个杂技团，正式在育婴街新舞台售票演出，有踩钢丝、车戏、叠罗汉等节目。这恐怕是杂技进入剧院之始。后来，舒修益、曾国珍等人都领导过杂技魔术团，在远东、银宫等剧院演出，有空中飞人、枪打活人等较为惊险的节目，但都属旅行巡回演出的形式，并没有在长沙市落脚扎根。有时也和通俗话剧搭班演出。当年刘艺舟来长沙，即是临时参加杂技团演出一个半讲半唱的话剧形式节目。

《解放前长沙的戏剧业》

❖ 王　杰：长沙防空第一炮

1931年日本帝国主义制造“九一八”事变，侵占了我国东北三省，后又发动对上海进攻，激起了中国人民的抗日怒潮。1936年9月，湖南省政府为防止日本帝国主义对湖南进行空袭，在长沙市主持导演了湖南省首次防空演习——长沙市第一次防空演习，但当时湖南境内还没有高射炮队伍。1937年“七七”卢沟桥事变后，日本侵略军在进攻我华北、东北的同时，经常派飞机空袭骚扰我国后方城市。由于战局不断转移，湖南形势紧张，长沙人民一致感到没有高射炮不能抗击敌机空袭，于是，由省保安处为首第一次成立了“长沙市人民防空委员会”，担负募捐购买高射炮的任务。8月，向全市人民发起了募捐购买高射炮的活动。11月24日，日本侵略飞机第一次空袭长沙，由于当时政府还没有防空和反空袭的设备设施，使日机能以得逞，“从容而来，不迫而去”。这次，长沙市人民遭受了重大损失，日本帝国主义的罪恶行径，在长沙人民的心中播下了民族仇恨的种子，全市人民积极响应募捐购买高射炮的号召，不久即购回德国造小高射炮24门，高射机枪50挺，成立了“湖南省高射机炮团”。高炮分别配置在回龙山、雨花亭、火车东站、浏阳门、捞刀河、杨家坪、卜宜园、杨家湾、岳麓山等地，构成了一个以保卫长沙市区铁路线为主的保卫长沙的高射火力网。

1938年2月9日上午10时5分，日机九架经由湖北孝感入湘，长沙市即发出紧急警报，这是长沙因敌机入侵发放的第一声防空警报，5分钟后，敌机侵入长沙市上空，当时的高射炮队，怀着仇恨的怒火，向敌机发射了第一颗复仇的炮弹。霎时，炮声隆隆，火光闪闪，全市人民无不拍手称快。

《向日本侵略飞机发射愤怒的第一炮》

❖ 何少足：昔日“剃头修面”，今日“美发美容”

随着辛亥革命民主思想的传播，民众逐渐觉醒，男子争相剪辫理发，女子也有自由平等的欲望和要求，无形之中，也促进了理发业的迅猛发展。旧时的剃头铺纷纷兴建铺面，更换招牌，增聘帮伙，开辟码头，以揽生意。那时，称雄省城理发业的“四一老班子”周星阶，除扩大本店外，又增设五个分店，一时传为佳话。除此之外，铺面宽敞、装饰华丽的俨然阁、四怡堂、镜容阁、凌长发、文皇阁和三好等理发店，也颇有名气。民国元年（1912），长沙市大大小小的理发店共有300余家，从业人员700余人。到了民国三年（1914），日本人龟田在苏家巷新造西式洋楼，聘请超等理发技师20余人，首次采用铁椅、推撩两剪，流水洗发；同时夏有熏风，冬有暖炉，电灯照相等先进设备和热情周到的服务，不但招引军政要人、贵妇小姐、官商巨贾，经常应接不暇，生意十分兴隆，曾经轰动一时；而且使全市各理发店老板耳目为之一新，纷纷争相更新设备，增聘技师，普遍使用靠椅、围布、推剪、响刀、撩剪等新式工具。夏天用粗布缝制成长扇，吊在座位上方，由人拉扇扇风；冬天安置暖炉，提高室内温度。同时开始讲究发式，男的有陆军头、球头、西式头；女的有学生发、鸡婆头等，其中，尤以欢颜阁理发店，可与龟田开设的洁楼理发店相媲美。

到了民国中期，省城长沙交通日益畅达，货物集散与日繁多，经商者川流不息，谋生人云集长沙。由于市区人口猛增，也给理发业发展带来了生机。民国二十年（1931），江苏扬州人王明智等集股银圆1.3万两，在坡子街开设中华理发厅，从上海、武汉等城市聘得技师48人，首家采用药水配方，发型设计，电烫发式，加上陈设典雅，布置时髦，男女分楼理发，兼营白发染青等业务，曾经风靡一时。相隔四年之后（1935），江苏扬州人刘文洲等又集股银圆两万，开设南京理发店，以其设备新颖、技术讲究、接待周到、店规严格而遐迩闻名。

《从游街到坐堂的“待诏”》

阎家笃等：女子足球队

1928年湖南的女子篮球、排球运动，虽然在各中等以上学校已逐渐地开展起来了，但因封建礼教的束缚，对女子参加球类特别是足球运动，社会舆论的压力很大，认为女子踢足球有伤大雅，女子应该文静些，不宜加入。而有些性情开朗、思想活跃的女同学，看到男同学踢足球非常向往，跃跃欲试，于是她们就自发地组织起女子足球队来，把排球当作足球踢，篮球架作为球门，兴致勃勃地踢起来了。本文作者之一阎家笃是当时周南女中的体育教员，看到学生足球队非常活跃，踢起球来很顽强，便乐意当起了足球教练。通过辅导，周南女中的足球队技术提高较快，有一次与明德中学初中一年级男同学进行友谊比赛，周南女子足球队队员苏镜、杨仁、罗孟芳、陶云等都不示弱，勇猛顽强，毫无惧色，参观者非常踊跃，一时轰动了全校。1929年，长沙举行秋季运动会，女子足球列为比赛项目。报名参加的有周南女中、南华女中、明宪女中和省长女中的四个足球队，比赛规则基本上与男子规则相同，唯场地改为70米×656米，比赛地点设在雅礼中学小足球场，大家都是新组成的队伍，球艺虽然不高，但个个精神抖擞，干劲十足，经过激烈角逐，周南女中足球队获得冠军，南华女中足球队获得亚军。

这几个女子足球队的出现，对当时冲破封建制度，争取妇女解放起了积极的作用，同时在湖南特别是我区体育运动发展史上，也留下了难忘的一页。

《湖南最早的女子足球队》

第六辑

星沙飘香·品味浓鲜火热的湘式美食

亦　骈：吃在长沙

吃，在长沙人的心眼里，似乎是一种消遣，其实，不只是长沙人，上海人、苏州人、北平人、南京人，也全如此的。

假定四五个人坐在一块，闲得不耐烦，吃，便在这时候“应运而生”，我们吃馆子去。

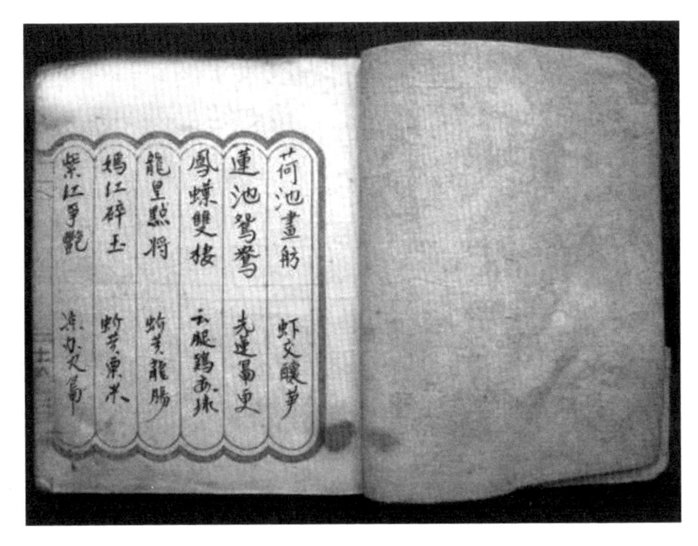

▷ 民国时期的菜谱

讲到吃，吃在长沙，我们可以分作几个阶段来写。

先统计长沙所有的酒楼，大一点儿的，你瞧：育婴街，便是望峰对峙的有潇湘和怡园；青石桥，青石街，有徐长兴，有玉楼东，有奇珍阁，走马楼有曲园，又一村的国术俱乐部内有民众食堂的川菜馆，国货陈列馆内，再附设有三和酒家；吃下江菜，有金谷春；吃广东菜有南国酒家，次一点儿的，有健乐园，有远东；西餐，有万利春；喝咖啡，有新亚、青春、易宏发。此外，吃面，老牌有清溪阁，后起之秀有甘长胜；吃粉，有爱雅亭，爱雅亭的对道，再有个新开的馄饨店。就整个的长沙说，吃在长沙，总算是有相当的发展。

潇湘的老板，是宋善斋，据说是四大金刚之一，潇湘是从商余俱乐部内蜕化而来的。奇珍阁，据说是新闻界一捧成名，徐长兴至于今日，可落伍了，不能够迎头赶上，也不能够与潇湘等并驾齐驱，可是，讲到吃鸭子，却仍是不能忘记他。

在徐长兴的那一边，另外有一个叫福兴园的，据说，也是以卖烤鸭相号召，他是从徐长兴分着出来，而想夺取徐长兴的主顾的一个组合，不用说，价钱比徐长兴未得便宜，于是有人说，他终于赶不上徐长兴。

吃鸭子，据说有“一鸭五吃”的说法，包薄饼是天经地义，此外，便是以“鸭油”去蒸蛋，鸭肠子炒酱椒，鸭肉烧白菜，鸭架子煮豆腐汤，像这一种吃法，可以说剥削无余。

川菜馆，是附属于民众俱乐部内，四个大字，表明了他是民众食堂，但是，在半年之前，有人说，那里是民众食堂，简直是食民众堂。

南国，是吃广东菜的所在，有人说，真正的广东菜，南国还没有，正如同票友的京戏——湖南京戏，而可以名之曰湖南广东菜。

讲到曲园，这倒是一个挺老牌的酒馆子，朋友，别小看了他，他有他的长处，许多人结婚做寿，一定要借重他的地方，而在他那里举行，正就是任凭一个大到什么程度的场合，他都可以应付有余。

金谷春，是吃下江菜的所在，从前，长沙还没有女招待的时候，金谷春有几位女小开，便替他们做了开路先锋，有女万事足，不用说，自然宾至如归，现在我们还可以不时看见一个烙头发，点口红的女人，那便是最后工作的“五姐”“骆老五”。

如果是有船从上海来、从汉口来的那一天，你到金谷春，朋友准定可以吃上一些“生菜”，“生墨鱼”呀！“生蛏干”呀！“黄鱼”呀！这，是金谷春的一家货，值得他自豪，也值得在此介绍。

写到这里，似乎感到以上所写的几家，仅合于“大吃”的条件，现在得掉转笔头，写一点关于“小吃”方面的。

讲到小吃，我们便不能舍开远东，舍开醒园，远东与醒园原来是一家人的，不知怎样，分着成为两家，远东、醒园，其所以有今日的地位的原因，最大的原因，是为着他有虾蟆，有乌龟肉。

从前，长沙卖田鸡的地方，只有一个青年会的会食堂，那时候，是一家货，后来，火后街有一家醒园，异军突起，便将“只此一家”的原则打破了！从前的醒园，是狭隘龌龊，来往的客，是下层社会的居多，抽完了大烟，走来吃一客饭，一碗汤，一个菜，四毛钱，少而至于两毛钱，也就得了！此外，泥行、木行的工人，为着一笔大生意的成交，上梁，都在这里“享乐”。

后来，大率是田鸡的号召力强，生意便蒸蒸日上，便将门面修饰、扩大，便有了今日的地位。

远东的老板，是醒园老板的兄弟，那一个又高又胖的人，我们上得楼来，便可以看见他。

到远东，最大的目的，是吃田鸡，田鸡有两种吃法，一种是麻辣，另一种是黄焖，普通的价是四毛八，尽是腿的话，那么，便得七毛六，有时候，你如其是一个人，那么，可以关照他，来上一个半份，便只有二毛八了！在其他的地方，健乐园，潇湘，便非七毛二不可，所以，到一个地方，应该吃什么，我们实在不可不知。

乌龟肉，也是远东的“看家本领”，龟羊汤，一份是一元六，据说，这东西，可以滋阴可以补肾，只是，另一部分的人说，吃多了倒又冷精，这些，好吃的朋友，却不能不知道。

另外，再告诉你，十七八九的这几天，虾蟆是缺货的，你要是去吃，一定会没有，其原因是有月亮，有月亮，怎样的捉虾蟆呢？捉不到，无疑的是缺货了！

健乐园，也是有龟羊汤的，价目，也是一元六。讲到健乐园，便使人记取我们的谭故院长，健乐园的老板，姓曹，便是四大金刚中的曹厨子，健乐园有祖安鱼翅，有祖安鸡，有祖安豆腐，以祖安作幌子，要是谭三先生泉下有知，也许会微微地在笑了！谭故院长留给人们的，难道就是这些么？

吃完了田鸡，便得吃牛肉，吃牛肉，是舍李合盛莫属，李合盛在三兴街，走到了三兴街，便可以看到许多牛肉馆子，李合顺，哈兴恒，只是牌子老，还是福源巷的老王天顺。

吃牛肉，也有吃牛肉的时候，朋友，你如其问我，什么是吃牛肉的时候呢？那么，我答复你，现在就是吃牛肉的时候了。

在鱼塘街、箭道巷的交叉的地方，一家叫半仙乐的，现在，可落伍了！朋友，倒别轻瞧了他，他也有他过去的历史的。

在若干年之前，长沙时髦着捧女戏子，戏院在箭道巷，叫条子与吃馆子，有连带关系，近水楼台，自然是非半仙乐莫属，因此，半仙乐的生意，便盛极一时，至于今日，戏子既不值钱，半仙乐，也就跟着他一道每况愈下了！

从鱼塘街下去，大率是新街口吧，新开张的，有一家长沙酒家，长沙酒家是同春园改的，同春园吃鱼，在以前，大家都有这样的概念，同春园改为长沙酒家，长沙酒家有什么好，小可便不知道了。

《长沙之吃》

闻　琪：火宫殿——火神的美食

臭豆腐　民国时期，火宫殿神庙前的小吃热闹非凡，逐渐形成独具特色的风味小吃市场，其中，以姜二爹的臭豆腐特别有名。姜二爹12岁便拜师学艺，并从师访友，博采众长，不断钻研，逐步形成自己的特色。姜二爹首先是专门挑选成色新、颗粒壮的上乘黄豆，制成老嫩适宜的豆腐坯子。然后把豆腐坯子浸泡在用质地上乘的冬菇、冬笋、曲酒、正宗浏阳豆豉等20多种原料制成的发酵水中浸泡24小时以上。待豆腐坯子透出“臭”带香的气味之后捞起，用小油锅慢火油炸，然后钻孔滴入用辣椒粉、蒜泥、味精、酱油、芝麻油等佐料配制而成的调味品后上碟，便可以随心所欲地品尝起来。姜二爹精心油炸的臭豆腐，呈豆青色，外焦内软，质地细腻，鲜香可口，既具有白豆腐那般新鲜细嫩，又独具油炸豆腐的松脆芳香，不但深受长沙普通市民的青睐，就连不少上层人士、名流学者、巨贾官商也为之动容品尝。民国二十七年（1938）初，《观察日报》曾以“火宫殿，吃喝玩乐门门有，油炸豆腐最著名”为题，写道：“火宫殿的零食品中，油炸豆腐最负盛名……不必说吃，只要远远闻着那股味儿，就该使你垂涎三尺了，到那里去逛的人，谁不是人手一块呢？”

▷ 臭豆腐

1949年后，火宫殿臭豆腐传统小吃一直是遐迩闻名，党和国家领导人毛泽东、彭德怀、叶剑英、王震、王首道、杨尚昆，以及日本、美国、英国、法国、苏联、瑞士、澳大利亚等国的政界人士、外交官员和旅游者，港、澳、台同胞和海外侨胞，都曾相继到过火宫殿，品尝那里的臭豆腐等风味小吃。

姊妹团子 中国的各种风味小吃，总是伴随着许许多多美丽的传说。团子也不例外。相传，宋太祖赵匡胤兵败安徽歙县时，因饥寒交迫，士气十分低落，当地黎民百姓见将士们纪律严明，爱护百姓，纷纷送来米团，慰劳将士。赵匡胤思念再三，从歙县召来一些百姓，令其再做米团，取名

“大救驾”，从此，米团名扬天下，争相传作。

姊妹团子则是出自长沙火宫殿小吃摊担。民国时期，火宫殿神庙前的独特风味小吃市场日益兴隆。铜匠姜立仁的两个女儿会做团子，姜铜匠为女儿租了一间铺棚，开设团子店。姐妹俩心灵手巧，专门制作甜、咸的团子，故名姊妹团子。姐妹俩做起团子来，手脚快，做的团子又漂亮，宛如杂耍一般，使人看得眼花缭乱，久久不愿离开。姊妹团子的特色是：选用上乘糯米，磨成湿粉，包入用鲜肉、香菇、味精、芝麻油等原料配成的肉馅，乃咸味团子；另做一个，包入麻仁糖芯，乃甜味团子，一甜一咸，搭配成对，其意深长。团子尖顶平底，汤圆般大小，蒸熟后通体透明，亭亭玉立，宛如一座座白玉雕成的小宝塔，令人赏心悦目；品尝起来，糯糍柔软，鲜香可口，令人回味。抗日战争时期，著名戏剧家田汉在长沙期间，曾经是火宫殿的常客，对火宫殿的臭豆腐、姊妹团子、红烧蹄花、煮馓子等风味小吃，尤有特殊感情。1978年，有位自名“洞庭归客”的老人，在火宫殿酒家品尝风味小吃时，曾情不自禁地在顾客留言簿上写道：“油炸豆腐臭中香，有客追忆在台湾；当年田汉回湘日，姊妹团子当早餐。”

虽说时光流逝，岁月匆匆，但不少“老长沙”，特别是许多阔别长沙的港、澳、台同胞和海外侨胞，到火宫殿酒家目睹姊妹团子时，便情不自禁地勾起炎黄子孙的骨肉之情。

煮馓子　馓子这种风味小吃，据说已有1000多年的历史，几乎遍布全国各地。宋代大诗人苏轼还曾为一做馓子生意的老妪写了这样一首韵味无穷的广告诗：“纤手搓来玉色匀，碧油煎，嫩黄深，夜来春睡知轻重，压扁佳人缠臂金。”

馓子的制作方法，如果说很简单，的确是够简单的了。只要选用优质精面粉，加入适量精盐拌和后，抽成比筷子还小的细条，卷成多环枕头状，油炸即成。匀细色鲜，香酥松脆，品尝起来确有一番滋味，因此，流传甚广，经久不衰。

不过，煮馓子却是鲜为人知，其关键是煮。它是一种地地道道的长沙风味小吃。它的创造人是张桂生。民国三十一年（1942），火宫殿神庙前棚屋建成后，张桂生在“东成”线（火宫殿内的一条一街）租得棚屋一间，专营煮馓子。张桂生煮馓子之所以与众不同，主要在于汤水。其汤水乃选用正宗浏阳豆豉（用纱布包好）、新鲜猪骨头、邵阳产整干椒和适量精盐等，熬制原汤。汤内的猪骨头和其沉渣全都要过滤干净。然后，把刚炸好的馓子放入原汤内煮软，快速盛入碗中，加入适量芝麻油，撒上适量葱花即成，色鲜味美，油而不腻，即便是生活水平普遍提高的今天，煮馓子仍然十分受市民欢迎。令人深感遗憾的是，现在除火宫殿外，市面上已经很难见到煮馓子这样风味小吃了。1992年仲夏，一位阔别长沙40余载的台胞回长探视时，很想品尝一下煮馓子，几乎寻遍全市酒楼饭馆，就是未能如愿，只好带着惋惜心情离长。

神仙钵饭。神仙钵饭乃火宫殿“李半边”独创。“李半边”乃李子泉的绰号。李子泉原来是个学做鞋的鞋匠，民国二十一年（1932），借银圆三块做本钱，在火宫殿神庙前摆摊煮汤锅卖卤菜。民国三十一年（1942），由商贩出钱在神殿前空坪修建木架棚屋48间作铺面，分成四线，取名东成、西就、南通、北达。李子泉在西就和北达分别租得棚屋四间开饭馆，后来因生意兴隆，收入颇丰，陆续扩大到14间，人称火宫殿内的“李半边”（意思是占有半边地盘），经营饭菜和地方风味小吃，其品种小而全，颇有特色，尤以大米白饭匠心独到，挑选上等油米，用小饭碗口般大小的铜官陶钵蒸饭，每钵放入大米一小两（折合32克），首先把米淘洗干净，装钵上蒸笼，火力大小和时间都很讲究，蒸熟后的大米白饭，嫩白嫩白，柔软而富有弹性，入口自觉爽快。年轻饭量大的人，一餐能吃几十钵，堆放在桌上，如同一座小山，快乐似神仙，因此得名。

1978年实行改革开放以来，各种优质大米云集古城长沙，尤其泰国油米，质地上乘，使神仙钵饭更加“神气”，国营、集体、个体饭店、餐馆，随处可见“神仙钵饭”醒目招牌，但神仙钵饭仍以火宫殿、玉楼东、奇峰阁、湘苑、曲园、又一村、新华楼等酒家饭店为佳。其所选大米，质地纯正，不掺杂使假；淘洗干净，不偷工节水；火候讲究，不夹生；较好地保持和发扬了李子泉所创神仙钵饭的固有特色。

红烧蹄花 红烧蹄花究竟产生于何时，出自何氏？无从考证。但昔日火宫殿小吃群中，邓春香所做红烧蹄花风味独特，广受青睐。她所做蹄花，选料讲究，非新鲜肉猪脚不要。首先将猪脚放在火炉上烧烤后，刮洗干净，再沸水烫过，清除异味；汤锅辅料独特，味美色香。红烧蹄花盛入碗中，撒上葱花，色香味俱佳，入口油而不腻，故生意久兴。火宫殿酒家每有中、高档筵席，必上此种小吃。

当今长沙市面红烧蹄花随处可见，价钱适宜，但除火宫殿、玉楼东、新华楼等中、高档酒家饭店外，个体饮食店多今不如昔。究其原因，不外有三：一是所用猪脚多为冷货或母猪死猪脚，缺乏鲜度，二是偷工减料，粗制滥造；三是某些祖传技艺濒于失传。

豆豉辣椒 豆豉辣椒是湖南人吃饭起胃口极其普遍的小菜。看湘菜名师烹制的豆豉辣椒，却又的确与众不同。豆豉必选浏阳正宗豆豉;辣椒必用邵阳产正宗朝天干椒。至于茶油、蒜球、精盐之类的配料，也有其讲究，刀工、火候更不用说。将朝天干椒切碎，蒜球去壳切成米粒般大小。将茶油放入锅内，烧至适当程度，放入豆豉稍炒后，再放入干椒、蒜球、精盐干炒。炒至发出香味起锅装碟即成。曾有四位外宾在长沙饭店湘菜大楼品尝豆豉辣椒之后，个个伸长舌头，浑身发热，纷纷叽里呱啦地叫个不停，经随行人员翻译，才知道说的是“尝到了真正的中国湖南菜”。

家常豆腐 豆腐，是我国传统的大众食品。早在公元前200年，我国劳动人民就掌握了制作豆腐的技艺。历代文人墨客，对豆腐也倍加称赞。元朝诗人王祯曾写过一首脍炙人口的豆腐诗：“磨龙流玉乳，蒸煮结清泉。色比土酥净，香逾石髓坚。”明代诗人苏平所写的一首豆腐诗更加惟妙惟肖，“传得淮南术最佳，皮肤褪尽见精华。一轮磨上流琼液，百沸汤中滚雪花。瓦缶浸来蟾有影，金刀剖破玉无瑕。个中滋味谁知得，多在僧家与道家。”清代袁枚，不仅工文善诗，而且精于饮食烹饪之道，曾撰《随园食单》一书传世。一次，袁枚为了向别人求教一种“雪霞羹”豆腐的做法，主人故意逗他：“古人不为五斗米折腰，你肯为豆腐三折腰，吾即授汝。”君子无戏言。这位大学者真的向豆腐三鞠躬，遂得其秘。毛俟园曾吟诗记此事：

"珍味群推郇令庖，黎祁尤似易牙调。谁知解组陶元亮，为此曾经三折腰。"真谓有趣。

豆腐有各种各样的吃法，风味也各异。长沙的"家常豆腐"，烹制方法是取嫩豆腐六块（包子豆腐更好），每块解切成四小角。茶油和猪油的混合油40克。鲜肉50克，水发木耳15克，香葱、干椒、豆瓣酱、精盐、味精、清汤适量。把混合油倒入锅内烧至七成熟后，将豆腐逐角放入锅内，煎成两面均呈金黄色，随即起锅。锅内略留余油，放入鲜肉片稍炒后，再把煎过的豆腐放入，同时放入云耳、豆瓣酱、精盐，淋入酱油、清汤，稍焖入味。快出锅时，放入葱花、味精，稍为勾芡，淋入麻油，起锅装盘即成。这道"家常豆腐"，进入80年代之后，还登上了大雅之堂，而且仍是人们喜爱的一道菜。

油焖火焙鱼　一听"火焙"二字，一些外地食客便又要来他一番议论："湖南十八怪，不喝乌龙喝熏茶，茶汤喝完吃茶叶，不吃切鸡吃腊鸡，吃过腊鸡吃焙鱼……"其实，这正是湖南风味之独特所在。亲朋戚友相聚，大鱼大肉过后，来他一碟油焖火焙鱼，随菜点缀，香辣味美，或送酒，或下饭，或独味品尝，尝着尝着，自有一番情趣，从中品出长沙人的巧妙吃法。

当今，对长沙人来说，油焖火焙鱼几乎家家会做，人人爱吃，如果真的要品味，还得上酒楼饭馆。特级厨师谭添三所烹制油焖火焙鱼，就令人胃口大开，回味无穷：选优质火焙嫩子鱼4两（100克），大蒜、辣椒适量；酱油、老姜、玉醋、精盐、味精、茶油适量。将茶油入锅烧热后，把火焙鱼放入锅内稍煎，迅速放入配料和调料，喷入肉清汤收干起锅即成。远远闻着略带熏味、香中带辣的味道儿，就想一尝为快。

腊合蒸　腊鱼、腊肉、腊鸡、腊鸭等腊制品，乃湖南地道特色风味肉制品，素为湘籍人士所喜爱，许多湘籍港、澳、台同胞和海外侨胞，尽管阔别家乡数十载，但却总是难以忘记家乡特有的腊制品。"三腊合蒸"这种风味小吃，更是另有一番情趣，使人品尝过后，余味无穷。

所谓三腊，就是腊鱼、腊肉、腊鸡。制作这道配料独特的风味小吃时，选用正宗腊肉、腊鱼、腊鸡各四两（100克），洗净。然后把腊肉解切成厚片，腊鱼、腊鸡砍成小块。将腊肉片和腊鱼、腊鸡块混合扣入蒸钵后，加入适量猪油、味精和上等清汤；并根据口味需要，加入适量正宗浏阳豆豉、辣椒后，放入蒸笼内蒸30分钟左右取出，翻扣入盘内即成。其味香醇可口，送酒下饭均佳。（如去掉腊鸡，则成为腊鱼、腊肉双腊合蒸）如今，多半酒店餐馆不做此菜，究其原因，主要是原材料不正和口味变化所致，但此味仍不失为家常风味小吃。

粉蒸排骨 粉蒸排骨这种风味小吃，对年青一代的长沙人来说，虽然已经有些不合时宜，但有不少背井离乡几十载的湘籍台胞，却是念念不忘粉蒸排骨所特有的滋味，其实，虽说沧海桑田，世俗多变，但粉蒸排骨仍不愧为价廉物美、制作简单、风味独特、食用方便的地道特色传统小吃品。

制作粉蒸排骨时，可选择稍为带肉的新鲜排骨4两（100克），用粳米和糯米的比例为7：3混合磨成的干米粉1两5钱（37克左右），大茴香适量，放入锅内炒至呈褐黄色起锅，磨成粗粉备用。把排骨洗净砍成小段，放入上等酱油、精盐、香葱，稍腌入味后，再放入干米粉和茴香粉，搅拌均匀，装入蒸钵内蒸40分钟左右取出，扣入盘内即成。这道传统风味小吃，软精香醇，老少咸宜。如今，有些个体饮食店时有制作出售。

《星沙小吃》

曾　父：四大名厨的拿手菜

长沙湘菜名厨之著名者，昔有肖荣华、柳三和、宋善斋、毕河清四人。各有拿手好菜，颇负一时声望。

肖荣华，享名最早，在20年代初，开设飞羽觞酒楼，在理问街、藩正街口对面，即今蔡锷中路奇峰阁所在地。临街两层楼房，厅堂雅致，坐客常满。当赵恒惕倡办省宪时，竞选省议员者，无不争相订座，请客拉票。人以尝到肖厨师手制“锅巴海参”“奶汤蹄筋”“鲜花菇无黄蛋”“火方银鱼”等名菜，为最佳口福。肖荣华病故。走马楼曲园，有名厨师陈胖子（佚其名）以得传肖之衣钵，为人称道。陈除擅长肖之名菜以外，且有发展，最拿手的是“瑶柱蒜球”，瑶柱色黄，蒜球色白，陈列盘中，整形不散，一旦落口，则皆糜烂无渣。“松鼠鳜鱼”色、香、味均称上乘。

柳三和，长沙东乡长桥人，民国初年，即为督军谭延闿、知事姜济寰所称赏。当年有人宴请谭、姜者，如非柳三和司厨，二人恒不下箸。后在中山东路国货陈列馆后面，开设三和酒家，以“素烧方”“三层套鸭”“七星酸肉”“生炒羊肚丝”等菜擅长。何键主湘，常在三和酒家宴客。1938年文夕大火后，三和旧址尚存，一度复业。未久柳三和病故，别人接办，业务顿减。

宋善斋，原新化矿帮魏某之私家厨师。20年代中，矿帮退伍军官刘铏师长为首，在南门外麻园湾创设“商余俱乐部”，集吃喝玩乐之大成，为巨商富贾宴游之销金窟，延宋善斋主厨政，以“红煨土鲍”“口蘑干丝”“奶汤鱼翅”等作，名震一时。宋不满足已有成就，尝请益于名报人肖石朋、黄性一求拟菜单。肖、黄固以饕餮著称，挖空心思，为之设计，故有肖单、黄单之称。宋乃于30年代初，独资租得育婴街育婴堂故址，开设潇湘酒家，一举成名，获利颇丰。文夕大火房屋被毁，乃与筵席业公会理事长何锡贤及湘阴人任某兄弟合伙，租东茅街陈光中公馆（即今市工商联会址），恢复潇湘酒家，业务之盛，尝冠湘城，车水马龙，座无虚席。1944年长沙沦陷，其子携有海味逃难到贵阳，曾在甲秀楼旁鳌矶石，试图复业，当时虽不少长沙商人暂息黔灵，但终以烽烟未靖，无暇及此，宋子铩羽而归。抗战胜利后，何锡贤一度在东茅街复业，后迁樊西巷，仍以潇湘名牌相号召，但宋善斋已故，难以保留原有风味，加之中华人民共和国成立之初，民风尚俭，筵席业务，不同以往，未久停业。

毕河清，非老长沙恐知者不多。当年南正街（即今黄兴南路大古道巷口）有燕琼园酒楼，以“烧烤席”闻名三湘，即名厨毕河清所独创。毕为人本分，不长交际，但能用心钻研，不泥陈旧。且能结合时令，创造新味，如夏秋之交，常用“荷叶粉蒸鸡”“火腿藕夹”“三合泥”（荸荠、青豆、黑枣）等菜相号召；春冬之季，又以“地菜烧野鸡”“豆苗炒虾仁”“红烧白鳝”等菜应市。顾客多赞有《曲园食谱》之余韵。惜知音者鲜，毕终身郁郁未展其长，燕琼园亦久为人所遗忘。犹记幼年，曾随侍芥沧先伯赴重阳诗会于燕琼园。座中皆湘城名流耆宿，有汪贻书、陈继训、黄黄山、许崇熙、吴士萱、劳子卫诸遗老。吴士萱人称“吴师爷”，晚号古欢老人，工诗善酒，醉后常以箸叩桌，披襟放歌。是日毕河清见诸诗翁酒醉，在正菜之外，特手制一碗“菊花莲子芙蓉羹”以进。吴翁大喜，即席吟诗以赠：“操刀岂为稻粱谋，且法庖丁学解牛。醉卧长沙君莫笑，菊羹和酒傲王侯。”一座为之倾倒。60年前往事，至今思之，犹觉齿颊生香。

《昔日长沙四大名厨》

流　沙：正宗湘菜，舌尖上的长沙

全家福　这是传统家宴的头道菜。这道菜不但原料多样丰富，味鲜汤醇，而且菜名独特，人听人爱。因此，不论人民生活如何提高，消费口味如何变化，每逢家庭宴请，多喜上此道菜，以示合家欢乐，幸福美满。

全家福的用料比较易得，制作也比较简单。一般主料为：油炸肉丸、蛋肉卷、水发炸肉皮各150克，净冬笋、水发豆笋、水发木耳、素肉片、熟肚片各100克，碱发墨鱼片200克，鸡肫、肝一副，猪油100克。辅料为：精盐、味精、胡椒粉适量，葱段、酱油各25克，水芡粉50克，鲜肉汤750克左右。

将上述主、辅料备办周全以后，将冬笋放进沸水锅中煮5分钟左右捞出，解切成柳叶片状；将豆笋切成一寸长；将木耳洗净，大的撕开；将肉皮批刀成骨牌块；鸡肫和鸡肝切成薄片；墨鱼切成一寸见方的片状；把肉丸和蛋卷扣入蒸钵内蒸熟，上菜时取出复入大汤盆内。

炒锅洗净后置火上烧热，放入50克猪油烧至六七成熟，下冬笋煸炒；

然后依次下肉片、鸡肫、鸡肝、肚片、豆笋，加盐，烹酱油继续炒至生料断生，再放入木耳炒几下加汤，烧开约2分钟，加味精2分，用水芡粉25克左右勾芡起锅盛入有肉丸、蛋卷的汤盆内。

将水发肉皮片和墨鱼片分别用开水氽过，除去哈喇油味和碱味。炒锅置火上，放入猪油50克，烧至七八成熟时，下氽过的肉皮片和墨鱼片响锅，炒几下即烹酱油，加肉汤200克和适量精盐烧开，放入味精二分，勾芡，放下葱段，撒胡椒粉起锅盖在原汤盆面上即成。

百鸟朝凤　这是一道象征相聚一堂、其乐融融的传统湘菜。每遇逢年过节，席上普遍备之。

每当新春佳节筹办团年饭时，不少家庭总是喜爱找来一只肥嫩母鸡，宰杀尽血烫去鸡毛，除去嘴壳、脚皮之后，从颈翅之间用刀划开一寸长左右鸡皮，取出食管、食袋、气管；再从肛门处横开一寸半长左右的口子，用指取出其余鸡内脏后，清洗干净，将整只鸡投入沸水锅中紧出一下血腥水即捞出，用干净的布揩干净鸡身，剁下脚爪，敲折腿骨。取一只大扣钵，将鸡扣入钵内，注入清水，淹没鸡身，加上适量精盐和姜片上笼，用旺火蒸两个小时左右，蒸至鸡肉松软，再放入去壳的熟鸡蛋，继续蒸20分钟左右，即从蒸笼取出蒸钵，倒出原汤于洁净锅中，将鸡翻身转入大海碗内，剔去姜片，鸡汤烧开，下菜心、香菇，再沸时起锅盛入鸡碗内，撒上适量胡椒粉，便大功告成。

不论男女老幼，当看到那鸡形完整，原汁原味，汤清味鲜，鸡身隆起，鸡蛋和白菜心浮现于整鸡周围，形同百鸟朝凤时，无不为之心欢意悦，先尝为快。

祖庵鱼翅　祖庵鱼翅这款特色菜肴，对老辈子长沙食客来说，几乎无不知晓。祖庵鱼翅本叫红煨鱼翅，为何更名？这里头还有一段趣闻。

人称“湖南第一厨师”的谭希庭，被湖南省督军谭延闿雇请当厨师，由于所做菜肴合上督军口味，深得主家赏识，尤以红煨鱼翅、八宝豆腐等菜，以其色、香、味、形俱佳，经常受到谭延闿称赞，凡谭家公馆有贵客，必上红煨鱼翅、八宝豆腐。谭延闿又名谭祖庵。宾客入席，无不交口称赞红煨鱼翅和八宝豆腐，有意无意改称“祖庵鱼翅”“祖庵豆腐”。“祖庵鱼翅”因此得名，久而久之，并成为湘菜中一道名菜。

祖庵鱼翅用料讲究，制作独特。需选脊翅，去粗取精；另用母鸡一只，猪前肘一个，虾仁、干贝、香菇等佐料适量备用。母鸡、猪肘同时用中火煮开，小火煨好取汤。鱼翅胀发后用高汤蒸制后，再放入虾仁、干贝、香菇等佐料煨烂而成。此菜味道醇厚，鱼翅糯软，营养丰富，实为菜中珍品。

子龙脱袍　初听“子龙脱袍”这个名字，未免有些疑惑不解。其实，只要你看过这道菜肴的制作过程，便会恍然大悟。

鳝鱼是湖南人普遍爱吃的一种鱼类。这种鱼身体呈圆筒形，适合穴居生活，白天隐居洞内，夜间外出觅食昆虫幼虫、小鱼、小虾等。它虽称为“鱼”，但和常见的鱼有很大的区别，既无胸鳍，又无腹鳍，仅留下一点点不显眼的皮褶而已；尾鳍细尖，鳞片消失得肉眼难以看见，可是，全身却有极为发达的黏液腺，能分泌出非常油滑的黏液，一不小心，它就会从你手中溜之大吉。鳝鱼在三湘四水随处可见，它的肉质鲜嫩，且有较高的药用价值。明代兰茂的《滇南本草》载称：“其性大补血气，舒筋壮骨，久服肥胖。”故民间常把鳝鱼作为病后体虚的滋补之一。

所谓“子龙脱袍”是将鳝鱼去皮后做的一道菜。因为蛇亦称龙，鳝鱼形似蛇，亦比蛇小，故称子龙。“子龙脱袍”这道菜的具体制作是将活蹦乱窜的鳝鱼，将其头部往案上一摔，使之猝然休克，随即用锥子钉在头部，用利刀在头部横拉一道口子，从头背到尾部，经破鱼、剔骨、去头三个动作之后，再由尾部用刀分离皮肉，把鳝鱼皮脱落，紫肉脱出。动作干净利索，颇似武将脱袍，故名“子龙脱袍”。将脱皮洗净的鳝鱼肉，切成精美的鳝鱼丝，配以香菇、生姜、玉片、鲜红椒等之丝，以及味精、酱油、香菜、紫苏、胡椒粉等。用鸡蛋清将鱼丝挂糊、过油，放入蒜泥等辅料后再煸炒一下即成。这道菜脆香鲜嫩，即便平时不喜欢食用鳝鱼之人，品尝“子龙脱袍”之后，也会倍觉回味无穷。

花菇无黄蛋　花菇无黄蛋，这是一道颇为奇特的湘菜，不少外宾品尝过后，总是疑惑不解，必询问服务小姐。“为何蛋中无黄？”有些服务小姐也来个风趣的回答：“我们中国有一种不生蛋黄的母鸡！”引来满堂笑语。

提起“花菇无黄蛋”还得先从袁枚所撰写的《随园食单》说起。清乾隆年间名士袁枚（1716—1798），字子才，生性爱吃也懂吃，与纪晓岚素有“北纪南袁”之称。袁枚把吃菜做菜的经验写成一本书，名叫《随园食单》。食单中有一种菜叫“混套”，就是无黄蛋。这种菜是将鸡蛋打一个小孔，倒出蛋清和蛋黄，捞出蛋黄后，将煨浓的鸡汁与蛋清一起搅匀，再装入蛋壳，用纸封孔再蒸熟后，剥去蛋壳，浑然成一蛋，里头却没有蛋黄。

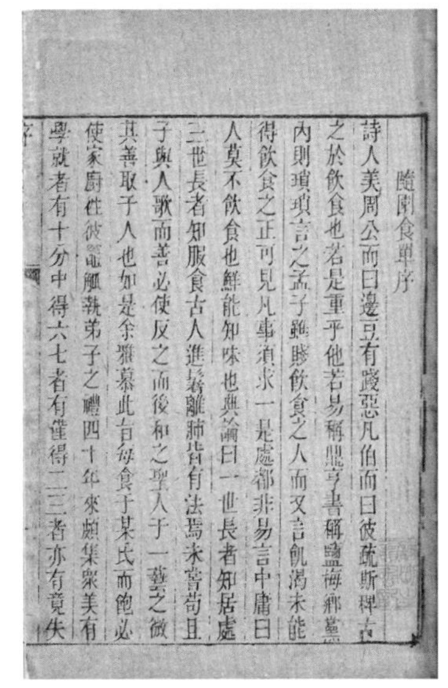

隨園食單序

詩人美周公而曰邊豆有踐惡凡伯而曰彼疏斯稗古之於飲食也若是重乎他若易稱鼎亨書稱鹽梅鄉黨內則瑣瑣言之孟子雖賤飲食之人而又言飢渴未能得飲食之正可見凡事須求一是處都非易言中庸曰人莫不飲食也鮮能知味也典論曰一世長者知居處三世長者知服食古人進鬐離肺皆有法焉未嘗苟且子與人歌而善必使反之而後和之聖人于一藝之微其善取于人也如是余雅慕此旨每食于某氏而飽必使家廚往彼竈觚執弟子之禮四十年來頗集衆美有學就者有十分中得六七者有僅得二三者亦有竟失

乾隆壬子鐫

隨園食單

小倉山房藏版

▷ 《随园食单》书影

省城长沙湘菜各师制作的花菇无黄蛋，多半选取新鲜鸡蛋12个洗净，在每个蛋的大圆头顶端戳直径约四分的小圆孔，逐个将蛋清和蛋黄分别倒开，蛋壳内灌入清水洗净沥干。用筷子将蛋清搅匀，加入适量鸡清汤、猪油、精盐、味精再搅匀，均匀地灌入蛋壳内。并取大瓷盆1只，上面平铺一层米饭，将鸡蛋一个个竖于饭上，入笼，蒸至上大汽时，将蒸笼揭开降温，避免鸡清从蛋孔溢出，再加盖3分钟左右即熟取出，放入冷水冷却剥壳，盛入碗中，加杂骨汤入笼保温。花菇去蒂洗净。炒锅内放入适量猪油烧热，放入洗净菜心和适量精盐煸熟，盛入瓷盆周围。无黄蛋沥去骨汤，倒入瓷盆中间。再将煸炒过的花菇盖在无黄蛋上，淋入麻油，撒上胡椒粉即成。此菜质地鲜嫩，花菇香味醇厚，色、香、味、形俱佳，且营养丰富、老少咸宜，乃成湘菜名菜。

槟芋扣肉 这是一道创新湘菜。往时，一般多以纯肘子或扣肉上席。随着人们生活水平的逐步提高，口味的不断变化，每见大鱼大肉则望而生畏，不敢品尝。聪明的厨师便一改以往的传统制作方法，将肘子或五花肉加以炸煮，去掉部分油脂，再与槟榔芋头合蒸，又被此种芋头吸去一部分油脂，两味互相渗透，肉质不腻，芋粉松软，品尝起来，油而不腻，故多爱品尝。

制作槟芋扣肉时，可将带皮五花肋肉和湖南祁阳、祁东一带产的正宗香芋各750克备好。再准备甜酒酿25克，酱油50克，菜油500克，精盐适量待用。

将五花肋肉用温水刮洗干净后，放水锅中煮至六成熟捞出，置案上，皮朝下，用洁净白布擦干水分，趁热抹上甜酒酿，稍为冷却后，皮朝下投入八成熟的油锅中起酥，用钩子搭起肉滴干净油（为避免溅油烫伤和肉皮粘锅炸糊，可以用锅盖加以遮挡，并用长炒勺及时推动）。再入汤锅内煮软捞出，切成长约3寸、厚约3分的大片待用。将槟榔芋剥皮洗净，切成与扣肉同等大小的片，放入七成热的油，锅内炸成浅黄色沥出。再取出一只大扣钵，选一片肉、一片芋头均匀扣好成形，放酱油、精盐，上蒸笼用旺火蒸烂取出，翻扣在大碗之内即成。

橘露汤圆 长沙人多半喜辣不喜甜，但对橘露汤圆这道正宗甜味菜，却是多爱品尝。汤圆柔软滑糯，桔片微酸带甜，品尝起来甚合口味，还可醒酒解腻。如果除大汤圆之外，做些无馅的小圆子同煮，还含有子孙团（汤谐音）圆之意，其寓意十分吉利。

制作橘露汤圆时，可先备好糯米扯浆粉500克，蜜橘200克，桂圆肉25克，甜酒糟100克，白糖250克，面粉25克，桂花糖10克。然后将蜜橘去皮除籽，瓣瓤待用。将白糖、面粉、桂花糖合在一起，加入适量清水拌匀成馅，将桂圆肉泡发后沥出。再用100克糯米扯浆粉煮熟成芡，与其余糯米扯浆粉和匀揉熟搓出条，摘成30个小团子，逐个捏成窝，装进馅心，搓成圆形，用开水煮熟后，捞入冷开水中待用。再用清水500克加白糖200克烧开溶化，即放入桔瓤、桂圆肉、甜酒糟及汤圆煮开，盛入碗中即成。有的加入适量正宗宁夏产枸杞子，色、香、味、形更佳。

拔丝蜜柚 大凡上过宴席的人，一旦看到这道色泽金黄油亮、甜酸可口的甜味菜，加上夹食时那牵丝不断的情景，都会倍觉心旷神怡，其乐融融。

制作拔丝蜜柚（或是苹果、香蕉等均可）时，可先备好正宗沙柚一个，白糖120克左右，猪油500克，鸡蛋2只，面粉40克，干芡粉60克，将柚子去皮去籽取瓤，均匀地掰成五分大小的团，撒上干芡粉。鸡蛋磕于碗内，用筷子搅发后，加入面粉、干芡粉和适量清水调成糊状。炒锅置于火上，放入猪油，烧至七成热时，将柚瓤依次挂糊下油锅炸，炸至面糊表面呈金黄色时，连油倒入漏勺沥油。然后再把炒锅置于火上，放入猪油50克，下白糖，用文火慢熬，用炒勺不断翻炒，一直到白糖全部溶化，糖油层次分明呈棕色时，迅即将炸好的柚团倒入锅内糖汁中拌匀一下，起锅盛入抹有油的瓷盆内即成。

不过，品尝拔丝蜜柚时，可是要趁热动筷，这样才有牵丝不断之美景，为宴席增添欢乐的气氛。如若冷却，不但牵不出丝来，还会拔而不动，大扫食兴。

《名特湘菜》

张献忠：玉楼东酒楼品地道湘味

长沙玉楼东酒家坐落在市中心五一场，是省内知名度较高的一家老字号。其前身叫“玉楼春”，清光绪三十年（1904）开设于青石桥（解放路）。清末曾国藩之孙、湘乡翰林曾广钧曾登楼用膳，留下了脍炙人口的“麻辣子鸡汤饱肚，令人常忆玉楼东”的诗句。民国九年（1920），由当时被尊为“湖南第一名厨”的谭奚庭担任经理，改店名为“玉楼东”。谭早年时运不佳，专门为殷实户操办酒宴，后又受雇于江苏籍盐商和湖南省省长谭延闿当私厨。他有一手高超的烹饪技艺，由他制作的湘菜、湘点，人称“奚菜”“奚点”。加以他擅长经营管理，玉楼东酒家的牌子很快在长沙传开。民国二十七年（1938），长沙“文夕大火”，将酒家烧成废墟，虽经几次修葺，但远不及往日气派。几十年来，店名几经更动，先后改名为“奇珍阁食堂”“广场饮食店”“实验餐厅”……

饱经沧桑的玉楼东酒家，数易其主，传统技艺之所以能保持下来并不断发展，主要是有不少湘菜名师如舒桂卿、蔡海云、周子云、王墨泉等人先后在此掌勺献艺，根基深厚。特别是近几年来该店致力于湘菜的振兴，在继承的基础上，采取外部移植、内部创新的办法，推出海味、汽锅、火锅、罐焖、铁板、牛百叶、甜菜、素菜八大系列160多个品种。仅火锅一项，就有白玉藏珠、银针穿翅、仙掌明珠、翡翠三丝、发财有余、大海捞针、霸王别姬等等。在众多的名菜中，无不以技艺精湛和风味独特著称。如传统名菜麻辣子鸡，选用750克左右的活子母鸡，宰杀去毛，去内脏、去骨，切成鸡丁，加入酱油、淀粉、绍酒抓匀上浆，待熟猪油烧至七成热，将鸡丁下锅约20秒钟，迅速捞起，待油温烧至七成热时再将鸡丁下锅炸呈金黄色起锅。接着用适量花生油加红椒、花椒、大蒜等辅料入盐炒（炒到半熟），再倒入鸡丁合炒，最后把由鸡汤、酱油、淀粉、味精和米醋搅拌而成的卤汁淋入即可出锅。此菜色泽红亮，外焦内软，麻辣鲜香，至今仍然是长沙各餐馆竞相经营的上品。创新名菜柴把鳜鱼，选用一尾近1500克重的鲜鳜鱼，开剖洗净，切下鱼头、鱼尾和前鳍（指刺状的支撑薄膜）加绍酒、精盐、菜米腌制约15分钟。鱼肉切成鱼丝，加盐、味精、绍酒、鸡蛋清抓匀上浆。然后将葱用开水氽一下，置砧板上，横放鱼丝两根，成“U”形，将冬笋、火腿、香菇、姜、韭白丝各一根，置“U”形中间，捆成柴把形，共32把。将菜油烧至五成热，下入柴把鱼滑溜，出锅沥油，锅内留油25克，再倒入柴把鱼，加鸡汤、味精、芝麻油、蒜头颠匀，用湿淀粉勾芡出锅。鱼身由柴把拼成，头、尾、鳍过油后放在原位，并在鱼头上镶一颗樱桃做眼睛，整个成品造型逼真，栩栩如生，肉质鲜嫩，冬笋韭白清脆，火腿咸香，味感丰富。

《平生快意事　把盏玉楼东》

张灵芝：和记粉馆与卧龙瓜传说

世间有许多事情，说是奇妙也是奇妙，说是巧合也是巧合。和记粉馆之所以名声大振，就与粉店发生的奇事有很大关系。

民国十八年（1929）孀妇李氏吴有珍，为维持生计，带着两个儿子李益和、李福生，在长沙北门外吊桥街摆了一个米粉摊。由于汤粉货真价实，接待热情，生意颇兴，有所盈利，便于次年购一间30来平方米的铺面，开设米粉店。为了祈求和气生财，故取店名“和记”。开业之后，继续保持制粉讲究、汤鲜味美、服务热情、薄利多销的经营原则，渐渐卖出了名气。无巧不成书，和记粉馆开业一年后，店后面所种的一根南瓜藤，竟结出了18个色泽金黄的南瓜，在藤首的一个大南瓜上面，又长出了两根蔓，形状很像龙须，瓜藤又好似一条卧龙，一时广为传扬，招来众人观赏，“和记”店名遂不翼而飞，远扬四方，生意更加兴隆。

当然，“和记”的招牌之所以能够经久不衰，关键还是靠以质量取胜和诚实经营。尤以李氏兄弟制作汤粉有其独创，闻名遐迩。

其兄李益和专门掌管进货。对制作汤粉所需的大米、牛肉，乃至茴香、绍酒、桂皮、干椒、时令菜蔬等原辅料和佐料均选质地上乘之品，从不进购质次价低之物，以保汤粉质量。其弟李福生则专门从事操持制粉、煨码等内务。制作粉皮必选准优质大米，淘洗干净，掺和适量米饭熟芡，磨浆稠细，浓稀适宜，旺火蒸熟。蒸出来的米粉，厚薄均匀，这样，解切后的粉条也就非常均匀。煮粉时总要保持水宽火旺，煮出来的粉条既洁白柔软，又有拉力。和记粉店汤粉品种虽说不少，因季节不同而有所变更，但最有名气的汤粉，要算得上是牛肉汤粉。做盖码牛肉，水牛肉不要，病、死牛肉更是不要，唯选用新鲜黄牛肉，顺其纹理解切成条，用冷水浸泡去掉血渍后，又切成小团煮熟，再解切成小块，放入原汤内煨炖。原汤都要沉淀过滤，除去杂质，旺火烧开，小火慢煨。汤开以后，撇开浮泡等杂质，再加入八角茴、绍酒、桂皮、冰糖、红干椒等佐料。同时选用正宗原汁酱油，上海产佛手牌味精或天津味四素；拖刀法切葱花，每碗牛肉粉还要盖上一根白菜心，这种白菜心多半选用六七寸长的小白菜，去掉边叶洗净，再用开水烫熟。这种牛肉汤粉，包、香、味、形俱佳，确是匠心独创，不但为一般食者赞不绝口，就连一些上层人士、名流学者、官商巨贾、小姐阔太也时有光顾。

和记粉馆除了商品质量过硬之外，服务方式灵活多样，服务态度热情周到，也是生意经久不衰的成因之一，顾客进店，不分男女老少，身份贵贱，一律热情接待，安排座位，问报清楚，尽量满足顾客的不同爱好和需求。如：免码来原（不要油码，多放原汁）、轻挑重盖（少粉多码）、小码免肥（瘦牛肉制作的牛肉油码），以及重挑（多粉）、免青（不放葱蒜）等，全都听随客便，从不强卖强买。还承办专送汤粉上门，随要随送；还可预约登记或包月，送后记账，月终结算。粉店开业初期，还承办大、中、小学生来店吃月包粉，预交定款，吃后记账，月终结算。对于所有到店的顾客，品尝过后，都要送上毛巾、牙签和漱口水，让顾客抹过脸、签过牙、漱过口之后，再送顾客出门。像这样的服务方式和服务态度，顾客哪有不满意之处？难怪招牌驰名，经久不衰。

《和记粉馆与卧龙瓜传说》

❖ 芝　音：吃一碗杨裕兴的面

长沙人形容某人的名堂、点子多，有句歇后语，叫作："杨裕兴的面——牌子多。"杨裕兴面馆就是以其油码品种多样，顾客想吃什么，多能令其满意；且油码质量上乘，人人称赞而闻名遐迩。该面馆至今已有百年历史。创办人为杨心田。杨原来以做纸媚（引火用）为生，继而在出租喜轿、丧杠的轿行做杂活儿，后来又摆设米粉摊营生。清光绪二十年（1894），杨心田在三兴街租得铺面一间，开设粉馆，并兼营汤圆，为图利市大吉，取名杨裕兴。因所做汤粉质地上乘，味道鲜香，生意日兴，盈利颇丰，遂于民国十一年（1922）购置房产，雇工七人，增设甜品，扩大经营。

民国二十三年（1934），杨心田病重，难以顾及生意，乃由其子杨菊村继任老板。民国二十六年（1937），杨菊村在青石街（今解放路）附设支店，增设汤面、卤腊味、煎饺等食品，雇工40余人，日销额高达400银圆。民国二十七年（1938）文夕大火，三兴街和青石街两店俱毁。火后，老店重建，支店改搭棚屋复业。到民国三十四年（1945），两店合并于青石街，次年，新建三层楼房，占地70多平方米，继续经营汤面、甜品、煎饺、卤腊味等，尤以汤面盛名全市，成为省内著名面馆。杨裕兴之所以盛名远传，主要原因有二：

一是讲求质量，注重卫生，以保声誉。所有鲜、干原辅料，均选上乘正品，不用残次。如偶然误购母猪肉或病猪肉之类的原辅料，立即斛换；如有变质，宁可报废，决不出售。聘请名师，层层把关。擀面和站前锅的李菊生、盛桂生、余桂云、何东其和站后锅制作油码、盖油码、配制面粉碗内调料品的宾运生、柳物华等人，各有特长，均为行业中的知名人物。杨菊村还经常走访同业，尝试桌面剩余面汤，借以不断改进。

二是配料独特，做工精细。该店首创手工鸡蛋面条，每袋面粉应配多少新鲜鸡蛋，多少纯碱，多少水，都有严格的配比。面筋拌和均匀，揉成大团后用竹杠压平。旧时压面是手工操作，面揉和后，放在一个约二平方米的长方形案板上，用一根竹杠，固定一端，另一端人坐在上面，类似骑马姿势。每压一次，遍撒茹粉后，折叠复压，如此反复10余次，最后压成像布匹那样，滚筒切丝即成。此种面条，均匀柔软，味道鲜美，每当品尝，必交口称赞，常喻为“神仙难吃刀下面”。当然，面条好还得油码好。该店油码精细，色艳香鲜。肉丝、牛肉、酱汁、排骨等大锅油码，必先焯水，原汤沉淀，过滤煨炖，并加冰糖、绍酒、牛肉，另加桂皮；时令油码，听报下锅，专人制作。尤以杂酱著称，选用鲜嫩里脊肉剁碎，水发玉兰片、金钩、香菇切丁，旺火红油，先炒玉片，然后烩炒，加调味品勾芡。在面上淋入适量芝麻油，上桌时油泡闪烁，撩人胃口。不论熟人生人，或本地客外地客，均保优质量足，童叟无欺。嗜酒者要过桥面粉（油码、面条分装两碗），听随客便。猪骨熬汤，保持常沸，从不使用阴阳水，以保汤鲜味美。其精制米粉也然，条匀细致，无锄头尖，嚼有拉力，柔软可口，风味独特。

《百年老店杨裕兴面馆》

张少灵：一鸭四吃——徐长兴

长沙人有句俗话：“杨裕兴的面，徐长兴的鸭，德园包子真好呷。”徐长兴烤鸭店之所以卖出了名气，是其“吊炉烤鸭”。它选料精细，制作独特，不用明火，烤出之鸭，外酥里嫩，色、香、味、形俱佳，尤以“一鸭四吃”遐迩闻名。

烤鸭，从选料、宰杀加工制作到吃法，都有自己的独创。选用肥嫩活鸭，宰杀去毛及内脏后，用穿孔的毛笔筒在鸭腿上吹气，鸭尾开小洞灌水，

▷ 徐长兴

烤熟后皮不皱，即将清汤倒出，拌和细盐、酱油、芝麻油，淋在配盘烤鸭内，保持烤鸭的鲜度。烤鸭的吃法也很独特，名曰“一鸭四吃”：一吃薄饼包烤鸭皮。就是用精烫面揉搓至软如绵状，制成直径约碗口大小的小薄饼，平锅手贴，慢火烤成，两个一叠，两个之间抹麻油。饼内包烤鸭皮、甜面酱（用京酱拌入精面、白糖、麻油和适量水分调匀，蒸熟后冷却即成）、葱白头。二吃鸭肉小炒，也叫鸭酱丁。就是将鸭肉切成丝或丁，釀以玉片尖或冬笋、辣椒、韭白或芹菜等，下锅稍炒。三吃鸭油蒸蛋。四吃豆腐、菜心鸭骨汤。“一鸭四吃”，香脆鲜嫩，甜咸兼备，菜点两全，风味独特，久而久之，徐长兴烤鸭便成长沙人的口头语。“一鸭四吃”一直流传至今，经久不衰。我国著名画家、金石家齐白石曾和友人前往该店品尝烤鸭，老板上了“鸡油八宝饭”“一鸭四吃”“酱椒胰子白”等菜点，齐老食后极为赞赏，尤其对“一鸭四吃”称道不已。

为了确保烤鸭的货源关，店老板采取预交货款，分批催肥，定期收购的办法，以保活鸭货源。每年年初，店里就派人与本省汉寿、草尾等洞庭湖区一带的养鸭户洽商，由店方预交货款，议定中秋前后在长沙交货，按质议价。价格一般略高于市价，交货时间晚的，价格更优。店里还设有两个养鸭场，一是岳麓山洋湖，可收养活鸭六七千只，一个是南门口老龙潭一口水塘，每次从洋湖饲养场选六七百只，放养在水塘里育肥，分批出笼，以保证活鸭的正常供应。

徐长兴烤鸭店老板，还十分讲究生意经，以招揽生意，扩大营业。比如，开业初期，将烤鸭切成小片，免费让顾客试味，使不少顾客留下了“品尝一片，终生难忘”的良好印象，以广推介。顾客入席后，跑堂的随即盘托烤鸭、油鸡数只，任凭挑选，在选中的鸡、鸭上做一标记，上菜时，另备一小碟装标记送上，以示守信。烤鸭出堂后，放在箱上，上层装烤鸭，下层生炭火，以保持烤鸭皮脆肉鲜香，既原味不变，又卫生文雅。店老板还特别注重店堂陈设和环境卫生，请名人写书作画，同时配以鲜花盆景，使整个店堂显得雅致不俗，更加吸引四方客人。

除了烤鸭以外，油鸡也是徐长兴烤鸭店的特色菜。用来制作油鸡的母鸡，全都选用嫩肥鸡，宰杀去内脏后，要用开水过，以便去掉杂味。卤锅内的卤水，全都是多年陈水，除了加卤药以外，还要加入胡椒等配料。白条鸡下卤锅后慢火煮熟但不煮烂。这样制作的油鸡，具有嫩、香、鲜的特点，品尝起来嫩而不腻，很受顾客青睐。

除了烤鸭和油鸡以外，徐长兴烤鸭店还有两样特色菜。一样是红烩鸭舌掌。就是将鸭舌和鸭掌煮至四成熟后，去掉骨和筋，再蒸后，投入炒好的口蘑、香菇内烩炒，加调味品，淋麻油，撒胡椒粉，盛入已经制作好的菜心上即成。这道菜入口柔软鲜香，风味独特。另一样就是齐白石老人品尝过的溜胰子白，系取接近胰子白部位的鸭肠子，剪开洗去粪便，用细盐、漆醋揉洗干净，在开水内焯去杂味，切条在热油内稍炸，加玉片、香菇、辣椒、调味品，勾芡淋麻油即成。这道菜非常鲜嫩可口，佐酒用膳均佳。

《昔日徐长兴今朝奇峰阁》

黄永平：德园包子，长沙的“狗不理”

只要提到“包子”，天津人想到的自然是“狗不理”，而长沙人想到的则必定是“德园”。德园现名“德园茶厅”，现址坐落在黄兴南路的繁华地带。始建于清光绪年间，至今已有一百多年历史，初为一唐姓业主在南门正街八角亭附近办的一家夫妻店，以小吃、甜品营生。其店名取《左传》中“有德则乐，乐则能久”之意，曰之“德园”。唐氏夫妇惨淡经营，无所建树，德园几经易主。民国初年，几位失业官厨集资入伙，盘下德园，迁店于南正街樊西巷口（现址）重新开业，更名为“德园茶厅”。以官府菜点招徕食客。因菜肴制作总有海味鲜货等上乘余料留下，为免浪费，故将其剁碎，拌入包点馅心，谁知这一无意之举，却使他们制作的包点风味迥然，倍受食客称赞。从此，德园包子名声大振，遂有德园包子“出笼热喷喷，色白皮暄松，玫瑰甜香美，香菇爽嫩鲜”之口头禅。

民国二十七年（1938），长沙“文夕大火”，德园毁于一炬。次年，原班部分师傅重新集资，再度建店，取名德园茶馆，继续经营饭菜、包点。包子制作，选用美国产上等面粉，馅心用料也不断丰富，逐步形成以制作“八大名包”而驰名长沙。八大名包为玫瑰白糖包、冬菇鲜肉包、白糖盐菜包、水晶白糖包、麻茸包、金钩鲜肉包、瑶柱鲜肉包、叉烧包。其选料、发面、揉面、制馅都独树一帜，信誉卓著。有段时间，制作别具风味的鸳鸯饼。该种饼食的制作方法很讲究，皮子要用软子面团，要擀得纸般厚薄，透过皮子可看得见案板上的木纹。油饼半边咸半边甜，咸的一半要用猪前腿上部的夹缝肉，配以瑶柱作馅，调料有胡椒、香油、味精等，故香而鲜；另一半是玫瑰葱油糖馅。形似月饼，却有多层，层层夹馅。开炸时，油必须烧至五成熟，然后离火冷却至三成熟后，将饼放入浸透油，再上火、撤火共三四次，鸳鸯饼才层层起酥，现炸现卖，细细品来，又香又甜，齿颊留香，回味无穷。此种饼食，由于费料费工费事，其利微薄，不知何时，销声匿迹。1990年4月，为振兴湘点，以招客人，该店特一级面点技师张力行几经寻师访友，才重新恢复鸳鸯饼的制作销售。

《众口皆碑的德园包子》

彭芝亮：德茂隆的香干子

长沙酱园行业，有240年的历史，分苏、南、本、浙四帮。德茂隆酱园是本帮的后起之秀。由于制作的香干具有特色，成为长沙酱园业有名的商店。笔者经营酒酱业40年，现就所知叙述一二。

德茂隆酱园位于长沙市南门口，始创于清代中叶，名魏德茂，系一个姓魏的官僚地主独资经营。魏死后，由左晓六招股合资顶买，遂改牌为德茂隆。后因股东意见分歧，一度卖与张子林一家经营。张死后由其妻翟鸿惠及子张兰分别掌管。其子不务正业，将本人分得的资产股份卖给张炳生、谢菊生等人。由是德茂隆的全部股份由张炳生占十分之四，张祖云、张谦吉、翟鸿惠、谢菊生占十分之六。后几经改组，谢菊生担任经理，由其全权管理。长沙文夕大火，该店化为焦土，谢菊生邀集股东和工人搭盖临时棚屋，恢复营业。长沙沦陷，又告停顿。1945年抗战胜利，谢重整旗鼓，修建房屋，扩大业务范围，经营香干作、酒作、酱作、芝麻作、苏作、豆豉作、米厂等七种业务，全店职工人数共约一百人。

德茂隆采取前店后厂，兼营批发零售的方式进行营业，它生产的香干所以能成为名牌，主要是注重质量。该店制作的香干，不仅厚薄均匀，大小合度，颜色火候始终如一，而且色、香、味俱佳，人人称赞。香干上印有圆形“德”字为标记，以示与别店所产有所区别。为了保证香干质量，他们还坚持几个“严格要求”：一、严格选择黄豆的品种和质量，不掺杂豆，不用劣种；二、严格掌握各道工序，注重操作；三、严格配料标准；四、严格质量的验收标准。谢菊生经常出入作坊检查，偶尔发现不合格的次品，坚决不让上柜出售，因此有时工人偷偷将次品塞入地灶洞烧掉，唯恐承担影响信誉的责任。由于始终抓住质量第一，德茂隆的香干，城乡闻名，历久不衰。现在企业性质虽已改变，而“德”字模记的香干子，犹长时留在长沙消费者心目中。

《德茂隆的香干子》

朱远鸿、安膺炎：左宗棠与柳德芳汤圆

柳德芳汤圆是长沙市传统的名特小吃。它始创于清道光年间，至今已有100多年的历史。

柳德芳的创办人，名叫柳三，祖居善化县东门外二都，人称长桥柳，后移住省城大官园，小时家境贫寒，以贩扯麻糖、芝麻糖、条子糕和挑汤圆担子沿街叫卖度日。由于汤圆选料上乘、制作精细，风味独特，在市场上小有名气，买者非柳三的汤圆不食。他经过几年的苦心经营，生意越做越活。当然，资财的挣积也就日益增多，这时他不再满足于昔日沿街叫卖的经营方式。于是在清咸丰二年（1852），他在息机园横街口，租了一栋两间房的铺面，专营汤圆。他经营讲究信誉，操作精心，重视质量，严把进货原料关，因而，所制汤圆不但个大，糍糯，馅心多，肉、素兼备，咸、甜可口，而且吃到嘴里，既不粘唇，又不腻心，有香甜回味等特点，最著名的是一种“麻打滚”汤圆。加之店堂洁净卫生，服务热情周到，先吃后会账，博得了广大食客的赞赏。据传，清代湘军名将左宗棠，在入仕前，某年由湘阴家中步行到省城长沙应试，腹饥就餐于息机圆柳德芳汤圆店，饱食汤圆后，感到味美香甜，余兴遐思，环顾店堂，见无一儒林翰墨相配，美中不足，连称可惜！不料被老板柳德芳听见，连忙施礼求字，左见柳情

怀恳切，欣然承诺，当即挥毫写了“枵腹而来，君休问价，从心所欲，我亦垂涎”的楹联赠之。柳德芳即将字装帧挂入店堂，顿时满店生辉。

▷ 晚清名臣左宗棠（1812—1885）

由于左宗棠撰写的楹联笔力苍劲，以致招来更多的文人墨客，一边品尝着柳德芳汤圆，一边欣赏着楹联，赞不绝口。故而每日门庭若市，座无虚席，生意兴隆，声名远扬。民国期间，由于军阀混战，柳德芳汤圆店累受兵燹和文夕大火之祸，店堂被毁。后迁到犁头后街经营一个临街小门面。用的蓝花土产碗盏，颇具长沙小吃特色。

《别有风味的柳德芳汤圆》

王惠民：甘长顺面馆，品种多价格低

甘长顺面馆，是清朝光绪九年（1883）开业，当时的负责人是甘长林，长沙人，独资经营。铺面是租赁的，设在药王街口，坐北朝南，店堂是长形的，左右可摆两张方桌，共摆12张桌子。开业初，生意清淡，勉强维持。不久适逢肖姓富翁做大寿，在该店定寿面一千碗，当时预收面钱，发给面筹，凭筹兑面，面的油码，一般为牛肉、肉丝、酱汁、卤子等，开一天半流水席。继后，碰上光绪皇帝生日，省城府台各官衙集资祝愿，代表赴京，各级文武官僚，在长庆祝，全市车水马龙，热闹一番，又做了一笔好生意，盈利可观。至光绪三十年（1904）甘长林病死，后来店务由妻主持，因谋利过高，汤面质量下降，营业额减少，日销面仅50斤左右，难以维持。

到民国八年（1919）其子甘寿鹏长大成人，学徒出师，接手店务，修饰门面，重振店风。学徒出身的甘寿鹏，经营系内行，又精于管理，店内参加劳动，站“前锅”或站“后锅”顶一脚功夫，请来的客师，都是行业的能人，自己专管进货，把住原料质量关。例如灰面要汉口丰年牌或上海牡丹牌的，猪肉选“前夹缝”或腿子，牛肉选购黄牛肉的腱子、鸡选子母鸡，虾选本河产嫩鲜货，味精选购上海天厨牌，酱油分四等，按面价投放。每日擀面多次，边擀边卖，时刻保持新鲜，随到随下。擀面的质量有几点要求：皮子要匀，面条要细，硬要适度，水要适量，调和均匀。上堂的面要水清汤开，油码热，达到顾客要求。市饮食公司原业务课长任长荣，系该店的“神墨”，1980年退休。

该店品种多，价格低，以汤面为主。经常挂牌的有干贝、海参、虾仁、蟹黄、炖鸡、酱汁、卤子等20余种。还有过桥面（面条油码分开）、斢底面

（肉泥交鸡蛋拌和用开水冲熟，上盖菜心）、扬州锅面（肉片、鸡片、虾仁、海参、玉兰片、冬菰上盖四个荷包蛋和几块火腿）。兼营各色炒面、炒饭，还兼营各类米粉、冰莲、卤味、名酒。甘寿鹏接手以后，毛利偏低，一般二成至二成五左右。汤面价比同行业略低。民国中期（抗战以前）该店瑶柱汤面每份一角二分，比清溪阁面馆每碗银圆一角六分，低百分之二十五，其他品种单价均略低于外店。

该店接待顾客热情，顾客进店笑脸相迎，排座位，抹桌凳，递毛巾，摆筷子，上冷盘、报品种，吃完结算，找补清楚，相送出门。如有出堂面的，派人准时送到，做到三带，带筷子、带调味品（酱、油、醋、辣椒等）。保证三好：一是快，按预约时间送到；二是热，盖好汤面，勿使冷却；三是鲜，质量与店内一样。

几十年来，该店由于重质量，品种多，价格较低，服务态度好，店虽不大，但营业额却大于一般面馆，生意久盛不衰，闻名全市，成为全省著名面馆之一。

《甘长顺面馆》

李世宽：福临小花片，昔日的高端食品

长沙县福临生产的小花片，又名“羊耳子”（面制副食品），是长沙有名产品之一。据有关资料记载，长沙东乡生产小花片，迄今已有300多年的历史，在19世纪20年代，仅福临铺生产这种食品，到了20世纪20年代，由一地发展到金井、黄花、福临三地。当时由于战争频繁，人民生活清苦。生产数量甚少，只是逢年过节，一些殷实家庭，才购上几斤小花片，招待客人。到了解放以后，人民生活提高了，特别是长沙地区的人，又爱食小花片，因而小花片生产成倍增长，他们生产的小花片，除满足本地需要外，还畅销外地。

福临小花片，之所以远近闻名，主要是由于有历代的名师，独有的特技制作。在清末民初，陈必强、陈知英师傅制作的小花片，由于物美味佳，很受顾客欢迎。中华人民共和国成立以前，他的徒弟任升桥，继承了师父的技术，专营小花片生产。

福临的小花片，能久负盛名而不衰，主要有三个特点：一是精选原料，如灰面、茶油、红糖等，都是坚持用优质的；二是配料比例恰当，从不偷工减料；三是加工精细，做到厚薄均匀，弯曲自然，大小适度，红白分明，燥脆香甜，无腻味。坚持道道工序，严格把关。

为了做到质量第一、信誉第一，在加工过程中，他们坚持了以下工序：

一、和料：首先和好皮子，原料配齐后，放水和匀，和料的关键技术，是掌握料的软和硬。过软则切时容易变形，炸时成团不散；过硬则搓条容易裂缝，难滚难切。皮料比芯料稍硬一点，因为软和硬的缩性有大有小，炸熟后才能体现窝形（如人的耳朵）。

二、压皮：用棍压滚皮子和芯子时，应来回滚动，使之厚薄均匀，结构紧密，皮子光滑而要有筋力。

三、搓条：首先将压好的皮块、芯块，平放在案板上，用刀将皮块和芯块划成条形小块，然后再卷成圆形长条，要超过三卷，要卷紧，没有空心，断切面卷成太极图形。

四、切片：要切得均匀，每500克，切成360—400片，过多过少，都会影响质量。

五、油炸：油要烧得红，但不要过红，过红则烧焦有异味，油不烧红，会炸成油润色，不香脆，也不美观，关键是掌握火候，捞时听到噪声，即可捞起，沥干余油，即成产品。

《长沙特产福临小花片》

杨晓美：历史悠久的长沙糕点

我国糕点历史悠久源远流长。杨雄《方言》称，“饵谓之糕，或谓之糍。”《说文解字》说：“糍，稻饼也。”这些古称谓，至今在许多地方仍然沿用。江南糕团又称“糍”。云南黏食名“饵”。以米粉制成的糕，在魏晋南北朝时已有记载，加工方法也同今日的年糕无多大差异。明清时期，年糕已发展成为市面上一种常年供应的小食品，并逐步有南北风味之分。北方糕有蒸、炸两种，均为甜味；南方年糕以水磨年糕驰名，除蒸、炸之外，尚有片炒和汤煮诸法，味道甜、咸皆有。随着社会的发展，糕点的品种、花色和吃法越来越丰富多彩，遂有各种帮派之分。

▷ 老长沙的糕点

长沙糕点与全国各地一样，历史悠久。从长沙马王堆出土的西汉古墓中的随葬品中的食物清单中发现，早在2000多年前，长沙已有糕点制作。

在我国糕点的发展史上，同京式、苏式、粤式糕点一样，长沙糕点也占重要的地位。明、清时期，长沙糕点已初具规模。清乾隆年间，从江西传入烘糕制法，始名火炙糕。以大米为主料，早期仅制奶糕，后有盐瓦糕、条子糕、白糖片等品种，均为婴幼食品，手工操作，生产单调，即产即销，故清代多为小本营生，夫妻作坊，顺带了两个徒弟，置碾糟（石臼铁饼）、箩篓、粉桶、甑、烘柜、烤箱、划刀等简陋工具，即可开业。那时，烘糕制法，大同小异。作坊招牌多取“雪”或“斋”，清末有太白雪作坊，老板刘四爹家富，雇30余人，兼制蛋糕、牛奶酥、法饼、茴饼等多种糕点。民国四年（1915），江苏人饶菊生在长沙药王街口创办九如斋，设前店后坊，生产牛奶法饼、蛋卷等中西糕点。民国二十六年（1937），长沙有烘糕作坊20余家，大户有何白雪、老何白雪、朱白雪、太白雪、唐白雪、老白雪、尹白雪等。1938年“文夕大火”后仅12家复业。1945年抗战后增至60余家。1949年成立后，长沙糕点业迅速发展。

《历史悠久的长沙糕点》

朱运鸿：南门口的“结麻花”

长沙小贩中有首吆喝歌谣曰：“油炸烩，油炸烩，又便宜，又有味。”其中，“烩”字有两层含义：明指食品，实指奸臣秦桧。事出南宋时期，忠臣岳飞在任荆湖东路安抚都总管时，为朝廷平定匪患，使人民安居乐业。后来到长沙军营办公处（设在妙高峰）。由于岳飞对湘省的爱护，深受驻地人民爱戴。善化老百姓尤感其威德。当知岳飞被奸贼秦桧害死，人们恨之入骨，将面做成食品，放入油锅爆炸。“油炸烩”意为炸死秦桧（桧、烩同音）方解恨。久而久之，油炸烩就成了油货的总名称，还编出了上述之歌谣。

清咸丰年初，有家小贩做出一种油炸结麻花，香甜崩脆可口，每日由小孩提篮在南城门洞子叫卖，很受一般小菜贩子欢迎。渐次扩展入住户和公馆内，日后便成了独树一帜的“南门口结麻花”。湘阴玉池老人，我国第一个出使伦敦的外交使节郭嵩焘，曾写一首诗赞美道：“裹绵呈皓质，切玉奏霜硎，较寸宜长短，回甘任醉醒……”南门口结麻花，经老人这一渲染，便身价百倍，誉满四方。后来有心人编了一句顺口溜：“南门口的结麻花，甜、香、脆”，加在上述歌谣的后面，使之更动听。据传，我省湘西一些地方至今还有这样一种风俗：结婚必须做结麻花招待客人，取永结同心之愿。

若问这位小贩制作结麻花，究竟是如何搞起来的，其中还有一段故事：那是道光末、咸丰初时期，南门口一位守城兵勇，叫周友福，住在晏家塘，家有妻、儿共三人，每月只拿饷银三两三钱，难以维持生活，咸丰二年，太平军因未攻破长沙而退兵，这就苦了行人，凡是进城的，都要检查。周友福乘此机会，趁商家起运灰面、白糖，出南门口进城时，挡在城门口，以查验夹带为由，用掺筒扦入货内，抽取面粉、白糖，作为验样，背地里带回家来试着制油炸结麻花，经多次试验后成功，便每日命儿子上街叫卖。他的制作方法是，在和面之前，先熬锅花椒、红糖水，待冷却后，再用其和面，和到干湿均匀，再用竹杠在案板上反复揉压，成连绵不断形状，然后切成小块，搓成手指粗二寸长条，待锅内油沸腾，放入锅内炸，炸硬后起锅，趁热撒上芝麻即成。其形状，比市场各油货铺卖出的麻花要小，味道却大不相同，不但可口，且坚硬如铁，齿力不强的，入口难嚼碎。当时各油货铺只卖一分钱一根，而周友福炸的结麻花，则要卖二分钱。到辛亥革命后，物价飞涨，买一根结麻花要一个铜板（即二十文），货仍走俏，人们争先恐后购买。常常一早就卖空。此来，周友福尝到了甜头，即把守城职务辞卸，正式购灰面制结麻花，发给小贩走街串巷叫卖。不几年大获其利。民国二十七年，长沙大火之前，周友福子孙已是四代，仍继承祖业，专制结麻花。而其制作方法，遵循祖训不传外人，家人只传媳妇不传女，成为一项秘传，南门口结麻花也就更遐迩驰名。

《南门口的“结麻花”》

❖ **张少灵：**金钩肉饼，老少咸宜

▷ 民国时期的稻香村食品店

稻香村食品店乃浙江镇海人朱友良所开，那时叫朱稻香村。民国四年（1915）朱友良在红牌楼（今黄兴中路南段）摆摊卖零食，后有一定的积蓄，乃正式开店，直到1956年公私合营。由于江浙一带稻谷丰盛，各种独具地方特色的糕点、饼食也应运而生，久负盛名，如清朝时节的“酒酿饼”，盛夏时期的“绿豆糕”，中秋赏月的“月饼”，除夕过年的“蒸年糕”，正月十五的“闹元宵”；还有七月七日的“乞巧果”，九月九的“重阳糕”等，均各具特色。出生于浙江的朱友良，开设朱稻香村食品店后，遂附设小作坊，精心制作独具江、浙风味的苏式点心，尤以金钩鲜肉饼为拳头产品，

取信于民，故生意日兴。其所做金钩鲜肉饼，制作分酥皮、包心两项。配料酥皮选用上等面粉、新鲜猪油和面酥；心料选用上等金钩、新鲜瘦猪肉以及香菇、胡椒、味精、香葱等，搅碎混合，再经摘脐包心，其形正圆，摆进烤盆，入炉烘烤，体形凸起，两面金黄。烤制后，另置小炉，微火保温，以保鲜度。入口时，味道鲜美，松酥可口，多尝不腻，老少咸宜。

《金钩飘香稻香村》

杨　月：饭行许宏茂

清光绪三十二年（1906），湖南汨罗人许少蘅在长沙三兴街租赁铺面开设饭馆，取名许宏茂。民国二十五年（1936），其子许正球从邮电部门辞职回家，助父经营。民国二十七年（1938）长沙文夕大火后，许宏茂饭馆迁衡阳，改名西濠酒家。民国三十年（1941）许少蘅病逝，其子许正球偕妻蔡继涛由衡阳返长沙，重修店堂复业。民国三十三年（1944）许正球被人暗杀，其后，其妻蔡氏乃主持店务，成为长沙市第一位饭馆女老板。

许宏茂饭馆开业初期，经营平淡，生意不兴。后许少蘅偕媳重整店务，扩大营业，薄利多销，打开局面，逐步成为长沙市著名饭馆。从民国二十年以后的20年间，该店菜肴品种多样，质好量足，价格便宜，为一般市民所喜爱。如：顺风子（猪耳朵）或烧腊肉（卤猪头肉）、炒芹菜（或大蒜），开始卖银圆6分，后来卖1角。一份裙带粉（蚕豆粉条）炒猪肉或牛肉卖1角。一份炖牛肉卖1角。白饭每碗2至3分，比同业便宜二三成。当时价格便宜的起码酒席，同业的菜谱是：大烩海参、鱿鱼堆（肉丸作底、鱿鱼笋子盖面）、鱼团肉块宝塔鸡（鸡块切成宝塔状）、四抢菜（快速）、香干酱椒豆腐汤、酱丁子扫尾。该店为招揽生意，改成八碗：大烩海参、鱿鱼笋子、三元鸡（红枣、桂圆、荔枝蒸鸡）、面包鸭子（或锅炒鸭子）、扣肉（或肘子）、果饭（或橘露汤圆）、红烧鱼、火锅（或菜心肉片汤）；四碟：白鸡，香肠、卤舌、凉拌菜，每桌银圆3块6角。其他各种炒菜，也较同业数量多、质量好、价格低。因此，虽码头偏僻，而办喜庆事之市民，及工商人士、影剧院观众、过往旅客、远郊菜农，常来光顾，生意兴隆，日销白米饭300余斤，被同行称为“饭行”。

▷ 民国时期的酒楼

许宏茂饭馆的管理工作也有其长。注重进货，干、鲜均进优质。如：大米选丘陵区产小河谷机制米，含水量低，出饭率高，且味香；猪肉选前夹缝、后腿、五花；活鸡选头小、脚细的攸县种；鸭选淮鸭；香干、豆腐、蔬菜等都要精挑细选，过细核算。对腊肉、腊鱼、腊鸡、腊鸭、干牛肉等，都要按熏制时间顺序悬挂，依次使用。接待热情，顾客吃饭，先吃后算，炒菜分盘碟等级计价，蓝碗装白饭，每碗银圆二分；蓝花碗装白饭，则每碗银圆三分。结账迅速，不错不乱，不走账。顾客进店，主动排座，清抹桌凳，推介品种，转报清晰，及时端送。饭后递送毛巾、牙签、漱口水，并送客出门。

《深受市民喜爱的许宏茂饭馆》

伏家芬：吃一碗黄春和的“粉”

1949年前，长沙市南门的饮食业有几家名牌老店，其产品为“老长沙”所称道，那就是燕燕的馄饨，德园的包子，杨裕兴的面，李合盛的牛肉，徐长兴的板鸭，以及黄春和的粉。

黄春和出生于1902年，家住长沙榔梨区鹿芝岭卷塘（今长沙轴承厂附近）。他圆头大脸，双目深邃有神。家庭贫苦，父亲操屠为业，生下兄弟姊妹七人，五弟兄，一个大姐，一个七妹。黄春和排行第五，人称“黄五爷”，后来发迹了，又称“黄五爹”。

1938年长沙文夕大火后，36岁的黄春和带着妻子挑个米粉担子到长沙谋生，在南门口肩挑贩卖。每天半夜起床磨米面，烫粉皮，早上开始叫卖。那时南门口小菜贩子多，他夫妻手脚勤快，米粉质优价廉，生意还不错。过了一年，就在一家绸缎铺门前，搭了个木板窝棚，营造了一个聊遮风雨的摊位。两夫妻昼夜勤作，碗盏洗得干净，米粉用猪骨炖汤，佐料适当，味鲜量足，深受小市民欢迎。不到两三年，就赚了不少光洋。于是，就在织机街一家理发店旁边租了一个铺面，开起“黄春和粉馆”来，还雇了一两个帮工。又经营了两年，他便买下这个铺面，自己当老板，雇工上10人，分工有记账、掌锅、磨粉、跑铺、跑查、拉风扇的。1945年至1949年为“黄春和”鼎盛时期，这段时期，“黄春和”扩充店堂，开设雅座，雇工20余人，并在乡下购田建屋，成为南门的商业大户。

黄春和经营粉馆，有几个特点：第一，由于出身贫苦，十分同情劳动人民。他嘱咐手下伙计，见有挑箩卖菜或拖人力车的，下料要多，要堆满一大碗，满足他们的食量。第二，由于自己是劳动发家，他不摆老板架子，平等待人，每晚端着水烟袋，召集职工商量生意，总是和颜悦色。职工家里有困难，及时周济解决，所以职工乐为之用，生意越做越红火。第三，察言观色，亲自品尝。他每天坐在柜台上，边抽烟边观场。看顾客吃粉时的表情是否欢悦，如果喜笑颜开，他就高兴；如果愁眉苦脸地走了，他就要研究其原因。有一次，一个顾客剩下半碗粉气冲冲地走了，黄春和跑到桌旁，用筷子挑起粉放到嘴里尝尝，觉得皮子还可以，粉丝也切得匀，盐味也适度。他大惑不解，后来喝了几口汤，才知道这粉汤只有油味，没有鲜味，是味精放得不够。他分析这位顾客肯定是个吃口味的，遂交代手下人以后要当心。第四，及时总结经验。他的经验是：对穿皮袍、着马靴的人，要重码轻挑；对穿草鞋打赤脚的人，要轻码重挑;对小姐阔太，要轻油宽汤；对五大三粗的大汉要双油重挑。第五，选料精，加工细。他用米多是上等机器白米；淘砂去杂屑，要求磨得又匀又细。烫成皮子要求“白如猪油，柔如轻纱，韧如手帕”，提得起，丢不烂。切的丝要大小均匀，长短适度，下到锅里，不成团，不粘不碎；吃到口里，不粘牙，松软可口，无杂味，无米潲水气。

中华人民共和国成立前两年，他又增设“甜品部”，正月元宵节前后卖汤圆，三月三卖“地菜蛋”，平时供应甜酒蛋、桂圆蛋、荔枝蛋，可见他生意之“活”。雅座除小巧幽静，便于恋人谈心、知交促膝外，还悬挂名人字画，如何子贞、彭汉怀、八大山人等名家墨宝（当然有些只是赝品），这样，雅座便“雅”了，上层人士来到这里，坐得住。九流三教的人喜欢上门，“黄春和”无形中提高了知名度，上座率就高了。

他精打细算。生意旺时，每天的残汤剩菜有好几担。他就包给附近的贫苦老头，每担2—3元，人家挑着这残汤剩菜，走街串巷到处叫卖，两毛钱一瓢，一大菜碗，贫苦市民争着买。因为粉汤中残留着各种码子，如鱿鱼、墨鱼、鳝片、虾仁、牛肉、鸡肉丝等，当时的贫苦人将这残菜称为“和菜”，视为物美价廉的佳肴。到后来，包挑这样的残剩菜，还得凭关系，找熟人哩！

由于他的苦心经营，生意越做越大，招牌越做越红，以致当时的“老长沙”谈到吃粉，总是说，北有“和记”，南有“黄春和”，两“和”南北齐名，而南“和”还要高一筹。

《黄春和与黄春和粉店》

❖ 王惠民、刘劲武：清真风味，牛中三杰

李合盛餐馆，创业于清光绪十一年（1885），由益阳桃江鲊埠乡回民李国安来长经营，代代传继，至今有100余年的历史。到民国初期，店主为李德生，开设在三兴街开始卖生牛肉，不久卖炖牛肉，牛杂汤锅兼营大饼、早点，生意还可以。后来增设炒菜，早、中、晚营业。至民国初期，渐渐有所发展，即扩大门面，增加品种，卖酒、菜、钵饭，其中清煨牛肉最著名，以汤清、味鲜、肉烂不碎为特点，还创出了名牌品种，如店主李国安亲手制作发丝百页，红煨牛蹄筋，烩牛脑髓，风味独特，远近闻名，被赞为"牛中三杰"。人们一提起品尝"牛中三杰"都习惯称"吃李合盛"去。

发丝牛百叶，要选用牛肚内壁皱裂部分，切细如发丝，入锅用清水煮开，掺碱后用清水漂净，然后加油下锅炒干水分，再配以玉片丝，加入料酒、米醋、红椒丝和葱段，用急火爆炒而成。盛入盘中的发丝牛百叶，让边缘看不见菜汁，而让菜汁全部裹入百叶内，色泽美观，味道酸辣，质地脆嫩，吃时酸、辣、咸、鲜、脆五味俱全，溢于口中，其味无穷。

红烧牛蹄筋，先将牛蹄筋洗净，加水烧开，除去杂味，捞出，剔去碎骨，刮去表面衣皮，再切成六厘米长的条。再取大瓦钵一只，用竹篾子垫底，把牛蹄筋放入，加桂皮、绍酒、葱结、姜片和清水，在小火上煨四五个小时，待蹄筋软烂时离火，然后将牛蹄筋下锅煸炒，再倒入原汁，放进味精等调料出锅而成。此菜软糯可口，味道鲜香。

烩牛脑髓，先将牛脑髓放入清水中洗去血斑，轻轻剥去脑髓表面的膜皮后，将牛脑髓切成薄片，放入沸水中焯一下，脑髓成白色，捞出沥去水，然后将姜片、香菇下锅煸炒，即下黄醋、牛清汤，烧开，放入葱花、味精

等再下牛脑髓，用手勺向前轻轻（不要将牛脑髓弄碎）推两下，撒上胡椒粉，淋入芝麻油出锅而成，此菜鲜嫩清香，味美爽口。

由于李合盛的“牛中三杰”制作考究，具有浓郁的民族风味，食客络绎不绝，许多社会知名人士也常光顾此店。

《风味独具的清真李合盛餐饮》

胡道明：五里飘香的乌山贡米

长沙有种香稻，上风吹之，五里闻香。这种香稻产于何处，现已无从查考。但是，在望城县（今望城区）乌山一带，至今还传说着这里原来出产的一种贡米，这种米饭细软香甜，非常好吃，饭后久有余味。清代和以前的皇帝，每年都要这里的官府进贡这种米到皇宫供他们品尝，所以当地就有“乌山贡米”之称。

据调查，乌山贡米产地在乌山南麓的新塘冲，即现在的白马乡定石塘村境内。

为什么这里产的稻米特殊呢？据老一辈农民传说，新塘冲上面的主峰正好居乌山之首，来龙去脉，风水特别好，是一块仙地。地里藏有一条乌龙，乌龙不停地喷出水来，涓涓流出，滋润的禾苗就结出了这种特好的稻米。早在清代以前，人们就在山上兴建了一座规模宏大的庙宇——乌龙庵，四时香火不断，把神灵敬奉，祈求永保仙地。

这里乃乌山最高峰，气势磅礴，鸟瞰群峦，在坐北朝南的一面，山势向两边突起，山谷向下延伸，俨然一把安放的围椅。从前这里古树参天，郁闭成荫，山清必然水秀，渗出几股清泉在乌龙庵下汇合，直向新塘冲流泻，名之曰瀑布挂峰。据前清光绪《善化县志》卷之四记载：“山半有田，清泉灌溉，四时不竭。”新塘冲的农民就利用这股泉水灌溉，山泉经过的第一丘田叫石塘崽子，面积仅一分八厘。那时种植一季中稻，播的粒谷种，收回的稻谷，用旧式推舂工具加工，米呈青白色，脊上隐现青筋，有人剖米粒细察，还呈菊花形状。这股泉水流经石塘崽子后，荫灌下面一大片稻田，加之乌山四周还有不少这样的泉水灌田，所以乌山米不同一般，味道特别。

《五里闻香乌山米》

第七辑

偷闲找乐·倦怠的时候有这些选择

严怪愚：长沙咖啡店的几个镜头

长沙有这样的咖啡座，近两年来，忽然增加到了几十家之多，那便是青春宴饮社、远东咖啡店、万利春、易宏发、芝加哥、杏花村、新亚、南国酒家、广东商店、上海商店、巴黎、楚社等等。

▷ 喝咖啡、吃西餐的女子

这中间以远东、万利春、易宏发三家资格最老。芝加哥、杏花村、广东、上海都是由食品商店添设的，南国酒家是酒筵居，据说是聘用女招待兼做咖啡生意。楚社、新亚、巴黎成立不过数月，青春呢，仅仅是在上个月3号才开张。可是就目前的情状，以记者这不懂行情的眼光，而且站在极客观的地位上看来，生意却要以青春比较佳，远东呢，次之，新亚又次之，其余都是在疲敝的市容下维持它疲敝的生命……

这里我们想提几个比较有地位的咖啡间来谈谈。

远东，开设已经近七年，为聘请女招待之先知先觉者。现在银幕走的最红的胡萍，便由这里出身。虽则胡萍自己现在上海竭力否认曾在长沙当过女招待，可是记者那时正是远东的老主顾，天天看见过她，与现在的她，样子并没有两样，所以我仍是说胡萍确在远东当过女招待（不过那时叫胡瑛罢了）。除了胡萍，还有郭氏姊妹，都是那时候的长沙闻人。后来郭氏姊妹嫁了人，胡萍出了省，远东便渐渐没落了。今年旧历正月一日，王巧生、王味秋、丁子敛、柳厚民一干人等，不忍视国事沉沦，遂振臂一呼，大有“别开新门面，重振旧家声”之概，结果，终于他们得到了成功。八九月来，每天总是顾客满座，门庭喧嗓无宁时，开食品八折之先河，除小费加一之恶例。女招待呢？有咖啡皇后唐云，现在“走”了。有聪明的吴慎宜，现在“改”了。现在存着的还有娇小的刘文燕，“梅龙镇”的张利真。提起刘文燕，谁个不知，哪个不晓。

从前，远东选举皇后，刘党的人大捧特捧，为着有劲敌当前，结果仍然是落选，落选的落选，当选的唐云倒又打入了冷宫了。

远东之外，我们得介绍易宏发。易宏发的资本，最初仅有20元，以20元摆上一个冰摊子，卖刨冰，卖汽水，为着“鸿运当头”大获利市，便有今日。

易宏发虽然有了今日，但是它的今日也得来不易，他们是“一家人”从事咖啡事业，老板上街，老板娘便坐柜，可是，老板娘当炉，并不因其貌如花，自然也不是活招牌，不过虽然没有“意想不到”的效力，却可以免除利权外溢的弊病。儿子有两个，一个在堂上行走——酒保，另一个便在厨房行走。有儿子，便有女儿，便有媳妇。远东有女招待，易宏发也照例有，他不用到外面去聘请，家里有的是。有时候，闲着没事，选选虾仁，选选寒菌，往来无白丁，一门兴盛，这样谁赶得上他。

银真，便是从易宏发出来的。银真从易宏发出来，便到广东商店。那么我们这一支笔，也跟着写写广东商店。广东商店，实在是到了没落期，从前，有陈菌，有银真，有淑纯，倒还可以支持。现在，一切的生意，看着被别家抢去了。

这里，得写一写杏花村，杏花村在易宏发对边，在广东商店的附近，不用说，是想将易宏发、杏花村的生意，一股脑儿拿过来。结果，并不如他们的理想，生意并不门庭若市。有人说，北门的咖啡店，要真是吃点心的话，那么只有一家易宏发。杏花村不行，广东商店仍然不行。

北门写完了，便得向南门进攻。第一家便数到青春了。青春的老板是周翊襄。据说，青春的一切，都是新生活运动化，只是究竟如何？那么，恕我不客气：不敢恭维。不过青春的女侍者，却倒是集长沙女侍者的大成。你瞧，银珍、叶红、淑纯，真是人才济济，蔚然大观。因为这样，青春的生意，倒是后来居上。其实，靠女侍者来维系营业，这是多么危险的事情。

写到这里，记取了一家新亚。新亚是银行的几位小开组织的。反正是消遣，那么，生意的好坏，满不在乎。新亚有一个女侍者叫郭萝芹，大家都叫她“废票皇后”。现在，已经不是女侍者，大概是从女侍者而走上了其他一个阶级。

万利春，也是有女侍者的一家西餐馆。但是，女侍者不甚有名。所以说女侍者，倒不一定数到万利春。其实，真正喝咖啡、吃大菜，还是舍万利春莫属的。

有人说，女侍者不多呀！南国也有的。本来南国也有。岂止南国，就是爱雅亭，以至于爱雅亭的对边那一个小小的馄饨店，也是有的，反正这一个年头女侍者是不值钱的。

许多的人，不一定喝咖啡，而是吃女侍者。约定到青春，便看到有人指名要“叶红”来。走到远东，刘文燕呀、刘文燕呀的呼叫，也就最高。叶红拿着口琴，吹一曲《桃花江》曲，银贞唱一折《苏三起解》，你想，这是什么况味。不过，话得说回头，你得具备特殊资格，你得有钱。

末了，我们肯定一句，咖啡屋，仍是有闲阶级的享乐窝，它代替了许多人的鸦片烟，代替了许多旧式的茶楼。

关于叶红，我似乎还想加添几句，因为我喜欢她，喜欢她活泼、漂亮、天真烂漫，喜吹她叫人看了，不生邪念，而能生一种莫名其妙的快感。年龄还不到14岁，读了一点书，小学毕业。你进去，她活漾漾地依到你的身边，仿佛女儿见到了爸爸一般，跳一阵，又叫一阵。她并不觉得她自己是一个女招待。在咖啡店里，她仿佛在自己家里，不畏葸，不偷懒，也不媚荡。总而言之，我喜欢她，没理由，也没邪念。从前不进咖啡间，近来有了叶红，间不上两天，我总得到青春去坐坐。不多花钱，同时也不浪费时间。一句话，是专为欣赏我的叶红而去。我将尊我的叶红为“长沙的灵魂”。

《长沙速写三则》

王象尧：吃饱了，散散步

黄昏后的湘江河岸，是充满着神秘的空气，凉风习习，吹拂人面，使人感到轻松舒适，住在江干附近的人们，多在吃饭后，在这里走一走，散散步。夜的黑幕，渐渐地垂下来，江边的暗淡，逐渐地加深，江中的景物，由隐约而被黑暗吞噬了！移时灯火齐明，夜色开朗，“月上柳梢头”！这正是“人约黄昏后”的时候了！在这时我们就可以看见一对对情侣，并肩揽腕，迈着碎细的脚步，出现于灰石便道之上，情话喁喁，蜜蜜绵绵，有时停下脚步，斜倚栏杆，凭眺江心，有皓月当空，照彻水面的时候，景色异常动人，逢到人稀路静，拥抱，接吻，紧张的镜头演出。可是，这些地方，仅限于新河边上。湘春河边，由长沙关到浏阳码头，徘徊逗留的，就大半都是劳动阶级的朋友了！此中工作的人多，散步的人少，来往为装卸货物的码头工人，声声“唷呀”！迄于夜深。同是江干，却显示着不同的景象呢！

《长沙夏夜风景线》

郭维麟：穿“耐梅装”，坐“钢丝轮”

湖南人爱新鲜，又爱时髦。不过新鲜与时髦的时间性很长，倒是一个特点。例如六七年前杨耐梅曾到过长沙一次，堂堂电影明星，自然要轰动一时哪！而至今长沙还流传着所谓“耐梅装”的时装和烫发的式样，凡是一个新鲜，在湖南人的心目中都能如此永久地固执着，诚然不可谓之不巧也。为了爱新鲜，所以湖南人怕“朽”，于是“朽”字便被用到骂人上去了。如果你的态度神气有点不讨湖南人的欢喜，他们会说你是“朽气叶叶”的“朽崽”。

▷ 杨耐梅（1904—1960）

不久我曾回长沙一次，三年不见面，的确有点佩服湖南人闭门造车的本事不错，新生活运动竟然感化到黄包车夫都要穿袜子，虽然苦力们要忍痛多花费点血汗钱，可是市容却观之美、瞻之丽了。提起黄包车，也很有趣。湖南的黄包车大多还是木头车轮，近年总有极少数的几十部是用钢丝轮，钢丝轮自然要比木头轮来得舒适稳快，所以很受人欢迎。假使街头停有两部黄包车，一部是木头轮，一部是钢丝轮，无疑义地叫车的一定是要坐那钢丝轮，于是在人力车夫群中，便很显然地分成了两派，一是守旧的木头轮派，一是进步的钢丝轮派。长沙喊黄包车素来只喊“车子”，对于钢丝轮车子才叫“黄包车”，于是守旧派便借着谐音骂进步派为“忘八车”，解释起来，其意义便是“忘八坐忘八拉的忘八车”，以作消极抵抗。

《湖南人》

郭维麟：湖南麻将，老少通吃

▷ 打麻将

发财是无论什么人都爱好的，但以湖南人热度最高。搓麻将时，如果还没有听和，单张子“发财”是扣住绝对不放手的。对了，与其说发财，不如说打牌的好。湖南人牌瘾最大，孩子们六七岁便能上桌砌砌方城、游游竹林，这种技术的养成，多半由于母亲的教诲。两三岁的孩子，每每坐在母亲的怀里看打牌，渐渐认识了牌上的字，四五岁时，便立在母亲身旁替母亲装水烟袋，于是便慢慢地懂得怎样打怎样和了。大人们十六圈散场，孩子们便借着收牌的名义，照样练习几牌，自然不愁不成一位牌坛健将了。普通外省人打的麻将，多玩几种花头，也不过加些什么断么、带么、令风、恰和（刚刚以十为单位的整和），至多也不过再加些什么春、夏、秋、冬和梅、兰、竹、菊而已，而湖南人却异想天开，在这些花头之外，再加上八个王，叫作“筒王、索王、万王、总王、喜王、合王、元王、升王”。筒王的用途是可以代替任何一个筒子，索王可以代替任何一个索子，万王可以代表任何一个万子，总王便可以代替任何一张牌，喜王可以代替任何一个风子，取其四喜之意，合王可以代替任何一张筒、索、万，元王可以代替中、发、白的任何一个，取其三元之意，升王的用途则与总王完全一样。我起初弄这玩意儿时，觉得五花八门，弄不清楚，终于因为我到底是沾了点湖南气，弄惯了反而觉得不打王的牌太枯燥。真的，你如果不相信，不妨照式儿小来一番，包你乐不思蜀！

《湖南人》

佚　名：拜佛求签，玉泉山的“慈善”事业

写下“玉泉山”三个字，心儿就一阵跳，我要是说菩萨的坏话呢，又怕遭雷打，我要是说菩萨的好话，天哪！我的良心怎么会允许呢？

玉泉山的生意真好，在长沙，无论哪家菩萨店，都没有如此香火之盛，每逢初一十五，那些善男信女，跪拜于菩萨之前，更是多得不可数计，尤可怪者，摩登太太、西装老爷也卜吉凶祸福于香炉之前，所以每与方丈或借神谋生的人谈及，他们都说：“你们读书人不信菩萨，为什么许多学问最好的人又礼经拜佛呢？”这样一来倒使我无话可说，而玉泉山之香烟缭绕，

▷ 玉泉山观音寺

恐怕这也是一大原因吧！所谓菩萨，是被一切人认为慈善的，所以庙的四周，遍悬“慈航普渡”“有求必应”“恩同再造”等歌功颂德的匾额，骨子里菩萨之危害社会，一般愚民不容易知道，而表面上看，菩萨确有善心，因为以玉泉山一庙之微，而间接直接养活的人，在四五百以上，你留神观察，玉泉街、黄泥街一带，专售香烛钱纸，以方便敬神者的店子，在20家以上，而摆在庙坪里的香烟摊、水果摊、米粉摊，又逾数十起，更有许多手艺落后年龄老大被理发店挤出来而无处谋生的剃头匠，也有七八个，至于和尚，看庙的人，发签的人，多哉多哉。这许多人，设使没有玉泉山，他们到哪里去谋生，他们睡在床上，午夜思维，不感谢菩萨又感谢谁？

《玉泉山杂写》

王象尧：晚上，去中山马路逛逛

长而且宽的中山路，自小吴门外起，到福星门止，在这一小小的段落里，可够得上繁华了！但是在白天，并没有什么稀奇，到了夜里，尤其是夏天的夜里，可就大大不同了！百货店、洋货商，都把玻璃橱中装满了夏季男女应用的货品，像1937年式的浴衣，各色的毛扇，精绘图案的花伞，胡椒孔的乳罩，轻薄柔软的衣料，裸足着的皮鞋，巴黎的香水，脂粉……摆设得新奇生动，富丽堂皇，令人目眩，又加上利用各式各样的广告灯，收音机里的迷人节奏，更衬托得使人停步、留恋、心痒，进一步地使你不由自主想走到里面，选他几种，拿回家去，或者送到别的地方，献给爱人。赤着脚拼着命跑的人力车夫，燃着不死不活的菜油灯，像长蛇一般的，一个跟一个，用力地拖着车子，在马路的两旁，跑着不同的方向，中间来往飞驰的，都是虎一般的汽车，两支电炬白光的眼睛，和喇叭不断的吼声，在哪都使人目眩，心惊胆战。

《长沙夏夜风景夜》

林　祥：一切从“头”开始

1935年，江苏扬州人刘文洲集股银圆两万，在青石街开设“上海南京美发股份有限公司”，以店堂宽敞，设备新颖，技术力量雄厚，服务周到而驰名。1938年，该店毁于“文夕”大火。火后一直只能搭棚营业。抗战胜利后，1946年10月，刘文洲独资重建三层楼房，雇工50余人，定名为“上海南京美发厅”。首家从香港引进美国电剪、罩头吹风、化学烫发水、卧式洗头托盘、洗发香皂等，并重金聘请沪、汉等地技师20多人。该店以管理严细、设备新、发型美、服务周到而受到顾客欢迎。

南京理发店从开业起就以“顾客至上、质量第一”为招徕。礼聘名师，各有专长，编工号，任客挑选。制标志服，上着白衣，下穿西裤，皮鞋领带。顾客进店，由刘文洲之子刘应龙专人接待，接过衣帽，递上毛巾，安排座位，依次理发。讲究质量，剪发圆整之角，黑白均匀，层次清晰；洗发坐洗两遍，冲洗一次；发型问清顾客爱好，根据性别、年龄、脸型、职业商定。吸取上海、广州等大城市流行发式，形成本店特色发型。男西式有分头、背头、高庄、满发、菲律宾、大牛扮等；女式有大花、小花、内荷叶卷、外荷叶卷、蝴蝶、虾子、手枪、爱司、波浪、油条等式。打两次反镜，以顾客满意为好。顾客理完发喷香水，送热毛巾，然后送出门道别。由于真正坚持顾客至上，质量第一，虽价格比其他理发店高，但市民多愿到该店理发，常年顾客盈门，生意兴旺。

▷ 民国烫发的女子

1906年，英国查理·斯妮士娜女士发明电烫发，后由白俄罗斯人传入上海，女发电烫之普及，开理发业之新路。南京理发店引进电剪、罩头吹风、烫发水等新技术和新设施，花重金从上海、武汉聘得技师20余人，收入四六分成。曾轰动一时，招来不少主顾。

《闻名遐迩的南京理发店》

刘大猷：茶馆里的长沙

长沙的茶馆似乎开设了很不少，每条繁华的街道，十字路口，以及沿河一带差不多都有茶馆的设立。它们规模的大小虽不一律，但它们营业的性质，以及内在的设备等，都是大同小异的。

普通茶馆建造的形式都差不多；楼上是专坐茶客的，所以面积要比地下层来得大几倍，大一点的茶馆有两层楼，上一层的顾客是比较高级的人，所以一切设备也就比较舒适，夏季里，有藤靠椅、布风扇、大竹帘等，茶是真正的“龙井”，茶杯、手巾，这一切的用具都很精致而清洁。就因为这设备的精美、舒适，所以价目是要较下层的昂贵些。

下层的主顾大半是那些车夫、菜贩子、工人这一类的苦力们，设备一切是远不及上层的；一间房子里满满地排着一些油湿浸透的桌凳，虱子和臭虫布满了每个空隙，黑色油迹的面巾简直与抹布没有多大的区别。但，不管这层是如何的肮脏而不合于卫生，而那些贫苦的主顾们还是感到非常的满足。

长沙人的习惯是一大清早便要上茶馆去喝茶的，同时菜贩子们将他们从城外挑来的满担的菜蔬换取了代价之后，也要上茶馆去吃点点心，所以这时的茶馆可说是生涯鼎盛的时候：一群群的各式不同的人，从它的门口穿进涌出，楼上楼下挤满着人，每张带着睡意的面孔上流露着闲适的微笑，高谈阔论声，兑开水声，剥瓜子声，茶壶被击着的响声，打成一片，异常嘈杂，煞像夏夜池畔的蛙声。

除了泡一壶茶外，还要吃点点心，点心的名目也就“繁多”；鸡蛋糕，油饼，汤包，锅饺……这一类鲜美的食品是只有上层的人们尝试的，下层的苦力们，他们是不忍牺牲较多的血汗金钱来尝试那种不合算的点心，他们所吃的是那些便宜而“结实”的包子和糯米烧卖。

似乎是一种通俗吧？只要泡上一壶茶坐定之后，他们便拉开了话匣子，三三五五地谈论起来，就是从来不爱多说话的也要天南地北地和人谈笑，据长沙的闲茶客告诉我：上茶馆喝茶要慢慢地喝，要坐得久，是喝茶的“老里手”，非得要等一壶浓浓的茶汁冲成了白水是不走的。

至于谈话的资料，那是从来没有一定的，像某某与某某的诉讼，某人的妻子养了孩子，某店子又亏蚀倒闭了等，真是宇宙之大，苍蝇之微，无所不谈了。然而，自从卢沟桥事件发生以后，他们的谈锋便转移到这方面，我们时常可以在茶馆里听到一些关于抗战的理论，当然，有一些不免幼稚得可笑，但是说的至情至理的也就很不少。

正午时候上茶馆的要比较早晨的少多了，这时来上茶馆的大半是一些久别重逢邀来互诉离情的，或者是肚子里感到饥饿，上茶馆去吃点心果腹，再不然，便是借着泡一壶茶作掩饰，而躺在椅子上睡午睡。

除了普通的茶客外，茶馆里还有一种意外的生意，这意外的生意便是“邀茶”，所谓“邀茶”者是许多人被邀集来上茶馆，例如本团上出了什么事件，急待解决而又非有一个大众集会讨论的地方不可时，便由双方的当事人出面邀集本团所有的人物，如团总、街坊、保甲长等，一同去上茶馆解决，茶资是要经过事件解决以后，由缺理那一方面的人付给偿清。

关于茶馆可以说的话，本来不止这么多，例如茶房的同道等，不过因时间的关系也只得搁笔了。

《长沙的茶馆》

匹　夫：养鸟的日子

听说近年，长沙的养鸟生意，没有从前的繁盛了。这，一方面是农村破产，社会金融的枯竭，另一方面也就是公子哥儿的玩意儿换了新念头，譬如鸟铺子从前有十几家，如今只有几家了，这几家，除开马王街与草潮门的两家范围较大点外，其余都是些破落户，没养一只贵重的鸟，而且是生意冷淡的。

可是鸟铺子虽然生涯冷落，但有一班鸟贩子专门包揽些公子哥儿的生意，这是一班所谓里手朋友经营的副业，有时，他们的赚钱，甚至还在鸟铺子以上。

黑暗的天幕，让一轮红日拨开了，充满着生气的早上，养鸟朋友，要提着鸟笼子到附近的公园或野外去踏青换气。鸟是爱好大自然的，它爱花，爱草，爱丛林，爱宇宙间的一切一切，它只恨牢笼，因牢笼可以削剥它们的生命。你看在笼子内的鸟，是如何的形颜憔悴呵。踏青的处所，南门多半天心阁，北门多半是国术俱乐部与赐闲园，也有一班公子哥儿在自家花园内的，这不过少数。我曾在天心阁树梢，看过很多关在笼内的鸟，凄切的鸣声，不知勾动几许流浪人的落泪。万物不平则鸣，这也是它们的哀号呼吁吧。然而，养鸟者，是极端忍心的，他反以为这是可耳的节奏，是欢娱，是喜悦，不是弱小者向主人的乞怜。

▷ 遛鸟小憩

假如天气到了一个这么炎热的暑季，养鸟，就更多事了，要时时喂水，要天天替它洗澡。晚上，要挂在风前，免得蚊子的暗刺，并且，还要担心猫儿的捕捉。我从前的两个邻居，都是喜欢养鸟的，他们的养鸟，简直像一位乳母招抚孩子的一样，可惜在三年前的一个月明午夜，全屋的几只鸟，都被猫儿咬死了，这几条弱小生命，就无形地送在这班喂鸟者的手上。朋友，这是一局多不平多丧良心的冤狱。

《长沙人的养鸟生活》

老　方：游泳，去水陆洲畔

黄昏了，更是一天最好的时候来临。太阳好像一天监视的工作完毕了，仍回到他每天的宿舍——岳麓山的怀抱里去了，西天被落日的余晖染成了一片绯红色，竞放着绮丽的花纹，牧童牵着牛预备归栏，村姑挑着担子，荷着锄儿，从田垄边走过，少年农夫哼着山歌，此情此景，不知是诗也是图画！晚风一阵阵送来轻轻的香气，把整天的暑气全吹散了，人们经过一天的疲劳，正好趁此时休息休息，有的踱着缓步，有的坐在树荫下，俯视鱼儿的浮游，江水的漪涟，或纵目远眺天边的归帆，对河全长沙的轮廓，以及江面的异国军舰，这些奇丽的景致，就是诗人、画家，都不能描写画咏。

每天傍晚，青年男女很多在这里练习游泳，还有异国黄发蓝眼的朋友，也在水中学美人鱼。健康的皮肤，丰满的面颊，穿上一身游泳衣，活像一个运动员。游泳技术高超的很容易就划到河中去，初学游泳的男女，不是怕羞，就是怕水，时常听"哎哟！……何得了！呀！……我会跌下去"！的娇笑或喊声，使大地充满着活跃的气氛。

晚上，情景更美化了：月姑娘含笑地照耀大地，使麓山、湘水、房宇、草树都变成了另一幅图画，一切都静静的，只有流水的喃喃声，在低诉着宇宙底永久秘密。两性的情话，低语着不可告人的神秘，老头儿在掘古，农夫们在话关于种田的琐事，虽然有着这么多数的声音，然而不能突破这沉寂的空气。外国人爱跑月，每每在月里带着猎狗四处跑跑跳跳，在那里做夜头运动，这却比中国赏月只顾精神安慰强得多了。

《水陆洲的黄金时代》

严怪愚：天心阁下有处儿童公园

儿童节到了，在每个小朋友的脸上，都浮着一层愉快的笑容。

春天，柳芽青透了东堤，桃花红透了南园，北去的燕子飞了回来，找寻他们的旧垒。在梁间，在檐下，奏着那细雨呢喃的小曲，好像春在江南，比起北国，有一种天壤两不同的区别，何况在这里，娇娆的少女面庞上泛起了红霞，荡漾了春心，在这个最好踏青的季节，谁不到公园名胜去领受春的赐予呢？所以在南园的一角，洞庭湖畔的长沙，岳麓山、天心阁、赐闲园、容园，都印满了古代仕女的游迹，他们凭吊逝去的青春，哀感年华的老大。无情岁月，不知湮灭了多少童心。在春天，在春天的儿童节，樱桃花下，有人在饮泣；葡萄架下，有人在哀歌，这都是一班青春过去的失败者。他们只到麓山、容园去寻春，去留恋春的伟大，却不忍到天心阁下一座小天使的乐园儿童公园去。

当你从南城马路左边一线蜿蜒的石级上来，游罢了天心阁的西轩东轩以后，眼珠就可以看到几个惊心触目的大字——国耻纪念亭——竖立在往日炮台的旧址，一块石刻的地图，破碎了大好的黄炎古图。在那里，有些人流过泪，有些人擦过掌，有些人拍过胸，有些人要以饮血誓雪国耻。可是，“勒马西山高处望，雄关何地是长城”，破碎河山，依然如昔，天下第一关外，有谁能够收复失地呢？所以这座国耻纪念亭，不知何时能够把它推翻，洗刷地图上那些耻辱，这还是个幻梦。不过，游人走到此地，脚步有些沉重了。平坦的石级，又慢慢地下去，就包你望到一排几尺高的黑漆木篱笆，围着无数儿童在里面嬉戏，这就是我们不堪回首而怕到的儿童健康公园。

公园，位于天心阁的下面，“五三”国耻亭的侧边。在长沙，建筑专门为儿童游戏场的，就只有城南的这一个。里面填了几个石围，栽着些七里香、洋芭蕉、金丝球等类的花草，两条水泥道路，直达左角的梭板处与右角的秋千架。每天那儿，总有几十个儿童，在消磨他们的白昼，练好铜筋铁骨，预备做国家的干才。这个人生过程的一段落，童年生活，就像黄金一样的宝贵。所以我每当来到这个公园，憧憬过去的往事，就追怀已逝的一切，那儿童天真的笑窝，伶俐的口齿，秋水般的眼珠，活虎般的身段，不是令人生爱慕之心吗？只要是无情岁月催迫着你，就可使天真伶俐变作萎靡颓唐，眼珠呆，身段笨，走进名利的黑道。若是在春风里，又送来一阵“大路”歌声，黄莺样的尖喉，更会使你心怡与意旷。并且，当你沿着小径，坐在熏风亭上去欣赏那班儿童生活真善美，你心里又是一种何等的惬意。

熏风亭，是儿童公园的一个休息处，设置在西北高岗，内面有一篇市长何元文新撰的《熏风亭记》，两旁还有副对联，大约是这样的描画：“何云童子无知，但看攘往熙来，尽是天真活泼；须识后生可畏，等待名成业就，毋忘园里嬉游。”措辞很得体。但是，名莫成，业可就，因为成名显亲，虽是我国的传统遗教，然而都要成名，会弄成同室操戈的局面，寄语游人，大可做个无名英雄吧。在亭的四周，有一株桃花，经过连日春雨的摧残，已是落英缤纷，花痕满地，这象征了青春的容易消逝。虽每天偶有一二位狂士，在熏风亭上吟着李太白的诗篇：“君不见黄河之水天上来，奔流到海不复回。君不见高堂明镜悲白发，朝如青丝暮成雪。人生得意须尽欢，莫使金樽空对月……”但还喊不醒已落的桃花，追不回已逝的岁月，直到暮色苍茫，归鸦啼树才结束了这一天的春梦。

《儿童健康公园速写》

严怪愚：“又一村”民众俱乐部

谈谈民众俱乐部吧，不知怎的，提到俱乐部，便觉得有一种消闲消闲的情味儿。虽然是“民众”，可是那儿去白相自由的朋友，起码总不至于是一些被生活的镣铐枷住的民众吧。这年头，据李石曾先生的发现，能够用来与人争生存的便叫人格，一些没有饭吃的同胞，不能到俱乐部惬意惬意，倒是“势所必至，理有固然”。

要能称作合格民众，而又需要有现代民众的人格，最低的限度，据我想，无论如何要有粗布衣穿，有粗米饭吃，有简陋的房子住，才算合格。所以，名义上的民众俱乐部，实际上却又不彻底民众化、普遍化，也是不可厚非。

地址在又一村，为湖南省政府旧址。省政府迁居之后，民国二十年才改建为民众俱乐部，现任部长是何主席，实际负重要责任的还是总干事竺永华先生、干事杜傅之先生，同秘书向恺然先生。提起向恺然，谁个不知，哪个不晓，一部《江湖奇侠传》同一部《留东外史》，已不知迷醉了多少众生。这次能够抛弃写作生活，放弃文坛上的威名，而跑回湖南来主持民众俱乐部，我们便不得不先提到竺永华先生的干才同向先生的计划。

正如向先生写小说一样，这里，我们有了这两位先生作主人翁，以后才好纵横走笔来写俱乐部的过去、现况、建设、计划同目的。

民国十九年前的又一村是种什么景象呢？那是一条小小的巷子，蜀道崎岖，难使驱车直进，晚上一来，静悄悄的，月光斜照在地上，阴气森森，几疑是魑魅魍魉的栖身居住之所，没有月亮，便得摸着壁子从那儿走过。横在路的上面，还有一架天桥，这桥本来拆过一次，后来唐孟公主湘时，除了信佛教之外，还附带信一点风水，认为湖南之所以缺少雄才，风水大概有点关系，于是又把这天桥修建起来，却不料民国十九年，农军进攻省府，天桥着火，蔓延而起，那时“本人”正从天桥旁边经过，看见桥上火红，想起孟公一片菩萨心肠，确实为之怅然约莫有二分钟之久。

除了天桥之外，在赉奏庭那列高高的墙壁上还有一个放水孔，每天看见一个工人把水一担担由这个孔里放进去，养活里面的文武官员。向墙里一望，里面古木参天，小丘起伏，丘上不时地还有一二个小朋友或老朋友在踯躅徘徊，凭今吊古，如今呢，事情还只隔五年，可是一切已经改观非旧了。那里有平坦的马路，有1936年式流线形市虎来往，有宫殿式的巍峨的建筑物支撑着天穹，有1937年式的高尚娱乐场供人娱乐……

每当夏秋之际，华灯初上时，全市的民众，小孩子们、老人们、青年们、中年们，男人挟了女人，女人吊了男人，一队队，一簇簇，络绎不绝地跑到这里来舒舒空气，喝喝茶，打打高尔夫，射射箭，吃吃川菜，总是日以万计，尤其是女人小姐们，如今忽然新得到一个这么良好的展览地方，莫不“媚行于臀”，奔走鹜告，所以这地方也就成为诸女人最多的地方，有人称夏末秋初为“女人季”，称民众俱乐部为“女人陈列部”，洵不误我也。今昔比较，实令我有桑田沧海之感。据说方当改建之初，省府只拿了2000元给竺永华先生作建筑费，后来虽然陆续增加了一点预算，然而以手拿着2000块钱，竟敢兴如此大的计划，我们又不得不钦佩竺先生的气魄与胆略。

▷ 女子射箭

该说说俱乐部的本身了。

就我的记忆，俱乐部共分为：一、跑马场；二、儿童图书馆；三、照相馆；四、射击场；五、敬业庭；六、弹子房；七、川菜馆；八、民众浴堂；九、高尔夫球场；十、大礼堂；十一、电影场；十二、理发室各部。内中大礼堂正在建筑中，成功时，据说可以容1500人，在湖南总称第一个大礼堂。照相馆已发了租，每年押金600元，月金50元，与民众俱乐部亦不无小补。川菜馆为一些大人先生集资而开，听说去年折了本，今年已大获红利。这馆子，“本人”也曾光顾几次，凭良心，单就我们这一阶级群的经济立场说，也称经济。菜呢，也算合胃口。其余如电影场、弹子房、理发室、民众浴堂，比较来得普遍，我们暂且不提。这里，我们单拿出跑马场、儿童图书馆、射击场、高尔夫球场来谈谈。

跑马场变成了菜场。走过俱乐部门口，第一个跳入我们眼帘的便是跑马场，场广数亩，周围围着一列短的竹篱，篱上披满了牵牛花，颇带点农村风味，篱内是一线跑道，约三百米，那便是跑马之道了。说是跑马道，真正在跑马的，倒还不曾多见，偶一有之，也不过是一二个青年坐在马上，慢慢地摆，实在很少见到跑过，于是崇尚经济的先生们便把废物利用起来，借着它做一个露天茶肆。

热天，每到晚上，到那里去喝茶的，实在是踊跃得可以。全个坪摆满了桌子，每个桌子坐满了人，还要在树底下、竹篱边到处加添桌椅，结果还是有许多人占不到位子，有许多人先天下午就来占座位。天气越热，生意越好。经理先生希望酷热，有如棺材店的老板，希望社会上多死人同样的情味。现在天气渐渐地凉了，不知晚上的生意还能维持原状否？我却实在希望那块地方清静一两个月。

踏进儿童图书馆，我们便感到一种新生气象，我们便感觉中国的新的细胞正在成长、正在活跃，百多个儿童正在俯着头，静静地看书，内中贫困的儿童特别多，他们把他们剩余的时间，不拿去打皮球，不拿去滚铁环，而能专心致意地用到这里来读书，来求知识。这气象，令我们欢欣，令我们兴奋，在这里，我似乎看见中国的前途。中国的前途，是蓬勃有生气的前途。图书馆的设备，也还算雅致，中间摆着一列报架，周围都是小的阅书架，四壁挂满了挂图，挂图中又分民族英雄，泰西各国著名科学家照片及普通常识图，图上还加了浅显的说明。

主事者是唐树藩君，一个结实的青年伙子，很老实，又还没有丧失天真的味道。旁的人告诉我，这位孩子们的教育者，无论做什么事，都能够拼命地干，脚踏实地地干，不空想，也不乱动，我想大概是吧，态度确实像这样的一种人。据唐君告诉我，这图书馆还是今年4月4日儿童节那天成立的，他自己便是筹备人之一，“因为开办不久，所有设备不见得十分完善，还得请先生指导”。我对于这工作是外行，不过就全部民众俱乐部来说，我认为最满意的，就是这块小地方。彼此谈了一些时辰，我便要他把馆内情形指示给我听听，他说：“大概的情形都摆在眼前，总括起来，本馆约有图书3000册，杂志报章共20多种，图标四五十种……熊式辉先生到这里参观的时候，认为本馆设备还不至十分简陋，并且还说这种工作，实为当前要务之急，所以与何主席商谈，预备把这里扩大成教育馆，至于我的计划，预备在最近添设娱乐部同卫生部，能否做到当然是另一问题，不过我得尽我的精力去工作。”

再说到射击场：射是古礼，我非古人，不知射，所以不谈射。据说射，简直是礼教之一,一个人懂得射，不但是新生活运动中的标准人物，而且是自己个人的修养也，有意想不到的神效。于是我便懂得俱乐部里没有射场，便不能表现一点古色古香。

湖南懂得射箭的，我还只知道竺永华先生，因为前次射箭比赛，是他老夫子的状元。把箭一上，弓一拉，索的一声，中了目标，那情味，的确有点古风。假使不是近代人发明枪炮的话——以下的文章不好着笔了，彼此心照可以矣。射一箭只要一分钱，射十箭也只要一角钱，既经济，又勇敢，真比检尸兵还伟大。我也有射瘾了，用一角钱买了十支箭，接连射了五六支，一箭都没有中，自己有点不好意思，旁边的先生也在为我着急，只好不射了。

这地方是不是叫敬业厅，我还没有把握，问是问过人，人家也告诉了我，我却偏把它忘记了。我想讲它做敬业厅，读者可以懂得我所写的地方，而且也不至于不通吧。敬业厅正建在俱乐部的中央，规模宏大，建筑堂皇，大概也是1936年的流线型建筑之一种吧。厅外树林荫翳，道路曲曲折折。

道中有一个水塔，塔内有一条轮动标语，用电光透照着，不但美丽，而且能给人一种深刻的刺激。

厅内有吹气机、握力机、磅重机、扯力机、打拳比重机和机关雀，任人玩弄。不过当你每次试验一种机器时，总得先丢一个铜板到那一种机器里，它才听你的指使，真正民众化到极点。厅堂中央还有报可看，有棋可下，有乒乓可打，到这里玩，多半是些真正民众，既会闹，又会叫，而且还能够玩游艺。

我终于写到高尔夫球场了。在最初，我便声明，我对高尔夫球场有相当的不满意——不满意并没有重大的理由。只不过觉得那球场太娇贵了一点，太闲适了一点，而且也太洋化了一点。

用四角钱买一个票，可以玩一次球，可以骗身边的女人发一次笑，在我们这个阶级的人看并不称昂贵。工作之暇，带一个女友，坐着汽车、包车，到树林中，弱光灯下运动运动，开心开心，在我们这阶级的人看来，并不称闲逸，然而栏外的人看了，未始不羡慕我们的优裕吧，未始不说我们有闲情逸致吧。没有钱打球，难道连进去玩玩的权力都没有吗？

写到这里，匏安兄告诉我，说这块地方已租给协成公司，与民众俱乐部脱离关系了，我说原来如此，我只好不说了……

高尔夫球场，给我印象最深刻的，除了男女那高贵的笑语外，要称打高尔夫先生们的那种高贵神气。

《柳暗花明之境：又一村民众俱乐部速写》

段建国：盆堂泡澡，老星沙人的享受

民国十九年（1930），长沙人陈禹卿等集资1.6万银圆，在中山路新建三层楼房，开新沙池澡堂。一、二层分设雅、正、优、客四等座次，共200余座位。雅座设白搪瓷盆附软垫沙发。正座设旧搪瓷盆，优座设水泥盆，均附布垫双联木坑，客座为大池。门厅设南货水果柜，二楼设有理发室，电光照明，整洁清静。雅座收银圆0.3元，正座0.25元，优座0.2元，客座0.12元。理发、修脚各收费0.3元，个人收入按行规理发四六、修脚三七分成。三楼露天平台，经营甜品、冷饮、西点、清茶、面食、酒味等，并有雅室三间，雇100余人，为长沙沐浴业大户。

新沙池澡堂讲究店堂整洁，热情接待顾客。每年定期修门面，漆店堂，维修设备，保持供水流畅，环境卫生清雅。顾客进门，主动迎接入座，接过衣帽、围巾、手巾等物，送上香茶、面巾，并刷去鞋尘。入浴时，替客围好浴巾，提醒顾客将贵重物件随身携带或交柜保管。代客整理换洗衣物，扎叠成卷，便于携带，客浴毕入座，递上头把（擦面毛巾），并用背把（毛巾）为客擦去背部水渍。“把子”勤递，不待叫呼。客休息时为之盖好浴巾，以防感冒。客将离去时再递手巾，并报洗澡、擦背各费。擦背始用丝瓜瓤打上肥皂，湿擦背部，后改干擦全身。顾客用热水浸泡后，坐澡盆小凳上，擦背工将干罗巾搓软，紧扎右手掌，结于手腕处，先背、颈从上而下，由轻而重，顺序干擦，掌平力匀，擦背部宜重，擦胸、腹、胁、腿根时用力轻，擦完脚趾后，用肥皂冲洗，换水清二遍。水温不宜过高，以防出汗。澡堂擦背起按摩作用，浴毕周身轻快，心旷神怡，沐浴者多愿雇人擦背。浴客出店后，澡堂工作人员随即检点客间，收拾茶具、梳镜、面巾、浴巾及脚布等物，做到“一过净”，再抹去椅几灰尘，清扫地面，铺好垫巾等，一过即妥，便接二轮。此外，还代客洗衣，买香烟、水果、点心和酒味，柜上垫款，一并收费。

《新沙池澡堂简史》

匹　夫：湘流河岸，纳凉消闲的好去处

湘流河岸，在长沙，在长沙的夏夜，是最热闹的，虽然，它没有珠江的夜艇和玄武湖的船娘，但来往纳凉的行人，也如过江之鲫，好像湘

水是一位窈窕姑娘，能引动许多人的追恋，只要等得大地阴沉下去了，麓山，现出几幢鬼影，江中异国军舰，发出几点灯光，就是人声嘈杂着，小西门起至金家码头，测字摊，刨冰摊，槟榔摊，纸烟摊，已如星罗棋布，这都是供给一班中下阶级消费者，没有夏天，也没有他们的生活，码头侧的人力车子，排列得整整齐齐的船只，等着进口的汽笛叫了，他们就来揽生意，五角一元的车费，是随口而答，异乡人往往总吃一个顶大的亏。金家码头过了，就是太古码头。这里，比较得恬静，是一个纳凉的好所在。河风，从水面线上扫过来。使你感觉到有一点儿凉意，何况有时，帆船上的少女，唱出几节曼妙异地的歌声，陶醉你那多情的心曲，这是诗的境地，会勾动多少行人，欣赏那湘流河岸的夏夜美，在一年中的暑季。

▷ 湘江码头停泊的船只

太古码头，现在为英商租了，隔壁一栋浅黄色的洋房子，就是长沙关，关前，有一个广坪，排列着几行杨柳，晚上，多为说书者所独占，长沙讲书不是同故都天桥讲书用大鼓词的，他们只要一张利嘴，就可维持一天的生活，所讲的书，不外济公传，西游记，水浒传一套稗官小说，听的人，比较赤脚阶级的为多，因为他们没有受过相当教育，偶然听见一些行侠仗义的话，就把它当作事实，总要听到请听下回分解这话才走罢了，我想有人于夏夜在湘流河岸作几点钟通俗民族英雄讲演，那收效更为不小，这责任，就负托于省市民教馆，望夺回那一班为稗官小说所深迷的人，使他于剑客飞侠之外，还知道一点民族英雄的史迹。

长沙关过后，就到了义码头。义码头是义渡局所建修的，为通麓山西岸的要道，日中划子重重排着，不过，在晚上，就被暮色肃静沉默下去了，可惜这里没有几株柳树，没有“柳阴树下待船归”的诗趣。在夏夜，在夏夜的月下，义码头是冷落的，有时冷落得如同一座深谷中的古庙，比起大西门侧的怡和码头，真是不可同日而语。

怡和码头，是湘流河岸夏夜的一个最热闹地段，各种摊子，比较金家码头还多，讲书的和讲评的，鼓着他们的尖喉，麻醉一般游客，环城马路，也修到这里来了，虽然，我没有到过故都天桥，我想这也如同故都天桥的一般热闹，人总是静极思动的，湘流河岸的太古码头、义码头两个幽静处，不会如怡和码头的受人注视，这也适合这一句古训，不过，在那里，还有一班生活圈子以外的人——妓女——用肉作她们解决衣食住的工具，这是人间地狱的最可怜者，等于残废乞丐一般的在十字街头的乞讨，何况，还要受一班道德君子的鄙视呢？

近来，湘流河岸是渐趋于热闹了，当红日已落下西山，金芒色的光辉，挂在麓山山巅，大地一步一步随着黑寂寂的时候，湘流河岸已印满了长沙人士的纳凉足迹。

《湘流河岸的夏夜》

木　火：“隔灯传影”的影子戏

在长沙地区流行着一句谚语，叫“河西班子，浏阳鞭子”。所谓“河西班子”是指长沙河西（今属望城区）的皮影戏班社，说明望城皮影戏有如浏阳鞭炮，都很闻名。

▷ 皮影戏

皮影戏，也叫“灯影戏”，俗称“影子戏”。它是用灯光照射兽皮或纸板做成的人物剪影以表演故事的戏剧。剧目、唱腔多同地方戏曲相互影响，由艺人一边操纵一边演唱，并配以音乐……望城皮影戏的舞台用直径约三厘米的斑竹制成可拆式框架，周围用布遮挡，架设于扮桶和门板之上。框架前面用竹纸裱成高约一米，长约两米的屏幕（称为“影窗”，现改用白“的确良”或丝绸之类布料制作）。利用投影原理，以灯光（以前用油灯，50年代改用电灯）照射人物或动物，使投影呈现于屏幕上，观众在屏幕前观看。一般为四人表演：一人操纵皮影兼演唱。其余演奏乐器兼演唱。正戏以湘剧形式表演，杂戏以花鼓戏形式表演。

皮影戏因具有小型灵活、演出费用低廉的特点，深受群众欢迎。过去多为祈神还愿演唱，带有一定的封建迷信色彩；现代主要在婚娶、寿诞和传统节日演出，内容经过了整理革新。演出剧目正剧多为历史演义题材的传统剧目，杂戏则为地方小戏，现在亦有少量配合中心的现代戏和根据神话、寓言改编的剧目。望城皮影所以能与浏阳鞭炮齐名，除它的普及和艺术水平较高之外，更在于望城皮影造型有独特之处：湖南其他地方皮影的男女“靠子”是前脚长，而望城的则是后脚长，操作表演起来，更显武将的威风。全国其他各地皮影的脸谱都是采用“五分式”（只看到一只眼睛），而望城的皮影脸谱则是“七分式”（有一只半眼睛）。它是模拟舞台剧而创造的，使观众看到屏幕上的皮影人物有似真人表演一般。

《话说望城皮影戏》

屈日中：打花鼓，来自民间的艺术

▷ 湖南花鼓戏

旧长沙府所辖各县，山歌、民歌丰富。农民劳动时往往以说古道今、或打山歌、唱田歌等方式自娱。新春时节，将儿童彩扮男女，唱采茶调、淫郎调等曲，名曰“打花鼓”。这类表演唱通常是以叙事形式来歌唱季节或渲染欢乐祥和气氛，没有戏剧情节。清代中叶，这种表演唱已发展为可表演简单故事情节的“地花鼓”了。清嘉庆《浏阳县志》叙及当地正月元宵舞龙灯情景时，就有“以童子妆丑、旦对唱，金鼓喧阗，自初一至是夜止”的记载，这种在新春时随龙灯狮子就地演唱的地花鼓，是长沙花鼓戏最初的艺术形式。约在道光至同治年间，地花鼓加进了小生一角，形成了扮演角色有小丑的“三小戏”，经过较长时间的吸收和演变，“三小戏”脱

离了以往的表演模式，向唱、做、打俱全的戏曲艺术发展。演唱题材也从开初说唱生产劳动转向男女婚姻、家庭伦理、善恶有报以及民间故事，但仍保留“三小戏”的特色。后来“三小戏”逐步向多行当大戏发展，演出剧目从以小戏为主，逐步搬演大本戏。清末民初至20世纪40年代，打锣腔、川调被花鼓引进，与乡土民歌和地方语言相结合，成了花鼓的主要腔调，由于剧种主要声腔的建立，角色行当的发展以及表现题材的扩大，这个以长沙官话为舞台语言的民间小戏，经过几十年的艺术交流演变成比较完备的花鼓戏体系。长沙花鼓戏在形成和发展过程中，离不开历代艺人的辛劳创造，他们给后人留下了丰厚的艺术遗产，同时也不断受到地方大戏影响。

《长沙花鼓戏进城来》

柳岸文：唱湘戏，集乐社里来一段儿

以前，榔梨陶公庙每年农历正月初八日都要演唱湘戏（俗称“大戏”）酬神。正月是十二日开锣，八月是十四或十六日开锣。起码唱五天，如遇“还愿戏”的多，可延续近半个月。李公庙偶尔也唱戏，那是在七月，至多三天。那个时候，既无电影电视，也无音乐舞会。俗话说：“三天有得戏看，道场也好。”可见群众文化生活何等贫乏。所以到陶公庙看大戏，就成了人们一年到头翘首以望的唯一乐事。陶公庙每回唱戏，总是万头攒动，场场爆满，吸引四方八面的观众。有些从乡下到街上来看戏的亲友，硬是戏不停锣不回去。

由于这些原因，街上一些戏迷耳濡目染，也就增长了兴趣，能够唱些片段。久而久之，聚在一起，各显所能，便可凑合唱些折子戏。1931年由黎运湖、易龙章、解梅生等人发起，邀集一些志趣相投的湘剧爱好者，组成业余性质的“集乐社”，以便互相切磋戏艺，并推举黎运湖任社长。榔梨有史以来唯一的群众文艺团体就这样诞生了。社里购置乐器、摆饰、箱担的经费，由社员量力乐捐。参加的人只要是对湘剧感兴趣，有一艺之长即可，不受社会地位和经济条件的限制，也不需履行任何手续。

《集乐社——梨江湘票社》

第八辑

风土大观·体验长沙人的习俗与生活

孙凤琦：龙舟竞渡过端阳

五月五日是“端阳节”，又名“蒲节”。相传故事有二,一说是吊屈原溺水，一说是《白蛇传》中水淹金山划龙舟。是日，龙舟竞渡，艾虎悬门，自有一番乐趣。据说，门悬菖蒲、蕲艾、白藤，可以却疫祛邪。也有说菖蒲、蕲艾是虎，白藤是锁链，插在门楣可以驱除鬼怪。且人多将蒲片、艾叶、大蒜以线贯之，男女小孩把它挂在胸前或系在脖子上，后来姑娘们将上物用红绿花色线缠成三角或四方形物，下垂丝绦，上穿水银珠，做成小荷包扣在身上，以示吉祥。端午这天，家家吃糯米粽、食盐鸭蛋、饮雄黄酒，并习惯将雄黄涂抹在小孩额角上。下午，不少男女老幼着新装，持纨扇到南门河岸或玉潭桥上看龙舟。

▷ 赛龙舟

县城的龙舟不多，东南西三只，是河江船帮扎的；木井河一只，是三川潭菜农扎的，这些都不是专造龙船，全是用乌舡子扎成。只有茶亭寺、唐公庙、净土庵的龙船才是专造，供端阳竞渡用的。船上装有龙头龙尾，船身饰有彩色龙鳞。该船舱线，汲水不深，桡扁整齐，操作轻便，行驶灵巧。每逢端节，这些龙舟齐集南门桥上下河段参加比赛，并由商店集资扎一彩船，王爷庙河帮附城埠清元堂亦备一船，鸣放土铳鞭炮迎接，且船上立有一杆，杆头挂一红绸。待江上一声鼓起，一声呐喊，千桡竞发，飞舟夺红，名曰“夺锦”。此时，岸上江心，铳炮雷鸣，人声鼎沸，热闹非常。划龙船欲占上风应具几个条件，一是“打招”和撑大篙的指挥灵活；二是鼓声准确，节奏感强，鼓声要击在点子上，所谓紧锣密鼓；三是桡扁要齐，力气要使在点子上，所谓“听鼓下桡”。如果三者缺一，竞赛没有不失败的。河帮的细冬阳、刘喜哥是打招、撑大篙的一对能手，不少县人迄今犹未忘怀。茶亭寺、唐公庙、净土庵的龙舟人力齐，技术熟，船又是专造，划起来在水面上行驶如梭，观者人人叫好。时近黄昏，龙舟相继归去，观众渐如星散，河干水面，犹似有波兴水泛之声，令人流连忘返。

《城关风俗琐谈》

唐碧琨、余光灿：格塘孔庙的祭祖大典

孔裔祭祖每年分清明、中元、冬至三次，尤以清明祭祖仪式最为隆重。祭祀时，孔姓咸集，讲习礼文，辨贤议事。前期三日由主祭率领众人到堂前行一跪三叩礼，鸣钟敲鼓，读戒词。前一日须将祭器洗涤清洁陈列。祭日由主祭跪上三炷香，行三叩礼后，再三上香。执事者牵牲过香案前，宰杀牲，以碟取血，至圣祖位前行一跪三叩礼，而后擂鼓四通，主祭孙、分献孙、陪祭孙朝服率与祭孙出斋宿所，入大成殿临祭。先击鼓360响以警戒。行祀之时，内外肃静，执事者各司其事，司鼓者伐鼓三通，司钟者鸣

▷ 长沙文庙祭坛

钟三响。鼓初严，鼓以百桴为节，初徐后疾，在祠夫役及各从人俱出；鼓再严，整理衣冠，收敛笑容，执事孙依次序立于其所；鼓三严，主祭孙以下鱼贯而入，钟鼓齐鸣。主祭孙、分献孙、陪祭孙、与祭孙就位，主祭孙至圣祖香案前跪叩首，上香一炷，上瓣香三炷，再叩首。次至二代祖伯鱼公之神位前行上香礼，最后至述圣祖子思公之神位前行上香礼。礼成钟鼓齐鸣，行三跪九叩首礼，室内香烟缭绕，人们以头抢地，虔诚之至！

《孔子后裔在望城》

苏宗润、黄志立：遭火烧，谢火神

由于人们迷信火神，因此民国年间，长沙哪家失火，哪怕是烧了一个刷把，都要到火宫殿谢火神。正如市民说的一句迷信话，叫“遭雷打，谢雷神，遭火烧，谢火神”。贫穷人家失火，少则点三根香，跪在火神爷面前磕几个头，以表虔诚；富人家失火，点盘香，烧架香，杀猪设祭，请湘戏班子唱庙戏。这恐怕就是戏台柱子上对联中所说“虚中求实”“苦里回甘”之意吧。除了敬香谢火神的，还有那些穿长袍马褂的、穿开襟子衣的、穿大件衣的、着学装的、卸了戎装穿便装的、梳巴巴头的、放大了脚的男女老少到火宫殿求财求寿。求神保佑的人川流不息，所以火宫殿的香火十分旺盛。与此同时，在火宫殿前坪，各行各业的小买小卖、三教九流的人应时而至。如送水烟袋的（一种长杆水烟袋管，这边为你装烟点火，隔着桌子，你在那边可以抽烟）、卖零纸烟的，卖扯麻糖、盐茶鸡蛋、猪血、豆腐脑、乙合莲、刮凉粉、荷兰粉、糯米饭、猪脚粉丝、油豆腐、糖肉团子、水果、杏仁茶、唱卖梨膏糖的，炸油豆腐、牛角饺子、糖油巴巴、葱油巴巴的；还有剃头、修脚、看相算命、摆课棚测字、抽彩头兼代写书信、说书、卖唱、敲锣招揽看西洋镜、摆地摊子卖假药、摆棋打把式、出皮生意（诈骗）和球子生意（赌博）、摆挡路虎（又叫摆红绿巴巴）、乞讨、耍猴把戏的，真是五花八门，龙蛇群集。特别是每年农历正月十五元宵节玩龙灯、六月二十三日火神爷寿辰，办庙会、唱大戏，更是人山人海，水泄不通。

《火宫殿今昔》

沈绍尧等：吃鱼没有捉鱼味

俗话说：“吃鱼没有捉鱼味。”长沙为鱼米之乡，除专业渔民外，迷恋于鱼道的男女多矣，投钓、扮罾、撒网、装篆，五花八门。每当春雷滚动时，便有人冒雨出动，抢占有利地段，设网下笥。当户外蛙声一片时，“照鱼”的灯火便闪耀不停。春来到，放“钻子”的更普遍。“钻子”即小型鱼篆，为篾制锥形捕捞器。夏秋枯水季节，一些人便在河中下拦网，上下游各一条，相向而拖，合围至有利地段时再收网逮之。在浏阳河、捞刀河等

▷ 洞庭湖畔的渔民

支流，民国时常见装“溜网”的——在河滩流水处设“八”字形墙坝，中流急水处装一略向上倾斜的竹篾溜网，鱼儿游出急水口，即脱离水体而进入溜网中。发水时溜网中的鱼儿总是蹦跳不已，银光闪烁，有时日夜可取鱼数百公斤。

至于龟鳖，昔日长沙郊县随处可见。有人在河边斫柴，一次曾拾一篓乌龟。当时人们拾到龟后多放于天井，让其洗阴沟。鳖，长沙叫脚鱼、团鱼，除用猪肝设钓外，还有捕擒饲养世家。浏阳坪上村李启明、李卓洲、李威洲父子，常带长把渔叉行走于浅水滩。鱼见叉即钻沙，他们手到鳖擒，十拿九稳。在深水区，先在岸上击掌三下，鳖闻声而动，动则冒水花，他们一猛子扎入水泡涌动处，很少空手上岸。父子数人有时一天可逮鳖数十公斤，养在红石砌成的缸中，客人来了，随时享用。

《渔猎趣话》

黄曾甫：行有行规，老郎庙的梨园公所

长沙市工商行业，历来都有自己的祖师庙，也就是行业工会的原始组织。戏剧业也有自己的祖师庙，是戏班（剧团）艺人自己的组织。这就是

坐落在长沙市三王街三王巷的老郎庙，亦称梨园公所……早在五六百年以前，湖南就已有了戏曲活动。据湘剧艺人说，长沙老郎庙还留有一块班牌，名叫“福秀班”，是清朝康熙三年（1664）在长沙演出的戏班的名称，这块牌在民国二十四年（1935）还保存着，许多人都见过。据此，则可推想老郎庙立设当在明末清初的时期。

老郎庙供奉的菩萨，是一个身穿皇袍、头戴皇冠的白面小生。有人说是唐玄宗李隆基，也有人说是后唐庄宗李存勖。因为在历史上，这两位皇帝都是喜爱和提倡戏曲的，后人争祀之，呼为“老郎”。浏阳老案堂班祀有案堂神名为“三元福主”，是三个木雕面具，疑似古代傩神。可知湘剧的起源与古代傩歌傩舞又有密切关系。

老郎庙也与其他行业的行会一样，行规很严。凡是来长沙演出的戏班艺人，不分剧种，都要来庙“上会”登记，否则不准进城演出。本地湘剧艺人出师以后，开始搭班，就要上会，每人纳银圆四元，作为入会金，将姓名登记在红簿（艺人登记册）上，才能正式演出。即是其他剧种（限于戏曲）的艺人来长沙演出时，也必须到老郎庙磕头拜神，进纳香火钱。当时戏班有句通俗语言：“天下梨园是一家。”1932年，上海京剧名红生夏月润父子应长沙民乐大戏院延聘，来长演出。尚未登台，先到三王街老郎庙上香，进香火钱银洋40元。因为夏月润是上海梨园公会会长，所以他特别重视行规。1934年以后，北京四大名旦先后来长演出，都到过老郎庙上香纳费。1936年春，梅兰芳首次来长，在小瀛洲的长沙大戏院演出时，亲乘汽车到老郎庙进香火费银洋200元，一时传为佳话。

老郎庙的组织是由四个方面成员组成的，过去称为“四柱”。一曰龙源柱，是戏班班主（包括起班、本家在内）的组合；二曰潮源柱，是男女演员的组合（包括在班和在家的演员）；三曰长生柱，是戏班乐队的组合；四曰余庆柱，是管理衣箱人员的组合。这四个柱的人开大会，推选总管二人，以行业中班辈较老且有威望者充任之，总理庙产会务。其下设值年四人，由四柱各推一个热心会务练习群众的人充当之。30年代中期，会员增多，会务繁杂，又由四年一任，值年和评议员一年改选一次。总管每年可开支夫马费，值年和评议员每人每年津贴银洋二元，作为鞋子钱。每年旧历六月二十四日为老郎神寿诞，艺人群集庙中开筵庆寿。平日遇有纠纷，就到老郎庙开会评议，称为“泡茶”，理屈者负责偿清茶账。艺人违犯行规，老郎庙有权出黄纸条子，称为“革条”，贴在戏班后台当中老郎神龛下面，制止上台演出。不过经过调停认错赔礼之后还可启复。老郎庙的行规，据说过去用油漆写在木牌上，悬之庙内正殿，现在已无人能记忆了。

老郎庙同时也是戏剧业一个福利组织。每年十二月二十四封箱以前，有多班组织义演三天，名角名戏，票价稍增，全部收入缴给老郎庙，作为全年经费开支。后来因联合演出，不易组织，改为每年底每班义演一天，分别上缴。南门外东塘附近，过去有一老郎公山，是专供埋葬老病死去艺人的公墓。山下还有一栋土砖平房，称为老郎公室，为供给孤独无依又丧失演出能力的老病艺人栖止之所。这些老艺人每月由老郎庙发给生活费银洋两元，凭折领取。每年清明节由老郎庙组织后辈艺人到公山扫墓。

《解放前长沙的戏剧业》

黄曾甫：“拿韩”与“开台”

长沙湘剧传统剧目中，有《城隍拿韩》一出，在平日并不演出，只有唱“大戏”时演出，大戏就是演《封神》《目连》《西游》等连台本戏，演出时打大鼓，长沙人称为“大戏”。另一个演出的机会，就是每次新建一个戏台，开台之时，也必定要演“城隍拿韩”。

“拿韩”也有称为“拿寒”的。据先辈老艺人说，韩林是个当时的孝子，他一生喜爱戏剧，生前多方维护戏剧的演出，死后为鬼也还能驱邪辟煞，保佑演出不出事故。由于旧社会是以神道设教，用迷信来迷惑人民，统治阶级借以巩固其骑在人民头上的地位和势力，因此对这类迷信色彩浓厚的剧目，是热烈拥护的。至于艺人是过着悲惨的生活，在终年流浪的过程中，也希望能够清洁平安，弄碗饭吃。传说唱大戏、起新台是有“邪煞”的，因此在那种情况下，也希望演出“拿韩”，驱邪辟煞，全班都能平安清泰，不出事故，即是幸福。所以这出戏在中华人民共和国成立前，还一直在保留着，后来在挖掘的老传统《西游》《目莲》中，尚见其痕迹。

“拿韩”演出的程序，先由四童子引太白金星出场，唱“点绛唇”，道白传城隍问明来历，城隍奏明太白金星，口称“今有某省某府某县某乡，地方善士人等酬神谢恩”（或为某地起造万年花台，演戏酬神），特此奏明，等语。金星即差城隍拿捉韩林，镇台辟煞，以保清洁，城隍领法语，唱“催拍”下，金星唱“尾声”包场下。第二场再起点，四马衣拿开门刀引城隍上，坐高台道白，传五方五路神将两边上，各人手执铁器，脚穿草鞋。这五个神由小生、花脸、老旦、小丑、跻旦等行当的角行扮演，五神见城隍，城隍传令命五神将去拿韩，五人由台口下台（这里由庙主首事或新台台主准备下台包封）、台口放着两张楼梯，五人下台，就到戏台对面殿上，或是神庙的神殿，祠堂的宗堂，磕头敬神，然后向外跑，去寻捕韩林。韩林是由管把子箱的扮演，事先他就与排笔人约定好了，躲在什么地方，多数是躲在当地土地庙内。韩林作孝子打扮，头上戴抓了搭篷头，穿黄布袄，腰系裙，足穿草鞋。五路神将拿住韩林时，由为首的花脸扮演的王令公把铁链刑锁望韩一丢，王令公与韩林在刑具上对面用脚扒三下，再锁起来，用跑步直奔戏台上，韩林上台后，即往桌子底下桌围里面闯进后台，这时排笔人，右手持朱笔，左手拿镜子，对着扮韩林的照一下；对五神将下台上台，也要同样照一下，据说是免得闯煞。当扮韩林的钻入桌下后，桌子下面即丢出一个预先准备的草人，作为韩林的替身。这时五神将向城隍回话，拿到韩林，城隍即下令责打韩林（草人）40大板，打完之后，将草人抛下戏台，一时台下的观众，纷纷趋避，唯恐闯了煞。草人抛下台后，由排笔人用手勒下来的雄鸡头，用腐乳罐子装好，埋在草人之下的土内，大战7天或10天演完之后，再演一出“送韩”，就是把草人烧掉，把鸡头挖出抛去，若是鸡头挖出，还有鲜血时，则认为大吉大利，庙台负责人相互称贺，对戏班的拿韩包封，也可能增加。

拿韩主要是由戏班排笔人负责主持，排笔人一般是由班里掌正的老生靠把担任。拿韩之后，后台上即立起三个牌位，一个是降魔大帝关圣帝君，一个是老郎先师，一个是本境城隍。关圣居中，老郎居左，城隍居右。每天早晚焚香敬神，每个演员上台，都要行礼。演唱大戏，不论十天半月，每天开锣头块牌，必是《天将定台》，下午收锣散戏，必是《金星收煞》。这是无论演什么大戏，都是不可少的。主要意义就是趋吉避凶，保全一方清吉。

▷ 戏台上的表演

凡是新修戏台，都要举行开台仪式（亦名荐台），也是一种迷信的把戏。传说开台不退煞，全班的演员都会遭殃，因此举行开台仪式是非常严肃的一回事。开新台时前一晚由排笔人装台，翌日早不天亮，全体演员都要上台，等候开台，这时每个演员不能喊名字，怕有煞气。打鼓佬的鼓皮上，两只鼓槌摆个丁字，放三皮钱纸，所以如今鼓乐的名称称为“丁字行”。

开台时，首先由排笔人喊煞，事前排笔人自己藏了身的（即扮为剧中人的意思），出场时，头戴它帽，身穿青褶子，腰系打带，右手执斧头，左手持雄鸡，由锣鼓声中出马门，站立台口喊煞。喊煞的词：“太上当头坐，凶煞不可挡，一切枉死鬼，见吾快隐藏，天煞、地煞、年煞、月煞、日煞、时煞、天上二千四百煞、地下一千二百煞、一切恶煞木马煞，有方归方，有位归位，不准多事。有人闯煞，雄鸡挡煞。”喊煞之后，由喊煞人用手把鸡头扯下来。在台上五方，摆了五个泥巴碗，喊煞人即开始打五方……

其次是开青龙、白虎门。青龙门即上场门，白虎门即下场门。

开青龙门要跳玄女，玄女由旦角表演，头戴凤冠，身穿女蟒，由上场出，手执宝剑，台中摆了七皮瓦，由玄女将瓦片踩烂后，即入场。入场时，后台马门口放了一把椅子，玄女进门即坐在椅子上，排笔人用朱笔镜子对他照一下，即是照出煞气的意思，然后，卸装完事。

开白虎门由花脸扮王令公（四大天将之一），头戴紫金冠，身穿黄马褂，也有扎靠的，手执鞭，鞭上扎黄烟，由白虎门出场时，门上贴有一张红纸，王令公用鞭打破红纸，上场跳烟火舞蹈，然后下场，进入后台，大家开口道恭喜。

一般新建戏台，总在开台仪式完毕后，即接演《城隍拿韩》“拿韩”之后，才开始上演正本戏。

“拿韩”和“开台”，这都是旧社会的产物，既像祀神，又在演戏，这种迷信色彩浓厚而又带有宗教情调的传统，可以看出戏曲与宗教的联系，从而也可以探索戏曲演变发展的历史。这些东西已属历史资料，今天新建舞台也不需要再搞开台仪式的封建糟粕，即算搬演《封神》《西游》等连台本戏，也不必再加演《城隍拿韩》了，不过在传统剧本中有时还可见其痕迹。

《“拿韩”“开台”与“跳加官”》

陈竹君：宁乡的龙舞

在宁乡，龙舞的历史是十分悠久的了。宁乡嘉庆县志中风俗卷里记载道：“上元日，城乡各制花灯。上元先数日，金声动地，烛光照天，不避风雨泥泞。灯有龙灯，以纸扎头，内含蜡烛的以布为身，长十余节，每节燃灯，十数人举之盘旋翻舞。”这段记载，把宁乡龙舞的盛况，描绘得惟妙惟肖。从清代到民国，龙舞是十分盛行的。那时候，按郡脚、地名、山水分脊，建有大王庙，每庙辖几个社稷神（土地庙），有居民几十户到百余户，数百亩田。人们按庙建龙灯，也有按氏族或祠堂建龙灯的。每年春节玩灯，一般都在正月初五或初十出灯，上元夜收灯，一过了元宵，就是俗谚所说的“泥鳅驼肚，各人寻路”，为生产和生活奔忙的时候了。

▷ 舞龙

宁乡龙舞的种类，主要的有“架子龙”“摆龙”“三头龙”等。“架子龙”最普遍，这是广为流行宁乡民间的一种风俗集体舞。架子龙的龙头小，分九节和十一节两种，每节相距为五尺五寸。主要舞法有打纽丝、摆图案、排字等。以前玩龙舞，还有许多规矩和忌讳，比如玩龙的人，技巧不熟练，将龙被缠绕一起，解结不开，那么主家视为大不吉利，很不高兴，甚至动手用剪子将龙被剪断。“摆龙”的龙头很大，身子很长，一般有十三节至十五节。这种龙的龙身很笨重，舞玩时只能做一般简单的翻动动作。也有事先将儿童装扮成历史和戏剧故事中的人物，坐在龙把上做简单的表演动作。“三头龙”的舞步、动作、玩法与架子龙无多大差异，这种龙只流传在黄材一带，由一条九节整龙和两个龙头组成，所以才取名“三头龙”。其由来有两种传说：其一说，在黄材原有社灯、族灯、行灯各一盏，玩灯时，时常发生斗殴，后来将社灯、族灯解散，留下龙头，这样，既保留了位置，又避免了斗殴不和，更重要的是便于玩灯，保持了乡邻和谐安定的局面。另外一说，则是带有神话色彩的故事，说的是玉皇派人间丞相魏征监斩了妄自下雨成灾的金角老龙，于是将龙头高悬，以示警告，无头龙只能给人间降福消灾，不可轻举妄动，为害平民。

宁乡龙舞，在伴奏音乐上没有固定曲牌，大都是采用民族打击乐器加唢呐、大号等。玩龙时，前导设有长喇叭、大锣、大鼓和旗帜牌灯等，威武雄壮，气氛十分热烈。

宁乡龙舞的动作，十分丰富。据查，形成传统定局的有70种，常见的和常用的有“孔明翻书”“猛虎跳涧”“麒麟送子”“大船撑宝”“罗汉坐殿”等等。

《流传宁乡的民间艺术》

田　俐：送迎灶王爷

湖南祭灶活动流传极广，差不多家家灶房都设有灶王爷的神位。1949年后，经过一系列的社会主义教育运动，精神面貌已大大改观，然仍有不少农户信奉灶王爷，有春节祭灶的习俗。据说，灶王爷是玉皇大帝封的“九天东厨司命灶王府君”，负责管理各家的灶火，被作为一家的保护神而受到崇拜。有的在灶房里还设有专门供奉的灶王爷神像。

传说每年腊月二十三晚上，灶王爷要回天庭向玉皇大帝汇报工作，因此，这天黄昏民间就要开展祭灶活动，表示欢送。一般是家庭主妇和经常在厨房做家务的人，先在灶神前摆上桌子，供奉上饴糖和瓜果等祭品。给

▷ 灶王爷

灶王爷供奉饴糖，是让他老人家吃了嘴里甜甜的，心里高兴，向玉皇大帝汇报时“好话多说，不好的话则别说”。有的人家还将饴糖涂在“灶王爷”神像嘴的四周，也是甜嘴的意思。

有的地方则是晚上在院子里堆上芝麻秸松枝，再将供了一年的灶神像请出神龛，连同纸马和草料点火焚烧。院子被火照得通明，此时一家人围着火叩头，边烧边祷告：“今年又到二十三，敬送灶君上西天，有壮马，有草料，一路顺风平安到。供的糖果甜又甜，请对玉皇进好言。”

大年三十晚上，灶王爷要同其他诸路神仙一起来到人间。灶王爷被认为是为天上诸神带路的。其他诸神在过完年后再度升天，唯独灶王爷会长久留在人间的厨房内。迎接诸神的仪式称为接神，对灶王爷来说叫接灶。接灶一般在除夕，仪式比较简单，到时只要换上新灶灯，在灶龛或灶前燃香就算完事了。

在湖南的民间诸神中，灶神的资格是比较老的。从全国来说，也算得上是资深神仙了。据考证，早在夏代他已经是民间所尊奉的一位大神了。

据古籍《淮南子·氾论训》记载:“炎帝作火而死,为灶。”《礼记·礼器》孔颖达疏:“颛顼氏有子曰黎,为祝融,祀以为灶神。”《抱朴子·微旨》中也有记载:“月晦之夜,灶神亦上天白人罪状。”这些记载,大概可以说明春节祭灶习俗是源远流长了吧!

《灶王爷》

邓泽致:盛大的神会

长沙市区有三大庙,一为开福寺,供佛祖释迦牟尼,在新河;一为紫竹林,供观世音,在玉泉山(今之玉泉街);一为八方王爷庙,供八方王爷,在六铺街。此三处,信徒不少,求神拜佛,络绎不绝,香火鼎盛,签爻响掷不停,求医问药,卜良卜吉,殿前阶前,男女杂沓,叩头礼拜,其真诚未有甚于斯者。

▷ 开福寺

佛祖与观音是大家所熟悉者,然而八方王爷者何人耶?其庙居河畔,占地不过数亩,有左右庙门,中为戏台,戏台对面为大殿,殿堂神像为幕深掩,不识其真面目,唯神座前有祭品案,满布时新茗果。再前为香案,蜡烛明亮，香烟缭绕。殿堂顶上，满挂善男信女供奉之可月余不熄之盘香。堂前有粗如巨臂长丈余之大香10余杆，院中大鼎中钱纸不停地倾泻于其中，燃烧不停。檀香炉中各种奇香异木，在散发出燃烧时之香味。戏台上时时演出各种酬神之大戏、皮影戏、木偶戏等。

如是数年，又有盛大之赛神会矣。先是有通知，神会将经过街道，各户亦清洁殿堂，预设香案。神会前导为两丈余长之大喇叭数支，一人荷喇叭口前行，一人置喇叭嘴于口中吹之，其声低沉，唯闻呜呜而已。其后为直径约五尺之大铜锣数面，二人扛以巨杠，一人击以锤，其声洪而远扬，继之为大鼓，其声如闷雷。其次为仪仗队与各种旗帜，大家多熟见。神亭内白木雕像，前后乐队簇拥，高音唢呐笙笛，清音丝竹细奏。俄尔百戏纷陈，诸如三国故事、西游封神，莫不极尽其妙，率以高架临空，以妙龄童男女装扮，立于高架之上，又有高跷、彩船，多饰八仙过海、牛郎织女、小放牛诸故事。

龙为中国故有之图腾象征，亦为神化意识之特种表现。此次神会，龙亦多种多样，有绸缎布匹号之各种彩绸、花布，五彩缤纷，极尽绚丽；有丝线乡庄之用各种彩色线扎成之丝线龙；有瓷器店用瓷器装成之瓷器龙；有竹木行业之用竹木成之竹木龙，可谓争奇斗巧，极尽能事。

武术队亦于此时大显身手，大都为男青少年，脱剥着上身，或舞棍则如雪花盖项，或舞刀则寒光闪闪，而舞钢叉者，于叉上装有响环，将钢叉频频抛入空中，叉上钢环响声清脆，引人围观。

其后的求神队。一为香队，额扎黄巾，胸披香袋，上书“至诚进香”四字，青衣青裤，足着草鞋，腿缠绑腿，双手扶一小凳，上燃香烛，行一步，跪拜一步，数十人不等。有礼生不断地用固定的曲调唱着“南岳待天朝圣帝，至心皈命礼僧王”。其后是肉香队。可能很多人未见过这种敬神的方式，即用一香炉，燃着檀香，用三根细小链条，联结到一金属片。金属片长约数寸，密排数十小钩。祀神者伸长右臂，用小钩一一拉住手臂皮肤，于是香炉悬于手臂下矣。如此一长串的队伍，数十人平伸着裸露着的右臂，臂下悬着燃烧着香的香炉，在檀香的氤氲气氛中，虔诚地行进。最后是一个巨大的木质龙头，由一壮年汉子扛着，其后是布质的龙身龙尾。每一户的家长，必然地礼请这神的象征进入每户的殿堂，绕行一周后退出，随后是一扮演财神的幼童，一手执财神鞭，一手执元宝，由成年人肩入，户主以红纸包裹铜圆数枚曰包封献与财神。据云，龙入民户，可保诸邪远避。人丁清吉，财源茂盛，家宅兴旺云。

《闲话古长沙》

谢绍其：花朝节舞狮

正月初一至十五及二月花朝节，是宁乡耍狮子盛行的日子。令人振奋的打击乐曲“四季青”“长槌子”，活泼有力的舞技，质朴生动的赞词，使农家的堂屋、猪圈、地坪形成一片神圣、欢乐的氛围。宁乡耍狮子是湘中较为典型的民间风俗，它是一种民间游艺，是一种舞蹈、诗歌、造型艺术、音乐和体育相结合的综合性活动。它有三种样式：文狮、武狮和手提金毛狮子。虽然各有侧重，但这种综合性大体上贯穿于耍狮子活动的整个过程。

文狮出动时，必有一套打击乐器“小开台”伴奏。赞狮子者引狮来到主家门口，再让狮子进屋。这狮子由两人藏被内合舞，向神台鞠躬毕，赞狮子者手一举，鼓乐齐停，便开始刁（逗）狮子（即赞狮子）了，一首赞狮子歌唱罢，狮子就照着歌的内容“耍故事”——表演舞蹈。每耍完一个故事，便立即复原成狮状，敲打一遍乐器，听赞狮子者再唱另外的赞狮子歌，再耍另一套故事。一般一户要耍三至四个故事，而《肥猪吃食》《大船撑宝》《赵公数钱》等则每户必要一个至两个。主家如果放鞭炮、敬烟，或者小锣内放钱较多，则多表演几套故事。文狮如在晚上出动，则多随龙灯，加有四盏排灯前导。排灯为方形纸灯，上书“年丰岁稔”“国泰民安”“六畜兴旺”“人寿年丰”等字样。狮子进屋后，排灯分列堂屋两边，照着玩耍。

武狮亦有鼓乐伴奏，但另带刀、棍、耙、虎叉等器具（十八般武器任带几样，依舞狮子者的本领而定）。也要赞狮子。有时也兼耍故事，但以表演武术为主。耍时，一般由舞狮者一人顶狮头，扎起狮被，表演武术，或与他人对打，“战斗”很剧烈，但不得伤人。

手提金毛狮子又叫讨米狮子。多由贫苦的老者或者香火不旺的师公道人提着带有铃铎的樟木小狮，四季沿门游耍。只赞狮子，而不表演故事。赞狮时摇动狮身，铃铎叮叮当当，作为节拍，与赞狮子歌相应。

耍狮子的舞蹈动作不脱直接模仿的痕迹，但因为要结合表演故事，故有许多虚拟的舞蹈语汇。如表演《大船撑宝》，狮被被撑起四角，成长方形船状，然后前后不断摇动，表示“船”在行驶。《黄龙缠伞柱》，耍头者一手高举狮头，耍尾者将狮头者抱住立起，表示“伞柱”很高，狮头则作绕柱状。《赵公数钱》，耍头者坐于耍尾者身上，敲小锣者则将小锣置狮头前（内盛主家放的钱），由“赵公”（耍头者）作将钱不断点数状。《鲁班上梁》，耍头者头顶狮头，表演砍树、掮树、量木、弹墨及上梁等各项动作。

耍狮子时唱的赞狮子歌是宁乡民歌中的一种独特的形式，具有文学色彩。狮头和狮被是一种造型艺术。文狮、武狮所用的小狮头约三至五斤，用樟木雕成（亦有用篾织再用纸糊成的），上着彩色，画成狮面，最讲究的爱用红（漆额及双狮与舌头）、黄（在额上大书一王字）、黑（点双目、画胡须）、白（牙齿）漆涂而成，狮被用布缝成，多为白布，亦有淡红或黄色布。上绣花朵或龙凤，好的堪称刺绣艺术品。伴奏有独特的曲调“四季青”“长槌子”“画眉钻山”等，赞狮子歌也有简单的曲调。这是耍狮子的音乐成分。耍武狮的总有几套武术表演是民间体育的内容。这种文艺、体育诸因素的综合形式，正是宁乡狮俗整体性的体现。

其次，宁乡耍狮子还明显地与宗教信仰、生产劳动等不可分割地粘附在一起。比如耍文狮时，有的主家特具“三牲”（鸡、鱼、肉）敬狮神；也有的特意将狮子请进猪栏屋内巡视一番，以便“收瘟摄毒”，使“六畜兴旺”。主家往往对手提金毛狮子装香化纸，敬之以酒与“三牲”；或者将小孩帽子、妇女的三色线缀于狮身。有的还要“问卦”。卦是两块竹片制成，依其信手丢下所形成的仰伏形状定为“阴、巽、阳”三卦，其中以“巽卦”

最吉利，俗称“打个巽卦求保佑”。还有一种专供敬奉祭祀用的大狮头，不耍，无狮被，常置神龛内（有的专门用木架支着，有的挂在墙壁上），受百姓常年供奉，称为“狮王”“狮王大圣”“狮王大帝”“狮子阿公”。百姓家猪牛有病，便许以血食鲜酒。杀猪时，先于脊中剖开，上置酒杯，内盛食盐，插香化纸。再如花朝节这天，耍狮子过后，要送主家狮王神位一幅，纸制、色黄。取“中央戊己属土”之意。狮王神位张贴于正堂墙上或神龛内，与堂上宗祖诸神同位。正月玩灯，在宁乡石潭乡一带，专门用人背着，先在堂屋中享受供奉，再去猪牛栏内巡视一番。平常香火亦盛，有时四处敬奉。宁乡人称某人受别人请吃饭多，常谓之“像接狮子阿公一样”。可见这种种酬神活动，已成为宁乡耍狮子乃至民间生活整体的一部分。

《宁乡舞狮风俗》

露石竣：纸上剪出人生百态

望城剪纸艺术，具体起源于何时已不可考。清同治十年（1871）撰修的《长沙县志》上就有“元宵剪纸为灯，或悬之庭户，或列之街衢，或为龙灯鳌山游绕里巷”和中元（农历七月十五日）“剪纸为衣”“焚之以荐祖”的记载。

▷ 望城剪纸

望城剪纸有窗花、格子花、绣花样稿、纸菩萨和创作的现代剪纸几个大类：

窗花　望城的窗花，逢结婚办喜事才在新房窗子上张贴，一般称为喜期窗花。为寓吉祥、欢乐、满堂红之意，喜期窗花均用红纸剪成，它以“喜”或双喜团花为中心，四角饰以蝴蝶花卉、“福寿全”等内容的角花，双喜两旁配寿字烛或瓶花、盆花，双喜上下方贴“麒麟送子”“双凤朝阳”“石榴多子”等吉祥图案。办喜事时，男方新房窗子上贴窗花，女方嫁妆上则要放礼花。礼花因器皿的形状而剪成团花或其他适合形状。窗花和礼花多请当地剪花巧手剪制，也有个别半专业性质的剪花匠。

格子花　格子花有两类：一类用于迷信，由于这里自古以来人们迷信鬼神，人死以后家人都要请职业的纸扎匠人扎制“冥屋”，焚化以荐献亡灵。冥屋多仿古代苏州建筑，这上面的门窗、走楼栏栅、雀替等都是刻凿精细的剪纸；另一类是用于装饰宫灯、风镜灯、走马灯的灯笼格子和春节贴在门楣上的门笺格子。格子花以福禄寿喜、四季花鸟和戏剧等为母题组织较为复杂的画面，并以几何纹样铺锦地，使之玲珑剔透，联结紧凑。格子花很讲究刻凿技巧，均出自专业匠人之手。据估算，1949年之前望城境内约有这类艺人300多个；1949年成立以后，由于破除迷信和旧的风俗习惯，这些艺人一般都改了行，虽还有少数人用格子花装饰花圈，但刻凿的已相当粗糙了。

绣花样稿　望城农村妇女长于刺绣，其绣花样稿一部分（多为大件）是用毛笔描绘的，一部分（多为小朵花）是用纸剪制的。一般自剪自绣，也有请人剪来“样子”刺绣的。1949年后，自用绣品大大减少，绣制出口产品增多，这些绣品的样稿是由工厂事先绘印好了的，不需要自己画样和剪样，因而用剪纸做绣花样稿的已经很少见了。

纸菩萨　纸菩萨剪的多为神话、传说、故事或戏剧中的人物，如雷公电母、风伯雨师、牛头马面、八仙、刘海、卖花娘子等，有的用于打醮祈雨，有的用于超度亡灵，有的用于巫术活动，有的用于庆贺祝福，有的用于戏耍，用途各不相同，一般都为某一风俗习惯所需要。这一部分剪纸其内涵丰富，有较多的楚文化积淀，是不可忽视的研究材料。

《望城剪纸的源流及其发展》

孙凤琦：盂兰胜会闯黄河阵

民间还有一个中元节，时间是农历七月初十到十四日。传说地府从七月初一起开始放鬼门关，亡者于是日相继回阳间探亲。从十日下午起，家家户户焚香秉烛，鸣炮烧纸，迎接祖先，祭祀至十四日晚即“烧包”打发“公婆”媄驰冥中受用。中元节，城关有一个极为热闹的“盂兰胜会”。节日届临，镇内真个是张灯兔苑，射柳球场，寺设盂兰，坪张宝盖，人们希望以此来求得地方上的平安。根据习俗，七月初一起即由一个不限清规戒律的返俗和尚宝筏麻子（城隍庙涤尘和尚）扮演目连。他头戴佛冠，身着袈裟，手持云板、佛杖、灯笼（灯笼上写“南无地藏王菩萨”等红黑相间的七字）分夜遍游四郊义山。初十日，盂兰胜会开始，分苏赣闽和本县等四帮轮流举办，地点分别是苏帮在县城北门苏州会馆，即今之印刷厂址，赣帮在西门万寿宫，即今之文化馆址，闽帮在南门天后宫，即今之中医院址；本帮在城隍庙。届时，会上结彩张灯，鼓乐齐作，并列有用红黄蓝绿等色纸扎成的盂兰盆、焦面菩萨等故事，色彩纷呈，确也悦目。最使人感兴趣的是，戏台挡板边悬挂着八个方形灯笼。每个灯上各扎八仙一件，用物以示八仙中的一仙，耐人寻味不已。如灯上嵌着玉板的便是隐指曹国舅，嵌有花篮者，便是隐指何仙姑，葫芦宝剑者，便知是洞宾仙了。十四日设水宴，在沩江中放河灯，河灯用各色纸做成，并以松香熔底，点上松香烛，用船送至江心，顺流而下。霎时间，满江中只见河灯点点，有如星罗棋布，与水天相映成趣。十五日晚上“闯黄河”。“黄河阵”设在县城南门外驿马坪的西尽头沙河里（即今之木材公司一带）。整个黄河阵是用豆理子（小竹棍）插成的，外围白布，按八门金锁阵变化而成，不同的是阵内有九曲十八弯，外分东西南北四门，按以东坎、西震、南离、北兑八卦，并配以金木水火土五行，四门和中央插上青黄赤白黑五面色旗，四门还扎了纸牌门楼，门额分别书“休、生、伤、杜”四字。是晚，男女老幼，呼朋唤友，不绝于途，一个个鱼贯而入。阵内人来人往，扰扰纷纷，好生热闹。闯黄河如遇老手，便晓得由何门进，从何门出，能顺利地出得阵来，倘是外行，便进得去出不来，昏昏然被迷惑在黄河阵里，必然是东碰西撞，南奔北突，弄得你晕头转向，最后只能求救于老者领出阵来。闯黄河是一个饶有趣味的游戏，且能启人思维，益人心智，不过今已失传。

《城关风俗琐谈》

孙凤琦：热闹的节日，迎神赛会和中秋节

五月二十六日，是城隍寿诞，乃迎神赛会之期。从二十三日起，城隍庙就悬灯结彩，开始演戏。城隍庙戏台两旁有子楼，名叫“听迷楼”，是由各行帮和巨富豪绅自行筹资建的。在演正戏期间，各楼竞相装饰，除统一雕有花鸟树木红漆泊金配镜的花板外，楼中还设有方桌、茶几和太师椅，再铺上各色锦缎的桌围、椅搭，有的更设有镜屏和香炉、花瓶，瓶插宫花，厅内悬挂宫灯或排席灯（形似宫灯，木框，六方，装隐花玻璃，龙头上吊有瓷牌丝绦），台门悬挂彩帘。入夜，花板玻璃处和吊灯内燃点蜡烛，楼前挂上煤气灯，各楼灯火辉煌，相对炫耀。夫人小姐，穿红着绿，排坐观剧。然而在旧社会，平民百姓中有谁能享受到这般清福？！前坪才是平民观剧的一角天地。坪中万头攒动，观众拥挤非常。

从二十四日起，各街道故事陆续试行。这天，故事都先后抬到县衙送县太爷观看。县太爷坐于大堂，每台故事赏银洋三块，直到民国二十几年仍照旧俗，县府赏赐银牌。二十六日为城隍正寿。是日，举行迎神赛会，城隍塑像坐四人篷轿，被抬到北城外三里牌岳家，全城各街扎的故事早已

准备，旗罗鼓伞牌匾执事相继到北门城外千佛桥（现通益桥）等地集合。有更夫敲锣沿街呼喊：“故事不打挨，城隍菩萨到了三里牌”，催促各街故事赶紧到指定地点会合，迎接城隍。9时许，城隍神驾由三里牌返回县城，城内顿时鼓乐齐鸣，观者填衢塞巷，异常热闹起来。故事依序导前，城隍在后，入城游行。全城20多台故事，有秋千、斩三妖、界牌关、法门寺等。每台故事一般用三个角色即能看出故事情节……八个人轮换抬，抬时脚步要齐，要如风起浪，腰肩要稳，故事台才不至左右倾斜。故事大都是雇请码头工人抬，肖桃生、刘伏生等都是抬故事的好手。打“游篙”的人更要眼明手快。每台故事有四人打“游篙”，分列前后，照顾故事台上的扮演者，休息时或将要发生跌落情况时，即迅速用“游篙”将人物角色前后撑住以避免事端。宁乡故事强于外地故事，其主要优点是不露破绽。如“游湖抢伞”中的许宣腋挟雨伞，而白素贞就轻巧地“站”在伞脑壳上。这就因为“出手”上都有两个铁护身，人立在铁护身内，用绑腿紧紧捆扎，而后插入“出手”，再给立在上面的扮演者穿上衣服，并配上假脚。如果不脱掉外面的服饰，其中的奥秘就为外人所不解了。

出故事的街道不分东西南北四门，而是另有街名，游行时，牌匾上都一一写明，如玉潭街、长庆街等，每街有一个故事会组织，其费用由这个街的殷商巨富分摊负担。……

八月十五中秋节，县人多成群结队地到南门塅里徐家湾上宝塔。塔名“登云”，相传建于清雍正六年戊申岁，至今已有250多年。塔有七层，全部用麻石砌成，内有石梯盘旋而上，游人可拾级而登。中秋隆节，气爽秋高，登临塔顶，红树青山，尽收眼底，城郭乡村，一览无余，故人们多以先登为快。晚上，合家老幼围坐在庭院中、瓜棚下依俗赏月外，县城还作兴烧宝塔，个中则另有一番情趣。有的宝塔是小孩集群砌的，高不过数尺，有的是泥水工人砌的一广约数尺，高达丈余，用土砖砌成塔门，用柴火将塔身烧红而后喷上桐油，散上糠壳、木屑，立见火花四处飞溅，浓烟直透长空，光景煞是好看，且鞭炮声、锣鼓声、人语声汇成锐响，不绝于耳。有时还搭台演戏，热闹非比寻常。其余还有一些民俗风情，也可约略一叙。

如三月三的“上巳辰”，家家用荠菜（俗称地菜）煮蛋吃，有的人下乡踏青，借以走亲访友。清明祀祖，要吃清明酒，并携带香烛纸钱，铳炮喧天地上坟挂扫；重阳节，村野人家喜酿重阳酒，县人也有下乡登高，效桓景避灾者。

《城关风俗琐谈》

孙凤琦：催春鼓响迎新年

▷ 买年货

春节期间有各种习俗。从农历十二月下旬起，多数人家就敲锣打鼓热闹起来，这叫“催春鼓”，又叫“腊鼓”。立春的那天，县太爷头顶乌纱帽，手持赶牛鞭，并有衙役跟随鸣锣喝道，威风凛凛地牵着耕牛到东城外粮米港去“起春”，又叫“迎春”，农民也于是日牵着耕牛到田间犁田“起春”。十二月三十晚，家家户户在炉内烧起大火，有的还及早就准备了一个大树蔸根——“年柴脑”，全家大小围炉向火，作一席家务谈，实际上是一次家庭会议，一家人坐到很晚，有的甚至坐到东方发白，谓之“守岁”。晚上还要安排猪脚炖萝卜或鱼肉菜肴等一顿美餐，说猪脚是“抓钱手”，萝卜表示团圆，这叫“吃团圆酒”，也叫“吃团年酒”。从正月初一起开始拜年。拜年也有一定规矩，说是“初一崽，初二郎（女婿），初三初四拜地方（上下邻里）”。一般初一是不出门拜年的。是日，男女老少身着新衣，手持香烛到寺庙出行。

正月初十日起，各庙开始玩龙灯。各庙出灯多是前有大旗导引，随后大锣、大鼓、大号、海角以及牌匾、大亮壳（球形灯笼，上书“××神龙”字样）紧紧跟上，而后才是龙灯摇头摆尾，缓缓前行。到城隍庙出行以后，各处龙灯都到街头店铺玩耍。这时，鼓乐声、鞭炮声不绝于耳，龙灯翻滚，彩旗蔽天，煞是热闹。城内城郊共有龙灯十多盏，如王爷庙（河帮）的玉潭神龙、火宫庙的鲁班神龙、北门外紫金山的关圣神龙，城隍庙、财神殿，老观庙、武庙等都各有龙灯。

此外，东西南北四门也都有庙龙，如南门的四洲庙、北门的玉金山、西门的玉皇殿、白鸡观、东门的文殊山。玩龙灯很讲艺术性。打扭丝时人要齐，身要稳，动作要到位，首尾要前呼后应，龙被要舒展自如、翻滚迅速，龙灯才玩得活灵活现，整齐好看。“结字”要求动作敏捷，技艺娴熟，指挥如意，升下自然，花样迭出，变化无穷。如光玩“九轮圈”就有九九八十一套，还有“太极图”“一品当朝”“二龙捧圣”“三星拱照”等故事。“结字”后，散抱要快，如果龙被结作一团就会招来旁人的指责和主人的不悦。玩龙灯主要是听“耍珠”的指挥，“耍珠”的对玩灯的各路套数要烂熟于心，玩起故事来才能得心应手，指挥若定，变化如神。中华人民共和国成立前，城关地区玩灯的名手有河帮里的陈学安（绰号叫陈六毛人）、刘玉林、刘寿生（即刘佑哥）、赖冬生和码头上刘述堂（绰号叫刘六黑）及紫金山的刘汉臣等。尤其是刘述堂，玩灯的路数广，“九轮圈”八十一套他能全部玩完。

《城关风俗琐谈》

❖ 朱运鸿：鸳鸯成双对，龙凤结成双

旧社会长沙的婚嫁仪节，最重媒妁之言，先由媒人经手“发草八字”，二步“合庚”，三步“拨庚”，以至“过礼”“铺房”“陪媒”“接亲”“合卺”“分大小”“闹新房”“回门酒”，到“下厨”“谢礼”等才算完姻。

▷ 民国时期的婚礼现场

婚姻，首先由媒人略得到双方家长同意，用红纸帖书上男方生庚，拿到女方叫作“发草八字”，女方认可，则回女的生庚，两方经研究妥了，这一手续名为“合庚”假使男方不中意，须在七日之内退还。俗云：“男八字满天飞，女八字一七归”就是这个意思。合庚好了，再把男女文言上为乾坤两造生庚，写在红绿庚书上，规定男红女绿，两方取据为凭叫“拨庚”，男馈女方金银首饰、鸡、鱼、肉之类为“定婚”。要办理结婚时，先央媒人示意女方，择定日期，男家将新娘衣服财礼送到女家，叫作“过礼”。女

家便把妆奁物件送入男家陈设洞房，谓之“铺房”，男家再用轿子接“月老”又称红叶先生（即媒人）吃酒席，谓之“陪媒”，这位月老还有个权威名称叫“大掌判”。双方在疑难处，由他裁决算数。处在疑难中他两头梭搞吃，俚语叫“媒人吃廿四台”，好像理所当然。到吉期日，八人或四人抬一“金花诰封”绣花轿子，前面走的是一对大号唢呐，唢呐开道，跟随是小孩穿红衫提绣花灯的叫“子孙灯”，后是旗、伞，继之锣、鼓、唢呐、钹，叫“小乐亭”，周围扎红彩抬着走。也有用两把日月招阳扇的，吹吹打打前往迎新娘叫“接亲”。花轿抵女家，有人挡住大门要包封叫“把关”，新娘接来男家，先设香案，礼宾喊“迎喜神”。礼毕，媒人再开轿门锁，女侍者（亦称伴娘）将新娘搀扶出轿，拖红毡，新娘足不履地，进入洞房脚不踏门槛，新夫妇交拜，坐床沿吃“交杯茶”，点一对龙凤烛，一人唱赞歌：“两支红烛放光芒，照得洞房亮堂堂，照得二人情意好，照得福寿万年长，照得鸳鸯成双对，照得龙凤结成双。”此一幕叫“合卺”。再者拜堂行“庙见礼”（即朝见祖先主位），礼宾读喜文告祖，有时礼宾假意读不出索包封，叫“润舌”。轮班辈互相见礼为“分大小”，拿金银首饰钱钞新夫妇为“献礼”。是夕，亲朋戚友看新娘，新娘新郎抬茶吃，谈笑无忌，如赞茶歌中有：“郎不高来姐不低，天生一对好夫妻，今晚洞房花烛夜，玩耍泥鳅拱草皮”，逗人笑得前仆后仰，主人欢喜。拥入新房叫“闹新房”，一人放鞭炮唱歌曰：“一拍房门喜连连，一心爱看好妆奁，一年好景君须记，一团和气子孙贤。二拍房门不住停，二姓欢喜结朱陈，二人恩爱如山重，二乔美女出名门。三拍房门好江山，三战吕布虎牢关，三顾茅庐诸葛亮……十年身价凤凰池，十载寒窗磨铁说；十（谐识字）义韩朋会团圆。”三朝女家接新郎新妇叫吃“回门酒”，所谓三天回门，四天转脚。新娘在男家已熟习现状，在新婚三天内还要入厨房拿碗、筷、锅、盆等厨具，叫“下厨”，即做饭，唐诗有云：“三日入厨下，洗手做羹汤……”一人唱歌持新妇手曰“刀切九根葱，多子又多孙”却是一例。婚事之后，要请帮忙的吃餐席面，为“谢礼”，还要送礼谢媒，才算完善。

《长沙民间婚丧习俗琐闻》

❖ 朱运鸿：大出丧，巨富之家的大排场

旧社会民国前后常见街头有出殡，大出丧的行列，络绎于途，有的行列绵亘长达数里，当然这是指达官巨富之家，一般是没有的。大出丧如同办城隍会，热闹得很，两旁行人一看就得半天，街道又窄狭，有时水泄不通。在长队最前列，是挎盒子炮的军警，每人挂上一条毛巾做前导，后头为正式仪仗的大型队伍，有纸扎的老虎，有仙鹤童子，紧跟两尊用板车载着丈多高的纸扎神像，名叫“开路大神”，传说是封神榜上的两兄弟方弼、方相。接连四人抬的“铭旌”亭，上写亡人官爵禄位，享寿多少，由名人题字。清末还有四人抬一座“诰封亭”，周围画有龙凤彩色，此亭民国之后不用了。随后，封建王朝所遗留的全副执事、銮驾等还保留着。执事人穿着有一定的讲究，蓝缎袍、红缨帽、青坎肩、灰套裤、青云头靴，夏天穿官纱长袍，戴凉帽或荷叶帽，扇、伞、锣、旗各有八对，官显牌（即官衔）四块，肃静、回避牌两块，后面背蟒鞭童子四人，戴红、黑坨帽，一名童子背令箭架，穿青褙褡、红裤、腰锣一对，吹鼓手一堂八人，和尚十三人，穿袈裟，前一僧敲木鱼领队，跟随合十诵经，念往生神咒。还有用彩棚一堂八人，提香炉、盘香各一对，官衔灯一对，日罩小伞三把，一队十二名鼓手，红号衣、持手鼓，鼓下边饰黄色栏杆，后面八人或四人，抬一绿呢官舆，又叫“神轿”，轿内坐一少年捧死者灵牌，轿夫穿蓝布大褂，套青布围裙镶白边，白大布袜，快鞋，挂条布巾缀丝绦，轿前一引导，拿把木尺，走到人多的十字路口“打轿”，由引导指挥轿夫行走步伐快慢，“兜圈”左右偏摇、“倒退”玩五六个花样，博得观众喝彩，丧家高兴。做官的人家后还有跟八把“万民伞”，一座“香炉亭”，四人抬是古式白铜鼎，香烟氤氲，鼻嗅芬芳，还有雇用一棚尼姑念经的，手持小木鱼，喃喃不停，边走边诵。

又有穿绿色黑边圈领绣花道袍的道士，吹打乐器，多为十八人，取十八罗汉之义，前二人执“招魂幡”“镝钟子”带头唱《劝幽文》，后随一人骑纸扎的“叉子马”，身背印盒，内印一颗文曰：灵宝大法师印。还有儒教（即行文公礼）一堂，礼宾先生计二十四人，名为二十四路诸天的意思。戴平顶冠，穿青颜色白领白袖长礼衫，云头靴套白袜子，前二人一持“功布”一持“云霎”，后跟各持一件乐器，读《朱子诰》，一人骑匹纸扎的“驿传马”，也有的人家把吊客送的祭幛、挽联用竹竿撑起招摇过市。到了民国年间，又时兴赠送花圈，书写一句吊唁话，不久改为一个“奠”字，一路甚至有几十百把个。再后面就是“孝棚”，孝子由仆人搀扶着，手提蒲墩给孝子跪拜呼谢，谢沿路放鞭炮、摆路祭的。执事即送一条白毛巾为“发白号”作谢意。跟着即是灵柩，抬柩的有用十六杠、三十二杠、四十八杠、六十四杠的，甚至一百二十杠的不等，灵柩前拖有两块“亚”字牌引路，分左右边，拖十数丈的白布，尾端扣在“龙头杠”上为“拖丧”，又叫“执绋”，送葬的身着白长服叫“号衫”，亦有胸挂白蓝色纸花的，或青袖圈，最后则为孝亲女眷的宫轿，或马车，多的有几十乘，锣鼓亭压后。要完全说清出大殡的摆场，此说仅够一半，只拿佛事的儒、释、道三教而言。场面只点缀而已，实难尽述！

《长沙民间婚丧习俗琐闻》

第九辑

星城印象·我们所留恋的长沙城

❖ 黄 兴：长沙，全国的模范

自民国成立以来，兄弟由北而南，所经过各地方，其秩序之整理，教育之发达，未有如长沙者。是长沙可以为全国模范，非揄扬也，实成绩之美也。

▷ 黄兴（1874—1916）

兄弟此次回湘，对于实业、教育颇为留心。现在长沙教育得姜知事提倡，程度甚高，预算几可普及。开化如日本，十余年间未能如此进行。此固姜知事之注重教育，亦赖各机关辅助之力。实业非一日所能办好，因现在经济困难，经济不能活动，则实业必不能发展。长沙现已稍具规模，北门市场虽前清所规划，然亦赖人民之自能规划。若能极力修建，极力扩充，则此等新事业、新气象实为民国之特色也。

又，长沙地方自治成绩甚佳，兄弟前时在乡间办理公事，颇知乡间情形。若兴办自治，实具有能力，具有条理，以将都团扩充，即不劳而具也。今既大有成绩，兄弟实深欣幸。光复之后，抢劫时闻。如自治发达，将镇乡清理，遇有不良之人，则设法安置，而外来者不使能入，抢风当可止息。今姜知事规划乡镇警察，此诚切要之图。行见各种事业均有根据，而因之以发达矣。

离乡甚久，未能尽桑梓义务。而各机关团体均能从事改革，兄弟不胜感佩。又今日各校之青年弟兄冒雨而来，雨立以候，足征感情之厚。以后欲巩固民国，全赖各青年弟兄出力。若如我辈则年龄长大，不能求完全学问。故甚望我青年弟兄努力前途，建立极大事业，则幸福莫大焉。今日兄弟无以为酬，唯望各青年以民国为重，负完全责任，则兄弟之希望也。

原载于《长沙日报》，1912 年 11 月 13 日

田倬之：湖南女子最多情

一提到湖南女子便联想到她们的健康、活泼、能干、美丽，不能不称誉她们是中国最好的女子。不过以上那些优点并不是湖南女子所特有的，而真正湖南女子之所以受人推崇，却因赋有另外一种性格，多情。

论健康，湖南女子是不及华北和东北。论活泼，湖南女子是不及广东。论能干，湖南女子是不及四川，因为如像巴蜀清寡妇、卓文君、武则天、薛涛、杨夫人、秦良玉等伟大人物，湖南是没有的。论美丽，湖南女子是不及江浙。唯有多情一项，却非任何地方的女子所赶得上。可以说多情是湖南女子的特征。

湖南女子为什么多情呢？这是有它必然产生的环境和历史存在。

先就自然环境来说：水是与人有密切关系的。水多的地方，人民自然清洁，故女子健康而白。水性弱而流动，故水多的地方，女子温柔而活泼，

水因受外界刺激，为波，为浪，为漩，为瀑，故生长在那些地方的女子多情致。江有沱，水有泊，故生在那些地方的女子对其情人多留恋。湖南有湘沅资澧四大干流，并无数小支流，可算是河流极多的省份，所以她的女子美丽而多聪颖。三湘九转，流水三叠，诸水汇而为洞庭，停留而不去，始也奔放，终也迷恋，哪能不产生多情的好姑娘，而事实上湘中极享盛名的好女子多产生于距湖不远，滨江而居的益阳、长沙、醴陵、湘潭。

大山足以阻碍文化的发展，然而小丘林壑却能增加风景，有益人类。林谷多泉石，岭上生白云，四时之变幻无穷，培出人们多项的生趣。幽鸟相逐，鹿鸣有声，蝶影双飞，比目同戏，哪能不令人类追逐异性。湖南有衡山、有岳麓、有桃源、有郴山、有鸡霄、有九岳，当然要产生出多幻想热情的小娇娘。

气候影响人生极大。太寒，希望少而冷静；太热，怕劳而偷懒；唯有亚热带的人们，早熟而多热情。湖南夙有南国之称，气候常在春夏，哪能不令那些姑娘，迷恋而思有家。

“三湘多香草”，“红豆生南国”，这些馥郁的湘国沅蕙，朱宝青枝，为馈赠之妙品，是相思之尤物，哪能不令洞庭潇湘间的女娘，刻刻思念她的情郎。

就社会环境来说：湖南主要的生产事业是茶，它底采集和拣制，都是需要女工的，终日在山巅屋里机械地工作，是很想有灵肉一致的娱快来调节这样简单底生活；何况采茶天气，正是二三月里极令人骀荡的春光呢！所以在这种工作里曾经产生有不少的艳史和恋歌。

其次湖南女子的生产事业是采麻绩织夏布，与采茶制茶有同样的情调而时间却是南风拂袖罗的四五月，令人昏昏欲睡，巴不得有片时的休息与安慰，与春天有同样的情思。

影响上流妇女的行动为思想，湖南与广东四川一样，可称是民智开化甚早，而且进步最速的地方，为革命发生之策源地，“不自由，毋宁死”，“男女平权，神圣恋爱”，“易求无价宝，难得有情郎”等口号早已为湖南女同胞所稔熟，哪能不叫她们征诸实行！

就历史的暗示来说：中国痴情女子的老祖宗，娥皇女英，为吊她俩情人的魂魄，不惜从中原的国都，奔跑到蛮烟瘴雨的南荒来寻觅。九嶷山下，洞庭湖边，潇湘江畔，猗猗竹前都有她们的芳踪泪痕。然而呼天抢地，终竟求之不得，此天下第一对有情人便也追随她们底爱者而消逝于烟波浩渺里。那些君山下的波涛，澧浦边的明月，九嶷山上的白云，潇湘江畔的黄竹都予湖南姑娘以深刻映像，叫她们如何不学她俩！

屈原虽是男子，但离骚经中所托比的完全是男女相悦之事，而且这些男女对异性都是一往情深，迷恋到得死方休。九歌虽系祭祀迎神的曲调，但也十有九关系爱情的。而且就屈原本人论对楚君楚国之忠诚不变，自甘一死，也与青年男女以莫大暗示。就中国伦理观念来说，事君上，对朋友，处爱人是有似道德的，都要忠贞，屈原之死，更予湖南少女以深刻教训——宁为爱情而牺牲，不愿委屈以苟活。

“戏子无情，婊子无义”这句话是中国人所常说的，但在湖南却例外。因为在湖南却产生了很多有情有义的妓女。最有名的便是下列四个：

唐永州名妓马淑嫁与大府李某，非常美丽而且贞淑，所以柳子厚极称赞她，亲为之作墓志铭，说她：“容之丰兮艺工，隐忧以舒和乐雍，佳治彬殒逝安穷，偕鼓瑟兮湘之浒，嗣灵音之兮求终古。”可见她品格之高了。

又《全唐诗话》载岳州官妓叶珠与新进士袁皓热恋的故事，也是足以见到湘女之多情。他俩打得火热，非此人不想嫁娶，但官妓脱籍须得地方官的许可。所以袁皓作了一首律诗去请求严使君，其中有句说：“也知暮雨定巫峡，争为朝云属楚王。多恨只凭期克手，寸心难系别离肠。”他们底胆大情热可知，严终竟答应了他们，完成一幕喜剧。

但是最令人钦佩的，还是一无名姑娘。据《义妓传》所载，秦少游被谪藤州，道经长沙，偶遇着一个不知名的美貌雏妓，她是一个喜欢秦学士乐府的人，骤然得知来过访的是她素极钦佩的，简直惊喜得不知所措。她和她的母亲待秦真太好了，使一个“充军”的人竟在那里盘桓了很久，结果因为是皇犯，不能不走。在秦离她以后，简直没有交接任何一个人。待秦少游在藤州病死，她仿佛于梦寐间看见，亲自不远千里跑到藤州去吊他。

赶到藤州。她底情人尚未葬。绕棺三周，“一恸而绝”，竟为情人牺牲了。这是多么泣人酸辛。我想秦氏的《南歌子》《满庭芳》诸杰作，恐怕是为她作的。

又衡州妓陈湘与黄山谷恋爱的故事，也是值得人注意的，黄赠寄的词有十多首，中有句云：“尽湖南山明水秀”；“湘江明月珠”；“湖南都不如”；“长亭柳，君知否？千里犹回首”；“林下有孤芳……风尘里，不带尘风气”；“书谩焉，梦来定，只有相思是”。可见黄对她之钦慕倾倒，与相思之酷。

妓女注重金钱，是最无情的，都这样富于真情，大家闺秀可知。

有了以上的自然环境、经济环境的铸冶，人类历史的熏陶，要叫湖南女子寡情真是一件不容易的事。所以凡有湖南太太的朋友，他总感到他的太太给予他的满足，无论精神或物质太多了，而益阳姑娘在长江一带高出苏扬妓一等，也便在此。

因此，我愿全中国的女子都湖南化；我更愿全中国的男子都有一个湖南化的爱人。

原载于《良友》第94期

老　向：湖南的鞭炮

鞭炮在湖南，嘿，了不得！

半夜里突然被一阵噼噼啪啪的乱响惊醒了，不必介意，请你翻个身再睡好啦。前邻家白天娶媳妇，夜半送新人入洞房是要放鞭炮的；后面街坊刚巧在这三更天生下一个大头儿子，禀告祖先，也得先去放鞭炮；隔壁老太太病了，请来的巫师在深夜里遣神驱鬼，香烛和鞭炮都是重要的法宝。但是，你如果清楚地知道四邻都不曾有这猝然的响动，而又听着这噼啪的声音近得别致，仿佛就在自己的大门口，那，你得起床出门去瞧瞧。说不定是一个贫寒人家生了个赔钱货，无法养活，乘这夜深人静，装在谷箩里送上尊府；未便叩门面恳，又怕你不能立刻而知，只好燃放一挂鞭炮唤醒你，也许你的夫人正盼孩子盼得睡不着，不劳而获得这个天落子，喜不可言，那么，你不必怀疑，赶紧去买鞭炮来接着放好啦。如果你府上不能容这位可怜的小生命，你再赌上一挂鞭炮送到别家去就是。不过，请特别注意：箩里原来多少总有一点求命钱，你再转送的时候，能再添上几文更好，至不济也万万不可分那小可怜虫的肥；否则必定有个最大的爆竹——天雷打在你头上。

▷ 放鞭炮

婚嫁，不仅是入洞房要放鞭炮。从送嫁妆起，铺床，翻箱，彩舆迎送，新夫妇在喜谳之前答谢来宾，婚后第二天早上开喜门，以及启用陪嫁的马桶，都得放鞭炮。新郎回门，岳家如果不用鞭炮欢迎，简直可以发脾气，挑亵礼，因为在正月里来个普通的客人拜年，还不能没有一点响动呢。等到岳家的酒席摆好，新郎的随人或轿夫，拿出事先准备的红封包，燃着一挂鞭炮赏给厨子和跑堂的，叫作挂厨，意在替他们宣扬肴馔精美和招待周到。如系丧事，灵柩一起杠，鞭炮就该开始放起。由家门到墓地，往往是一群挑夫专司运输鞭炮，弄得一路上烟气腾腾，招得满街里万人赞叹。

有时，许多亲友们来了，每人提着一盘号称足三万响的浏阳牛口，你不必疑心是自己开了鞭炮庄，那是他们来道喜。你设了商店，便是贺新张；盖了房子，便是庆落成；娶媳嫁女，做寿纪功，都会惹亲动友来送鞭炮。有时你新缝一件鸭绒袍，朋友们瞧见，口头上也得说买挂鞭炮，祝贺你更衣大吉。

小孩子自一生下来，以后逢三朝，做满月，过生日，遇有七灾八痛请巫师，还怕长不成人再到庵里去寄名，放的鞭炮恐怕难以数计。慢说是人，就是母牛生犊，牝猪产崽，添财进寿也是喜事，也得放鞭炮。但是雌鸡生蛋不必放爆，因为她自己会表功。

你要是砌新房子，由开土奠基，至安门上梁，鞭炮似乎像砖瓦一样的重要。你要是搬家，起身时必须放鞭炮。搬到新租的房里，箱笼锅灶，桌凳痰盂，乱七八糟的堆了满院，正在坐立都不方便的时候，房东太太也许首先来凑热闹，燃放三分钱一挂的加花足五百响；紧接着门口也来了一阵噼啪的声音，那，你快出去迎接吧，准是有客来替你贺乔迁。碰巧，你刚把朋友们迎进去了，两个叫花子又点着一挂五十响，抛进大门来讨赏。

在新年下出远门儿，一到乡镇的火铺或饭馆，老板立刻便燃放鞭炮，表示欢迎财神临门；等你要去了，又放鞭炮，大概不是送财神爷而是祝你前途远大。如果是水路出发，船在拔锚的时候，必须隆重地放爆祭神，才能够祈求一帆风顺。若去南岳进香，船到每一个码头，都得有一阵鞭炮。

清明扫墓，恐怕亡人酣卧不醒，忘记起来接受香火，一阵鞭炮满足以唤醒幽魂。中元节前，鬼门开放，鬼可以自由出入了，家家都得把祖宗接回阳宅去供养几天；但是一到月圆之夜，鬼门要闭了，又得赶紧把祖先送回去。在这迎来送去的时候，又得用鞭炮来壮声威。春秋两季祭祠堂，腊月上坟送烟包，鞭炮越多越好。

你若买田，中人把契纸交给你了，放一挂鞭炮就算公告给大众。你若种田，谷苗床地用竹篱围上，插秧时要开秧门，也得放鞭炮。祈求丰登，祭祀社稷二神，更不必说了。据说连正月里的耍狮子舞龙灯及其他的一切民间娱乐，都是预祝谷苗茂盛，不生虫害。此时大量鞭炮的消耗，意在凑热闹。

你若心绪不宁，或是感到床下有鬼，厕中藏魔，那是随时可以买挂鞭炮来一放解疑。有谁开罪于你，经人调解，要求对方放挂鞭炮表示道歉，和要求他登报赔礼一样的正当。

木匠祭鲁班，伶人祭二郎，各行各帮的祭祖师，诸佛生日，众仙诞辰，寻常烧太平香，援例建水陆醮，范围有大小，人数有多少，而都得放鞭炮却是一致的。夏历的初一十五,四时八节，是普遍的敬神日，不放鞭炮才是例外。到了新年，迎神送灶，元旦元宵，更是鞭炮的鼎盛时期。除夕之夜，忌讳呼人名字，哥哥先起来了想去唤醒弟弟，燃着一挂鞭炮扔在他屋里去便成功了。这一夜谁家的鞭炮碎纸积得厚，谁家便是最兴旺的人家。此外，天旱了祈雨，阴久了求晴，水火虫灾，许愿烧香，演戏酬神，无一不是放鞭炮的好机会。

总之，生老病死，衣食住行，在在与鞭炮结了不解之缘，其势力之大，大得可惊。而今仍旧在拓土开疆，日进千里。新船下水，公路通车，一切的纪念日与大游行，运动会开幕，新长官就职，以及赛球得胜，彩票中奖，鞭炮都成了必需品。外人过圣诞节也放鞭炮来凑趣，那是西俗的中化；剿匪也拿鞭炮去助威，又属用场的偏格。大势所趋，说不定湘剧中的锣鼓将来会代以鞭炮呢……

祭神祀鬼，为什么必得放鞭炮呢？这是姜太公出的主意。当年姜翁尚未得志，姜夫人不耐寒苦，下堂而去。及至姜翁功成名就，大封其神，那位离婚夫人也来匍匐讨封。姜翁不念旧恶，颇想安插她这个私人；无奈僧多粥少，神额无余。于是便格外施恩，封她为偷供神。任何鬼神的供品，她都可以公然去偷吃两口，名义虽不光明，利益实大；但是又吩咐她说，只要一听得鞭炮响，她必须赶速逃走，否则，被人捉获，依法治罪。因此，人们在烧香摆供之后，必须先放鞭炮，惊走姜婆。不过这个意义将近失传，放鞭炮的人多半只知其然不知其所以然了。至于放鞭炮可以驱逐外祟，狐怪蛇精，古人早已说过。差不多道行不深的妖气，一经震动，立刻便能烟消雾散。

极聪明的办法，是将鞭炮当作公告社会的利器。买田接契，娶妻生子，都是以通知社会为便的，在未采用登启事散传单以前，没有比放鞭炮再恰当的了。在一个鸡犬相闻、聚族而居的农村里，大小的事情放一挂鞭炮，保准没有一人不知道，比广播电台的效力还稳便。……

鞭炮在娱乐上，几乎与祭祀、祝贺、公告等的意义，混而不分。平淡使人疲乏，而鞭炮是最不平淡的东西。假如除夕没有鞭炮，漫漫长夜，枯坐无聊，那比耍龙灯不敲锣鼓更要索然寡味。鞭炮是近于天籁的自然音乐。由小孩儿到成人，不喜放鞭炮的恐怕不多。有人说，中国人发明了火药之后，只会作娱乐品的鞭炮，连个小炸弹都做不出来。其实这正是中国文化高超的所在；以放鞭炮去满足人类好战的心理，所以才能够养成酷爱和平的美德。

《鞭炮在湖南》

阳　光：湘中梦痕

近来常常做梦。……只有在梦中，我才得翱翔于寥廓的天地之间：天心阁、岳麓山……尤其长沙景物，湘地风光，历历如在目前。

我于是更喜欢做梦了。……

我更将找寻梦中旧境！

先说湖南的省会：在二十九年的春天，我到了长沙。长沙那时还是平静的。只是这古城，充塞了各地投奔来的流浪者。长沙贸易之盛比不上汉口，繁华及不到广州。不过位居粤汉铁路要冲，靠近沅江，地位不失其重要。封建的气味十分浓重，但人民却纯朴可亲！

长沙的气候不见得好，时常下雨，牛毛雨的一种。雨伞的形式固天下皆同，而雨鞋视各地而异，长沙还不是套鞋的世界——在雨天。他们普遍地穿着“高跟木鞋”，方法记得是套在鞋子上的，下江人永远穿不惯，他们的“托托”之声，奏成了雨天的乐曲。最有趣的是：黄包车夫脚踏高跟木鞋，手撑雨伞，大踱其方步。你假使在上海或其他的商埠乘惯快的，催他拉得快些，车夫会立刻停下车子说：“先生，你走吧！”爽气得不要你一个铜子。相反地，包车夫拉着黑得发亮的包车，主人踏着车上的铃，叮当作响，其快步可以打破全国纪录。读过张天翼先生《华威先生》的读者，一定会忆起“忙人华威”坐着包车，横冲直撞，如入无人之境。其地方背景就在长沙。那时候张天翼先生正旅居长沙，以观察之深刻，描写之动人，“华威”跳到纸上，成为活生生的人了。

在上海，旅馆或称客栈、旅社……长沙称之为“商号”，你说商号应该是一爿商店，他们会说客店也是一种生意。普通内地的客店，除房间、茶水、床铺外，行李旅客自备，长沙不能例外。我曾经住过县政府隔壁的一家“福庆商号”，每日大洋四角，供给床铺，更有一日三餐可吃。谚云：“两湖熟，天下足！”湖南是产米的省份，长沙人吃的是饭、饭、饭。他们煮饭的方法，先下米在水中煮滚后，捞起蒸熟，粒粒硬爽。江南流浪的老年人，往往食不下咽。湖南本地人，更有习惯，吃剩了饭，丢掉饭碗离饭桌而走。吃饭吃剩得最多的是“做生意女人”。他们开玩笑说：“江南人流浪各地，是因为把饭吃完了。”他们留的是“余福”！说起“福”，直到现在，我还不曾忘记：长沙的街头、檐下、墙头、门上……都有雕型的、瓦器的、剪贴的蝙蝠的踪迹，以取得好口彩！四毛钱借床铺，吃三顿饭，这好像白头宫女诉说天宝遗事呢！

湖南的口音比较硬性，没有是“冒得”，好的是“要得”，有时候我们坐好了一桌预备吃饭，谈天说地，忽然一声吆喝：“碗到，碗到！”吓得大家一跳。原来茶房拿了菜碗上菜了。湖南话讲得慢，还不难懂。湖南人的个性，也和说话一样硬朗。说干就干，没有“是是否否”的娘娘腔。这种性格，湘西人更显得突出，“一言不合，拔刀相见”，不是假话。长沙不能代表整个湘省，部分的当然能够“略窥”。道地的湖南人，头上包着黑色的纱巾，男女学生保持着俭朴的风气，一律黑布制服，新的有一重光彩，这由人工用光滑的石头磨光的。落后的方法，江南一带，恐怕久已失传了。长沙的学生，参加社会活动的不少，大概继承过去的革命传统吧！

说到吃，有多少东西，至今令我神往。一种辣椒牛肉，干香，辣得有味，一毛钱买上十多块，可以下酒，可以过泡饭吃，就是一卷在手，嘴里嚼嚼，别有风味。凉薯形若甘薯，皮松脆可剥，雪白绝嫩，有药味，汁多，一二分钱可买一大个。郭鼎堂先生到长沙来，举手尽数枚。一次去饭店吃清炖牛肉，店名已忘了，馆是教门，喊一盆干切牛肉，清炖牛肉及牛筋，酥且肥腴，汤清见底，吃得醉眼蒙眬，心底的拜服：口味之佳，全国不作第二家想！可惜一小碟槟榔，苦于未加咀嚼，白白放弃，如今引以为憾！

▷ 长沙中山纪念堂旧照

长沙可供游览的地方不多：城外有个花园，没有去过。皇仓坪的中山堂、青年会，能听演讲、打弹子……岳麓山在长沙对岸，山下是国立湖南大学，建筑富丽堂皇，研究学术的空气异常浓厚。山上有黄克强、蔡松坡两将军之墓，革命元老，令人敬仰不已。民众俱乐部里有报纸、乒乓台、高尔夫、图书馆，我也常去。天心阁是依城墙建筑的，沿石级而上，能鸟瞰长沙全市，泡一杯龙井，消磨光阴的不少。王鲁彦先生的一篇《柚子》，经鲁迅先生编入“新文学大系”，序言上说：“颇为当时湖南的作者不满，而能诉出忧愤之情！”写作时适属军阀时代，杀头是事实，看杀头也是事实，小说背景长沙浏阳门外，距天心阁不远，那里现在是累累土馒头了。

“文士苦穷”，在长沙如果不当编辑，写写稿子的作者，饿死无疑。当地的报纸，有《湖南商报》《大公报》等，副刊收外稿，稿费节上算账，有不有还是问题。后来有三张报纸在此出版，以《闲话扬州》得罪江北同乡的易君左主编《国民日报》，程沧波编《中央日报》，田老大主持小张报纸。《国民》与《中央》算有稿费，千字一元左右。田老大的报纸，不支稿费。每周有诗歌社诗刊发刊，执笔的有力扬、常任侠、孙望、黎亮耕等诸家，出过一次纪念屈原特刊。负责者孙望，赔邮票，贴车钱，送稿子，校对，一丝不苟，现出书生本色。其中力扬的诗写得最好。诗的作风上，和以前广州蒲风、雷石榆等不同。诗歌社唯一的成绩，是邀汉口穆木天先生等，集成一个诗集《五月》出版，特载有瞿秋白先生的译诗《茨岗》。当时长沙的文化人，来往者殊夥，朱自清、丰子恺，都到过；张天翼，且住过相当时候。茅盾先生在银宫大戏院演说，提出文艺上的反差不多运动，主张描写自己熟悉的事物。郭鼎堂先生一次演讲，连得青年会礼堂窗槛上，都躲足了人。他从考据学的见地论述时局，片断的笑声，不时地由听众座中透出来。长沙本有开明书店等数家，加上上海杂志公司、生活书店的新设，文化的食粮还算不见缺乏。湘戏没有见识过。丁绒和湘绣确是名贵非凡，绣出的虎、狮、花、鸟，生动得很。当时洋价一元六千文，市上有当二十的铜元流通，鲜肉每斤九百六十文——自然，以上种种，在今日看来，也还是白头宫女口中的天宝遗事罢了。

原载于《万象》第10期，1944年4月

郭维麟：忌鬼的“鬼城”

湖南的大宗出产是人和鬼。你不信么？数数看：曾国藩、左宗棠、彭玉麟、陶澍、黄克强、谭延闿、鲁涤平、田寿昌、唐槐秋、沈从文、丁玲、谢冰莹，在上海卖字的榜眼翰林公郑沅，以及在北平号称江苏旅平名媛、在上海又号称“北平小姐”的剧人白杨小姐，不都是湖南人么？师教，排教，辰州符所役使的，不都是湖南鬼么？

▷ 长沙曾文正祠御碑亭

讲起人呢，已死的都有盖棺论定的评价摆着，未死的却未便擅自胡乱地去替他们盖棺，似乎没得什么好说，所以要紧的还是谈鬼。只要你一踏进湖南的土地，你便从鼻孔里也嗅出一股鬼气，包你马上便感觉到鬼气森严。家家虽不一定有几本难念的经。可少不了有几张龙飞凤舞的避邪符：当先大门口便是一个大鬼脸，青面獠牙，看了毛骨悚然，张开大嘴，准备吞食一切的妖魔鬼怪；如果没有这个大鬼脸挂着，便得有一方镜子代替；然而机关衙门的大门口，当然不好意思也挂这类东西，于是便由一个生来就呕气似的人脸代替，这人脸的主人翁，不是卫兵就准是门房，人鬼固然有分别，脸则一致难看，无甚轩轾。其次，堂屋里、房门口、窗户上、帐顶前，十九都粘着家宅平安、消灾祛病的灵符。若不是鬼多，焉用如斯费力？加之河里浮出练习游泳的童尸，身上挂的有水厄符；用棺材盛着的不服医药的婴儿，胸前摆的有易长成人符；接生婆手术不高明勒死的产妇，纽扣上照样也有一个装安胎保产符的青布口袋，尤其证明了湖南鬼多，不但多而且厉害，厉害得不服符咒的管理与镇压。

为了鬼多，所以湖南人特别忌鬼。清晨未吃早饭，是当然地绝对不许说鬼；不许说鬼之外，还要不碰见和尚，因为和尚是光头，大清早起头便是一光，一天都不会吉利，何况和尚又是与鬼神特别接近的东西呢。这还不一定是湖南人的专利习惯，不算稀奇，湖南人还有忌说“龙”“虎”和“蛇”三个字的，才真值得怪呢！“灯笼”末改叫“亮壳”，“龙”末改叫“绞丝”，我家不远有个镇市叫作“龙头铺”，于是三岁小孩都知道称为“绞丝铺”。“蛇”末改叫为“溜子”，“老虎”末改叫为“老虫”，或者归纳于豹类，统称为“豹子”，于是，“府正街”和“府后街”也就另外改成“猫正街”和“猫后街”，“斧头”则称为“开山子”，“豆腐”叫作“水块子”，至于把“省政府”和“国民政府”是否改称为“省政豹”和“国民政猫”，这却弄不清楚了。

《湖南人》

蒋梦麟：战时的长沙

长沙是个内陆城市。住在长沙的一段时期是我有生以来第一次远离海洋。甚至在留美期间，我也一直住在沿海地区，先在加里福尼亚住了四年，后来又在纽约住了五年，住在内陆城市使我有干燥之感，虽然长沙的气候很潮湿，而且离洞庭湖也不远。我心目中最理想的居所是大平原附近的山区，或者山区附近的平原，但是都不能离海太远。离海过远，我心目中的空间似乎就会被坚实的土地所充塞，觉得身心都不舒畅。

我到达长沙时，清华大学的梅贻琦校长已经先到那里，在动乱时期主持一所大学本来就是头痛的事。在战时主持大学校务自然更难，尤其是要三个个性不同历史各异的大学共同生活，而且三校各有思想不同的教授们，各人有各人的意见。我一面为战局担忧，一面又为战区里或沦陷区里的亲戚朋友担心，我的身体就有点支持不住了。“头痛”不过是一种比喻的说法，但是真正的胃病可使我的精神和体力大受影响。虽然胃病时发，我仍勉强打起精神和梅校长共同负起责任来，幸靠同人的和衷共济，我们才把这条由混杂水手操纵的危舟渡过惊涛骇浪。

联合大学在长沙成立以后，北大、清华、南开三校的学生都陆续来了。有的是从天津搭英国轮船先到香港，然后再搭飞机或粤汉铁路火车来的，有的则由北平搭平汉铁路火车先到汉口，然后转粤汉铁路到长沙。几星期之内，大概就有200名教授和1000多名学生齐集在长沙圣经学校了。联合大学租了圣经学校为临时校舍。书籍和实验仪器则是在香港购置运来的，不到两个月，联大就粗具规模了。

因为在长沙城内找不到地方，我们就把文学院搬到佛教圣地南岳衡山。我曾经到南岳去过两次，留下许多不可磨灭的回忆。其中一次我和几位朋友曾深入丛山之中畅游三日，途中还曾经过一条山路，明朝末年一位流亡皇帝（永历帝）在300年前为逃避清兵追赶曾经走过这条山路。现在路旁还竖着一个纪念碑，碑上刻着所有追随他的臣子的名字。在我们经过的一所寺庙里，看见一棵松树，据一位老僧说是永历帝所手植的。说来奇怪，这棵松树竟长得像一位佝偻的老翁，似乎是长途跋涉之后正在那里休息。我们先后在同一的路上走过，而且暂驻在同一寺庙里，为什么？同是为了当北方来的异族入侵，1000多年来，中国始终为外来侵略所苦。

第一夜我们住宿在方广寺。明朝灭亡以后，一位著名的遗老即曾在方广寺度其余年。那天晚上夜空澄澈，团圆明月在山头冉冉移动，我从来没有看到过这样低、这样近的月亮，好像一伸手就可以触到它这张笑脸。

第二夜我们住在接近南岳极峰的一个寺院里。山峰的顶端有清泉汩汩流出，泉旁有个火神庙。这个庙颇足代表中国通俗的想法，我们一向认为火旁边随时预备着水，因为水可以克火。

第二天早晨，我们在这火神庙附近看到了日出奇观，太阳从云海里冉冉升起，最先透过云层发出紫色的光辉，接着发出金黄色、粉红和蓝色的光彩，最后浮出云端，像一个金色的鸵鸟蛋躺卧在雪白的天鹅绒垫子上。忽然之间它分裂为四个金光灿烂的橘子，转瞬之间却又复合为一个大火球。接着的一段短暂时刻中，它似乎每秒钟都在变换色彩，很像电影的彩色镜头在转动。一会儿它又暂时停住不动了，四散发射着柔和的金光，最后又变为一个耀目大火球，使我们不得不转移视线。云海中的冰山不见了，平静的云浪也跟着消逝，只剩下一层轻雾笼罩着脚下的山谷。透过轻雾，我们看到缕缕炊烟正在煦和的旭日照耀下袅袅升起。

来南岳朝山进香的人络绎于途，有的香客还是从几百里之外步行来的。男女老幼，贫贱富贵，都来向菩萨顶礼膜拜。

长沙是湖南的省会，湖南是著名的鱼米之乡，所产稻米养活了全省人口以外，还可以供应省外几百万人的食用。湘江里最多的是鱼、虾、鳝、鳗和甲鱼，省内所产橘子和柿子鲜红艳丽。贫富咸宜的豆腐洁白匀净如浓缩的牛奶。唯一的缺点是湿气太重，一年之中雨天和阴天远较晴天为多。

我每次坐飞机由长沙起飞时，总会想到海龙王的水晶宫。我的头上有悠悠白云，脚下则是轻纱样的薄雾笼罩着全城，正像一层蛋白围绕着蛋黄。再向上升更有一层云挡住了阳光。在长沙天空飞行终逃不了层层遮盖的云。

湖南人的身体健壮，个性刚强，而且刻苦耐劳，他们尚武好斗，一言不合就彼此骂起来，甚至动拳头。公路车站上我们常常看到“不要开口骂人，不要动手打人”的标语。人力车夫在街上慢吞吞像散步，绝不肯拔步飞奔。如果你要他跑得快一点，他准会告诉你“你老下来拉吧——我倒要看看你老怎么个跑法”。湖南人的性子固然急，但行动却不和脾气相同，一个人脾气的缓急和行动的快慢可见并不一致的，湖南人拉黄包车就是一个例子。

他们很爽直，也很真挚，但是脾气固执，不容易受别人意见的影响。他们要就是你的朋友，要就是你的敌人，没有折衷的余地。他们是很出色的军人，所以有“无湘不成军”的说法。曾国藩在清同治三年（1864）击败太平军，就是靠他的湘军。现在的军队里，差不多各单位都有湖南人，湖南是中国的斯巴达。

抗战期间，日本人曾三度进犯长沙而连遭三次大败。老百姓在枪林弹雨中协助国军抗敌，伤亡惨重。

在长沙我们不断有上海战事的消息。国军以血肉之躯抵御日军的火海和弹雨，使敌人无法越过国军防线达三月之久。后来国军为避免继续做无谓的牺牲，终于撤出上海。敌军接着包围南京，首都人民开始全面撤退，千千万万的人沿公路涌至长沙。卡车、轿车成群结队到达，长沙忽然之间挤满了难民。从南京撤出的政府部会，有的迁至长沙，有的则迁到汉口。

日军不久进入南京，士兵兽性大发。许多妇女被轮奸杀死，无辜百姓在逃难时遭到日军机枪任意扫射。日军在南京的暴行，将在人类历史上永远留下不可磨灭的污点。

▷ 长沙临时大学师生前往昆明途中

新年里，日军溯江进逼南昌，中国军队集结在汉口附近，日军则似有进窥长沙模样。湖南省会已随时有受到敌人攻击的危险。我飞到汉口，想探探政府对联大续迁内地的意见。我先去看教育部陈立夫部长，他建议我最好还是去看总司令本人。因此我就去谒见委员长了。他赞成把联大再往西迁，我建议迁往昆明，因为那里可以经滇越铁路与海运衔接。他马上表示同意，并且提议应先派人到昆明勘寻校址。

民国二十七年（1938）正月，就在准备搬迁中过去了：书籍和科学仪器都装了箱，卡车和汽油也买了。二月间，准备工作已经大致完成，我从长沙飞到香港，然后搭法国邮船到越南的海防。我从海防搭火车到法属越南首府河内，再由河内乘滇越铁路火车，经过从山峻岭而达昆明。

张恨水：一路挤到武昌

长沙之为瓦砾堆，自早在吾人想象中。既下车，穿堆墙残砌，行入一冷巷，是为东正街罗祖殿。前后百十幢房屋，尚相当完好。吾人投一旅馆，得一楼房。虽形势犹存，有窗而无门，有榻而无案。尚幸索得火盆一具，可以围火，此间旅店制，颇具特别意味。客饭每餐八百，房租奉赠，如不饭于此，房租则索一千二百元。吾人打如意算盘，愿饭于此。食时，则十余人一桌，仅菜六碗，白菜豆腐，且居其三。食后大笑，几不知此如意算盘谁属也。是夕，细雨，寒气甚重。同人均欲一观劫后长沙，携灯往探最著名之八角亭。至则临时房屋，亦如炸后重庆之小梁子。唯其矮小之房屋，各门一八字大门，不复置街窗，亦属别有风味者。电灯犹去恢复之期尚早，利用一切照明器具，则甚于重庆停电之夜，如煤油灯、菜油灯、土蜡烛，即为渝市所仅见也。一般物价，与衡阳若，交通除火车汽车外，有小轮通常德、汉口。但下行船，例拥挤于军事第一条件下。小轮至汉，统舱二万元，房舱倍之，顺利行四日，遇风浪顺延，行六七日亦恒事也。火车例每日售武昌票二十张，依登记换购票证，缴半价，再由购票换票，须行三次手续。车站无站，于瓦砾场外一破室中，破墙为洞，缓行其事。登记人夜半而往，张伞缩顶，排立风雨中，且往往扑空。实则熟于此道者，可不必如此，以一万元或二万元代价可得黑票。更有黠者，即此道亦属可免。候车于修理厂开来时，一拥而上，好在无次不挤，亦无人检票阻拦。既得一席，无论有票旅客如何叫骂，决置之不理。但勿占有号码者位置，可不至闹至站长台前，自可冒滥于车厢中。车行矣，大关即过。如无人发觉，即不费一文，发觉矣，充其量补票耳。价不过五千余元，较之以二万元得黑票，其便宜如何。

▷ 火车站拥挤的人群

吾人廿三日夜半至站，冒微雪立废墟中二小时，小儿冻至哀号，意固在免登车拥挤。不知车到站时，即为上述之黠者抢先，至令同人全由小如狗窦之车厨中钻入。幸同人力争，两板凳上人，以无票而相让。但于凳头立一人。膝撑余腰，行李堆上又坐一人，身压余背。急呼站上人，但彼来时，仅佯呼“查票查票，无票下车”。车中人均答以有票，即悄然而去。其怠荒不负责任，非黑市有以致之，吾不信也。由长沙以北，路基较好，车行顺利，沿途时见俘虏工作站上，似甚守秩序，全面视车中人，惶然流汗。四时抵岳阳，又拥上无票之客人无数，仅两车厢衔接之挂钩旁，即堆挤数人，有一人且手攀窗而立于车壁外。黄昏到临湘，同人均宿车上，不敢行，唯由妇孺下车觅食宿处。车站去县城三华里，站上客店，均临时支盖，简陋不可名状，无足述者。站后半里，即柴草编支之日俘集中营，可遥见日俘出入。站上日俘，亦频频往来，但为工于铁路者，倒得自由，其来稍久者间能操当地土话，坐于冷酒馆中吸纸烟吃煮面。余曾衣余二十年之老伴大衣，入屋购落花生。日俘以为官也，起笑而敬礼。余虽怜之，又复鄙之。盖闻此间人言，老东杀人如麻，捕得吾同胞，不杀，以长钉钉入脑顶，使其惨叫而死，同在此一地，何前倨而后恭也？国不可亡，同胞勉乎哉？廿四日夜半，妇孺燃烛入车，勉可就座，回视前后，两车厢，已客满矣。是日之挤，自无待赘言。过汀泗桥羊楼司诸名战场，均以车厢过挤，无兴赏鉴。下午三时半抵武昌总站。以汽油耗尽，停车候油，旅客不能耐，一一下车，由此穿武昌城而往汉阳门。

《东行小简》

张文博：长沙的古朴风尚

长沙虽然是在现代化过程中的都市，却还依然充满着中世纪残余的意味。因此，一般市民的生活，还是相当地保守着古朴的风尚。就是那些少年的官吏和绅士们，也有几分老绅士的神气。他们很少像江浙人那样好着西服的，身上着的大半能够符合最近六中全会规定的服制，长袍马褂，衬托得十分雍容儒雅似的。他们见了人，免不了作揖打拱；到人家贺寿吊丧，自然是遵用清朝的跪拜礼节。

谈到妇女问题，他们很憎恨恋爱自由和女子再嫁的事，对于节妇烈女，是要赞叹几句“可风末世”的。可是他们并非“戒之在色”的孔门信徒，他们流行的口号是“做人”——就是“讨小老婆”的切口。

他们说：“凡是有点狠气的，都要讨两个以上的堂客。”其理由是“人生行乐耳”。不只是做小小官儿的，就是中学教员，多兼了几个学校的课，也要尝试尝试。小老婆与包车，几乎是新兴绅士们必备的两件玩意儿。

长沙汽车很少，大约是要师长以上的官，才有自备汽车。所以自备一辆包车，在斗大长沙城中，也相当的神气。即使老爷们不常坐，让太太们乘着到亲眷家里去实行“新生活”，也是好的（“新生活”是长沙流行的新语，意思是“搓麻雀”）。

太太、小姐们的打扮，自然又是一条路线，她们总是朝着现代化一方面，但道地摩登的还是只让汽车阶级，据说这是经济条件使然。

维持风化、褒扬节烈的事，当局不遗余力地在做。有某机关女监印官，为一个男性公丁所爱，女监印官不高兴那个公丁，那个公丁疯狂似地单恋着她，常常在办公后归途中和她纠缠。于是女的报告警察，把男的捉去吃了一顿官司。哪知他一出来，依然到街上去纠缠那女子。官厅里也知道是个疯子，只好把他再捕来关起。后来当局为维持风化起见，特提出枪毙，以儆效尤，罪案是“蛮恋”。

今年七月，长沙各报载省府褒扬节烈，颁发匾额的地方有数处。这种匾额的样子，我没见过。但以颁给长沙一个百岁农民的匾额为例，便是一块白竹布，上面写几个字。那个百岁农民所得的匾额，是写的“葛天之民”四个字，这大概恭维他是一个原始社会的人，真正也古得可以了。

《长沙的文化姿态》

匹　夫：后汉古迹捞刀河

我不知道，我爱河，仿佛如同一位天涯流浪者，在阴森晚上，爱幽美的月亮一样。

河，温柔的河流。琅琅的涛声，细细的波纹，会给我一个重大的启示，使我知道生命力的伟大，当他彻夜川流不歇的时候，经过了万叠重山，经过了千百丛林，他，还不会停歇他的生命力，所以，我每望河，就如一位革命者，崇拜他的领袖一样，内心里，起了无限的钦敬与拜服。前几天，我曾从湘流河岸到捞刀河，虽然，这只有十五华里的短短过程，但那悠悠的水流，又掀动我万种的情绪，在一个仲夏晨阳，披着光芒金甲，从水平线上升起来的时候。

我别离湘江，怕莫是五年以前的事了，五年以前，我乘着扁舟，去到回雁峰上，但不久乃赋归来，这次，又暂离他，虽没有一点黯然销魂的情景，然而，对面麓山的倩影，不是令人在留恋吧，直到船在草潮门外解缆了，一声汽笛，机音轧轧的摇动起来，我站在船头，又开始探讨河的神秘。

平浪宫过后，电灯北厂又过了，左岸的纺纱厂的烟囱里，喷出浓郁的黑烟来，在黑烟中，不知卖掉多少人的青春，更不知用尽多少人的血力，才蔚然成就湖湘这一个生产的大厂。现在，烟囱里，又开始喷出黑烟来了，意思是报告关心的人，纺纱厂，已恢复原日的状态。南风，吹到船头，令人感觉有无限的舒服，帆船上舟子的歌声，是那么动人心曲，我所以爱河，是它最够伟大了，你看河上，不是包罗宇宙间最伟大的物与力吧。一会儿，新河飞机场，又经过了，在寂静的机场上，没有看见一只飞机的迹影，使我很感觉我国航空建设的依然落后，像这样的一个华南重镇，没有几只铁鸟，作战时的准备，那么，假若是异国飞机来到，岂不是任所欲为吗？华北的风云，也日趋于紧急了，七百年故都文物，在敌人的炮火之下，将成为瓦砾，成为灰。我想20世纪的世界，是铁鸟的世界，人，不过是天地间待死的罪囚而已。船，经过了青山，经过了田陌，经过了落刀嘴，就到了我的目的地——捞刀河岸。

捞刀河，是长沙县东北乡通湖南省会的孔道，河面是狭窄的，有一条铁桥，可以从陆路到达长沙市，不过，因水路轮船的迅速，往来的人，都舍彼而就此了。从捞刀河水路再上去，就是罗汉庄与水渡河，轮船开到渡河为止，每天来往有两次。我是初次到捞刀河的，在旁人以为这呆板的河流，当难受人们的注视。然而，我却在捞刀河岸，站立了两小时，用目光审视这河流的特色，它没有湘江的庞大，但它那瘦弱的身躯、足像一位乡下姑娘的苗条身段。人，是最爱时髦的，也许这位乡下姑娘久经人置之脑后了吧，因为她的私自饮泣呢。

捞刀河，有一条小街，有几十个门面，岸边有一个高觉寺，现在做了私立同心小学校与社会军训队部，我想那里商店的生意，当然是不顶大好的，因为它隔长沙市太近，比起新康靖港，当然有天壤之别了。捞刀河，最多的，是轿夫，据他们说有三百几十人，一个这么渺小的口岸，要维持这许多人的生活，是件多么难的事，所以，当你每到捞刀河岸的时候，就可听到一些“先生，要轿子吧”的弱小呼号，刺进你的耳朵，这是目前社会最难解决的大题目，很值得社会学者的检讨。

那天，我到捞刀河，恰巧是那里社会军训毕业日，他们在铁路坪内，搭了一个高台，聘请百台戏班，预备演戏。这时，捞刀河，也随着热闹起来了，在附近十余里内的男女，都络绎不绝地参加这次盛会。本来，社会军训，在我国，还是破天荒第一次，毕业典礼，应如何的隆重呢！不过，我很叹息那班军训毕业生的精神，有的太萎靡不振，当军人，是要雄壮激昂的，若太颓丧，怎么能够捍卫祖国呢。

何况，捞刀河，还是后汉一个最著名的古迹，在汉室微弱不振诸侯各自割据的时候，刘备起来勤王，派关云长攻打长沙，这里，就是他青龙刀捞起的所在。后汉关公，于我国历史上，是很负盛名的，他那为国抗敌成仁取义的壮心，很可为后人的效法，所以我愿祝捞刀河社会军训，莫遗忘这页史迹，继续关夫子的雄风再干。

最后，捞刀河，终又与我话别了，在生活圈子的旋转里，我又回到了湘江，但是，那瘦弱的细流，怎够使我一日忘记。

原载于《力报》，1937 年 7 月 22–23 日

田　汉：梦里的故乡

从青年会里别了柳罗两君，和赶来送行的诸位朋友同到船上时，已经8点钟了。船小人多，房舱又恰在火舱侧边，蒸闷不堪，一时头上汗如雨下。只得重偕他们上岸，在江边立谈。谈起这半年间的影事，又谈到将来的计划，杂着又说了些笑话。站在江边警戒的士兵，等着接生意的车夫，在码头上卖水果的小贩们，听得我们时而笑谈，时而叹息，都睁着好奇的眼睛望着我们。我们谈到差不多要开船的时候，五弟也提着篮子赶了来，我嘱咐他发愤读书，并且要他赶快下乡到妈妈那里去。因为妈妈骤然离开了她两个儿子，心里一定寂寞得不堪，何况又在一番人生的悲哀以后呢！我和送行的诸位好友一一握别了，五弟同九叔重新又送我上船，船本说晚上9点半钟开，但直到11点钟才开，所以他们谈得很晚才去。后来汽笛一声，卖水果吃食的人都上了岸，这才听得机声轧轧，轮身打了个大兜转，向湘水下流直驶，一时水声震耳，清风飘衣，蒸闷之气，为之一散。这总算离了长沙了，我和同行的三弟、叶鼎洛君坐在船边的石凳上，手攀着铁栏，望着夜雾迷茫中的湘水，望着万家灯火的长沙，望着新由云中出来的半圆的明月，像都引动了各人的愁绪，相对无言，这时的情境正所谓“晚风叹息白浪吼”，我低吟着拜伦的《去国行》不觉泪下。船行极慢，只听得船两边竹篙打水之声，与报告“四尺五”“五尺”“五尺一”“五尺三”……之声。夜越深，水也越深，风也越冷，他们也不打水尺了。我们劳苦了一天昏昏思睡，便下到舱里去寻找我梦里的故乡。啊！故乡当于梦里求之耳！我去年不是为求故乡而归的吗？去年在南通时，友人左舜生兄劝我们归上海，我们不是厌倦上海的喧嚣，想要到我们的故乡求暂时的安息吗？我不还引着威廉·易慈（William Yeats）《银泥斯瑚理之湖岛》（The Lake Isle of lunisfree）的首章——

好，去，到银泥斯瑚理去，
到那里去用泥和树枝建一间小屋
栽九块豆子养一箱蜜蜂，
独在那蜂声嗡嗡的山径里享人间的清福。

来表示我们的忆乡之情婉谢他的劝告吗？但我们一回到我们的“银泥斯湖理”时，才发现我们还是异乡人。我们带的钱，在路上已用罄了，称作回乡，其实是无家可归，我们祖上留下来的唯一的一栋房子，就是我诞生之地，早已卖给人家了，我从那所房子前面经过时，几乎要哭出来。因为连我小时候攀缘过的那些果树都被新主人砍掉了。我们“上无一尺天，下无一尺地”，却到哪里去找泥和树枝建小屋，更到哪里去栽豆子养蜜蜂呢？我们后来只好都住在外祖父家里。漱瑜在养病，我们便在山里捡捡柴，舂舂米，我外祖父家里本来养了两大箱蜜蜂，平常每年要出十几斤蜜，可巧自从我三舅被害之后，那些蜜蜂都跑了。所以漱瑜气喘的时候，想要弄点蜂蜜给她润润肺，还得托人四处去讨，而在平常是用之不竭的。乡里人都说蜜蜂跑了象征主人不利，不想漱瑜果然应了蜜蜂的预言，一病不起，人生不过数十寒暑，无贵无贱终于一死。她虽然不曾如她自己和我的愿，多做得一些事业，多过得几天畅快日子，但她总算归了故土了。最难得的是她死时所睡的床正是她生时所睡的床。更难得她葬在她二姑妈即我姨妈旁边，也可以不寂寞了。我有一晚梦见读她寄我的诗，醒来时也做了一首：“是耶非耶谁能保，梦中忽得君诗稿。倦鸟欣能返故林，小羊姑让眠青草。平生好洁兼好静，红尘不若青山好。只怜尚有同心人，从此忧伤以终老。”她算倦鸟似地宿在故枝上了，小羊似地眠在青草上了。但我在她死后虽在生我长我的故乡生活了半年，却依然是个异乡人，依然是“上无一尺天，下无一尺地”，依然天天感受精神上生活上的不安。我的故乡爱我的人，寄我以不甚适合的希望，恨我的人也罪我以不甚适合的罪名。我时常城里住得厌了又下乡，乡里住得不安了又进城，我总觉得我眼里的故乡，还不是能慰藉我的故乡。我觉得我在异乡异国受了侮辱，感受人生的凄凉的时候，我所景慕，我所希求，我所恨不得立刻投到她怀里的那个故乡，似乎比这个要光明些，要温暖些，我似乎是回错了！我的灵魂又引我到所梦想的那个故乡去了，啊！梦里的故乡！

选自《田汉代表作》，上海三通书局1941年版

老　方：夏天里的长沙

桃花谢过了，柳条长得密密的快要成荫了，燕儿肥了，野藤已从矮篱笆爬上屋了，1937年的春天，又悄悄地在毛毛雨轻轻风中，不复回头的溜去。

天上如一团团棉花似的浮云，一块一块消散开来。对河的麓山，已不似春季披着一层被蒙着的神秘底温柔，现在是正如同一个最开通的少女，做了新嫁娘、大大方方的风度。太阳已没有春时的柔和可爱，照在人们的身上，总有一阵热烘烘的气息，使人感到有点不舒服，渐渐在逐步施展它烈火的强光，好像在对人们示威。

只要是晴天，在马路上，在大街中，在小巷里，只要你留心来来往往的每一个路人，偶一低头，便看见皙白的丝光袜子，高跟凉鞋，网球鞋，各种不同白色的脚，很留心很缓慢用脚尖一颠一颠从眼底溜过。偶一抬头，便瞧见袖子那么短短的，衣衫那么薄薄的少爷小姐，太太先生们得意而骄傲地微笑着，打从你眼旁晃过。他们和她们，感觉力特别比任何人弱：仍是深秋的时候，已穿上了外衣、绒衣，披上了雪巾；还是冬尾，就罩上了薄薄的春衫！夏天刚到，纺绸衬衣，凉鞋，就早已出现了。

在夏天，河边、马路等处，是清晨或薄暮，常时增加了很多男女老幼，在踱着，游着，或静坐品茶，或对立闲谈，解除整天被热气侵袭的内心底疲劳的苦闷，在这炎威逼人的时节已经来临人间的时候。

天心阁，游路，是最适宜于夏季的，正是她们的黄金时代到临了。她

的位置恰在没有城市车马的嚣喧，没有乡村的孤寂的中间，可以说：都市与乡村的美，她们是兼而有之，说像都市，也有点相像，说如同乡村，也很有乡村的风味。

夏天以高处要比较凉爽，天心阁很合乎这个条件；并且她有荫翳的树林，柔软的草地，摩登的饮食处，大众化的民众教育馆第一分馆。假如你觉得身体疲倦了，你可以倚石栏杆上或躺在草地。用静静的头脑，看看晨曦东来充满着无限美丽希望的景致，夕阳衔山时的天边的晚霞，浓妆淡抹一弯新月会心的微笑；用明锐的耳朵细听清风袅动的节奏，远远的人喧车嚣的交响曲，低低切切微小的情侣连绵难断的情话。假如你觉得饥渴了，你可以躺在棉软的藤上，喝着茶，抽着烟，食着点心，闭着眼，让凉风熏陶你的身心，充实你的肚子；你如果感到太愁闷了，可以到阅览室，翻翻报纸，看看书，来安慰你苦闷的精神。总而言之，天心阁是最适宜于夏季的，是顶好的避暑地。

其他的避暑地，民众俱乐部，游路，环城马路，都很适宜于南国浓郁香气吹来的一个盛夏。

游路，大多数为工商人的消夏地，知识分子，有闲阶级，很难得到这里纳凉，这里可以说是“平民避暑地”。这最大的原因，为了游路太偏僻，同时游路的路基，根本很危险，凸凹不平而狭仄殊甚，路的两侧，毫无隔栏，若夜深月落，真恐怕有葬身老龙潭鱼腹之虞。但是茶点取价甚廉，所以工商人，这里占最大数量。民众俱乐部，名字虽很好听，俱乐部之上冠以“民众”，但其实是名不副实的，一切都差不多是贵族化，戏院票价高至一元二元，最低的也得三四角。理发、吃大菜、拍照，你看，除了几个穿高跟鞋、着西装的阔绰绅士或大人太太们时常照顾一下外，你又哪一次能看见一个挟布伞穿草鞋、蓝大布衣的乡民进去过几次？最怪的：下棋非会员不能，打球亦复如此，高尔夫球场，简直没钱的想要见识见识，都不可能！这，要比汉口的新市场都不如，二毛大洋的门票，可以由早至晚看到各种不同的娱乐。然而，何况新市场是完全商业性质，民众俱乐部是属于民众的呢，这真有点费解！

▷ 打高尔夫球的末代皇帝溥仪

所以，由上面所述，游路、民众俱乐部与天心阁比较起来，公共场所往热季走要算天心阁最热闹。

在一般有钱的人，夏季到了，又朝远处想了：麓山或水陆洲空气清气候凉爽，风景又十分好，房租也不贵，于是，有些人在夏季移民到那里去了，秋凉又移回来。

现在，早晨的天气最好，一般酷爱国术的人，又重现于天心阁、游路等处了，什么马道人的邬家捧，吴老头的太极拳，记者连数也数不清楚了。

再隔上十天，天气再热一点，以女招待做招牌的咖啡店、饮冰社，又应运而生了，一班有闲心的人，又将大选其“咖啡皇后”，大出其咖啡选集，依我的意见，不若用四个最好听的字“咖啡救国”，还冠冕堂皇些。

好！夏天是已经到了，我老方也不得不把这件民国元年做的驼绒夹袍脱掉，换一换朝，可是，刚把夏布长衫拿出来合一合身，长仅齐膝，袖子大得像道袍一样，非再另制一件不可；但是制衣的钱呢？回头一想：算咧！将就穿穿罢！人家笑我，倚老卖老罢了。

原载于《力报》，1937年6月

田　汉：离乡的滋味

“黯然销魂者唯别而已矣。”这句话一点也不错。但也不要等待你年纪大了点，尝过了些人生的滋味，你才真正了解离别是何等黯然销魂的事。不然也就不觉得怎样。

民国五年秋，我在长沙师范学校毕业，许多朋友打点去当教员，我算是特别幸福，可以不必到教育界去“竞存”，却有到外国去继续读书的机会。因为我的三舅父梅园先生被任为湖南留日学生经理员，他要带我到东京去进高等学校。我听到这个好消息后，赶忙和家人一起清检行李预备起程，又跑到那些相契的朋友那里去辞行。我动身前的几点钟还在吕铸嘉兄那里呢，随后回家别了母亲、兄弟、舅母和已有婚约的漱瑜，随着三舅于8月1日晚搭沙市轮动身。我这时心里充满了小孩子的欢喜，充满了宗悫式的雄心，充满了诗人的想象，毫不觉得“别”字这字含着何等深刻的意义。这是我第一次离开长沙。

第二次离开长沙在民国八年。也是一个秋天。我从东京归国在上海见了三舅，便回长沙，一到长沙，便使我理会得第一次离开长沙的意义了。三年中我的同学已死去了好几个，有的病亡，有的被兵匪杀了。我第一次离开长沙的前几点钟还和他相约将来同到欧洲留学的吕铸嘉君，早已于半年前害了痨病死了。因为我在报上作了一首长诗追悼他，一天在街上遇到了他的父亲，他老人家那惨淡消瘦的面容上还含着微笑向我道谢，我那时心里真是说不出的难过，寻不出话来慰藉他老人家。

还有惨过如此的，便是我的七叔七婶之死。我的七叔和九叔本在乡里种田，因为当时有许多同乡到江西某地开垦，回来时都把那地方说得非常好，地价如何便宜，开垦事业如何有望。因为湖南那几年收成不好，生计艰难，所以我九叔便邀了七叔变卖了所有的家具，携了家小，千山万水地走到江西，不想天不从人愿，冒着千辛万苦披荆斩棘地刚开垦了半年，这些移民当不住那山岚瘴气，十人九病，七叔不幸也得了病，因为病了，更是不名一钱。七婶竭尽心力看护他，不想因为一天煎药偶然失慎，那小小的茅房顿时着了火，七婶赶忙把七叔从床上扶了出来，七叔因为想到房里去抢一两件东西，拼命地又跑到火里去，不想他刚进去，茅房便倒了下来，我那可怜的七叔便被烧死在离乡千余里的江西了。

七叔死后七婶从江西回乡，后来改嫁到某家，却因军阀张敬尧祸湘，到处兵匪纵横，七婶因为要避免兵匪的污辱，和他家的姑嫂一并投在塘里自尽了。如是我七叔夫妇俩，便一死于火，一死于水。

亲友中的惨事，不一而足。最使我伤感的便是我姨妈之死。我常说我的外祖母做了两件“好”事：一件是替我三舅娶了一个好妻子，另一件是为我姨妈配了一个好丈夫。她老人家以为这“男婚女配”是尽了老人疼爱儿女的心，不知却是替他们预定了一条黑暗的死的路程，叫他一天一天非向那条路上走去不可。我姨妈的婚姻生活中似乎不曾感到过什么幸福，她只望生一个男孩子，将来大了也替她出口气。谁知也是天不从人愿，一连生了四个女孩子，直到后来总算生了一个男孩子，但她腿上长了疮，又没有好的医生替她治，后来烂穿了七个洞，便在我外祖父的家的西厢房断送了她那三十年间的黯淡的生涯了。

这些惨事本来很够我觉悟人生的滋味，不过究竟死的是朋友、叔叔、婶婶、姨妈，对一个正在饥求着爱的甜味的青年，没有什么多大的打击。世间有许多不幸的事，但那些毕竟是降在别人身上的。我们却是命运的宠儿，但能于梦一般的幸福生活中，对于不幸者表深厚的同情便够了。所以那年八月中秋前，我为家人所送，冒着潇潇的夜雨，登上一艘小轮船时，我的心里也不觉得怎么难过，并且还希望那船越开得快越好，因我带着漱瑜妹同行，而她出门是没有得到她的祖母和她的母亲同意的。这次旅行，虽是一种冒险，但实是我有生以来最甜蜜的旅行。我们都商量着将来的梦，对于故乡和亲人的留恋之情是很轻的。这是我第二次离开长沙。

我本没想到这几年有机会到长沙去的。我和漱瑜都因为梅园舅父在长沙为军阀所害，而此等豺狼尚盘踞长沙，豺狼一日不去，我们是不能回去的，所以我们宁可把母亲弟妹接到上海来住。不想去年漱瑜在沪染病误于庸医，日益沉重，她急想归乡调养，莫奈何只得送她回去。那时我母亲也得了太祖母的危笃之报，急欲归乡侍疾，便带了小孩一起回去。从上海动身历经千辛万苦，跋涉了三个多月，才算辗转把漱瑜送到长沙乡里。在老家又住了三个月之久，只望她早点痊愈，重登幸福的旅途，谁知命运的女神对于她的宠儿，亦无所怜悯，竟于去年末夺我漱瑜而去！我这才知道“不幸”这件事不是单降于某种人的，是可降于任何人的！不是单降于他人的，是连我也会遭遇的。我们不单是他人不幸的同情者，有时也是需要他人同情的不幸者。去年阴历十二月二十日黄昏，距我漱瑜之死的六点钟前，我从城里匆匆奔走七八十里之长途，赶回我外祖父的家里来看她的病，她那时已经是病骨支离欲哭无泪，坚嘱我莫离开她，要我送她的终。我说：“我今天心里很宁静，我确信绝没有那回事。”感觉得命运的严肃的她，冷然地说：“咳，我最初也确信绝不会有这回事，像我们在东京确信我爹爹绝没有遇害的那回事一样，但是上帝决不会轻易把你召去的。”意思是上帝还得使你在世上多受些苦难，不肯轻易解除我们的责任。但是漱瑜毫不感到安慰，她绝望地说：“上帝要召我们去是很容易的……你今晚务必要送我的终。……我今晚死了是幸福。”我听了她的话虽然心里像刀也似的割痛，但我仍是确信没有这回事。至少隔那“不幸”的距离还远。所以我外公坚劝我去睡觉时，我也和衣躺了一会儿，谁知我第三次起来看她，并依她的意思，扶她起来斜卧在我的右臂时，她竟在我的怀里长眠不醒了。我那时的心里仿佛遇着迅雷疾雨，山崩海啸，只觉得宇宙的威力之不可抗，只觉得渺小短促的人生之无意义，只觉得命运之绝对的严肃。啊！严肃，我们曾否严肃地观察过人生？曾否严肃地创造过什么艺术！不！不曾有过这事，因为我们总以为不幸究竟是他人的事，究竟轮不到我们俩！

第三次离开长沙却是这回的事。在长沙愁惨的空气里呼吸了将近一年，到了非离开家不可的境遇，年不过半百而白发如银的慈母虽然十分不想我离开长沙，但看见我的精神上和物质上都有走的必要，所以也只好忍痛让我走。

行李都已搬到城里去了，好就近搬到船上去。吃完了早饭便同三弟到城里去找开往汉口的船，有什么船便搭什么船去。母亲先说要一同进城去送我们的行。我们说："不必。"母亲便抱着我那可爱的孩子海男——哎哟，海男啊！我是多么爱你，多么不能离开你，爹爹写到这里眼泪滴了一纸呢！——送到门前路上，她老人家站在一棵松树旁边，嘱咐我们一路好生保重，又特别嘱咐我"以后别那样喝酒"时，我那孩子似乎也感到他的爹爹此次进城和往常不同些。他并不嚷着要"爹爹买条丝糕回来给海男吃"，却在祖母怀里闷闷儿的，做出莫名其妙的表情，大约是他的冬姑妈告诉他"爹爹同三叔要到上海去了"吧。我们走到那松林里时早听得海男哭起来，一直走过那松林还听得海男在那里哭。我听了他的哭声，想到长眠在枫子冲头的他的母亲。哎呀，漱瑜呀，恕我没有到你坟上来辞行。我是何等想来哟，但又是何等不忍来啊。我吞着带咸味的眼泪，一声也不响，撑着伞只是走，走到新刷了粉的白皮靴上面沾满了很厚很厚的黑尘，这才对三弟说："水又退了许多呢。"因为这时已经到了湘水之滨了。

选自《田汉代表作》，上海三通书局1941年版

佚　名：天心阁的脚下几个好镜头

如果你把天心阁当作一位轻盈婉约的女人，那么，她下面的景致，就是那女人一双赤裸雪白的天然足。

东轩西轩的玲珑楼阁，就活像那女人一对秋水样媚人的双眸，中轩的幽雅雕梁，就活像那女人一副春柳般淡妆的身段，在那里，也不知留恋过

多少登临的游人，于春朝夏夜秋初冬暮的时候。所以，把天心阁，比作一位绝色的女人，我想是很恰当的，因为她有点风流少妇的媚态。可是，游人总是忽视天心阁下面的那些佳妙镜头，这也如同品重一位名姝，而忘记了她那双肉感的赤脚。

南国的炎风，带来了一阵闷死人的暑气，把长沙笼罩在一个窒息的氛围，白天，一轮红日，挂在天空，好像是我们的善邻，在山海关前，轰着强有力的巨炮，人真苦闷得要死了，好容易才等得西山日落黄昏到来，一个个，走马路，游公园，上天心阁。躺一躺初夏晚风所赐予人们的一点凉意，所以这几日晚上，天心阁游人是很拥挤的，但他们都没有发现那下面还有一线歇凉的好地。

当你从天心阁下一排红色的围墙侧面上来，走过二十几步以后，就可看到右角有一条平坦的黄泥路，两旁栽着些青葱的碧树，深灰色的城墙砖，一块一块，带着老大龙钟的形色，他是一位深知世故者，曾看过多少宦海的风波，人事的兴亡，家国的盛衰，英雄的成败，直到现在，它默然了，在夕阳中，在夜月下，一声不语，长静睡着，让青苔遮盖了它的面皮，不看都市一班人的奸巧，虚伪，阴狠，罪恶。树荫下的黄昏，是美丽的，何况更加天心阁的淡妆，衬出那金碧辉煌的景色，愈加可爱。我是一个崇拜史蒂文生、罗伯特、卢易时，主张单独散步者，因为身旁有人，就会打断的那自由的鉴赏。城墙是很曲折的，转个弯后，就到了烈女墓。

烈女墓，是在南大马路对照，有一线石级，可以上下吊古的游人，墓碑写着三个篆字，石栏内，就是那烈女归宿的所在。热天，有慈善堂派来的讲书者，放张桌子，点盏油灯，作一二小时的人心劝导。本来，在烈女墓，讲善者，是绝妙的，不过，据说目前的人心日趋于下了，我想这定会辜负那讲书先生的一片婆心与善意。现在晚上烈女墓，是冷落了，由那黯淡的碑文，就知道烈女墓的憔悴，人生的真义，就是这样吧，如今我们不需要预备为千古后人歌颂的烈女，需要一班为民族为国家花木兰、秦良玉样的巾帼英雄，因为我们要与侵略敌人作一次轰轰烈烈的民族战，那么，她们将来的光荣，一定比这烈女墓来得雄壮、伟大。

洋泥砌的电灯柱过后，再转一个弯就看见一个广坪了，这是辟给一班体育家的练习篮球所，左右尽头竖着两块木牌，两个球网，面积虽没有协操坪篮球场的大，设备虽没有青年会健身房的美，但每天喊拍斯的声音，总常在游人的耳边溜过。早上，还有一班人，在练习太极拳，八段锦，这是民族复兴的气象，东亚病夫的绰号，我们也要洗去了。广坪右面，有一座十九师阵亡将士纪念碑，从这里，还有一条斜直的道路，通国耻纪念亭下，铁丝的围篱，保护着几十株碧绿的大树，这是个清幽的地方，夏夜，有些爱侣，总是跨进内面，谈心款曲，手电光的射临，不知惊碎了多少人的春意，还有些人，拿起口琴，在内面，奏些凤求凰的曲子，挑动了少女的情怀，挑动了姑娘的心曲。万物是被陶醉了，除开马路上几声汽车的狂吼外，谁还有一点声气呢，我说音的快感，在任何文艺之上，不然，一篇马赛歌，何能激起全法兰西民族，为祖国而战。我是最爱听歌曲的，大街上收音机所发出来的音乐，我是时常驻足倾听，并且，还深愿天心阁负责者，学沪粤的公园，在树梢，装几个发音筒，转播一些表现民族精神的曲子，那游人当更感激不浅。

从林一过了，就是条三岔路口，一面通公园的东门，一面有座十六师阵亡将士纪念碑，通公园的北门，从纪念碑右转，就到了儿童健康公园，在公园外的北角高冈，有座五三纪念亭，是从前抗日会所建立的，内面有块石碑，叙述五三惨案的始末，很为详尽，游人走到此地，没有不悲愤填膺的。五三惨案以后，九一八，又把祖国的地图染红了，他如内外蒙古的一元化，华北五省的特殊化，给我们是何等的大威胁。朋友，要复仇，要雪耻，就在今日，不然，五三纪念亭，也要流泪了。上亭有两条路，左边为气象测候所，白洋漆的木篱，绕着青茵的绿草，风向仪，不住地转动，乡下人往往看了是莫明其妙的，内中还有百叶箱、测云器、雨量计、日照球各一具，以备测量气候的迁变。在长沙，除高农有一个外，就只有此一处，可是，游人总是忽视这气候设备的，往往总是望动物园走去。

动物园，位在天心阁下的北端，规模是很狭小的，内面除有一个矮人和几只猴子松鼠，孔雀，五脚牛以外，并没有稀奇的野兽，比起故都海上的动物园，自不能同日而语。把动物桎梏在两个牢笼，供人们的赏玩，这是件多残酷的事，故诗人曾说："从前时候，人不怕老虎，老虎也不会咬人"，我想在上古，真的怕莫有这一日，后来，人太残酷了，野兽就起来反抗，可是，弱小的，不依然还是在铁蹄下呻吟吧。

原载于《力报》，1937年5月31日

向培良：小别长沙

全面抗战发生后，国立戏剧学校迁到长沙，我也随着回到故乡。这已经是三个月了。现在因巡回公演剧团出发，我必须小别此间，出去跑一个月。

我不知道对于长沙的心情，究竟是爱还是恨。每一个人都爱自己的故乡，因为太亲切；同时每一个人也都恨自己的故乡，因为知道得太清楚。我呢，因为我太爱长沙（恕我说得冒昧一点）所以也就恨这个地方，我有一千种爱长沙的理由，同时也有一千种恨这个地方的理由。但每一次恨，就从恨的中间看出更可爱的处所。人原是矛盾的，一个城会更是矛盾的，而湖南尤其是长沙，也许更是矛盾的。

我恨这个地方像潭死水。恨这个地方舒闲悠游，粉饰太平。恨这个地方的青年人老得太快，中年人世故太多（唉，我们简直忘了人生还有壮年的一个阶段）。恨这个地方人事摩擦太重。恨这个地方的学术空气，事业观念太轻。

前几年和我一道儿跑山，一道儿唱歌的青年们，现在已经有许多都老了，看他们心头的风尘比我更多，虽然我额上的风尘还比他们重。

记得黄芝岗先生在一篇文章里提到一号的事件，他说我是"太可怜他们（指学生）。"这也许是黄先生记错了。我并不"可怜"青年，因为我决不是可以高高在上，俯视着而可怜什么人的人。我只希望能在一道儿跑，一道儿唱，闹翻了就痛痛快快打一场。我们需要力，需要强！需要前进，力总是好的，就算错了，也比没有力好。

生活已经训练得皮糙肉厚，那次的一花瓶一痰盂才打破了皮。难道我为这个就要叫喊起来？关于国文教材的事，我尊重几位先生的意见，说现在不是讨论这问题的时候，故不再提，许多人对于我的好意我都诚恳领受，但那些书信不独不曾在报纸上发表，抱歉连答复也不周全。因为我不敢接受安慰。我个人的事是太渺小了，不值得多提。而我却非常满意我的叫喊到底不是在墟墓中，不独有了赞成，更且有了反对；赞成我是鼓励我前进，反对我是鼓励我自省。长高的同学们（无论是赞成我或反对我的）给了我很多的教训，最要之点就是表示这一潭死水，表面上虽然平静，底里却蓄着力，等时候就要奔腾起来，而教训我在人生的途程上还应该多努力，多反省，再多多锻炼自己的力。

我们幸而生在这个大时代中，外面是光，是太阳，也有严霜和冰雪。我们不曾有“我瞻四方，蹙蹙靡所骋”的感慨，我们可以向光明前进，可以向冰雪显露我们抵抗的力。

也许一月之后，我可以带一点衡山的雪，江上的霜，铁道旁边的炸弹碎片儿回来，让我们的心再冷一点，更刚强一点，我们的皮肤再粗一点。

据说天才就是青年之永恒的延续，我便以这句话，留赠关心我的朋友们。

原载于《力报》，1937 年 11 月 16 日

图书在版编目（CIP）数据

老长沙/《老城记》编辑组编. — 北京：中国文史出版社，2019.1
ISBN 978-7-5205-0581-9

Ⅰ.①老… Ⅱ.①老… Ⅲ.①随笔—作品集—中国—现代 Ⅳ.①I266.1

中国版本图书馆CIP数据核字（2018）第226697号

责任编辑：牛梦岳

出版发行：中国文史出版社
社　　址：北京市海淀区西八里庄69号院　邮编：100142
电　　话：010-81136606　81136602　81136603（发行部）
传　　真：010-81136655
印　　装：北京地大彩印有限公司
经　　销：全国新华书店
开　　本：710mm×1010mm　1/16
印　　张：21.75　　字数：300千字
版　　次：2019年1月第1版
印　　次：2019年1月第1次印刷
定　　价：62.80元